MAIK HARMSEN

Sex geht immer

MAIK HARMSEN

SEX GEHT IMMER

Bibliografische Information der Deutschen Nationalbibliothek:
Die Deutsche Nationalbibliothek verzeichnet diese Publikation in
der Deutschen Nationalbibliografie; detaillierte bibliografische
Daten sind im Internet über: dnb.dnb.de abrufbar.

Verlag: BoD · Books on Demand GmbH, Überseering 33, 22297
Hamburg, bod@bod.de
Druck: Libri Plureos GmbH, Friedensallee 273, 22763 Hamburg
ISBN: 978-3-7597-7882-6

Kapitel 1

In der Nacht wachte ich auf, es war finster, ich schwitzte vor Angst und war froh, dass ich lebte. Denn das, was ich träumte, war grausam ...

Im Traum bat die 85 Jahre alte Frau Laub, die bei uns im Heim lebte mich auf ihre Stube. Da stieß sie mich auf das Bett und im Nu kamen vier Weitere aus dem Bad. Zwei schnürten mir die Arme an den Rahmen und der Rest hielt die Beine fest. Frau Laub legte mir ein Tuch auf die Augen und band mir den Mund zu. Da zog man mir Hose und Slip aus und in der Folge fixierte man die Beine an den Rahmen. Dann sagte sie, dass ich gleich etwas Geiles erlebe ....

Ich hörte, wie eine auf das Bett stieg, sich auf mich setzte, an mir herum rieb und ihn in sich steckte. Dann hob sie ihr Becken hoch und runter. Das erregte mich sehr und so kam ich bald ... In der Folge machten das alle. Ich war fix und fertig und hoffte, dass es gleich ein Ende nahm. Da ging abrupt die Tür auf und eine rief, dass die Nachtwache da ist. Da war ich heilfroh, nur kam es anders, als mir lieb war ...

Frau Forst rief in Rage, was denn hier los ist. Dann hörte ich, dass sie zu mir ans Bett kam. Da sagte sie, dass ich nicht wütend auf sie sein soll ... Oh, man, die will doch nicht etwa auch noch, dachte ich. Da ich sie kannte, wusste ich, dass sie zwei Zentner wog. Ich hoffe innig, dass sie den Leib nicht auf das Bett hieven konnte. Da hörte ich, dass ein Stuhl geschoben wurde. Und da starb die Hoffnung von mir ....

Als sie auf mir saß, presste sie mich in die Matratze. Die ritt wohl mal auf einem Pferd, dachte ich, denn so gut war der Rest nicht. Da galoppierte sie auf einmal los ... Mir lief der Schweiß aus allen Poren und das Blut kochte. Dann gab es einen lauten

Knall ... Das Bett brach in der Mitte durch, ihr Leib schoss auf mich zu und im Nu steckte mein Kopf im Vorbau von ihr. Ich wollte schreien, doch das ging nicht. Die Seile schnitten sich bis bis auf die Knochen durch und ich spürte Schmerz, wie ich ihn nie erlebte. Da merkte ich, dass ich keine Luft mehr bekam, und wurde wach ... Ich knipste das Licht an und war froh, dass alles nur ein Traum war. Da ich vor Schweiß triefte, zog ich mich um und döste wieder ein ...

In der Früh wachte ich um sechs Uhr auf. Dann schmierte ich mir ein Brot mit Honig, trank eine Tasse Kaffee und fuhr los. Meine Eltern schliefen da noch und standen erst um sieben Uhr auf. Auf dem Weg zum Heim, in dem ich schon drei Jahre Pfleger lernte, dachte ich über den Traum nach ...

Am Tag zuvor fasste mich eine demente Frau in den Schritt und sagte, komm mit zu mir und fick mich im Bett. Dann tanzte sie vor mir rum, lachte und rief: «Fick dich selbst! Ha, ha, ha ... Fick dich s-e-l-b-s-t!» Das war mir sehr peinlich, da alle die da waren, uns angafften. Ich ging gleich fort und ließ sie stehen. Ich nahm an, dass es der Grund für den Traum war.

Kaum war ich im Heim, sah ich, das eine alte Dame nackt durch den Flur lief und schrie: «Hubert, wo ist der FKK-Strand?» Zwei Pfleger eilten hinter ihr her und einer rief: «Frau Breitstein bleiben Sie bitte stehen! Hier ist kein FKK-Strand!» Das sah sehr lustig aus und ich schmunzelte. Als sie bei ihr waren, nahmen sie die alte Dame in die Arme und gingen mit ihr fort. Jäh blieb mir das Lachen im Halse stecken. Da hoffte ich, dass es mir mal nicht so geht, bin ich so alt.

Vor drei Tagen duschte ich einen Mann. Als ich mit ihm im Bad war, fasste er mich im Schritt an und wollte, dass ich seinen in den Mund nehme. Das machte ich nicht, war tabu und hatte den Rausschmiss zur Folge. Bei uns hatte jeder Handgriff eine Zeit und die war sehr knapp. Schaffte ich es nicht, gab es Ärger.

Das liebste für mich war es beim Duschen zu helfen. Da konnte ich mal ein paar Worte wechseln und erfuhr so vieles. Ich hörte eine Menge, von dem, was traurig, lustig und böse war. Es regte mich sehr auf, schob man die Person ins Heim ab. Nur ändern konnte ich das nicht. Eine Arbeit stank mir echt: das Säubern der Betten mit Urin und Stuhl. Das war jedes Mal ein Scheiß-Job und kam oft vor.

Es gab auch viele Leute, die im Kopf fit waren und Freude am Leben hatten. Mit denen sprach ich auch mal länger, als man sollte, doch das war mir egal. Nur das, was nötig war, erlaubte man uns, mehr war tabu. Es war der Grund, warum mir der Job Spaß machte. Am Tag, an dem von ihnen jemand starb, nahm mich das sehr mit und ging mir echt nah. Lag ich im Bett und dachte nach, musste ich oft weinen. Dann kam ich zu dem Schluss, dass das Leben halt so ist. Und ich konnte jedem, nur so gut es ging helfen, mehr war nicht drin. Wenig später schlief ich ein ...

Es war der 25. November 2006, der letzte Samstag im Monat und ich hatte frei. Die Woche bis zu dem Tag war stressig. Mutter nervte Vater jeden Tag, dass sie mit ihm nach Hamburg fahren soll. Das Fest der Liebe stand vor der Tür. Vor dem Ansturm wollte sie alle Geschenke gekauft haben. Vater gab am Ende nach. Macht der Kluge immer, sagte er dann. Ich sollte auch dabei sein, doch ich hatte keine Lust. Ich machte ihr klar, dass ich lernen musste, da eine Arbeit in Mathe dran war. Nach dem Frühstück kam Mutter zu mir und sagte: «Nils, ich stellte dir das Essen auf den Herd. Das brauchst du dir nur warm zu machen. Weißt du, wie das geht?» Wenn sie so was von sich gab, kam ich mir vor wie ein Kleinkind. Doch vermutlich sind alle Mütter so. Ich meinte: «Ja, Mama, das krieg ich schon hin.»

Vater war in der Zeit auf dem Klo. Als er kam, zurrte er am Hosenschlitz rum und das sah ulkig aus. Wie es aussah, klemmte der Reißverschluss. Mutter rannte gleich zu ihm hin und rief: «Lass mich mal ran!» Dann kniete sie sich vor ihn. Flugs fuchtelte sie mit den Händen auch am Hosenstall rum. «So ein Mist! Jetzt klemmt das Biest», brummte Vater. «Nimm mal die

Hände weg, ich mach das!» Ab da hantierte Mutter alleine am Schlitz der Hose rum. Machte sie das bei mir, oh man, dann wäre da schon eine riesige Beule im Slip. Vater verschränkte die Arme vor der Brust. Ich sah ihm an, dass es vor Ärger war. Ich griente vor mich hin. Da sah er mich an und ich verkniff mir das Lachen.

«Ich zähmte das kleine Biest», rief Mutter froh. «Wie gut das ich lange Nägel habe.» Und rutsch war der Latz zu. Sie erhob sich vom Boden und Vater war zufrieden, sagte: «So, mein Junge, die Hose ist zu und wir fahren jetzt los. Dann pass gut auf die Wohnung auf. Nicht das uns die jemand klaut.»

«J-a-a-a, Vater, das ist mir ein Vergnügen ... Wann kommt ihr zurück?»

«Ich schätze mal so gegen acht.»

«Okay! Alles klar ... Tschüss!»

Es klingelte und ich dachte, das sind sie ... Oft sah ich, dass Vater den Schlüssel in die Tasche steckte, dann machte er das mit Absicht. Er war der Meinung, mich so zu ärgern. Ich fragte ihn mal und da sagte er: «Sonst sitzt du den ganzen Tag vor der Glotze.» Das stimmte so nicht, denn ab und zu lief ich mal an den Kühlschrank. Da holte ich mir was zu Essen und Trinken raus. ... Ich machte mit Elan die Tür auf. «Na, Vater? Vergaßt du mal wieder den Schlüssel?» Doch nicht er stand da: Es waren zwei Beamte von der Polizei. Die zeigten mir gleich den Ausweis. Ich war baff und stotterte: «Oh, äh ... Tut mir Leid! Äh, ich nahm an, dass meine Eltern da sind.»

«Das ist kein Problem», sagte einer. «Dann nehme ich an, dass Sie der Sohn sind?»

«Ja, das bin ich! Nils Tamper. Ist etwas passiert?»

«Erlauben Sie uns, mit Ihnen zu sprechen?»

«Ja, klar! Kommen sie bitte herein.»

Als sie drin waren, machte ich die Tür zu. Da war mir klar, dass sie einen Unfall hatten. Wir liefen in die Stube. «Setzen sie sich doch bitte», sagte ich. Die zwei nahmen Platz auf der Couch. Ich setzte mich auf einen Sessel und fragte: «Was passierte?»

Einer der Beamten sah den anderen an. Der nickte ihm zu und sagte: «Mmh ... na ja, im Grunde ...» Um den heißen Brei reden ist nicht mein Ding. Ich unterbrach ihn barsch: «Sagen Sie mir bitte, was los ist!» Verdattert sah er mich an ...

Als er sich gefasst hatte, fing er an und sagte: «Okay! Ich mach es schnell ... Ihre Eltern sind tot!»

«Wie ist es passiert?»

«Man sagte uns, dass es kurz vor Hamburg Nebel gab und sich in dem ein Stau bildete. Ein Fahrer eines Lkw raste in den hinein. Bei dem Crash schob er jede Menge Autos aufeinander. Es lief Öl aus und es brannte. Da das Auto Ihrer Eltern nicht ausbrannte, fand man die Papiere.»

«Wo sind sie jetzt?»

«Ähm ... Das wissen wir nicht. Es gab nur die Info.»

«So eine Scheiße! Entschuldigung ... Das ist doch nicht wahr», rief ich und heulte drauf los. Nach kurzer Zeit kam ich zur Ruhe. «Brauchen Sie Hilfe?», fragte der andere.

«Nein danke, das ist nicht nötig!»

«Haben Sie noch Verwandte?»

«Ja! Der Vater von Mutter, mein Großvater lebt in Schwerin. Da er Probleme mit dem Herz hat, bringe ich ihm das schonend bei. Ich rufe ihn gleich an.»

«Gut, Herr Tamper! Dann hören Sie wieder von uns.»

Die zwei nahmen Abschied und ich legte mich in der Stube auf die Couch und heulte drauf los. Da es schon spät war, rief ich Opa nicht mehr an. Ich wollte zu ihm nach Schwerin fahren.

Am anderen Morgen fuhr ich gleich in der Früh los. Er war überrascht, als er mich sah und bat mich herein. Dann legte er los: «Nils, das ist aber schön, dass du mich mal besuchst, und das noch so früh. Trinkst du mit mir einen Kaffee, ich bin grad beim Frühstück?»

Das tat ich und als er nach den Eltern fragte, rückte ich mit der Sprache raus. Ich sagte ihm, was ich wusste, und er saß stumm und starr da. Da platzte aus ihm heraus: «Na dann muss ich dir ja nun helfen und zur Seite stehen. Mit Omas Tod sammelte ich ja schon manche Weisheit. Nils, du kannst dich auf mich verlassen, denn es kommt jetzt einiges auf dich zu. Ich komme morgen erstmal zu dir. Wenn du willst, bleibe ich ein paar Tage da, bis wir alles auf die Reihe gebracht haben.»

Man war ich froh, dass er so gefasst blieb. Er wollte noch, dass ich mit ihm zum Essen gehe. Das machte er jeden Sonntag in einem Restaurant um die Ecke bei ihm. Dann fuhr ich nach Wismar zurück.

Am Montag um acht rief ich die Chefin von mir an und sagte ihr, was passiert war. Sie gab mir eine Woche frei. Dann war die Firma von Vater dran. Um zwölf war Opa da und kochte gleich was für uns. Nach dem Essen sahen wir die Akten durch. Auf ein Mal klingelte es und ich machte die Tür auf. Es waren zwei von der Polizei, die brachten mir die Papiere. Da rief ich den Bestatter an. Um 16:00 Uhr fuhren wir zu ihm und suchten auch gleich die Urnen aus.

Im Testament stand, dass sie verbrannt werden wollten, und die letzte Ruhe war die «Grüne Wiese». Opa war die ganze Zeit wie in Trance. Er rieb sich oft die Tränen aus den Augen und war sehr wortkarg. Auf dem Heimweg sprach er auch kein Wort. Das nahm ihn doch ordentlich mit, gab er zu Hause zu. In der Woche erledigten wir alles, was wichtig war.

Am Sonntag kochte er noch für uns ein Essen. Dann musste er los, da er in Schwerin Termine hatte. Den Fortgang zog er in die Länge, ich merkte ihm an, dass er keine rechte Lust hatte zu fahren. In der Woche wurden wir ein Herz und eine Seele. Auch mir fiel es nicht leicht. Da ahnte ich nicht, dass er etwas verbarg, dass ich nie von ihm dachte ...

Wir standen an der Tür und wollten gehen, da fragte er: «Sag mal Nils, wie willst du dir denn mit dem Lohn, den du hast die Wohnung und das Auto leisten? Das Geld ist schnell weg. Was machst du dann?» Ich zuckte mit den Schultern und sagte: «Keine Ahnung?» Er nickte und meinte: «Genau, da rechnete ich mit. Nils, ich machte mir, über die Lage in der du steckst viele Gedanken. Der Vorschlag von mir wäre: Ich geb die Wohnung auf und ziehe zu dir. Ich hab eine gute Rente und du kannst hier im Haus bleiben. Und ich wär nicht allein und du auch nicht. Dann machte mir die WG mit dir Freude und da bin ich sehr froh. Wir wurden, wie ich finde, ein ... äh, wie sagt man heute, äh ... ein geiles Team!»

«Ja, das stimmt, Opa. Alleine kann ich mir das nicht leisten. Ich blieb schon gerne hier, wüsste auch nicht, wo ich hinsollte. Für dich gäbe es auch kein Zurück mehr, fasst du den Entschluss. Da solltest ...»

«Ja, das ist mir klar, Nils! Doch was du nicht weißt: Ich lebe dort jetzt furchtbar einsam. Seit Oma starb, hab ich kaum noch Kontakt zu Leuten. Viele meiden den auch. Früher vor der Wende war das besser. Heute sind die lieber für sich und hocken den Tag vor der Glotze. So ist das kein großer Verlust. Es ist mir auch egal, wo ich bin, so lange es kein Heim ist. Doch trift es dich sehr hart, musst du mit dem alten Sack leben.»

Ich lächelte ihn an und sagte: «Na ja, gehst du mir auf den, sperr ich dich in den Abstellraum ein, und zwar so lange, bis du um Gnade flehst.» Lachend meinte er: «Ha, ha, ha ... das bringst du ja doch nicht übers Herz!»

«Stimmt! Da bist du mir ein zu lieber Mensch ...»

«Na, das sehen wir ja noch, ob das mit dem lieb sein was wird. Äh ... Meintest du auf oder an den Sack gehen?» Die Frage ließ mich rot werden, da ich darauf nicht gefasst war und sagte: «Auf! Ich nehme doch an das an den, nur Oma durfte.»

«Ja, das war mal so, am Anfang der Ehe. Im Lauf der Jahre wurde es weniger. Bis es so weit war, dass nichts mehr ging.»

«Dann nahmst du dir eine Geliebte?»

«Nein, das nicht! Ich wollte ja nur ein bisschen Sex. Eine andere Hand, die das mal macht. Das orale Liebesspiel lehnte sie strikt ab. Das wäre ja Fremdgehen und das wollte ich nicht. Ich liebte sie ja auch.»

«Dann hattest du doch nicht etwa einen Kerl?» Er druckste rum und meinte: «Mmh ... Ja, das hatte ich!»

«Das ist ja nicht zu fassen! Wie kamst du an den?»

«Ich war mal am Bahnhof und da musste ich mal dringend. An die Rinne wollte ich nicht und so ging ich in eine Kabine. Da dachte ich, warum sind denn da Löcher in der Trennwand. Da hörte ich eine Stimme, die rief: Hast du fertig gepisst, steck den Schwanz durch das Loch, dann blase ich dir einen ab. Das war mir zuerst nicht geheuer. Ich stieg auf die Kloschüssel und sah rüber. Da kniete ein Mann im reifen Alter, der nett aussah und vertraut wirkte vor dem Loch. Da ich da lange keinen Höhepunkt mehr hatte, rief ich, dass ich gleich fertig bin. Der Kerl zurück: Dann mach! Nur nicht abschütteln! Ich bin heiß auf die Sahne von dir.»

«Und da hast du das gemacht?»

«Ja! Doch ich war so geladen, dass ich ihm wenig später die Ladung in den Rachen schoss. Es war eine grandiose Erfahrung, die ich bis zu dem Tag nicht kannte. Als er schlapp war, nahm er ihn aus dem Mund und sagte, dass er jeden Mittwoch von 15:00 Uhr bis 16:00 Uhr da ist.»

«Und dann gingst du abermals hin?»

«Ja, das machte ich, eine Zeitlang. Beim letzten Mal sagte er, dass er nicht mehr kommt. Ein Rivale verdrosch ihn und er wäre fast abgekratzt. Er gab mir die Adresse und ab da besuchte ich ihn zu Hause. Es entstand eine Freundschaft und mehr ...»

«Was heißt das denn?»

«Das sage ich dir später mal.»

«Gut, dann kläre ich das mit der Verwaltung ab und gebe dir Bescheid.» Wir liefen zum Auto und er schloss auf. Wir nahmen Abschied mit Tränen in den Augen. Er drückte mich und sagte gefasst: «Mach´s gut, mein Junge! Ich ruf dich an, wenn ich zu Hause bin.»

«Okay, tut das!» Er setzte sich ins Auto, machte den Motor an und fuhr los ...

Zwei Wochen später kam er einen Tag vor der Beisetzung an. Als er da war, fiel er mir gleich um den Hals und drückte mich fest an sich. Sein Antlitz strahlte voll Freude, als er sagte: «Nils, es ist so weit! Ich ziehe am 15. Januar bei dir ein, da ich einen Mann fand, der in die Wohnung zieht. Ist das nicht genial!» Ich war baff, denn das dachte ich nicht und meinte: «Mensch Opa, das ist ja geil. Das freut mich für dich und für mich auch.»

Am Tag später um 14:00 Uhr war es so weit. Es kamen ein paar der Nachbarn und Bekannte. Meine Eltern waren nicht in der Kirche. Aus dem Grund sagte der Bestatter einige Worte an der Stelle, wo jede Urne in die Erde kam. Das war es ...

Mit dem Geld, das sie auf die hohe Kante gelegt hatten, zahlte ich alle Rechnungen. Opa blieb bis zum Fest bei mir, das nicht mehr so wie früher war. Nach Weihnachten fuhr er zu sich.

Am 31. Dezember kam er an und hatte schon viele seiner Sachen bei sich. Auf das neue Jahr stießen wir mit Sekt an und wünschten uns alles Gute für das, was kam. Zwei Tage später fuhr er das letzte Mal zu sich.

Am 14. Januar war so weit und Opa kam mit dem Auto an. Das war voll mit Sachen und kurz vorm Platzen. Er hatte Glück, da der Mann alle Möbel nahm ...

Ab dem Tag lebten wir, wie schon viele Tage früher. Kam ich vom Job, stand das Essen auf dem Tisch. Er freute sich, eine Aufgabe zu haben. So musste ich mich nicht um kochen und waschen kümmern.

Eine Woche war um. Beim Frühstück sagte ich Opa, dass ich Schule habe und früher nach Hause komme. Dann düste ich los. Als ich heimkam, schloss ich die Tür auf und ging in den Flur. Da hörte ich Musik aus der Schlafstube. Ich nahm an, dass er ein Schläfchen machte, und ging lautlos zur Tür. Die schob ich leise ein bisschen auf und sah, dass er auf dem Bett lag.

Was ich da sah haute mich aus den Socken: Er lag nackt auf der Decke, die Beine breit, die Augen zu und mit einer Hand befriedigte er sich. Ich war baff, dass er mit fast achtzig so potent war. Ich wollte ihn nicht stören, machte die Tür zu, doch da knarrte die und ich hörte: «Nils bist du schon da?» Er sah mich nicht, da ich hinter der Tür stand. Ich rief: «Ja, das bin ich!»

«Dann komm mal rein! Ich möchte dich um etwas bitten ...» Oh, Shit! Der will doch nicht, dass ich ihm einen blase, dachte ich, machte die Tür auf und rief: «Opa, was machst du denn da?»

«Na das siehst du doch ... wichsen. Ich musste es mal wieder tun. Das die Zeit so schnell verging, nahm ich nicht an. Aber da du schon mal da bist, bitte ich dich weiter zu machen. Willst du das tun?»

Ich wollte das nicht, war er der Mann, der die Mutter von mir zeugte. Doch wie er mich ansah, würde ein es nicht zu tun ihn kränken. Das wollte ich auch nicht. Da fiel mir ein, dass er mal einen Kerl hatte, der ihm den Samen aus dem Sack holte. Dann lächelte ich ihn an und sagte: «Okay, die Bitte schlag ich dir nicht ab, Opa ...»

«Hör auf, Opa zu mir zu sagen, so alt fühle ich mich noch nicht, sag nur Paul.» Ich setzte mich neben ihn auf das Bett, in dem man mich vor achtzehn Jahren zeugte. Da sah ich ihn an und sagte: «Gut, Paul, wenn du das so willst», griff zu und fing an. Das regte mich so an, dass ich eine Erektion bekam. Nach einer Weile klopfte er mir auf den Schenkel und meinte: «Das ist gut, wie du das machst, Nils. Ich wollte dich schon mal bitten, traute mich nur nicht.» Im Nu wanderte die Hand in den Schritt. «Oh Nils, machte ich dich so geil, das der Kleine von dir hart wurde?»

«Na ja Paul, das merktest du ja schon.»

«Wenn du möchtest, zieh die Hose aus, dann mache ich es auch bei dir. Ich bin mir sicher, dass das noch nie jemand bei dir machte. Stimmts?»

«Oh, sieht man mir das an? Bei dir weiß ich ja, dass außer Oma noch wer den lutschte.»

«Das ist nicht korrekt, da Oma ihn nie im Mund hatte. Doch ich gestehe, dass ich bei ihr auch nicht daran leckte. Das verlangte sie zum Glück auch nie.» Ich stand vom Bett auf und zog Hose und Slip runter, da hörte ich: «Nils, der Kleine von dir kann sich sehen lassen.»

«Danke! An dem hast du und deine Tochter einen Anteil.»

«Ja, ja ... das sind die Gene von uns.» Ich setzte mich hin. Er nahm die Hand weg und ich rieb weiter an ihn rum und er bei mir. Ich fragte: «Paul, als du bei dem Mann warst, wichstet ihr euch, oder machte er es dir mit dem Mund?»

«Er war ein sehr guter Bläser und machte es bei mir nur mündlich. Nach einer Prostata-OP wurde er nicht mehr steif. Er war Rentner, schwul und tat das gern, ohne Geld. Doch er war da nicht allein. Einer machte es nur für Asche. So verdiente der Kerl durch ihn weniger. Er lauerte ihm auf und er bekam von dem Prügel. Als er aus der Klinik kam, hörte er auf.»

«Zeigte er ihn an?»

«Nein, da er Angst hatte, dass er ihn nochmal verprügelt. Nur die Kerle, die er für seriös hielt, lud er zu sich nach Hause ein. Ich war einer von ihnen. Er sagte mir, dass er einen Stecher hat, der ihn ab und zu mal anal nimmt. Als ich mal bei ihm war, stand ich nackt vor ihm und er saß auf dem Bett und lutschte den Kleinen. An dem Tag war ich der Einzige. Da klingelte es auf einmal und er ging zur Tür. Kurz darauf kam er mit einem Kerl, der um die Zwanzig war rein. Es war der Stecher von ihm, der sagte, dass er grad in der Gegend war, aber nicht viel Zeit hatte ... Und ich, dass ich dann gehe, um sie nicht zu stören. Doch der Kerl meinte, dass das nicht nötig ist, und ich könnte ja zu kucken. Das machte ich, da ich voller Neugier war. Ich setzte mich auf den Stuhl der neben dem Bett stand.

Fiete holte Gel und Präser und legte die Sachen auf das Bett. Dann zog er sich aus und kniete sich so auf die Kante hin, dass sein Po gut dem Stecher nahe war. Der stellte sich hinter ihn, zog die Hosen runter und schmierte ihm den Anus ein. Er zog sich den Präser über und drückte den Harten in das Loch. Das, was ich dann sah, machte mich so an, dass ich schnell erregt wurde. Fiete stöhnte und ihm schien das zu gefallen. Es dauerte nicht

15

lange, da war der Stecher fertig. Er sah mich und die Latte an. Da fragte er, ob er mich auch mal ficken soll. Das lehnte ich gleich ab. Da sah ich, dass er den vollen Präser abzog und der Schwanz von ihm schlapp wurde.

Meiner war da noch steif. Da sagte er, dass er, wenn ich es will, mich zum Spritzen bringen kann, ohne das er es mit Hand oder Mund macht. Ich glaubte ihm nicht, dass das ging. So willigte ich ein, dass er es mir beweisen soll. Doch wollte ich, dass er einen Präser nahm, und kniete mich auf das Bett. Um das Laken nicht zu versauen, gab mir Fiete auch einen. Das war das erste Mal, das ich so ein Ding über das Glied zog. Er schmierte mich ein und da merkte ich in der Folge, wie er die Eichel vor das Loch legte und behäbig rein stieß.

Es schmerzte am Anfang, doch ließ der Schmerz bald nach. Er fing langsam an, wurde dann schneller und mir kam es so vor, als ob mir die Prostata glühte. In der Folge hatte ich einen Erguss. Das war nicht zu fassen und er hatte recht ... Oh ... und wenn du so weiter machst, kommt es mir ... Oh tut das so g-u-t.»

«Soll ich aufhören?» In der Sekunde zucke er kurz auf und dann schoss eine Fontäne zur Decke. «Oh, Nils .... das war ja geil .... puh ... und erlebte ich schon lange nicht mehr ... puh!» Ich nahm die Hand weg und er auch. Da meinte ich: «Das freut mich für dich Paul. Ich dachte nicht, dass du noch so potent bist.»

«Puh .... ja so täuscht man sich. Mir sagte mal ein Urologe, dass man 2-mal in der Woche Abspritzen sollte. So bliebe die Prostata fit und es gebe kein Leid mit ihr, wenn man alt ist. Ich halte mich seit der Zeit an die Regel, mache es mir selbst und es ist noch fast so wie einst. Du sahst es ja grade ... Nils, da liegt ein Tuch. Bist du mal so nett und reibst mir die Wichse auf dem Bauch ab.»

«Okay!» Ich stand auf, holte es, setzte mich neben ihn hin und rieb ihn ab. Da sagte er: «Jetzt kamst du aber zu kurz ...»

«Das ich nicht so wichtig. Nun ruh dich erstmal ein wenig aus. Äh, wie lange gingst du zu Fiete hin?»

«Bis vor vier Wochen. Er machte die Tür nicht auf und ich wollte grad gehen. Da kam eine Frau die Treppe hoch und sagte mir, dass er vor zwei Tagen starb. Er sah, als ich ihn das letzte Mal sah, auch schlecht aus. Durch die Schläge auf den Kopf, behielt er wohl doch etwas zurück. Auch auf dem rechten Auge war er fast blind ... So ... und jetzt setz ich mich hin.» Das machte er und saß dann neben mir. Da meinte er: «Nils steh mal auf und dreh dich mal zu mir um.»

Im Nu hatte er meinen Kleinen ihm Mund. «Paul, das muss aber nicht sein ...» Doch er sagte kein Wort. Er machte das mit Hingabe und ich war bis aufs Letzte erregt. Da hörte er auf und meinte: «Nils, jetzt möchte ich, dass du mich anal nimmst.»

Er holte aus dem Nachttisch eine Tube Gel und einen Präser raus. Den stülpe er mir über und sagte: «So, jetzt knie ich mich hin und dann gib Gummi.» Er ließ mir keine Wahl. Ich cremte ihn ein und machte es ihm zuliebe. Als ich kam, zog ich ihn raus und den Präser ab. Er drehte sich um, legte sich hin und sagte: «Nils, ich bin stolz auf dich! Für das erste Mal war das schon sehr gut!»

«Danke Paul! Doch kann man ja nicht viel falsch machen, beim rein und raus ziehen.»

«Ja das ist wahr. Komm, leg dich zu mir. Wie war´s in der Schule?»

«Na ja, so wie immer, nur die letzte Stunde fiel aus. So war ich früher hier ....»

«Ja, und hast mich erwischt. Wenn du Lust hast, können wir das jetzt 2-mal in der Woche tun.»

«Okay! Mit dem Ziel, dass du gesund bleibst, tu ich es für dich, Paul»

«Danke! Kommst ja dann auch nicht zu kurz. Holte mir Oma ab und zu mal einen runter, hätte ich das mit Fiete nicht gemacht. Doch sie wollte Sex in keiner Art mehr. Sie hatte Angst, noch ein Kind zu bekommen. Den Schmerz bei der Geburt und alles drum und dran mochte sie nicht mehr. Zu der Zeit gab es ja nicht die

Mittel zur Verhütung so wie heute. So ließ ich es sein und holte mir, wenn der Drang da war den Saft selbst aus dem Sack.»

«Du hättest sie ja auch anal nehmen können.»

«Das schlug ich ihr auch vor. Da das nicht im Sinn der Natur war, lehnte sie das ab. Auch da könnte sie schwanger werden, kommt mein Samen an ihre Scheide, meinte sie. Ich sagte ihr, dass ich, wenn ich ihn aus dem Loch ziehe, ein Tuch nehme und fange den auf. Doch das war ihr auch zu riskant. Wie du siehst, dachte sie an alles. Ich nehme aber an, dass ihr das keine Freude machte, auch wenn ich sie nie grob nahm. Selbst nach dem Ende der Periode, wo kein Schwängern mehr möglich war, wollte sie nicht mehr. Doch so ist das Leben, und jetzt bin ich froh, das ich noch mit dir, den Sex den ich brauche, haben kann.»

«Ja, das wirst du Paul.»

«Sehr schön! Und jetzt mache ich uns einen Kaffee. Kuchen hab ich auch da und Essen tun wir dann heute Abend.» Das machten wir ... Als ich im Bett lag, schlief ich nicht ein. Es ging mir vieles durch den Kopf. Ich machte mir Gedanken, ob es richtig war, was ich tat ...

Der Wecker rappelte und riss mich aus dem Schlaf. Ich machte mir etwas zu essen und fuhr los. Am Abend kam ich nach Hause und Paul kam aus der Küche. Er hörte offenbar, dass ich da war, und rief: «Nils, das Essen ist gleich fertig.»

Als er mich sah, wurde er auf einmal ernst und fragte: «Was ist los, du siehst ja so traurig aus?»

«Das sag ich dir nach dem Essen.» Kaum war der letzte Bissen runter, sagte Paul: «So Nils, jetzt erzähl mal, warum du so bedrückt bist ...»

«Na ja, heute in der Früh starb Herr Meyer, den ich sehr gern mochte. Er wurde achtzig, war Seemann, fuhr vierzig Jahre zur See und hatte Demenz. Das Gesicht von ihm war voll Falten, die teils der weiße volle Bart verdeckte. Er hatte eine Glatze mit weißem Haarkranz, hörte und sah nicht mehr gut. Aus dem Grund trug er eine Brille mit Gläsern so dick wie Glasbausteine.

Sein rechtes Knie war durch einen Unfall kaputt und vor ein paar Wochen fiel er hin und brach sich den Oberschenkel.

Vor einer Woche kam er von der Reha zur Pflege zu uns. Hier stürzte er schon ein paar Mal im Bad, ihm rutschte der Stock auf den nassen Fliesen weg. Aus dem Grund musste beim Duschen immer ein Pfleger bei ihm sein ...»

«Und der warst du!»

«Genau! Die Chefin teilte mich für ihn ein. Er erzählte mir über das Leben an Bord. Na ja, und das es da Kerle gab, mit denen er Sex hatte. Das, was er da machte, war neu für mich und geilte mich auf. Das wusste er noch ganz genau. Das was vor einer Minute war nicht mehr. Jedes Mal wenn ich ihn wusch, sagte er: Ey du! Blas mir mal den Schwanz. Das lehnte ich strikt ab. Ab und zu kam mal die Chefin an, um zu sehen, ob ich klar komme. Traf sie mich bei so etwas an, schmiss sie mich auf der Stelle raus. Vor zwei Tagen war sie beim Arzt und kam erst um eins ins Heim.

Ich ging um neun zu ihm und sagte wie jeden Tag, dass ich ihn jetzt dusche. Dann lief ins Bad, bereitete alles vor und er zog sich in der Zeit aus. Als ich raus kam, stand er nackt da und wartete auf mich. Ich begleitete ihn bis zur Brause. Da wusch ich ihn erst von hinten und dann von vorn. Die Scham ließ ich aus. Ich fragte ihn, ob er das wieder selbst machen will. Da sagte er, dass ich das mal tun kann, und er hält sich fest. Ich seifte ihn ein und im Nu wusch ich ein gut und gerne zwanziger Rohr. Machte er das selbst, war das nicht so. Mir fiel die Kinnlade runter bei der Sicht auf das Teil, denn das dachte ich nicht. Dann rief er wieder, dass ich ihm den Jonny blasen soll. Er verrät mich auch nicht beim Käpten.

Da konnte ich mich nicht mehr halten. Ich bückte mich und da er sauber war, nahm ich ihn in den Mund und fing an und schaffte es ... Da meinte er nach Luft schnappend, dass es wie früher war und ich der Smutje von der MS Porto sein muss. Nur der konnte so gut blasen. Das geilte mich so auf, dass ich eine

Erektion bekam. Da uns keiner störte, sagte ich, dass ich der bin, und er kann es mir auch machen, wenn er will. Und er wollte ...

Er setzte sich auf den Sitz. Ich zog die Hosen runter, stellte mich vor ihn und im Nu war er im Mund. War das ein mega Gefühl, was er mit der Zunge bei mir fabrizierte. Doch dann hörte er auf, nahm ihn raus und rief, dass ich ihn anal nehmen soll. Das machte der Smutje auch immer. Da rechnete ich nicht mit und wollte das auch nicht.

Doch er ließ nicht locker. Er stand auf, drehte ich um, bückte sich und hielt sich am Sitz fest. Dann rief er, dass ich mich beeilen soll, da der Käpten gleich kommt. Da wollte ich ihn nicht frusten und machte ihm die Freude. Doch dauerte es nicht lange und es war bei mir schon aus und vorbei. Er merkte es und sagte, dass ich der Beste bin und noch so geil wie damals. Da meinte ich, dass wir uns sputen müssen, da der Käpten gleich da ist.

Ich wusch ihn schnell ab und mich auch. Dann zog ich die Hosen hoch, holte ein Handtuch und trocknete ihn ab. In der Folge schritten wir zu seinem Bett und ich zog ihn an. Ich sah auf die Uhr und war spät dran. Da ging die Tür auf ... Es war die Leiterin der Station, die fragte, warum ich noch nicht fertig bin. Ich sagte, dass er es mit dem Kreislauf hatte. Und Sie, dass ich mich beeilen soll, und ging fort. Oh man hatte ich Glück, dachte ich und zog ihn fertig an. Da sagte ich, dass ich jetzt das Essen machen muss. Er wollte wissen, was es gab. Ich meinte, dass er das gleich sieht, und ging aus dem Raum.

Am Abend lag ich im Bett und schlief nicht ein. Ich hatte Gefühle der Schuld, die mich plagten. Ich war mir nicht sicher, ob er schwieg. Doch nahm ihn jemand Ernst? Eher nicht, dachte ich, denn Sex mit dem Smutje von früher, im Heim, glaubte ihm keiner. Dann sah ich ihn vor mir, als er vor Glück strahlte, und da war ich mir sicher: Es war ein humaner Akt. Und da ich gestern Schule hatte, sah ich ihn nicht mehr.

Als ich heute ins Heim kam, sagte mir die Chefin, dass er in der Nacht im Bad fiel. Bei dem Sturz prallte er mit dem Kopf auf die Kloschüssel. Beim Kontrollgang fand man ihn. Er kam gleich in die Klinik, wo er zwei Stunden später starb. Aus dem Grund bin ich so traurig, denn so zu sterben hatte er nicht verdient.»

«Danke Nils, jetzt verstehe ich dich. Aber so ist nun mal das Leben. Es kommt auch mal der Tag, da verlass ich dich für immer. Da musst du dir auch klar sein. Doch war es richtig von dir ihm die Freude zu machen. Er wollte es ja und es war kein Zwang von dir. Ich denke, es tat dir auch gut.» Da bewegte er den Kopf hin und her und meinte: «Äh ... es ist ja nicht zu fassen! Dann hattest du ja schon einen Tag vor mir mit ihm AV! Doch warum hast du mir das nicht gesagt?»

«Ich konnte das nicht. Ich hatte Angst, dass du das, was ich getan hatte, missbilligst ...»

«So, dachtest du! Dann komm mal mit ...» Er stellte sich hin, lief in den Raum, wo er schlief, und setzte sich auf die Kante vom Bett. Ich trottete hinter her und als ich vor ihm stand, machte er mir die Hose auf und zog sie runter. Dann sagte er, dass er mich jetzt aufmuntert, und im Nu war der Kleine im Mund ...

Ab da hatte ich eine lustvolle Zeit und geilen Sex. Es blieb nicht bei den 2-mal, sondern ging, so oft er Lust hatte. Es kam mir so vor, als holte er fünfzig Jahre Sex auf. Nie ahnte ich, dass mir das mal passiert und dann noch mit Großvater. Oh, oh, dachte ich, wüsste Oma, wie geil und zärtlich er war. Ich hatte das Gefühl, dass wir ein Paar sind ... Doch die geile Zeit war nach drei Monaten um ...

In einer Nacht hatte er einen Anfall. Ich rief gleich den Notarzt an und der brachte ihn in eine Klinik. Mit einem Schlag war er ein Fall für die Pflege. Nach der Reha gab es nur zwei Wege: Der Erste war ihn in ein Heim zu geben und der Zweite, mich selbst um ihn zu kümmern. Als ich der Chefin das sagte, schlug sie vor, dass ich ihn in ihr Heim bringe. Das wollte ich nicht, da ich wusste, wie schlecht es den Alten, die da lebten, ging. Sie gab mir drei Tage frei und Zeit mir das zu Überlegen ...

Am Zweiten kam die Kündigung an. Der Grund: Diebstahl. Wann und was ich klaute, nannte sie nicht. So nahm sie mir die Wahl ab. Ich hatte auch keine Lust mehr, bei ihr zu arbeiten. Wie gern hätte ich alle aus ihrem Heim geklaut. Doch das war ja nicht möglich. So pflegte und lebte ich mit ihm und ich bereute die Wahl nicht einen Tag ...

Fünf Jahre später

Es war ein Sonntag. Das Frühstück war fertig, ich wollte ihn wecken und lief an sein Bett. Da sah ich, dass er schlief. Ich stieß ihn an, und da merkte ich, dass er kalt und leblos war. Ich rief den Notarzt und der stellte einen Herzanfall fest. Als ihn der Bestatter geholt hatte, saß ich auf dem Bett und heulte den Rest des Tages. Da dachte ich an die geile Zeit, die ich mit ihm hatte. Auch an die, wo er nur noch im Bett lag.

Ich sah, wie ich ihm am Abend die Hände sanft massierte ... Sah die leeren Augen, die mich ansahen ... Sah die Tränen, die ich ihm von den Wangen tupfte ... Sah, wie ich ihm einen Kuss auf die Stirn gab, bevor ich schlief ... Sah wie ich ihn in der Früh rasierte und wusch ... Sah, wie ich ihm Essen ans Bett brachte und die Windel tauschte, waren sie voll.

Das war mir egal. Es war jemand da und dann kam die Leere und Einsamkeit. Das tiefe Loch, in das man fällt, wenn niemand mehr nach dir ruft und deine Hilfe braucht. Ich war keinen Tag krank, hatte nie Urlaub. An jedem Tag war ich rund um die Uhr für ihn da. Da sieht man erst, wie zerbrechlich wir Wesen doch sind. Als er da war, hatte ich noch eine Aufgabe. Machte ein Leben ohne ihn jetzt noch einen Sinn?

In der Früh wachte ich auf. Ich musste erneut die Bestattung und alles andere Regeln ... Er kaufte, als Oma starb, in Schwerin einen Platz für ein Grab. Als ich am Abend nach Hause kam, war ich deprimiert. Ich wusste nicht mehr ein noch aus. Es ist schon hart, wenn man so eng mit einem Menschen gelebt hat.

Zwei Wochen später fuhr ich nach Schwerin. Die Urne von ihm kam neben die von Oma. Es war sehr traurig, denn nur der

Bestatter und ich waren da. So ging es rasch. Ab dem Tag waren die zwei wieder vereint. Ich fuhr in der Folge nach Wismar zurück.

Eine Woche war um, ich hatte alles bezahlt und war fast pleite. Die Wohnung konnte ich mir ab da nicht mehr leisten. Ich hatte ja kein eigenes Geld, denn wir lebten nur von Opas Rente. Die Quelle versiegte mit dem Tod von ihm. Doch hatte ich noch eine Rücklage für zwei Monate auf der Kasse. Dann sagte ich zu mir: Bevor ich raus muss, mach dir noch mal einen Tag der Freude in Hamburg auf der Reeperbahn. Da wollte ich die Puppen tanzen lassen ...

Nach dem Mittag fuhr ich los. Ich suchte ein Hotel nicht weit weg und wurde schnell fündig. Es war eine Klitsche wie sie im Buche stand. Das Zimmer gab es nur gegen Vorkasse. Ich ruhte ein wenig aus. Im Anschluss ging ich in ein Bordell. Eine beleibte Frau machte auf. Oh, oh dachte ich, wenn die auf dir liegt, dann gehst du ein. Ich lächelte sie an und sah im Geist, wie die Dicke im Traum auf mir lag und das Bett brach.

«Na was willst du denn?», fragte sie und ich stotterte: «Äh, ja. Ich will ... äh ... wieder mal eine Frau. Ich hatte fünf Jahre keinen Sex mehr.»

«Na, dann komm rein. Da bist du hier nicht verkehrt ... Warte eine Minute!» Sie kam wieder und hatte drei Damen bei sich. Die waren alle fast nackt. Sie stellten sich vor mich. «Such die eine aus», sagte sie. Die waren sehr hübsch, nur gefiel mir keine. Jede kreiste mit der Zunge über die Make-up-Lippen. Das machte mich nicht geil, stieß mich eher ab. «Die kosten alle achtzig Euro. Spritzt du ab, bist du fertig.»

Beim Blick zu den Damen bekam ich weiche Knie. Da dachte ich mir, dass das hier nicht gut für mich ist und ich hier raus muss. Da klingelte es und war die Chance. «Ach ist das doof! Ich hab ja kein Geld bei mir! Das liegt im Auto. Äh ... Ich komm gleich wieder.» Die Puffmutter machte die Tür auf und da stand ein Kerl mit Vollbart. Ich lief los, rannte die Treppe runter und ins Freie. Da atmete ich erst mal durch. Da sah ich auf der anderen Seite eine Bar und ging da rein.

Da bot mir ein Kerl an, mit ihm um die Wette Schnaps zu trinken. Es dauerte nicht lange, da war der voll und knallte mit dem Kopf auf den Tisch. Alle die auf ihn wetteten verloren ihr Geld. Ich steckte mir die Scheine in die Tasche und ging raus. Auf dem Weg nach draußen merkte ich, dass ich ganz schön voll war. Ich kam ins Freie und da krachte die Tür hinter mir zu. Dürftig war das Licht, das von einer Lampe schien. Da quatschte mich ein Typ an, den ich nicht sah. Ich drehte mich um und da schlug er mich erst in den Bauch und dann auf dem Kopf. Ich taumelte, fiel auf das Pflaster und da wurde es finster ...

Ich wachte auf und hörte eine weibliche Stimme, die sagte: «Das ist ja schön, das Sie wach sind. Ich bin Schwester Erika.»

«Wo bin ich?»

«Im Krankenhaus auf der Intensivstation. Sie sind hier, da sie drei gebrochene Rippen und eine Gehirnerschütterung haben.»

Als sie das sagte, kamen zwei Männer von der Polizei an. Die wollten von mir den Perso sehen. Ich sagte, dass der in der Jacke ist. In der hatte ich Geld, Ausweis, Führerschein, Bankkarte, Schlüssel von Haustür und Hotel und eine Karte mit der Adresse. Einer sah nach ... und sagte, dass alle Taschen leer sind. Der andere meinte, dass er gleich in Wismar anruft. Als ich das hörte, war mir klar, dass das kein gutes Ende nahm. Dann gingen sie.

In der Früh kamen die zwei wieder. Einer sprach: «Moin, Herr Tamper, wie geht es Ihnen heute?»

«Besser!»

«Das freut mich. Das, was ich Ihnen jetzt sage, ist nicht so erfreulich», und legte los: «Die Wohnung von Ihnen wurde verwüstet. Alles, was von Wert war, ist weg und vom Konto hob man Geld ab.» Das traf mich wie ein Schlag mit der Keule, doch war es nicht alles ... «Die Diebe raubten eine Tankstelle aus und flohen mit Ihrem Auto. Eine Streife verfolgte sie, bis sie gegen eine Brücke rasten, es zu Schrott fuhren und starben ...» Auf ein

Mal schrillte das Mobiltelefon: «Ja, was gibts? ... Gut, wir fahren sofort los! ... Herr Tamper, die Pflicht ruft. ... dann Tschüss», und weg waren sie. Ich war da amtlich pleite, hatte kein Geld und Auto mehr. Und ich war in einer Stadt weit weg von zu Hause. Ich wollte mich durch Gift töten. So war mein Leben ohne Sinn schnell zu Ende ... Nur bekam ich das nicht.

Zwei Wochen später entließ man mich in der Früh. Ich musste nach Wismar und das ohne Geld. Ich stellte mich an eine Straße, die zur Autobahn führte, und hatte Glück. Ein Mann in einem schwarzen Wagen hielt an, ließ die Scheibe runter und fragte: «Na, wo willst du denn hin?»

«Wismar!»

«Dann steig ein, ich muss nach Rostock!» Wir fuhren los und gleich fragte er: «Wie heißt du?»

«Nils!»

«Und warum willst du nach Wismar?»

«Da wohne ich.»

«Ah ja ...» Da klingelte es ... Jemand bestellte was bei ihm. Ich hörte, dass er ein Vertreter war. Da er es sehr eilig hatte, fuhr er nur auf der linken Spur. Ich linste auf den Tacho: 100 ... 150 ... 200 ... 230 ... Er rief am laufenden Band an. Für die Aufträge hatte er einen Block, der auf dem rechten Bein lag. Es war kurz vor der Abfahrt Wismar-Mitte als direkt vor uns ein LKW auf die linke Spur wechselte und dann knallte es und es wurde Nacht ...

Ich wachte auf, lag auf dem Rücken und starrte an eine weiße Decke. Ich lieg ja schon wieder in einer Klinik, schoss es mir durch den Kopf.

Da sah ich einen Schatten von rechts. Eine Frau in blütenweiß beugte sich über mich und fragte: «H-a-l-l-o ... Sind Sie wach?» Ich nickte. Kurz darauf kam ein Mann an, fragte leise: «Hören Sie mich?» Ich nickte. «Sehr gut! Ich bin Doktor Berger und das ist Schwester Irene. Wissen Sie, wo Sie hier sind?» Ich schüttelte den Kopf. «Das dachte ich mir! Sie liegen in Wismar im Krankenhaus. Bis heute waren Sie im Koma, da Sie schwer verletzt waren. Doch jetzt sind sie fast gesund ...» Da fielen mir die Lider zu, und ich schlief ein ...

Drei Tage später verlegte man mich nach dem Frühstück auf ein Zimmer. Als ich hinein kam, sah ich, dass im ersten Bett ein Mann lag. Der schien schon sehr betagt zu sein. Ich kam in das zweite am Fenster. Nach dem Essen döste ich ein ... Da ging die Tür auf und ich wurde wach. Es kam ein Mädchen und eine Frau herein. «Guten Tag», sagte sie und ich grüßte sie auch. Sie stellten sich vor das Bett von dem Mann und ich hörte: «Hallo, Vati! Wie gehts dir denn heute?»

«Gut!»

«Das ist fein ... Kuck mal, wer noch da ist.»

«Hallo, Opi! Wann kommst du wieder nach Hause?»

«Ich kann es dir nicht sagen, Gaby. Man sucht noch die Ursache.» Dann klönten sie eine Weile.

Auf einmal kam die Frau zu mir. Das Mädchen blieb bei Opa und sprach mit ihm. «Warum sind Sie hier?», fragte sie und ich sagte: «Es war ein Crash mit dem Auto.»

«Wie ist es denn passiert?»

«Ich weiß das nicht mehr genau. Nur noch, dass ich per Anhalter von Hamburg nach Wismar fuhr. Dann scherte kurz vor uns ein Lastzug aus ... Ab da riss der Faden.»

«Besucht Sie jemand?»

«Nein! Ich habe keine Angehörigen mehr.»

«Wie ich sehe, haben Sie noch das OP-Hemd an. Haben Sie keine andere Kleidung?»

«Nein! Ich hab auch niemand, der mir die bringen kann. Was mal wird, wenn ich hier raus komme, weiß ich auch nicht.»

«Dann helfe ich Ihnen gern. Mmh ... Ich glaub, ich habe von Vater noch eine Hose hier. Ich seh gleich mal nach», sagte sie, drehte sich um, lief zum Schrank und kramte drin rum. Kurze Zeit später kam sie zu mir und legte zwei Hemden, eine Jogginghose, Strümpfe und Slip aufs Bett und meinte: «So, das braucht er erstmal nicht. Morgen bringe ich noch ein paar andere

Sachen mit. Die sind von der Größe her, denke ich passend.» Ich lächelte sie an und sagte: «Vielen, vielen Dank! Das ist sehr nett von Ihnen ...»

«Kein Ursache!» Sie lief zurück zu Tochter und Vater. Der lag nur im Bett und schlief die meiste Zeit. Der Abschied der drei war sehr herzlich. Die Frau winkte mir zu und machte die Tür zu. Wenig später schlummerte der Mann ein. Ein Gespräch mit ihm war nicht möglich ... Ich legte die Sachen in den Nachttisch, da klopfte es an der Tür. Es war ein Mann und eine Frau von der Polizei. Die stellten mir Fragen über den Unfall und ich sagte, was ich wusste.

Am nächsten Tag in der Früh kam eine Schwester und nahm Blut ab. Dann mass sie den Blutdruck. Eine andere kam zur Pflege meines Körpers. Es verging eine Zeit. Da kam ein Mann etwa vierzig Jahre alt rein und rief: «Guten Morgen! Ist hier ein Herr Tamper?»

«Ja, der bin ich!» Er kam auf mich zu, stellte sich vors Bett, gab mir die Hand und sagte: «Mein Name ist Torsten Schneider. Ich bin Ihr Vormund.»

«Äh ... Ich glaube, da sind Sie bei mir falsch», meinte ich verdutzt. «Leider nein, Herr Tamper! Als Sie hier her kamen, fand man nichts, was Sie auswies. Keiner wusste, wer Sie sind, oder wo Sie wohnen. Da wir das jetzt wissen, helfe ich Ihnen. Da Sie nicht fähig sind, das im Moment selbst zu tun.» Als der Papierkrieg erledigt war, nahm er Abschied ...

Nach dem Essen ging die Tür auf. Es war die Tochter von Herrn Glasens. Die brachte mir Sachen in einer Tasche mit. Das war das letzte Mal, dass ich sie sah. In der Nacht starb ihr Vater. Als sie die von ihm holte, war ich nicht im Zimmer.

Eine Woche verging. In der Früh fuhr man mich nach Bad Doberan in die Reha. Die Klinik lag am Rand der Stadt am Moorbad. Da sollte ich vier Wochen bleiben. Nach der Aufnahme ging ich ins Zimmer. Am Mittag wies man mir im Raum, wo wir aßen einen Platz an einen Tisch zu. An dem blieb ich bis zum

Ende. Als ich kam, saßen da zwei Männer. Ich setzte mich hin und wir stellten uns vor. Einer hieß Hermann, war 83 Jahre alt, etwa 180 cm groß, hatte kurzes graues Haar, und ein rundes Gesicht ohne Bart. Er wog etwa 80 kg und war Witwer. Der andere hieß Hein. Er war 79 Jahre alt, etwa 175 cm groß, hatte eine Glatze mit Haarkranz und ein ovales Gesicht mit Vollbart. Er wog etwa 90 kg und war verheiratet.

Wenig später kam eine Dame an. Sie reichte mir die Hand und stellte sich mir als Frau Eilers vor. Ich schätzte sie auf 75 Jahre. Sie hatte graues, lockiges Haar, fast keine Falte im Gesicht und war etwa 170 cm groß. Sie war gepflegt und geschminkt. Als das Essen um war, ging sie, da sie eine Anwendung hatte.

Hein fragte mich, ob ich mit ihnen Karten spiele. Der vor mir da war, tat das auch. Ich sagte zu, obwohl ich nicht wusste, was das für ein Spiel war. Nach dem Essen am Abend trafen wir uns bei Hermann. Er machte mir die Tür auf und rief: «Komm rein Nils, Hein ist schon da! Dann fangen wir gleich an.» Ich setzte mich zu ihnen an den Tisch. Die zwei lächelten und Hein fragte: «Kennst du Skib-Bo?»

«Ja, das spielte ich oft mit Großvater.»

«Na das passt ja gut! Wir spielen das aber als Strip-Skib-Bo.»

«Was ist das denn?»

«Das ist wie Strip-Poker: Wer verliert, zieht ein Stück von den Sachen, die er an hat aus, auch das Letzte.» Da vermutete ich, das die zwei vor hatten mich nackt zu sehen. Das wollte ich aber nicht. Ich sah sie lieber gerne so. «Okay, dann fangen wir an», sagte ich und Hein mischte die Karten.

Die Taktik von mir ging nicht auf ... Spiel um Spiel verlor ich und im Nu saß ich im Slip da. Doch gewann ich noch drei Mal. Die zwei legten auch schon einige Sachen ab. Dann verlor ich und Hermann sagte: «Tut mir leid, Nils, jetzt musst der Slip weg.» Ich stand vom Stuhl auf, zog den Slip langsam zu Boden und die zwei kuckten mir zu. Ich setzte mich wieder hin und Hein sagte: «Wir machen jetzt weiter, bis einer von uns gewinnt.» Da sie, auch nicht mehr viele Sachen am Leib hatten, war es rasch rum. Hein rief: «Gewonnen!» Hermann stand auf, zog den Slip aus und ich starrte auf den langen Lulatsch. So ein Teil vermutete ich nicht. Er stellte sich vor mich und sagte: «Gefällt er dir Nils?»

«Ja, schon aber ....»

«Willst du ihn mal in die Hand nehmen?»

«Wenn ich darf?»

«Na klar!» Da ich wusste, was er wollte, nahm ihn in die Hand und rubbelte so lange, bis er hart war. Da hörte ich: «Wenn du willst, darfst du ihn auch in den Mund nehmen.» Da rief Hein: «Meinen auch ...», und stellte sich nackt, mit Erektion neben ihn. War das ein Anblick und so fing ich bei ihm an. Dann wechselte ich immer hin und her. Ihnen gefiel das und bei mir blieb das auch nicht ohne Folge. Da sagte Hein: «Kuck mal Hermann, Nils hat einen Steifen.»

«Ja und das ohne rubbeln. Das ging in jungen Jahren bei mir auch so. Doch jetzt geht´s nur noch mit Handbetrieb.»

«Oder mit dem Mund, wie es Nils grad macht ... oh Nils, schön wie du mir die Eier kraulst ...»

«Mir auch! Doch ich komme so gleich.»

Ich hörte auf und sagte: «Stellt euch mal so hin, dass ich beide in den Mund nehmen kann .... Ja, so geht das.» Dann machte ich weiter und kraulte dabei deren Hoden. «Mmh, Nils das ist ja g-e-i-l», meinte Hermann und ich ließ die Zunge mal schnell mal langsam kreisen. Da rief Hein: «Ich, ich kann nicht mehr ...» Im Nu hatte ich den Samen von ihm im Mund und er wurde rasch schlapp.

Da machte ich mit Hermann weiter. Ich blies seinen auch bis zum Erguss. «Oh, war das so geil, wie du das gemacht hast», sagte er nach Luft schnappend. Dann wurde der Kleine von ihm gleich schlapp. «Ich danke dir, dass du es uns besorgt hast, Nils, und als Dank, dringst du jetzt in die Grotte von mir ein. Gefällt dir das?»

«Ja schon, wenn du das willst, Hermann?»

«Ja das will ich! Schmiere hab ich da.» Er kniete sich aufs Bett und streckte mir die Backen entgegen. Ich nahm das Gel und cremte den Eingang und den Höhlenforscher von mir ein. In der Zeit kam Hein auf das Bett und legte sich unter ihn. Dann drang der Forscher in die Höhle ein. Als ich das tat, hatte jeder von denen den Mund voll und schmatzte. Ich stieß mal vor und mal zurück, mal lahm mal fix. Dann wurde es dem Forscher übel und er kotzte. Da rief Hermann: «Nils, oh ... man, das hast du gut gemacht.» Der Forscher verließ fix und fertig die Höhle.

Er erhob sich, stieg über Hein und setzte sich vor mich auf die Kante vom Bett. Da packte er die Pobacken von mir an, zog mich an sich ran und im Nu war der kleine im Mund von ihm. Er saugte so lange an ihm, bis ich aufs Neue kam.

«Oh, war das geil! Das erlebte ich noch nie», keuchte ich und hatte weiche Knie. Da rief Hein: «Macht Schluss! Es ist gleich zehn und da muss jeder auf dem Zimmer sein.» Da zogen wir uns an und gingen los. Ich legte mich sofort hin und schlief ein ...

In der Früh saßen wir beim Frühstück. Da sagten mir die zwei, dass sie noch 14 Tage da sind. Hermann fragte: «Und Nils, gefiel dir das Spiel mit uns?»

«Ja, das tat es. Mmh ... So ausgiebig spielte ich schon lange nicht mehr», sagte ich und verdrehte die Augen. «Guten Morgen, die Herren», rief eine weibliche Stimme und Hein: «Moin, moin Frau Eilers, haben Sie gut geschlafen?»

«Ja, das machte ich in der Tat», meinte sie und setzte sich hin. «Was spielen sie denn, wenn ich fragen darf?»

«Dürfen Sie! Skib-Bo ...»

«Das Spiel kenne ich auch. Als mein Mann noch lebte, spielten wir das mit einem Paar, das mit uns befreundet war. Als er starb, verlor ich den Kontakt mit ihnen. Darf ich mal mit euch spielen?»

Wir sahen uns an, denn das nahm keiner an. Kam sie, war Sex nicht möglich und den wollten wir ja haben. Der Schreck saß tief und ich war gespannt, wer ihr Antwort gab. Es war Hermann, der meinte: «Äh, ja ich denke, das geht. Am Donnerstag treffen wir uns das nächste Mal ...»

«Das passt mir gut, denn am Freitag reise ich ab.»

«Äh ... ja prima! Wir spielen, das nur nicht normal. Das tun wir wie Strip-Poker. Kennen Sie das?»

«Ja, das kenne ich. Da zieht man ein Stück der Kleidung aus, verliert man ein Spiel. Ab und zu spielten wir das auch mit dem Paar. Als alle nackt waren, tauschten wir die Partner. Die zwei lernten wir durch eine Swinger-Annonce kennen. Ich war ja skeptisch, doch mein Mann wollte das. Ich gab nach, nahm an, dass er mal eine andere Frau nehmen wollte. Doch als wir alle vier auf dem Bett lagen, gab er sich nur mit Lars ab. Er stieg dann so über ihn, bis sein Glied am Mund war, und Lars nahm seins. Ich lag neben Renate, sah zu und spielte ihr mit dem Finger an der Lusterbse und sie bei mir. Wir redeten in der Zeit über dies und das, und die Dinge, die für uns wichtig waren.

Waren die Männer so weit kamen sie zu uns. Herbert ging zu Renate und Lars zu mir. Er war sehr einfühlsam, nicht so grob wie mein Mann. Er tat auch etwas, dass er nie machte: die Lusterbse mit der Zunge lecken. Tat er das, hatte ich schon den ersten Höhepunkt. Herbert auch, denn er spritzte schnell und war längst fertig. Die zwei sahen uns zu, bis Lars in mir kam. Zum Abschluss tranken wir Sekt und in der Folge fuhren wir nach Hause. Ein Mal im Monat im Wechsel trafen wir uns. Oft waren wir vorm Sex erst noch in der Sauna.

Ach, wenn ich nur daran denke: Es war eine Zeit, die ich sehr vermisse ... So! Und euch sagte ich klipp und klar, dass ich schon nackte Männer sah. Also darf ich mit dabei sein?»

Hermann sah uns an und fragte: «Genehmigt ihr das?» Wir hatten keinen Einwand. Da sagte sie: «Danke, so habe ich noch einen netten Abend hier, bevor ich nach Hause fahre. Berlin wartet auf mich ... So und jetzt muss ich los. Ich habe gleich eine Anwendung.» Sie stand auf und ging fort. Die zwei kuckten, ihr gierig nach. Sie sah ja mit Mitte siebzig noch sehr sexy aus. «Na

Hermann, ist die was für dich? Am Ende lässt sie dich mal ran», meinte Hein. «Ha, ha, ha ... Eher macht sie das bei dir, denn die sah dich so verliebt an. Doch ich sag euch, dass meiner steif wurde, als sie sagte, wie die Kerle es oral machten.»

«Die Olle von mir kommt am Mittwoch zu Besuch. Da muss ich aufpassen, dass ich ihr das nicht sage ...»

«Sonst denkt sie noch, dass sie dein Kurschatten ist ...»

«Möglich! Wenn die wüsste, dass es ein Kerl ist. Oh, oh ... äh, jetzt sind es ja schon zwei.»

«Wenn wir wissen wollen, wie scharf die Eilers ist, muss sie als Erste nackt sein.»

«Dann lasst uns einen Plan schmieden ...»

Hein hatte eine Frau, mit der er an sich keinen Sex mehr hatte. Hermann hatte schon lange keine mehr, da die verstarb. Dass er scharf auf sie war, sah man ihm an. Doch niemand von uns nahm an, dass sie Sex mit uns wollte. Mal sehen, ob ihr Plan Erfolg hat und sie zuerst nackt ist, dachte ich. Dann musste ich auch los ...

Am Donnerstag nach dem Frühstück stand Frau Eilers auf und sagte: «So die Herren ich geh jetzt zur letzten Anwendung. Bis später!» Wir hatten noch Zeit und Hermann fragte: «Und Hein, wie war es mit deiner Frau?»

«Gut! Doch saugte sie mir, bevor sie ging noch die Eier aus.»

«Was? Ich dachte, ihr habt keinen Sex mehr ...»

«So war es auch!»

«Und wie kam das?»

«Na ja, das war so: Als sie ging, nahmen wir uns in die Arme und gaben uns einen Kuss zum Abschied. Doch anders als sonst fasste sie mich in den Schritt. Dann flüsterte sie mir ins Ohr, dass sie Lust hat, auf der Flöte von mir zu blasen. Ehe ich mich versah, kniete sie vor mir, machte die Hose auf und holte ihn raus. Das tat sie nie, lehnte das stets ab. Als sie fertig war, stand sie auf und hatte den Mund voll. Sie lief ins Bad, kam zurück, gab mir einen Kuss und meinte, dass ich mich waschen kann. Als das erledigt war, brachte ich sie bis zum Auto. Nächste Woche kommt sie wieder, sagte sie, stieg ein und fuhr fort. Ich legte mich fix und fertig aufs Bett. Ich war total perplex von dem, was sie machte. Man könnte meinen, dass sie das mit Absicht tat.»

Hermann lächelte ihn an und meinte: «Kann sein, dass sie hörte, dass wir mit der Eilers strippen. Sie saugte dir die Eier leer, so dass du nicht auf dumme Gedanken kommst.»

«Du meinst, sie denkt, dass die sich nicht mehr so schnell füllen im Alter? Da liegte sie aber falsch mit ...»

«Oh, Hein, dann hast du Glück, wenn deine Potenz noch so gut ist.»

«Ich trainiere ja auch fast jeden Tag. Doch noch wissen wir nicht, ob etwas mit ihr läuft. Ich denke eher nicht.»

«Na, dann warten wir es ab Hein. So ich muss jetzt auch los. Also bis später.» Ich hatte noch Zeit und lief auf mein Zimmer.

Nach dem Essen am Abend war es so weit. Wir trafen uns bei Hermann. Da ich nicht der Erste nackte sein wollte, musste ich mich an den Plan halten. Dann klopfte es an der Tür und die Eilers kam rein. Als ich sie sah, war mir klar, dass sie die Erste sein wollte. Sie hatte ja fast nichts an ... Wir setzten uns an den Tisch und bevor es losging, sagte sie uns, dass wir Eva zu ihr sagen können. Und Herman mischte die ersten Karten ...

Runde um Runde verging und jeder legte etwas ab. Dann war es so weit und Eva saß fast im Evakostüm vor uns. Nur der kleine rote G-String verdeckte die Scham. Sie hatte Glück und gewann ein paar Runden. Doch dann war es aus und sie verlor. Hermann sagte: «Es tut mir leid Eva, du musst dein Höschen jetzt ablegen.»

Sie stand auf und streifte es runter. Dann hielt sie den String in der Hand, wedelte ihn hin und her, leckte die Zunge über die Lippen und meinte: «Das ist der erste Preis! Wer von euch gewinnt, darf mit mir Sex haben», und warf das Stück Stoff auf den Tisch.

Ich starrte auf die schwarzen Haare der Scham. Das saß und hatte keiner erwartet. Sie meinte: «So und jetzt geh ich erstmal für kleine Mädchen», und ging zum Bad. Und ich war schon aus dem Rennen. Ich hatte noch den Slip und zwei Strümpfe an. Da sagte Hermann: «Hein, es sieht gut für dich aus, du hast am meisten an.»

«Ich kann mit der keinen Sex haben. Wenn meine Frau das erfährt ...»

«Sagst du ihr das nicht, merkt sie das auch nie. Nils und ich halten dicht. Doch wäre es ja möglich, dass sich das Blatt wendet und Nils gewinnt. Dann kann er es ihr besorgen ...»

«Das glaubst du doch nicht im Ernst, Hermann. Eher du, da ich nur drei Sachen an hab.»

Da ging die Tür vom Bad auf und Eva kam raus und rief: «Und jetzt trinke ich noch einen Prosecco und dann mische ich die Karten.»

Nach der vierten Runde war ich auch nackt. Da meinte sie: «Oh, Nils, deiner kann sich ja sehen lassen. Mmh ... den hätte ich gern mal in mir und halbsteif ist er ja schon.»

«Na ja, ich sah auch schon ewig keine nackte Frau mehr.»

«Oh, mach dich der Anblick von mir scharf?»

«Wie du siehst.» Während sie das sagte, mischte sie die Karten. Dann ging es weiter und drei Runden später war Hermann blank. Er stand vom Stuhl auf, zog den Slip aus und sie starrte auf das lange Teil von ihm. Eva schluckte den Kloß im Hals runter und fragte: «Wie lang wird er denn?»

«Zwanzig!»

«Imposant ... und nahm ich nicht an. So Hein, dann bist du der Sieger. Jetzt will ich mal sehen, was du zu bieten hast.»

Oh, oh dachte ich, gestern saugte ihn die Frau leer und nun musste er ran. Sie stand auf, lief auf ihn zu, stellte sich vor ihn und sagte: «Steh mal bitte auf Hein.» Das tat er und gleich grabschte sie am Slip rum. «Oh, da drin tut sich ja schon etwas. Na da will ich mal sehen, was sich da versteckt.» Im Nu zog sie sein Ding raus und er stand wie eine Säule da und regte sich nicht. Sie nahm die rechte Hand von ihm, führte sie an ihre

Scham und meinte: «Jetzt liebkose mal meine Muschi ... Oh, machst du das gut ... und nun steck mal einen Finger rein .... Oh, mmh tut das gut.» Dann beugte er sich zu ihrer Brust, streckte die Zunge raus und leckte an den Warzen. Er wechselte von rechts nach links. Ihr gefiel das, denn sie stöhnte und hauchte: «Oh, ah ... ist das schön ... was du machst ... oh ...»

Ich saß da, kuckte zu und war erregt. Da sah ich zu Hermann und der von ihm war auch steif. Ich ging zu ihm, kniete mich vor ihn hin und nahm seinen in den Mund. Da hörte ich, wie Eva sagte: «So und jetzt gehen wir zum Bett und da steckst du mir das hier rein. Oh ich bin so geil auf dich ... Und möchte dich in mir haben.» Sie sah zu uns und rief: «Ihr dürft euch schon mal warm machen, aber nicht kommen, das macht ihr bei mir. Bin ich mit ihm fertig kommt Nils dran und zum Schluss Hermann.» Sie lief los und da hörte ich, wie sie sagte: «Leg dich mal auf den Rücken.» Und dann folgte: «Der war ja schon mal härter. Jetzt muss ich den erst mal aufpusten.» Wenig später vernahm ich: «So nun ist er kräftig genug.» Gleich darauf quietschte es rhythmisch und sie stöhnte leise. Da dachte ich, hat der Glück, das er von uns am längsten kann. Doch ich sollte mich irren, denn nach ein paar Minuten, rief er: «Es kommt mir!»

«Oh, ja, das ist gut! Dann spritz in mir ab ...», und sie hopste schneller ... Wenig später rief sie: «Hein, ich ... ah .... spür deinen ... oh ... Samen in mir. Oh ... tut das gut.» Ich hörte auf Hermann zu blasen und sah zum Bett. Nach einer Minute stieg sie von ihm runter und der Schwanz von ihm flutschte schlapp raus. Er rief: «Nils holst du mir mal ein Handtuch aus dem Bad. Ich will das Bettlaken nicht einsauen.»

«Okay mach ich», sagte es und brachte es ihm. Eva wischte sich zuerst die Flüssigkeit ab, die aus ihr lief und er sich im Anschluss den Penis, der ganz feucht war. Da meinte sie: «So Nils, jetzt bist du dran.» Sie stieg vom Bett runter. «Ich möchte, das du mich von hinten nimmst. Aber erst mache ich ihn dir hart.» Im Nu merkte ich die Hand von ihr, sie fing an zu rubbeln und rief: «Hermann, komm mal bitte her!» Er erhob sich vom Stuhl und kam zu uns. Als er neben mir stand, fasste ihre linke Hand seinen an und rubbelte auch den.

Hein setzte sich am anderen Ende vom Bett auf einen Stuhl und sah zu, was sie mit uns machte. Da sagte sie: «Hermann geh mal bitte zu Hein. Der soll dir, bis ich fertig bin, die Stange steifhalten.»

Sie ließ seinen los, nahm meinen in den Mund und blies ihn eine Weile. Hein tat das auch bei Hermann. Auf einmal sah sie zu mir hoch und meinte: «So jetzt bis du nass genug. Ich dreh mich jetzt um und dann mach mir den Hengst.» Im Nu stand sie auf, kniete sich auf das Bett und streckte mir ihren Po entgegen. «So Nils, steck in rein.»

Ich war nervös, zitterte, legte an und sie rief: «Nils das ist das falsche Loch! Du musst in das, was tiefer ist.» Oh war mir das peinlich, machte das aber gleich. «Ja Nils das ist das Richtige. Jetzt leg los.» Ich fing mit dem rein und raus Spiel an. Doch das ging nicht lange, denn da kam es mir und sie rief: «Nils! Du spritztest ja schon ab!»

«Ja, tut mir leid, ich konnte es nicht mehr halten.»

«Schade ich hätte es gern noch länger genossen.» Ich griff nach dem Tuch und hielt es so hin, das die Sahne von mir in das Tuch lief. Als nichts mehr kam, trocknete ich den Schlaffen von mir ab. Sie erhob sich, sah zu den beiden und sagte: «Hermann jetzt bist du dran.» Im Nu legte sie sich auf den Rücken und hob die Beine senkrecht in die Luft. Da starrte ich auf die feuchte Vagina. Hermann zog den seinen aus dem Mund von Hein. Dann stieg er auf das Bett, kniete sich vor sie und stieß das lange Teil in ihre Grotte.

Hein kam an, ging vor mir auf die Knie und nahm meinen in den Mund. Dann blies er so lange daran rum, bis ich kam. Da rief auch Hermann, dass er kommt. So hatten wir fast zeitgleich einen Abgang. Oh war das so geil und ich hatte weiche Knie. Er zog seinen aus Eva raus, sie stand auf und rief: «Ich geh mal schnell ins Bad.» Hein ließ meinen aus dem Mund und sagte: «Nils, hilfst du mir mal auf die Beine.»

«Na klar, mach ich das.» Hermann saß auf der Bettkante und meinte: «Man, das war ja der geilste Sex, den ich seit langer Zeit erlebte.» Und Hein: «Wer dachte, das Eva noch so ein geiles Luder ist. Wüsste das meine Frau ....»

«Dann begrüßt sie dich, wenn du nach Hause kommst, mit der Teigrolle.»

«Da kannst du recht haben Nils, doch wer konnte das ahnen. Und das ich 2-mal in Folge kam, ist auch schon lange her.»

«Bei mir auch ...» Da ging die Tür vom Bad auf, Eva kam raus und rief: «So meine Herren, ich denke, dass es Zeit ist, für mich zu gehen. Ich muss noch den Koffer packen. Ich danke euch für den Sex, den ich mit euch haben durfte. Drei Männer nach der Reihe hatte ich noch nie. So bleibt mir der Abend noch sehr lange in Erinnerung. So und jetzt ziehe ich mich an und dann gehe ich. Wie spät ist es?»

Da keiner eine Uhr am Leib hatte, lief Hermann zur Weckuhr und rief: «Oh es ist ja schon gleich halb elf!» Hein meinte: «Was? Dann müssen wir uns auch sputen.» So zogen wir uns alle an außer Hermann. Er sagte, dass er sofort ins Bett geht und da er nackt schläft, braucht er das nicht mehr.

Eva war zuerst fertig und lief zur Tür. «So ich geh schon mal vor, dann bis morgen», sagte sie und ging fort.

Als die Tür zu war, meinte Hermann: «Nur gut das es nur einmal war. Die machte uns sonst alle fix und fertig.»

«Uns schon aber Nils nicht, denn der kann ja mindestens 3-Mal am Tag ...»

«Ha, ha, ha ... Doch es stimmt, vor dem Unfall schaffte ich das locker. Aber ich denke, dass es jedem jungen Mann so geht. So und jetzt geh ich auch ...»

«Ich komm gleich mit!»

«Okay Hein! Bis zum Frühstück Hermann ...»

«Ja, und eine gute Nacht für euch beide und bis morgen.»

Im Bett dachte ich über den Abend nach. Das war das erste Mal, dass ich mit einer Frau Sex hatte. Es war aber nicht so toll, als ich annahm. Wohl auch, weil ich doch sehr nervös war. Bei den Gedanken schlief ich ein ...

In der Früh beim Frühstück. Wir saßen schon eine Weile, als Eva zu uns kam. «Moin die Herren, habt ihr gut geschlafen?» Das hatten wir und sie meinte: «Ich auch! Das hat mir lange gefehlt und ich danke euch, dass ihr mir das erlaubt habt. Jetzt esse ich schnell ein Häppchen, denn um zehn Uhr kommt das Taxi. Mit dem fahre ich nach Rostock und von da aus mit der Bahn nach Berlin. Seid ihr Mal dort, könnt ihr mich gern besuchen. Ruft einen Tag davor an, so dass ich auch zu Hause bin. Ich zeig euch am Tag die Stadt. Und am Abend sind wir bei mir intim und trinken Prosecco. Hier ist meine Karte ...»

Sie reichte die Hein, der blockte ab und rief: «Nein nicht mir! Wenn die meine Frau sieht, dann bringt sie mich um. Verstecken kann ich die nicht, da sie alles findet. Trotzdem Danke! Ich hätte nie gedacht, dass mir das hier passiert. Du bist eine tolle Frau und ich hoffe, dass du doch nochmal das große Glück findest.»

«Danke Hein! Das hatte ich gestern mit euch.»

Sie war fertig, stand auf und wir gingen mit bis zur Tür. Da kam der Abschied von ihr mit Kuss und um den Hals fallen. Ich hatte eine Anwendung und musste los ...

Beim Essen am Mittag ging es nur um Eva. Ab Dienstag spielten wir noch 3-Mal. Und jeden Tag hatten wir Sex. Dann entließ man sie auch.

Ich bekam neue Nachbarn am Tisch. Doch die waren schon sehr alt und so ging nichts mehr mit Sex.

Eine Woche später war auch die Zeit für mich um und Herr Schneider holte mich ab. Da war ich 27 Jahre alt. Er sagte mir, dass in Wismar eine Witwe ein Zimmer vermietet. Er fährt mit mir zu ihr, um mir das zu zeigen.

Ich sah mir das mit ihm an .... und bekam es. Sie hatte noch das Auto von ihrem Mann, das sie mir schenkte. Mit dem sollte ich sie ab und zu mal zum Einkaufen fahren. Ab dem Tag hatte ich eine Wohnung, bekam Geld vom Amt und war mobil.

Am Tag darauf ging ich gleich in der Früh zum Amt für Arbeit, da ich schnell einen Job wollte ...

Kapitel 2

Ein Jahr später

Es war Montag, der 24. Februar. Bis zu dem Tag bewarb ich mich 51-mal und es gab nur Absagen. Bei zwei Dutzend sprach ich vor, doch kam das Nein prompt mit der Post. Ich hatte keine Hoffnung mehr ... An dem Tag kam ein Brief vom Amt. Die hatten mal wieder etwas für mich. Am anderen Tag um 8:30 Uhr musste ich da sein. Mein Betreuer sagte mir, dass eine «Essen auf Räder» Firma einen Fahrer sucht. An dem Job hatte ich keine Lust. Doch drohte er mir mit Sperre vom ALG, wenn ich da nicht hingehe. Das konnte ich nicht riskieren, da ich grad so mit der Stütze über die Runden kam. Er rief gleich an und machte einen Termin für mich aus.

Zwei Tage später war ich um 9:00 Uhr in der Firma. Die Chefin sagte mir alles, was zu tun ist. An dem Tag kam noch ein Kandidat. Erst dann wollte sie sich entscheiden, meinte sie. Ich nahm Abschied und ging nach Hause. Ich war mir sicher, dass sie mich nicht nimmt. Um 15:31 Uhr klingelte das Telefon und ich war baff. Die Chefin der Firma rief an. Sie sagte, dass die Wahl auf mich fiel. Am Montag sollte ich schon anfangen ...

In der Früh fuhr ich zum Betrieb und unterschrieb den Vertrag. Die Chefin gab mir eine Liste mit, auf der stand, was ich wissen musste, und die Adressen der Kunden. Im Anschluss düste ich zum Amt. Ich ging zum Betreuer und meldete mich ab. Er freute sich, dass ich eine Arbeit bekam. Ich fuhr zu mir nach Hause und sagte es Frau Schmücker. Die freute sich auch und lud mich zum

Kaffee ein. Danach fuhr ich sie zum Einkaufen. Da kaufte ich auch gleich für mich ein. Am Abend lag ich im Bett, sinnierte vor mich hin und sagte zu mir, dass alles seinen Sinn hat. Jetzt wollte ich erst mal den Anfang machen. Gefiel mir der Job nicht, dann hörte ich gleich auf ...

Am Montag um 7:00 Uhr riss mich der Wecker aus dem Schlaf. In der Nacht schlief ich schlecht. Um 9:30 Uhr war ich in der Firma. Die Chefin wies mich ein und ich bekam die Schlüssel vom Auto. Danach stellte sie mich den Kollegen vor, die da waren. Im Anschluss lud ich die 29 Boxen ein. Als das erledigt war, fuhr ich los. Die Arbeit machte mir mehr Spaß, als ich dachte. Ich lernte viele nette Leute kennen.

Zwei Wochen später brachte ich das erste Mal einem neuen Kunden das Essen. Ich klingelte und die Tür ging auf. Vor mir stand ein Mann, etwa 80 Jahre, graue volle Haare, Bart über der Lippe und er hatte ein rundes Gesicht. Der sieht ja fast aus wie Opa, dachte ich im Stillen. Ich sagte: «Hallo, Herr Schmidt ... äh, ich bringe Ihnen das Menü.» Er lächelte, meinte: «Ah ... Das ist aber nett von dir. Ich darf dich doch duzen, oder?»

«Na klar! Ich lege kein Veto ein. Fast alle tun das.»

«Schön! Wie heißt du?»

«Äh, Nils!»

«Hallo, Nils!» Als er das sagte, strahlte sein Gesicht. Ich bemerkte, dass er mich mochte. Dann reichte mir der alte Herr seine rechte Hand zum Gruß. «Meinen Namen kennst du ja schon.» Ich nickte und lächelte ihn an. «Stimmt», sagte ich, stellte die Box auf den Boden und kniete mich hin. Da holte ich das Menü für ihn raus. Ich stand auf und gab es ihm. «Bitte, Herr Schmidt. Jetzt lassen Sie es sich schmecken!»

«Danke, das werde ich tun. Bis morgen, Nils. Tschüss!»

Ich drehte mich um und lief die Treppe runter. So ging das etliche Tage ... Dann sagte er, als ich grad gehen wollte: «Nils, wir kennen uns jetzt schon eine Weile und ich glaube, du bist anständig. Darf ich dich um etwas bitten?»

«Ja, na klar ... Schießen Sie los!»

«Na ja, das ist so: Meine Frau starb vor ein paar Jahren an Krebs. Seit der Zeit habe ich eine Putzfrau. Die macht mir ein Mal in der Woche die Bude sauber. Ich habe immer gern gebadet. Nun habe ich Angst, dass ich nicht aus der Wanne komme. Die alten Knochen wollen nicht mehr so, wie ich es will. Jetzt zur Frage: Hast du Lust, mir mal dabei zu helfen?»

«Na klar! Das ist kein Problem, Herr Schmidt. Da ich drei Jahre in der Altenpflege lernte, kriege ich das schon hin.» Als ich das sagte, war er sichtbar froh und lächelte. «Du bist ein Pfleger? Äh ... Warum machst du denn das hier?»

«Mmh ... Das ist eine lange Geschichte Herr Schmidt. Ich sage Ihnen das gern. Ich hab aber jetzt keine Zeit mehr.»

«Ja, ja, das verstehe ich. Ich halte dich auch nicht länger auf. Hast du heute nach Arbeitsende Zeit?»

«Äh, ja, das geht.» Ich hatte ja, wie an jedem Tag, nichts vor. «Prima! Dann gibt es, wenn du kommst Kaffee und Kuchen. Passt dir halb fünf?»

«Na klar!» Pünktlich war ich bei ihm. Er machte vor Freude strahlend die Tür auf. Der Tisch war schon gedeckt. In der Mitte stand eine Torte mit Erdbeeren. Jeder aß zwei Stück mit Sahne. Ich erfuhr dabei etwas aus dem Leben von ihm. Dann sagte er: «So, Nils! Ich lasse jetzt das Wasser in die Wanne ein. Wenn du willst, komm gleich mit.»

«Gut, Herr Schmidt! Soll ich schnell den Tisch abräumen?»

«Nein, nein! Lass mal alles stehen. Das mache ich später, wenn du weg bist in Ruhe.» Er stand auf und wir liefen zum Bad. Da ließ er gleich das Wasser in die Wanne laufen. «So, in der Zeit, wo die vollläuft, zieh ich mich aus.»

Ich sah ihm zu. «Nils, wenn du mal Pfleger warst, hast du bestimmt schon viele Männer gewaschen.» Ich nickte und meinte: «Ja, das habe ich.» Als er fast nackt war, kniete ich mich vor ihn hin. «So, Herr Schmidt. Jetzt kommen zuerst die Strümpfe dran und dann die Unterhose.»

«Das passt ja sehr gut, denn die Wanne ist fast voll. Drehst du mal den Hahn zu!»

«Ja mach ich!» Als ich damit fertig war, ging ich zu ihm hin. Sofort hob er sein linkes Bein etwas an. Ich zog den Strumpf aus und dann kam der Rechte dran. Da hatte er nur noch die Unterhose an. Da die weiß war, fiel mir ein gelber Fleck auf. Ich fasste die am Bund an und zog sie nach unten. Da sah ich das Glied von ihm und staunte über das, was ich da sah. Er rief bei der Vergabe der Länge gewiss zwei Mal h-i-e-r. «Und gefällt er dir?»

«Äh ... Und ob! So ein Teil hätte ich nicht erwartet.»

«Na ja, darauf hat man ja keinen Einfluss. So, jetzt gieße ich Badeöl ein und dann steig ich ein.» Als er fertig war, stieg er in die Wanne. Er rührte mit dem rechten Bein darin rum, bis Schaum auf dem Wasser war. Dann kniete er sich hin und legte sich im Anschluss hinein. Ich saß auf einem Stuhl und sah ihm zu. «Oh, tut das gut. Hierauf musste ich eine lange Zeit warten.»

«Dann genießen Sie es, Herr Schmidt.»

«Ja, das mache ich. Dank deiner Hilfe kann ich das ja tun.»

«Noch hab ich ja nichts getan.»

«Aber das kommt noch.» Kurze Zeit später beugte er sich nach vorn und fragte: «Nils? Kannst du mir bitte mal Rücken waschen?»

«Na klar!» Ich stand vom Stuhl auf. Er reichte mir einen Waschlappen und ein Stück Seife und ich fing an. «Gefällt es Ihnen so, Herr Schmidt?»

«Ja, das ist sehr gut, Nils. Ich merke, dass du ein Experte bist.» Kurz darauf. «So! Ich denke, der ist sauber genug», sagte ich und hörte auf. Er legte sich hin. Seine Augen strahlten, als er mich ankuckte. Da der Schaum fast weg war, sah ich, dass der Kleine von ihm erigiert war, und aus dem Wasser ragte. Er lächelte mich an. «Säuberst du mir bitte auch Brust und Bauch.»

«Na klar, mach ich doch glatt!» Er hob das Gesäß etwas an und im Nu sah sein Bauch aus wie eine Insel mit Leuchtturm. Ich fing an ... Dabei sah ich nur auf das beste Stück von ihm. Wie gern seifte ich das Teil mal ein, dachte ich im Stillen. Ich stellte mir das grad vor, da hörte ich seine Stimme. «Nils? Wäre es dreist von mir, dich zu bitten, mich auch im Schritt zu waschen?» Verblüfft kuckte ich ihn an, sah in seine Augen, die wie zwei Sterne strahlten und meinte: «Na ja ... wenn Sie das gerne hätten, mach ich das.»

«Ja, mach es bitte.» Als er das sagte, sah er mich lustvoll an. Ich seifte den Lappen ein, kniete mich vor die Wanne und fing an. Dem alten Herrn gefiel das sehr. Ich hörte, dass er leise stöhnte. «Mmh, oh ... ja, das gefällt mir sehr, Nils!» Ich seifte das Prachtexemplar ein und legte den Lappen weg. Das hielt ich mit der linken Hand an der Wurzel fest und die rechte ließ ich am Schaft auf und ab gleiten. Das machte ich ein paarmal ... Ich hörte am Stöhnen, dass es ihm gefiel. «Mach weiter so, Nils. Ich bitte dich!» Das ließ ich mir nicht 2-mal sagen und machte Tempo. «O-h-h-h ... oh, das ist ja fantastisch. Tut das g-u-u-u-t!» Mir machte es Spaß und der Slip von mir beulte sich aus. Das, was ich tat, erregte mich mehr, als ich dachte.

Es war mir klar, dass der alte Mann Gefühle des Glücks hatte. Ich steigerte das Tempo noch mehr. Als ich merkte, dass es ihm bald kam, hörte ich auf. Ich stülpte die rechte Hand wie eine Haube über die Spitze und drehte die Finger hin und her. Mit der Linken kraulte ich die Hoden. Kurze Zeit später war es so weit, denn er zuckte und stöhnte ...

In der Sekunde hatte ich sein Sperma in der Hand. Das mischte sich mit dem Schaum der Seife ... Da war ich sehr stolz auf mich. Er atmete schneller und der Bauch von ihm hob und senkte sich. Ich ließ von ihm ab und er legte sich auf den Boden der Wanne. Ich drehte den Kopf zu ihm hin und sah, dass die Augen von ihm zu waren. Sein Mund war etwas auf und er atmete durch ihn ein und aus. Auf einmal machte er die Lider auf, sah mich an und sagte leise: «Nils ... puh, das erlebte ich schon lange nicht mehr. Ich danke dir sehr!»

43

«Es war mir ein Vergnügen, Herr Schmidt.»

«Hast du Lust mit mir zu baden? Die Wanne ist groß genug für zwei.» Ich überlegte, meinte: «Mmh ... Ja, gerne!»

«Fein! Dann zieh dich aus.»

Ich stellte mich mit dem Rücken zu ihm hin und zog mich aus. Die Sachen legte ich alle auf einen Stuhl. Zum Schluss den Slip, der die Erektion verbarg. Der alte Mann kuckte mir dabei zu. Ich drehte mich um ... «Oh, wie ich sehe, hab ich dich ganz schön erregt ...» Das war mir peinlich. «Na ja, das sieht man ja. Das war ja mal etwas, das man nicht alle Tage erlebt. Sonst spiele ich ja nur mit dem Kleinen.» Er lächelte und meinte: «Na ja, so klein ist der ja auch nicht. Das ist eben so: Die Gene legten es so fest.»

«Ja, da haben Sie Recht. So, und jetzt steige ich ein.»

Als ich in der Wanne stand, kuckte er nur auf den Ständer von mir. Was mag er wohl denken, fragte ich mich im Stillen und setzte mich hin. Da fragte er: «Hast du eine Freundin?»

«Nein, Herr Schmidt!»

«Hast du einen Freund?»

«Nein auch nicht.» Dann sagte ich ihm alles, was ich sexuell erlebte. «Das hielt ich nicht für möglich. Aber wie du siehst, regte es mich sehr an .... Doch ich kann dir sagen, dass du der erste Mann warst, der das bei mir machen durfte.» Dann setzte er sich aufrecht in die Wanne und ich rutschte weiter rein und legte die Beine auf den Rand. «Oh, tut das gut», sagte ich. «Ja, das stimmt, Nils! So und jetzt habe ich den Wunsch, dass du mich nicht mehr siezt: Ich heiße Otto! Aber das weißt du ja schon.» Ich fing an zu lächeln. «Genau! Steht ja auf der Klingel!» Er lachte auch und sagte: «Du Filou ... Darf ich dich auch mal waschen, Nils?»

«Ja! Na klar! Das machte bisher nur Mutter. Nur war ich ja da noch ein Kind.» Ich rutschte noch weiter in die Wanne rein und hob das Becken an. So kam er besser an mein bestes Stück ran. Er nahm den Lappen und die Seife und fing an ihn mit Pep zu waschen. Das erregte mich sehr und so war ich bald kurz vorm

Kommen. Da hörte er auf und sagte: «Ich steige jetzt aus. Bleib du noch drin, wenn du Lust dazu hast.»

«Okay! Ich lass dich aber erst raus.» Ich stand auf, half ihm aus der Wanne und legte mich wieder rein. Otto holte sich ein Tuch und rieb sich ab. Ich kuckte ihn von oben bis unten an. So wie er aussah, gab er auf sich acht. «Wenn man dich so sieht, meint man nicht, dass du schon Rentner bist. Man könnte vor Neid blass werden.»

Er lächelte. «Oh ... Danke Nils, für die netten Worte.» Otto nahm den Bademantel und zog ihn sich über. Er setzte sich auf den Stuhl neben der Wanne und sah mich an. «Ist das Wasser noch warm genug, Nils?»

«Ja, ist es noch.» Er schnappte sich den Lappen. «Beug dich mal nach vorn, dann seife ich dir den Rücken ab!»

Sofort schrubbte er mir auf dem Kreuz herum. Kurze Zeit später hörte er auf und ich legte mich komplett in die Wanne. Da sagte ich: «So, jetzt stehe ich auf! Meine Haut ist schon schrumpelig.»

«Dann rubbel ich dich trocken! Ich hol nur schnell ein Tuch.» In der Zeit stieg ich aus der Wanne und drehte mich um. Als er kam, legte er es mir auf die Schultern. Er fing an und rieb mir den Rücken ab. «So Nils! Jetzt dreh dich mal um ...» Ich folgte seinem Wunsch und er frottierte mich von oben nach unten ab.

Da dachte ich an die Zeit, als ich ein Kind war und das Mutter machte. Nur rieb sie nicht so aktiv in der Scham rum. So wurde ich da hart wie Stahl. «Nils, machte ich dich schon wieder geil?»

«Mmh, es sieht ganz danach aus und geil ist es auch.»

«Das freut mich.»

Da kuckte ich an ihm runter und sah, dass der Mantel einen Spalt auf war. «Was seh ich denn da? Hast du auch einen Steifen?» Er sah an sich runter, meinte: «Mmh, ja, das kann ich ja nicht leugnen. Es machte mich scharf, als ich den von dir in der Hand hatte. Ich bin froh, dass das noch so ist. Nur ist das Leben nicht gerecht. Es gibt alte Männer, die sind noch in der Lage zwei

Mal am Tag Sex zu haben. So wie ich. Nur bin ich allein und so hab ich eben Pech. Es sei denn, ich trotte jeden Tag in den Puff. Nur wird das mit der Zeit sehr teuer. So ... und jetzt setze ich mich erst mal hin.» Er gab mir das Badetuch und nahm Platz auf dem Stuhl.

«Komm mal her, Nils!» Ich drehte mich um, stand in der Folge frontal vor ihm. Ich war schon gespannt, was er mir zu sagen hatte. Doch statt Worte fasste er den Steifen an und dann ... nahm er ihn in den Mund und ich ließ es zu ... Mein Herz pochte und der Puls raste. Im Bauch glühte ein Feuer und das war nur durch einen Guss zu löschen. Die Knie fingen an zu zittern. Ich stieß die Hüfte nach vorn und zog sie zurück. Ich schloss die Augen und sagte: «Otto, mach langsam es kommt mir gleich ...» Doch er reagierte nicht auf die Worte und machte weiter. Gut, wenn du das so willst, meinte ich im Stillen. Dann ließ ich los ... Ich war mir bewusst, dass er die geballte Ladung in den Mund bekam. Es war mir da egal. Ich hätte schreien können vor Freude, doch blieb ich still. Von ihm hörte man nur Schmatzen ... Ich machte die Lider auf, kuckte runter zu ihm und er sah zu mir rauf. Die Augen von ihm strahlten mich an. Er sah sehr glücklich aus. «Und Nils, gefiel dir das?»

«Und w-i-e!» Als ich das sagte, zitterten mir noch die Beine. Er stand vom Stuhl auf und kuckte mir in die Augen. «Das hatte ich nicht beabsichtigt. Es ergriff mich stante pede. Ich war immer treu und brav. Ich ging nie fremd. Mein Wunsch war das, was ich mit dir grad machte. Ich bat meine Frau sehr oft. Doch sie lehnte das jedes Mal ab. Als Begründung sagte sie, dass sie das nicht kann. Und es ekelt sie an, wenn sie nur daran denkt. Erst am Tag, wo sie starb, sagte sie mir den Grund. Am Ende vom 2. Weltkrieg vergriffen sich Soldaten an ihr. Sie war da grad zwölf. Erst trieben sie es mit ihr. Dann musste sie deren Schwänze ablecken. Einer stieß ihr seinen tief in den Rachen. Die Folge war ein Brechreiz. Sie hatte Angst und dachte, dass er sie killt. Dann machten sich aber aus dem Staub. Doch das Trauma vergaß sie nie ... Und jetzt tat ich das bei einem Mann. Nicht zu fassen! Ich hoffe, du bist mir nicht böse.»

«Nein Otto, das bin ich nicht.» Da drückte er mich fest an sich. Da hatte ich das Gefühl, dass der alte Kerl mich gern hatte, und das hatte ich auch. Ich wollte nur nicht, dass er denkt, ich sei schwul. Dann sagte ich: «Otto, das war toll mit dir. Doch leider ist es schon sehr spät. Frau Schmücker wartet auf mich.»

«Wer ist das, Nils?»

«Bei der wohne ich zur Miete. Sie gab mir das Auto von ihrem toten Mann. Im Gegenzug fahre ich sie zum Einkauf. Nur grade heute will sie, dass ich sie zum Hafen fahre. Sie trifft sich da mit Frauen, die sie kennt im Lokal. Nach Hause fährt sie mit dem Taxi.» Er seufzte und war traurig. «Das ist doch kein Problem, Nils! Das versteh ich ja. Wenn du Lust hast, tun wir das wieder.»

«Ja! Auf jeden Fall, Otto. Ab morgen bring ich dir das Menü zum Schluss, dann bleib ich so lange bei dir bis du fertig bist mit dem Essen.» Er lächelte mich an: «Geht das, wäre das prima.»

«Ich teile es mir so ein», meinte ich und zog mich an. Beim Abschied drückten wir uns und er gab mir einen Kuss auf den Mund. Als ich im Bett lag, dachte ich noch lange Zeit über den Tag nach. Ich mochte den «Alten Kerl» auch von Herzen. Das wurde mir klar und ich freute mich schon, ihn wieder zu sehen ...

In der Früh um sieben rappelte der Wecker. Ich kroch aus dem Bett und freute mich wie ein Kind, das auf das Christkind wartet. Wie im Flug verging die Zeit. Es war kurz vor eins. Das Auto parkte ich vor dem Haus, nahm die Box mit dem Menü und lief in den zweiten Stock. Dort klingelte ich, doch Otto machte die Tür nicht auf. Da ging die Tür vom Nachbarn auf. Ein betagter Herr kam raus ... Er rief: «Hallo junger Mann. Da macht keiner mehr auf. Der Schmidt starb in der Nacht. Wissen Sie das nicht?»

«Nein! Wer hätte uns das mitteilen sollen?»

«Ach, das vergaß ich. Er war ja allein.»

«Wissen Sie, was passiert ist?» Er nickte und sagte: «Ja! Die Putzfrau von ihm fand ihn in der Früh tot auf dem Boden. Sie rief gleich den Notarzt an. Als der kam, war es zu spät. Er bekam in der Nacht einen Herzinfarkt und war bereits ein paar Stunden tot.» Das traf mich wie ein Schlag mit der Keule. «Das gibt es ja nicht! Er war gestern doch noch so fit. Ich merkte ihm nicht an, dass er krank war.»

«Ja, so schnell kann das gehen ...»

«Und was mache ich jetzt mit dem Menü?»

«Selber essen!»

«Nein, nein das mach ich nicht! Haben Sie schon gegessen?»

«Äh, nein ... Nein, noch nicht!» Ich kniete mich hin, stellte die Box auf den Boden, nahm das Menü raus und sagte: «Gut! Dann gebe ich Ihnen das Essen. Das hat er ja schon bezahlt.»

«Nein, nein! Das kann ich nicht annehmen.»

«Doch, doch das können Sie! Ich schenke es Ihnen.»

«Na dann, ganz herzlichen Dank ...»

«Lassen Sie es sich schmecken ... Tschüss!» Ich schnappte mir die Box, drehte mich um und lief die Treppe runter.

Im Auto schluchzte ich gleich drauf los. Ich hatte mich an Otto gewöhnt und jetzt war er tot. Ich fasste das nicht. Er sagte mir zwar mal, dass es ihm schwerer fällt, die Treppe nach oben zu gehen. Meinte aber, dass sein Alter der Grund wäre. An dem Tag verging mir der Hunger und ich aß nichts mehr. Am Abend legte ich mich früh ins Bett. Ich war nur nicht in der Lage zu schlafen. Immer wieder dachte ich an ihn, weinte und schlief ein ...

Der Wecker rappelte und weckte mich auf: «Scheiße! Ich will nie mehr aufstehen», schrie ich in den Raum. Ich verlor den Sinn am Leben. Letztlich raffte ich mich doch auf ...

Kapitel 3

Es war kurz nach neun, als ich in der Firma war. Ich schlief in der Nacht so gut wie nicht. Müde wie ein Hund betrat ich das

Büro und rief: «M-o-i-n ...» Da gellte die schrille, doch freundliche Stimme der Chefin: «Guten Morgen, N-i-l-s!» Da war ich mit einem Schlag hellwach. Oh, die ist aber sehr gut drauf. Ist die heute auf Koks, dachte ich im Stillen. Sie kam aus dem Büro und lief direkt auf mich zu. Im Nu stand sie vor mir, strahlte und sagte: «N-i-l-s! Wir haben einen ... äh, du hast einen neuen Kunden und das lag an dir!» Ich war mir dessen nicht bewusst, meinte: «Äh ... An mir?»

«Ja! Vorhin rief ein Herr Hansen an. Er wohnt neben Herrn Schmidt in der Luisenstr. 23. Das ist der Mann, der starb.»

«Ja, ich weiß.»

«Er sagte, dass du ihm das Menü von Herrn Schmidt gabst.»

«Ja, das stimmt. Der konnte es ja nicht mehr essen.» Ich nahm an, dass ihr das missfiel. Doch das Gegenteil war der Fall. «Das war richtig. Denn ... er sagte, dass ihm das Essen gut schmeckte. Er bekommt heute schon eins und dann an jedem Tag. Ist das nicht toll? Und er will sich bei dir bedanken. Er hat auch etwas für dich, sagte er mir.»

«Na gut, dann weiß ich Bescheid.» Nur für bare Münze nahm ich das nicht. Wenn das stimmte, hatte er keinen Geschmack mehr. «Prima, Nils! Dann fahre nicht so schnell. Ich möchte nicht, dass dir was passiert. Bis später ... Tschüss!»

Sie drehte sich um und lief in ihr Büro. Ich lud alles für die Tour ein. Als das verstaut war, brauste ich los. So gegen eins kam ich bei Herrn Hansen an. Ich klingelte, die Tür vom Haus ging auf und ich lief die Treppe rauf. Da dachte ich an den Sex mit Otto. Als ich oben war, stand Herr Hansen in der Tür und rief: «Komm rein, Nils! Ich darf dich doch duzen?»

«Na klar! Wer sagte Ihnen den Namen?»

«Die Chefin von dir nannte ihn mir.»

«Das dachte ich mir.»

«Ist das schlimm?»

«Nein, überhaupt nicht!»

«Ich fand sie nett.»

«Ja, das ist sie ...» Ich stellte die Box auf den Tisch in der Küche und packte das Essen aus. «Was gibt es denn?»

«Suppe mit Gemüse und Brühwurst! Guten Appetit!»

«Danke, Nils!» Ich nahm die Box und sagte: «So, Herr Hansen, dann bis morgen», und lief in Richtung der Tür. Ich hatte die schon fast erreicht, da hörte ich ihn rufen: «Ach ... äh ... Nils! Komm doch bitte nochmal kurz zu mir. Ich hatte vor dir noch was zu geben.» Ich drehte mich um und lief zurück. Er stand da und hielt ein Päckchen in den Händen. «Hier habe ich ein Geschenk für dich. Ich hoffe, es gefällt dir?», sagte er und gab es mir. Es war mit einer roten Schleife verschnürt. «Aber bitte erst öffnen, wenn du zu Hause bist.»

«Danke! Ja, das werde ich tun!» Ich drehte mich um und lief wieder zur Tür und er folgte mir. Da nahmen wir Abschied. Er schloss die Tür hinter mir zu und ich lief zum Auto und fuhr meine Tour zu Ende.

Als ich zu Hause war, hielt ich es vor Neugier nicht aus und machte es auf. Da sah ich drei DVDs, ohne Cover und eine Karte. Ich las: «Lieber Nils, sei mir bitte nicht böse, dass ich dir Filme geschenkt habe. Ich brauch die nicht mehr. Doch ich denke mir, dass sie dir von Nutzen sind. Gefallen sie dir nicht, dann werf die Scheiben in den Restmüll. Mit lieben Gruß.» Ich ging gleich zum Player und legte eine DVD ein. Was ich da sah, schockierte mich ... So was sah ich noch nie ... Es war ein Porno mit Kerlen, doch was die trieben, geilte mich auf. Im Nu war der Kleine hart. Da brach ich ab und stellte den Player aus. Ich wollte warten, bis ich ins Bett ging. Onanierte ich davor erst, schlief ich im Nu ein.

Dann war es so weit. Ich zog mich aus, legte mir ein paar Bogen Papier auf den Tisch und stellte den Player an. Den Anfang sparte ich mir, da ich den schon kannte. Erst da, wo es zur Sache ging, kuckte ich zu, machte mit und war Sieger! Da reizte mich das Ende des Films nicht mehr, denn das Ziel war erreicht. Ich lief ins Bad, wusch mich, putze mir die Zähne, ging ins Bett und schlief gleich ein ...

Um kurz vor ein Uhr war ich bei Heinrich Hansen. Er machte die Tür auf und froh gelaunt rief er: «Hallo Nils, komm rein in die gute Stube!»

«Hallo, Herr Hansen!» Ich trat ein und stellte das Menü auf den Tisch in der Küche. Er folgte mir und als er neben mir stand, sagte ich: «Vielen Danke für die Filme!»

«Hast du alle schon geguckt?», fragte er und sah mich mit großen Augen an. «Nein, nein! Ich glaub, dann ginge ich jetzt am Stock. Es war nur einer, doch sah ihn nicht bis zum Ende ...»

«Und gefiel er dir?» Ich merkte, dass mein Gesicht rot wurde. «Na ja! Ich dachte nicht an Gay-Filme und schon gar nicht von Ihnen. Doch erregte mich das, was ich sah sehr schnell ...»

«Das sah ich kommen. Bist du jetzt böse?»

«Nein nein ... Aber ich kam ... und wie, kurz bevor ich ins Bett ging ...»

Ich kuckte ihm tief in die Augen, sah, wie er kurz Luft holte, und rief: «S-c-h-ö-n! ... Na dann hat der Film ja seinen Zweck erfüllt ... Ach ... wie gern hätte ich das beäugt. Weißt du, was wir machen, Nils?»

«Nein!»

«Ich lade dich bei mir auf eine Tasse Kaffee ein und erkläre dir alles in Ruhe. Hast du Lust?»

«Ja, gern! Heute Nachmittag hätte ich Zeit.» Sein Gesicht strahlte vor Freude und er sagte: «Ja, das passt mir auch! Um vier Uhr?»

«Geht klar! Das schaffe ich ...»

«Fein, dann bis um vier! Ich hole uns auch Kuchen ... Tschüss, Nils!»

Ich ging fort und fuhr die Tour zu Ende. Da er keine Frau hatte, nahm ich an, dass er schwul oder Witwer war, denn in der Schlafstube sah ich Kleider. Im Großen und Ganzen war er sehr nett und eine Sünde Wert, wie man so sagt. Er war circa 1,75 Meter groß, war weder dick noch dünn. Er hatte kurze graue Haare, blaue Augen, war glatt rasiert und etwa 80 Jahre alt.

Eine Minute vor vier klingelte ich an der Tür. Er machte auf und rief: «Hallo Nils! Fein, dass du schon da bist, und pünktlich bist du auch. Das ist bei der Jugend von heute nicht mehr Sitte.»

«Dann mach ich mal eine Ausnahme, Herr Hansen» Er machte die Tür zu und sagte: «Wir gehen gleich in die Stube. Da hab ich den Tisch gedeckt. Der Kaffee ist auch fertig ... Setz dich schon mal hin.»

«Ja, mach ich!»

Ich kam in der Stube an und sah da alte Möbel. Bilder an der Wand und eine Standuhr. Die fing grad an die volle Stunde zu schlagen. Der Tisch war gedeckt mit einem Service in Blau. Ich setzte mich auf die Couch. Rechts und Links standen zwei Sessel. Er kam mit der Kanne an und sagte: «Ah ... Wie ich sehe, fandest du schon einen Platz.»

«Ja! Es ist hier sehr gemütlich.» Er lächelte. «Danke, Nils! Das freut mich, wenn es dir bei mir gefällt. So, jetzt fehlt nur noch der Kuchen ... bin gleich wieder da!»

Ich guckte an die Wand vis-a-vis und sah Fotos, da war er mit einem Mann zu sehen. Fast alle waren aus dem Urlaub. Er kam an und rief: «Ich hoffe, du isst Kuchen mit Äpfeln?»

«Ja, den esse ich am liebsten.»

«Das ist ja sehr gut», und stellte die Platte aus Glas, auf dem der Kuchen lag, auf den Tisch. Er setzte sich auf einen Sessel und gab jedem ein Stück. «Jetzt lass es dir schmecken!»

«Danke, Sie auch.» Wir fingen an und gleich fragte er: «Hast du eine Freundin, Nils?»

«Nein!» Er zog die Brauen der Augen hoch. «Und warum nicht?»

«Weil ich bis jetzt keine fand.» Er fing an zu lächeln und nickte. «Na ja, die liegen ja nicht auf der Straße rum!»

«Stimmt! Nur die, die auf Freier warten. Doch die sind nichts für mich ... Waren Sie schon mal in festen Händen?» Er druckste rum und sagte bedrückt: «Äh ... Ja! Nur nicht mit einer Frau ...»

«Äh ... wie ... etwa mit einem Mann?»

«Ja, in der Tat! Du siehst ihn auf den Fotos an der Wand. Wir waren ein Herz und eine Seele. Günter war ein Partner, der besser nicht sein konnte.»

«Dann sind Sie ...» Er unterbrach mich ... «Schwul! Ja, du hast Recht. Ich stellte das schon früh in der Jugend fest. Ich machte mir nichts aus Mädchen und die nichts aus mir. Leider war früher die Zeit nicht so rosa wie heute. Jetzt kannst du sein, wie du bist. Damals hätte man dich erschlagen oder erschossen. Ein Schwuler oder eine Lesbe zeugen keine Kinder. Die waren nötig für den Krieg. Man brauchte ja Soldaten.»

«Ja, das ist wahr .... Und ist in ein paar Ländern der Erde, heute noch so. Was passierte mit Günter?» Er starrte mich an, sein Gesicht wurde ernst, das Lächeln war weg, die Augen wurden feucht und dem Weinen nahe fing er an: «Wir waren im Winter auf Gran Canaria. Es war heiß an dem Tag und wir waren am FKK-Strand. Die Sonne brannte und da sagte er zu mir, dass er sich jetzt abkühlt. Er stand auf und rannte in das kalte Nass. Wenig später trieb er leblos im Wasser. Ein Mann sah das und eilte zu ihm. Da rief er um Hilfe und winkte mit den Armen. Im Nu rannten zwei Retter vom Cruz Roja zu ihm hin. Dann zogen sie ihn an Land und fingen gleich mit der Reanimation an. Die blieb ohne Erfolg, denn er war da schon Tod. Die Ursache: Herzinfarkt.»

Ich war tief berührt, von dem, was er sagte und meinte: «Das war ja ein Schock für Sie, und kaum zu glauben. Und wie alt wurde er?»

Er kramte schnell ein Tuch aus der Tasche der Hose. Eilig tupfte er sich Tränen von den Wangen und weinend sagte er: «Er war zwei Jahre jünger als ich ... 84 ... Verzeihe bitte, dass ich weine ... Das war echt ein Schock für mich ... Und jetzt sah ich es wieder vor mir.»

«Das ist doch nicht der Rede wert. Ich verstehe das gut. Aber es erstaunt mich, dass Sie 86 sind ...» Ich war platt und konnte das nicht glauben. Ich kam aus den Staunen nicht raus. Sein

Gesicht hellte sich auf. «Ja, das stimmt ... Und in drei Monaten und fünf Tagen bin ich 87.»

«Wow! Das ist ja nicht zu fassen. Ich schätzte Sie höchstens auf 80.» Dabei bewegte ich den Kopf hin und her. Er lächelte und meinte: «Ja, so kann man sich täuschen, Nils. Mach dir eins klar: Hast du einen Menschen, von Herzen gern, dann verbringe mit ihm oder ihr, alle Zeit, die du hast. Im Nu ist das Leben Schnee von gestern. Lass dich nie vom Weg drängen!» Er stand auf und sagte: «So ... und jetzt räume ich rasch den Tisch ab ... Dann hole ich uns ein Bier ohne Alkohol. Du hast doch noch Zeit, oder?»

«Ja, ich habe heute nichts mehr vor.» Es dauerte nicht lange, da kam er rein und hatte zwei Flaschen und Gläser bei sich. Die stellte er auf den Tisch und goss uns ein. Er setzte sich hin, erhob sein Glas und sagte: «Zum Wohlsein Nils! Auf eine schöne Freundschaft.»

«Prost, Herr Hansen.»

«Mir schenkte man nichts im Leben, Nils. Die Zeit, wo ich jung war, erlebte ich nur mit Gewalt. Mein Vater war ein Säufer, wie er im Buche steht. Er schlug Mutter, wenn er Lust hatte fast jeden Tag. Kam er in der Nacht nach Hause, fiel er oft über sie her und nahm sie. Wollte sie nicht, machte er es mit Gewalt. Sehr oft bekam ich auch Schläge auf den nackten Arsch. Der Kerl war stark wie ein Baum und rabiat. Als ich alt genug war, ging ich zur Wehr und entfloh dem Ganzen.

Zu der Zeit war der Zweite Weltkrieg fast vorbei. Ich wurde von den Amis erwischt und man brachte mich in die USA. Dort malochte ich auf Feldern und pflückte Baumwolle. Ich war da siebzehn! Jeden Tag hatte ich Sehnsucht nach Mutter und heulte fast in jeder Nacht. Eines Tages schloss ich Freundschaft mit einem Mann. Er hieß Hugo, war fünfunddreißig und hatte eine Frau und einen Sohn, der zwölf war. In einer Nacht kam er an mein Bett und sagte, dass er nicht schlafen kann. Doch dann rückte er mit der Wahrheit raus. Er wollte mich ficken, da er Druck auf der Flöte hatte. Ich fragte ihn, warum er es sich nicht selbst macht. Er wich aus und ließ nicht locker. Er meinte, dass es nicht weh tut, und es fühlte sich so an wie bei der Musterung. Da steckte der Arzt auch den Finger in den Arsch. Was anderes wäre das auch nicht. Na ja, letztlich gab ich nach. Dann war ich voll Neugier, ob das in Wirklichkeit so war. Ich fragte ihn, wie er das plante. Er sagte, dass wir zur selben Zeit auf dem Lokus sein müssen. Da würde er mich sofort ficken. Erdnussbutter bringt er mit, da die besser wie Spucke schmiert ...»

Ich unterbrach ihn: «Und was war Ihre Antwort?»

«Mmh, na ja ... da hätte ich schon Lust zu. Ich habe aber Angst, dass die uns erwischen ... Ich sah mal zu, wie eine Wache einen Schwarzen erschoss, der vor mir lief. Es war brütend heiß und plötzlich fiel er wie ein nasser Sack um. Er war am Ende seiner Kräfte. Ich rannte zu ihm hin, kniete mich neben ihn und hatte vor zu helfen. Im Nu zog mich von hinten jemand weg und ich fiel rückwärts auf die Erde. Es war ein Wächter. Da hörte ich, wie er den Mann anbrüllte. Da der sich nicht regte, fiel der Schuss. Er drehte sich um, sah mich an und brüllte los. Ich begriff nicht alles, was er sagte. Doch das er mich erschießt, stehe ich nicht gleich auf, verstand ich. Der Vorfall ging mir durch Mark und Bein, brannte sich ein ... Die töten uns genau so, schrie ich Hugo an. Er meinte, ich muss mir keine Sorgen machen. Sind wir schlau passiert uns auch nichts.»

«Was geschah dann?»

«Na ja, äh ... er lief zu seinem Bett und ich schlief ein ... In der Früh schritten wir zum Feld. Das machten wir in Reih und Glied. Wer nicht schnell genug war, bekam Hiebe. Als es so weit war, machte er eine Geste. Er rief zur Aufsicht: Shit making. Das sagte man, wollte man mal aufs Klo, dass in einer Bretterbude war. Im Nu schrie ich: Me too ... und drückte mir die Hände vor den Bauch. Auf der Stelle schickte er uns fort. Als wir dort waren, war sonst keiner da. Hugo zog fix die Hosen runter ... Oh Kacke! Was war das denn, dachte ich, als ich das lange Ding von ihm sah. Wie soll der in mein Loch passen, fragte ich ihn. Im Nu kramte er eine Dose aus der Tasche der Hose. Er sagte, dass das schon geht. Ich bräuchte mir keine Sorgen zu machen. Er drehte den Deckel auf, nahm etwas von der Creme raus und rieb sich ein. Ich kuckte zu, die Augen von mir wurden größer und den Mund sperrte ich weit auf. Er rieb eine Weile an sich rum und sein Ding wurde länger und härter.

Dann sagte er, ich soll die Hose runterlassen, mich umdrehen und nach vorn bücken. Das tat ich und gleich merkte ich das Fett am After. Als er fertig war, hörte er auf und meinte, dass ich mich entspannen soll. Ich machte die Augen zu und biss die Zähne zusammen. Dann merkte ich, wie er anlegte, und ihn langsam rein drückte. Er tat das zwar mit Vorsicht, aber der Schmerz war arg. Am liebsten hätte ich geschrien. Doch hatte ich mich im Griff. Ich wollte auch kein Weichling sein. Dann merkte ich, wie die volle Länge drin war.

Er fing zwar sachte an, steigerte aber nach und nach das Tempo. Zum Schluss stieß er wie von Sinnen zu. Es war ein Ritt durch die Hölle. Ich biss mir auf die Zähne und hätte am liebsten geschrien, nur da vor Gier nach mehr. Leider kam er sehr schnell. Ich merkte, wie sein Sperma in den Darm schoss ... Sofort zog er sein Ding raus. Da hörte ich Schritte. Es kommt jemand, rief ich leise ... Mit einem Knall flog die Tür auf. Es war Sergeant Miller, der brüllte: Was ist hier los? Da zog ich grad die Hose hoch. Hugo war schon fertig. Man sah aber noch, durch den Stoff den Prügel von ihm. Der Miller kam zu mir und im Nu fasste er mich an den Kragen. Ich nahm an, dass er uns beide sah, als wir die Latrine betraten. Er schrie Hugo an, dass er abhauen soll, und gleich rannte er raus. Dann kuckte er mich an und sah mir in die Augen. Doch statt Strafe wollte er, dass ich mit ihm komme. Das tat ich, aber beim Laufen musste ich das Loch fest zupressen, denn der Saft wollte raus.

Wir kamen im Office an und er schloss die Tür ab. Dann machte er die Rollos zu. Da konnte keiner mehr rein lugen. Ich hatte Angst und zitterte am Leib. Ich hatte ja keine Ahnung, was er von mir wollte. Dann schritt er mit starrer Miene auf mich zu. Auf ein Mal lächelte er und sagte mit einer Stimme, die kein Nein duldete: Fuck me! Mich traf der Schlag, denn er wollte, dass ich ihn in seinem Büro ficke. Er trat dicht an mich ran und fasste mir mit der rechten Hand in den Schritt. Er knetete da rum und das blieb nicht ohne Folge.

Die Aufregung hatte sich bei mir gelegt. Wenig später machte er mir das Seil auf, das die Hose hielt. Gürtel gab es keine. Da ich steif war, fiel die nicht gleich runter. Er half nach und ich stand blank vor ihm. Er nahm seine rechte Hand und rieb zärtlich an mir rum. So wurde ich noch härter. Er machte von ihm mit der Linken den Gürtel auf. Wenig später lag die auf den Boden. Dann drehte er sich um und griff nach einer Dose, die auf dem Tisch stand. Darin war eine Creme. Er wandte sich um und fix rieb er mir den Steifen ein ...

Er machte mich so noch geiler. Das hatte zur Folge, dass der darauf hart wie Stahl war. Dann brach er ab und riss sich die Short runter. Auf der Stelle nahm er etwas Creme aus dem Topf und strich sich die an den Arsch. Ich stand da und wagte mich nicht zu bewegen, da ich das alles nicht kapierte. Als er fertig war, bückte er sich so weit runter, dass die Brust von ihm auf der Holzplatte lag. Dann führte er die Arme nach hinten und spreizte die Backen ... Da starrte ich auf den Eingang seiner Grotte. Er schrie: ´Fuck me´! Ich trat einen Schritt vor und legte los ... und es gefiel ihm. Ich hörte ihn rufen, dass das geil ist und das ich ein guter Junge bin ... und spritze in ihm ab. You are the best, rief er. Und I´m so happy! Als mein Schwanz schlapp machte, zog ich ihn raus. Er drehte sich um, kniete sich vor mich hin, fasste den an und steckte ihn in den Mund ...

Dann nuckelte er an ihm rum. Als er genug hatte, erhob er sich. Er strahlte vor Glück übers ganze Gesicht. Da sagte er, dass ich mich anziehen soll. Ich raffte schnell die Hosen hoch und er auch. In der Folge zeigte er auf einen Stuhl. Ich setzte mich auf den hin. Dann lief er ein paar Schritte zu einem Kühlschrank und holte zwei Cola Flaschen raus. Eine stellte er vor mich hin und rief: Drink! Ich war erst einmal sehr vorsichtig. Als ich sah, dass er die schwarze Brause trank, konnte sie ja nicht schädlich sein, dachte ich. Zaghaft kostete ich davon und sie schmeckte mir sehr gut.

Ich fragte ihn, warum er deutsch spricht. Er sagte, dass er im Zweiten Weltkrieg in Deutschland war. Da fing er an, die Sprache zu lernen. Na ja, die war aber nicht ohne Akzent. Das hörte man sofort und war ja auch egal. Ich fand das gut und machte das ja auch, indem ich versuchte, Englisch zu lernen.

Er war verheiratet und hatte zwei Mädchen. Eins war drei und das andere fünf. Die Ehe von ihm war nur nicht glücklich. So zog es ihn zu Männern hin. Er war der Meinung, dass er im falschen Körper war, und wäre lieber eine Frau ... Da hätte er sein Geld als Hure verdient. Mit bis zu fünfzig Freiern pro Tag. Nur war es Sünde sich zu outen, schwul zu sein. So lebte er das heimlich aus. Er war mir dankbar, dass ich es in Kauf nahm, ihn verstand. Ich schwor ihm, keinem was zu sagen, und das war mein Glück.

Ab dem Tag fing die schönste Zeit für mich an und ich hatte den Himmel auf Erden. Sergeant Miller brachte mich in die Küche als Helfer. Mit dem Koch, der gut und gerne zwei Zentner wog, verstand ich mich auf Anhieb und mir machte kochen Spaß. Sex hatte ich mit ihn nicht. Aber er brachte mir die englische Sprache bei. So hatte ich ab da zwei Mal am Tag Sex. In der Früh mit Sergeant Miller und am Abend mit Hugo.»

«Wie lange waren Sie da?»

«Äh ... genau 15 Monate und 21 Tage.»

«Wann und wie kamen Sie nach Hause?»

«Na ja, das war so: Ab dem Tag, an dem ich in die Küche kam, vergingen drei Monate und vier Tage.

Am Tag vor der Abreise ging ich in der Früh zu ihm ins Office. Ich sah ihm an, dass etwas nicht stimmte. Dann sagte er, dass wir nach Hause kommen und die Gefangenschaft zu Ende ist. Da hätte ich am liebsten vor Freude geschrien. Doch ich ließ es, da ich sah, dass er traurig war. Er wollte, dass ich ihn noch ein Mal ficke. Das machte ich und gab alles ...

Sergeant Miller bedankte sich tausend Mal bei mir. Wir setzten uns hin und dann trank ich mit ihm die letzte Cola. Er schrieb etwas auf ein Blatt. Als er es mir gab, stand darauf die Adresse von ihm. Er wollte, dass ich ihm schreibe, wenn ich wieder zu Hause bin, und ich versprach es ihm. Dann wurde es Zeit, da ich ja in die Küche musste. Wir standen auf, er kam zu mir, drückte mich an die Brust und klopfte mir auf den Rücken. Mit Tränen in den Augen sagte er: Junge, wie werde ich mich nach dir sehnen. Go home and goodbye. Das waren die letzten Worte von ihm. Dann ging ich fort ...

Am Tag darauf um sechs Uhr wurden wir geweckt und alle zogen sich schnell an. Jeder nahm die paar Plünnen, die er hatte und ging raus. Da standen jede Menge Busse. Mit denen fuhr man uns zum Hafen und von da aus ging's aufs Schiff. Als alle an Bord waren, stachen wir in See.»

«Wo kamt ihr wann an?»

«Drei Wochen später in Hamburg. Als ich vom Schiff ging, war ich entsetzt. Es lag noch viel in Schutt und Asche. Zuerst lief ich zum Haus, wo wir zuletzt wohnten. Als ich dort war, stand die Tür auf. Ich lief zur Wohnung von uns und klopfte an. Nach einer Weile rief eine Frau, wer da ist und ich sagte: Heinrich. Da ging die Tür einen Spalt auf. Es war Mutter, die erstaunt rief: Du bist es ja tatsächlich! Sofort machte sie die Tür auf, drückte mich ab und küsste mich rechts und links auf die Wangen. Sie weinte vor Freude, doch Knall auf Fall ließ sie mich los und sagte: So ... jetzt komm erstmal rein, mein Junge. Da erfuhr ich alles, was geschah, in der Zeit, wo ich nicht da war. Der Krieg hatte ja viel zerstört.

Da ich Vater nicht sah, wollte ich wissen, wo er ist. Sie fing an zu weinen und sagte, dass er tot ist. Er sollte noch kurz vor dem Ende vom Krieg an die Front. Er lehnte das ab und die Nazis knallten ihn ab.

Die nächsten Tage suchte ich Arbeit. Das war nicht leicht. Doch bei einer Reederei hatte ich Glück. Da suchte man für den Koch eine Hilfe auf einem Frachtschiff und so heuerte ich dort an. Ab dem Tag fuhr ich zur See und reiste in der Welt rum. Das erzähle ich dir aber ein anderes Mal, falls du das willst ...»

«Na klar will ich das!»

«Na fein! Dann habe ich jetzt eine sehr intime Frage. Hattest du schon mal was mit einem Mann?»

«Ja, das hatte ich!»

«Oh, das ist ja schön. Auch anal?» Ich verstand, was er meinte, stellte mich aber erst mal dumm. «Anal?»

«Na ja, so wie bei Sergeant Miller!»

Dann erzählte ich ihm, was ich so an Sex hatte. Er sah mir tief in die Augen und schien überrascht zu sein, von dem, was er da hörte. «Was? Du hattest auch was mit dem ollen Schmidt? ... Das ist ja irre! Wann?»

«Äh ... das war am Tag vor seinem Tod.»

«Das kann ich nicht glauben!»

«Doch, ehrlich, es stimmt!» Und ich erzählte ihm die ganze Geschichte. Er lachte und schüttelte den Kopf. «Das ist ja der Wahnsinn!»

«Es ist aber so ...»

«Nils, ich glaube es dir ja! Äh ... Bitte verzeih mir, wenn dir das, was ich dich nun frage, nicht passt! Ich habe große Lust, dass du mit mir intim wirst, jetzt und hier. Alles liegt schon bereit. Willst du? Ich hatte schon ein paar Jahre keinen Sex. Günter konnte ja nicht mehr. Nach der Prostata-OP war das vorbei. Da nahm ich einen Dildo. Nur hat das mit einem echten Fick nichts zu tun. Nun? ... Hast du Lust?»

Ich dachte kurz nach und sah in seine Augen. Die ließen mir keine andere Wahl.

«Gut! Ich mach es. Zuvor muss ich nur mal ins Bad.» Sein Gesicht strahlte vor Freude. «Ja, kein Problem! Im Flur die zweite Tür rechts.»

Als ich wieder kam, war ich baff. Er trug ein rotes Kleid mit Karo-Muster. Auf dem Kopf hatte er lange falsche Haare in Blond. Er stellte sich vor mich und fragte gelüstig: «Na? ... Gefalle ich dir, so wie ich bin?»

«Äh ... Ja, äh ... auf eine Art ...», stotterte ich. «Das hast du jetzt nicht erwartet. Stimmt´s?»

«Ja, das trifft zu, ahnte es aber. Beim ersten Besuch sah ich ein Kleid, das am Schrank hing, nur keine Frau. Da Sie nur ein Menü bekamen, lag das nah.» Er trat auf mich zu. «Exakt. Da war die Tür vom Schlafraum auf. So, und jetzt sag Hein zu mir. Ich heiße aber korrekt Heinrich. Nur der Ordnung halber, basta!»

«Gut, Hein! Mach ich, bevor du mich schlägst.»

«Du Scherzkeks! Das wird nicht passieren, es sei denn, du stehst auf SM. So, jetzt mal im Ernst. In der Zeit mit Günter war ich der weibliche Part. Er liebte es, lief ich im Kleid wie eine Frau herum. Aus dem Grund glaube ich nicht, dass er schwul war, eher bi. Und du? Mach ich dich so an?»

«Na ja, scharf macht mich das zwar nicht. Aber gefällt es dir, dann ist das für ...» Ich brach den Satz ab, da er mir nicht erwartet an die Wäsche ging.

Ruck zuck machte er den Gürtel auf und sofort sauste die Hose zum Boden. Er fasste mir in den Slip und kraulte dort rum. Kurz drauf hatte er den Steifen von mir in der Hand. Im Nu zog er den Slip runter, kniete sich hin und nahm den in den Mund. Ich bewegte mich nicht von der Stelle. Die Augen kniff ich zu und genoss es. Doch dauerte es nicht lange, da hörte er abrupt auf. Ich machte die Lider auf und sah, dass er ein Kondom aus der rechten Hosentasche kramte. Das nahm er und rollte es mir über. Da sagte er: «Nils hilf mir mal auf die Beine.» Ich fasste ihn an und er erhob sich. Sofort drehte er sich zum Tisch, auf dem eine Tube lag. Dann schritt er zum Sessel, beugte sich über den, raffte das Kleid hoch und ich sah das nackte Gesäß von ihm. Er machte die Tube auf, führte die rechte Hand zum After und schmierte den ein. «So! Ich bin bereit für dich», rief er mit erregter Stimme.

Ich stellte mich hinter ihn und machte das, was er wollte. Hein stöhnte vor Lust und rief: «J-a-a-a! Oh ... ist das geil! Halte aber bitte das Kondom fest, damit es nicht abrutscht. So ... und jetzt lass es fetzen ...»

Das ließ ich mir nicht 2-mal sagen und gab Gas. Einige Zeit später hörte ich: «Oh N-i-l-s! Das ... ist mal ... wieder ein Ritt vom feinsten ... ich genieße ... es.»

Mir lief der Schweiß von der Stirn und das Herz pochte. Beim Atmen stöhnte ich auch vor Geilheit. Ich merkte, dass es mir bald kam. Wenig später nahm der geile Ritt ein Ende ... Ehe ich es wollte, kam ich ... Er fragte: «Und, ist der Sack leer, Nils?» Ich antwortete keuchend: «Ja! O-h-h-h, Hein, war das ein ... geiler Akt!» Ich beugte mich nach vorne und legte meine Brust auf seinen Rücken. Da flüsterte er: «Oh man, war das erste Sahne, Nils.»

«Ja! Das war es ...»

Nach ein paar Minuten war der Kleine von mir schlaff und flutschte raus. Ich stellte mich aufrecht hin und machte das Gummi ab. Er erhob sich, drehte sich um und kniete sich vor mich hin. «So! Jetzt gebe ich ihm noch ein Küsschen.»

Er fasste den Kleinen an und steckte ihn in den Mund. Kurz darauf war der hart wie Stahl. Es war so geil und er schaffte es, dass ich nochmal kam. Das war der Wahnsinn! Er sagte: «Das war der krönende Abschluss. So und nun hilf mit bitte, auf die Beine zu kommen.»

Ich stand da und war fix und fertig. Als er aufrecht vor mir stand, gab er mir einen Kuss auf den Mund und sagte: «So Nils, nun geh dich waschen!» Ich sah ihn an, meinte: «Warum? Er ist schon sauber.»

Ich lief dann doch ins Bad und wusch mich mit Seife ab. Als ich raus kam, trug er seine normale Kleidung. Die Perücke war auch weg und ich zog mich an. «Trinkst du noch einen Schluck, bevor du gehst?», fragte er. «Ja, gerne. Dann muss ich aber los. Es ist schon spät.»

Ich setzte mich auf die Couch und er goss uns die Gläser voll. «Nils, ich spüre noch immer Hitze und ein Kribbeln in mir. Das war der geilste Fick seit langer Zeit. Ich danke dir.»

«Keine Ursache! Ich hatte ja Spaß und nötig war es auch.»

«Das freut mich.» Ich trank aus und sagte: «So, Hein! Jetzt ist es Zeit. Ich muss los .... Dann bis morgen.»

«In Ordnung, Nils! Ich geh noch mit bis zur Tür.» Da nahmen wir Abschied. Ich lief die Treppe runter und fuhr nach Hause. Als ich im Bett lag, sinnierte ich über den geilen Tag und ich war dem Schicksal dankbar. Es war mit Sicherheit nicht der einzige Sex mit ihm und ich freute mich, ihn wieder zu sehen ...

Der Wecker rappelte und riss mich aus dem Schlaf. Da merkte ich, dass ich eine Erektion hatte. Ich hob die Decke hoch und sah die Beule in der Hose. Ich zog die runter und da stand er vor mir in voller Pracht und Größe. Da musste ich erst mal Hand anlegen und dachte an den Sex mit Hein. Ich brach ab, als ich merkte, dass die Blase drückte, und lief ins Bad.

Dann zog ich die Rollos hoch. Es war ein Tag mit Sonne und keine Wolke war am Himmel. Ich zog mich an und frühstückte. Froh gelaunt fuhr ich in die Firma. Es gab da nichts Neues. So gegen eins kam ich bei Hein an. Er stand schon in der Tür und rief: «Hallo Nils! Komm schnell rein! Ich muss dir was sagen.»

«Danke! Wie ich sehe, gehts dir heute prächtig?»

«Nicht nur das!» Ich lief gleich in die Küche und stellte sein Menü auf dem Tisch ab. Er war sehr nervös, fragte: «Nils, hast du eine Minute Zeit?»

«Ja, für dich schon.»

«Ja ... Danke ... äh, das ist nett! Dann setz dich bitte hin. Ich muss dir unbedingt was sagen. So, also ... Ich habe vor mit dir nach Gran Canaria zu fliegen ...»

«Du willst mit mir verreisen?»

«Genau! Und ich hoffe sehr, dass du ja sagst. Ich sagte dir schon, dass ich bald 87 Jahre alt werde. Das wird die letzte Reise von mir sein, denn so gesund bin ich ja leider nicht mehr.» Ich schüttelte mit dem Kopf. «Nein, nein, nein Hein, das geht nicht ... Ich bin nicht in der Lage das zu finanzieren. So viel Geld habe ich jetzt nicht.»

«Das ist nicht nötig. Ich lade dich ein und bezahl die Reise.»

«Das kann ich nicht ...» Er sah mich ernst an und meinte mit kräftiger Stimme: «Oh, doch ... das kannst du! Ich hab am 11. Juni Geburtstag und werde vom 4. bis zum 18. dort sein. Ich machte auf die Reise im Reisebüro eine Option für drei Tage. Bis dahin brauche ich dein o. k.»

«Na ja, ich hätte schon große Lust, Hein. Ich brauch nur erst das von meiner Chefin. Ich frage sie gleich, wenn ich zurück bin. Dann geb ich dir heute noch Bescheid.»

Am anderen Tag kam ich kurz vor eins bei Hein an. Er machte die Tür auf und rief: «Nils, komm rein! Ich hab schon auf dich gewartet.» Ich trat ein, er machte die Tür zu und legte gleich los: «Als ich wusste, dass du dabei bist, buchte ich die Reise fest. So und jetzt halt dich fest! Wir sind in einem vier Sterne Hotel in Maspalomas. Das ist nicht weit vom Leuchtturm weg, da fangen die Dünen an. Und die Reise gab es zum Sonderpreis! Das freute mich sehr ... Voilà! Und jetzt gehen wir in die Küche, da zeig ich dir das Hotel.»

Er lief voraus bis zum Tisch. Da nahm er gleich den Katalog, der da lag, blätterte darin rum und sagte: «Sieh mal ... das ist es! Ist das nicht der Wahnsinn? Freust du dich auch so wie ich?»

«Wow! Das ist ja nicht zu fassen. Meine erste Fern- und Flugreise und dann gleich ein 4-Sterne-Hotel. Echt krass!» Er war nicht zu halten und legte wieder los. «Wir fliegen von Hamburg aus, um fünf Uhr in der Früh ab. Ein Taxi fährt uns hin und zurück und wir fahren um eins hier los. Schlafen kannst du dann im Flieger. Da hast du etliche Stunden Zeit.»

Beim Abschied fiel er mir um den Hals, gab mir einen Kuss und meinte: «Oh Nils, was bin ich so froh, dass ich dich hab.» Und dicke Tränen rollten ihm über die Wangen. Es rührte mich das zu hören. Um nicht auch zu heulen, sagte ich rasch: «Dann bis morgen Hein», trennte mich von ihm und ging fort ... Bis zur Reise hatte ich, oft geilen Sex mit ihm.

Wie im Flug war der Tag da. Ich brachte Hein wie immer das Essen und er fragte: «Nils, ist dein Koffer schon gepackt?»

«Ja! Der steht bereit und wartet, dass er am Ende des Tages abreisen kann. So wie ich!»

«Denk bitte an den Perso!»

«Ja, Hein, den hab ich immer bei mir.»

«Na gut! Dann bis heute Nacht, Nils.»

«Okay! Ich stehe so kurz vor eins an der Straße.» Der Kuss zum Abschied wurde in der Zeit zur Gewohnheit. In der Folge rannte ich zum Auto und fuhr die Tour zu Ende.

Am Abend legte ich mich früh ins Bett und schlief drei Stunden. Dann machte ich mich fertig und ging raus. Auf die Minute war das Taxi da. Hein saß vorn und ich stieg hinten ein. Die Straßen waren um die Zeit fast leer.

Am Flughafen stiegen wir aus. Der Check-in und die Kontrolle waren im Nu erledigt. Ich hatte einen Platz am Fernster und um 5:05 Uhr hob der Flieger ab ...

Kapitel 4

Der Flug verlief glatt und die Landung auch. Ein Bus brachte uns ins Hotel. Da gab es die Schlüssel für das Zimmer. Ich machte die Tür auf und da war es dunkel. Ich lief durch den Raum und zog die Vorhänge auf ... Was ich da sah, ließ mir den Atem stocken. «Hein, komm doch mal her! Sieh dir die Aussicht an!» Er stellte sich neben mich und flüsterte: «Das ist ja imposant, Nils! Ich geh mal raus.» Er machte die Tür vom Balkon auf ... Als ich draußen war, sah ich auf einen coolen Pool. Es sah aus, als ob der mit dem Meer verschmolz. Nach ein paar Minuten sagte ich: «Hein ich muss mal, bin gleich zurück.»

«Ist gut, ich geh dann auch mal.» Ich lief los und er blieb draußen ... Als ich aus dem Bad kam, zog ich meine Sachen aus. Nur den roten Slip ließ ich an. Da ich müde von der langen Reise war, legte ich mich hin.

Nach kurzer Zeit kam Hein rein und meinte: «Ach? Was seh ich denn da? Du liegst ja auf dem Bett ...»

«Ja, ich wollte mal kurz ruhen.» Er kam zu mir, setzte sich auf die Kante und im Nu glitt ein Finger über den Stoff vom Slip. «Oh, das ist ja sehr geil, Hein.»

«Warts mal ab, was gleich los ist!» Was das war, war mir klar, denn der Kleine füllte sich mit Blut und wölbte den Stoff zu einer dicken Beule. Dann merkte ich, dass er den Slip rasch nach unten zog. Da ragte das beste Stück von mir zur Decke, bis es im Mund von ihm war. Ich machte die Augen zu, um das Ganze intensiver zu genießen.

Was er tat, war spitze und erregte mich total. Doch dann hörte er auf und sagte leise: «Oh, was bin ich so geil auf dich ...», saugte und blies intensiver weiter. Ich stöhnte vor Lust und kam schnell am Punkt an, wo der Saft raus wollte. «Es kommt mir ...», rief ich ihm zu ... Ich hörte aber nur ein Knurren. «Okay, wenn ... du ... a-h ... es ... a-h-h-h ... willst ...» Ich entlud mich und er nahm alles auf, was er bekam. «O-h-h-h .... War das geil», rief ich und presste den Körper fest auf die Matratze.

Dann ließ ich los und er auch. Auf ein Mal merkte ich, dass er sich über mich beugte. Da gab er mir einen Kuss auf den Mund und ich schmeckte den Samen von mir. Ich machte die Augen auf und er fragte: «Na? Gefiel dir das?», und leckte sich die Lippen. «Du stellst Fragen? Ja! Und ob ... Da rechnete ich jetzt noch nicht mit. Doch weiß ich jetzt, wie der Samen von mir schmeckt ...»

«Vorzüglich! Wie Sahne, Nils. Doch das wusste ich ja schon. Dann lass uns ein wenig schlafen ... Und sind wir wach, laufen wir an den Strand. So, jetzt geh ich auch pinkeln.»

Wann er wieder da war, bekam ich nicht mit, denn ich schlief gleich ein.

Ich wachte auf, da mir die Blase drückte und lief ins Bad. Als ich raus kam, war Hein wach. Ich lief zu ihm und stellte mich vors Bett. Er streckte seine rechte Hand aus und griff mir zärtlich in den Schritt. Abrupt hörte er auf und sagte: «Schluss! Jetzt pinkle ich und dann gehen wir an den Strand.»

Er lief ins Bad und ich zog mir in der Zeit Bermuda, T-Shirt und Sportschuhe an. Es war kurz vor fünf, da liefen wir los. Es waren 31 Grad. Zuerst zum Leuchtturm und von da aus am Wasser entlang bis Hein sagte: «So Nils, gleich kommt der Ort, wo du nackt sein darfst.» Und schon sah ich jede Menge im Sand vor den Dünen liegen. Es war noch einiges los um die Zeit. Dann meinte er: «So, jetzt drehen wir um und gehen ins Hotel und da gibt es Kaffee und Kuchen. Danach legen wir uns an den Pool.» Das machten wir, bis es sieben Uhr war, dann ging es aufs Zimmer.

Um 20 Uhr gab es Essen. Als wir fertig waren, war es 21 Uhr. Hein fragte: «Wollen wir noch mal ans Meer gehen?»

«Ja, da hätte ich Lust zu.»

«Na gut, dann gehen wir los ...» Nach einer Weile setzten wir uns auf eine Bank. Von dort aus hörte ich das Rauschen vom Meer. Der Himmel war sternenklar und es waren 26 Grad. Da fragte er: «Nils, stelltest du dir das hier so vor?» Ich schüttelte den Kopf. «Nein! Mehr fällt mir dazu nicht ein ... Es ist tausend Mal besser ... Und jetzt Hein ist es an der Zeit, dir herzlich danke zu sagen, denn ohne dich wäre ich nicht hier.»

«Du hast dir das verdient. So, und nun ist Schluss damit! Jetzt gehen wir aufs Zimmer und legen uns hin. Ich bin todmüde.»

Wir kamen an und Hein hatte es eilig. Er lief sofort ins Bad. Ich ging, bis er so weit war auf den Balkon.

Als ich rein kam, machte ich die Tür zu. Da sah ich, dass er im Bett lag. «Ach, wie ich sehe, liegst du ja schon. Ich mach mich jetzt auch fertig.»

«Gibt´s noch einen Kuss? Es ist möglich, dass ich schlafe, bis du da bist.»

«Na, aber klar!» Ich stand frontal vorm Bett. Hein lag auf dem Rücken und die Beine waren gespreizt. Ich kniete mich hin und kroch unter das Laken. «Nils, was machst du denn da?»

«Das wirst du gleich merken ...» Am Dödel hielt ich an, streckte die Zunge raus und leckte an ihm rum. Langsam wurde er steif. Da kniete ich mich hin, stütze mich mit dem rechten Arm ab, nahm ihn in den Mund und kraulte ihm mit der linken Hand die Hoden. Im Nu schmeckte ich den Samen von ihm und hörte ihn rufen: «N-i-l-s, das war ja geil ... Wahnsinn! ... Puh, ich bin fix und fertig!» Doch hatte ich das Ziel noch nicht erreicht. Ich bewegte mich zum Kopf hin. Da er noch steif war, berührte er mich am Bauch. Ich kam am Ende des Lakens an und sah zu ihm. Er lag da, die Augen zu und atmete heftig. Da ahnte er nicht, dass ich noch eine Spende für ihn hatte ...

Ich beugte mich über den Kopf von ihm und küsste ihn auf den Mund. Im Nu streckte er die Zunge zwischen die Lippen von mir. Da ich den Samen von ihm darin hatte, lief er in den seinen. Da schmatzte er und leckte sich die Lippen. «So Hein, jetzt weißt du auch, wie deiner schmeckt.» Er machte die Augen auf, sah mich groß an und meinte: «Mmh ... echt gut. Ich dachte nicht, dass aus dem alten Sack von mir noch so viel raus kommt. So und nun gib mir noch einen Kuss zur Nacht.» Mit Hingabe küssten wir uns eine Weile. Abrupt brach er ab: «So, jetzt darfst du dich waschen, gute Nacht!»

«Gute Nacht Hein!»

Ich stieg über ihn und lief ins Bad. Als ich zurück war, schlief er. Leise legte ich mich hin und machte das Licht aus. Ich war nicht in der Lage gleich zu schlafen, dachte lange über den geilen Tag nach ...

In der Früh war ich zuerst wach und ging leise ins Bad. Als ich fertig war, machte ich die Tür auf und Hein rief: «Nils, lass die Tür auf, ich muss schnell mal aufs Klo.»

Als er fertig war, gingen wir zum Frühstück. Da fragte ich: «Hein, hast du für heute schon was geplant?»

«Nein! Warum?»

«Äh, wie du weißt, muss ich zum Friseur.»

«Stimmt! Mit der Matte schleppst du hier keinen Gay ab!»

«Ha, ha, ha ...»

«Das war nur Spaß. Ich schlage vor, wir bleiben bis zum Mittag am Strand. Nach dem Essen ruhen wir uns eine Stunde aus. Sind wir wach, rufe ich uns ein Taxi. Mit dem fahren wir zum Yumbo und dort gehst du zum Frisör ... Ich setze mich in der Zeit in ein Café. Was hältst du von dem Vorschlag?»

«Der gefällt mir gut, Hein!»

«Gut! Dann machen wir es so.» Wir liefen zum Zimmer und jeder zog sich um. In der Folge gingen wir an den Strand.

Obwohl es früh am Morgen war, war dort schon jede Menge los. Hein stapfte barfuß durch den Sand und ich im Wasser am Ufer. Dann kamen wir zur FKK-Zone und er rief: «Nils, hast du etwas gegen FKK?»

«Nein!» Ich wusste ja, dass er das wollte. Da lagen viele nackt im Sand und ein paar schritten zum Wasser. Ich hatte die Sonnenbrille auf. So sah keiner, wo ich mit den Augen war. Die lenkte ich auf Brüste und Muschis von Frauen, die vor mir im Sand lagen. Das blieb nicht ohne Folge, denn die Beule in der Short wurde immer größer. Ich nahm den Rucksack vom Rücken und hielt ihn mir vor den Bauch. Da hörte ich: «Na Nils? Haste einen Steifen?»

«Woher weißt du das?»

«Na ja, das ist doch logisch, sieht man das erste Mal so viel nacktes Fleisch. Mach dir nichts daraus, du gewöhnst dich an den Anblick und dann nimmt das von selbst ab.» Kurz danach rief er: «Nils! Ich denke, das hier ist ein schöner Ort. Was meinst du?»

«Ja, ist okay!» Mein edles Teil beulte noch immer die Hose aus. Hein breitete ein Tuch aus, zog sich nackt aus und legte sich hin. Von dem Ort hatte man die Leute im Blick, wurde aber fast nicht gesehen. Ich zog mich auch aus und setzte mich auf die Strandmatte. Mit dem Handtuch machte ich eine Rolle und die kam unter den Kopf. «Gib mir mal bitte den Rucksack! Ich brauch die Sonnenmilch», sagte Hein und holte die Tube raus. «Nils, reibst du mir mal den Rücken ein.»

«Ja, mach ich!» Dann schmierten wir uns ein und legten uns hin. Es war sehr geil für mich die Leute zu betrachten. Ich ergötzte mich an dem, was die Natur so erschuf. Mit der Zeit lag mein Kleiner schlapp auf dem Bauch und die Nackten regten mich nicht mehr an. Keiner von uns hatte Lust zum Baden. Als es an der Zeit war, liefen wir los zum Essen.

Als das zu Ende war, legten wir uns hin. Nach etwa einer Stunde wurde ich wach. Da Hein noch schlief, setzte ich mich raus. Von da aus sah ich dem Trubel am Pool zu. Da hörte ich ein Geräusch. Ich drehte mich um und rief: «Na, hast du gut geschlafen?»

«Ja, das habe ich. So Nils, mach dich fertig und dann gehen wir los.» Wir zogen uns an und liefen zum Empfang. Die Dame dort rief für uns ein Taxi. Es dauerte nicht lange, da war es da. Wir stiegen ein, ich hinten und Hein vorn. Der Fahrer fragte: «¿A dónde?»

«Yumbo», sagte Hein und wir fuhren los ...

Wir kamen an und er bezahlte. «Wo müssen wir hin?», fragte ich und er: «Darüber! Nils, hier sind auch Deutsche, die Läden haben. Ich kenne hier einen und da gehen wir jetzt hin.» Wir liefen weiter, bis er sagte: «Das hier ist ein Frisör. Da schnippelt man dir die Haare ab. Die Besitzer sind deutsche. Ich gehe so lange in das Café da unten. Bist du fertig, dann kommst du runter.»

Er zeigte mit dem Finger dahin und ich meinte: «Okay! Geht klar.» Ich betrat den Salon und da rief eine Stimme: «Buen día» Es war ein Mann und ich stotterte: «Äh ... Buen d-i-a ...» Ich nahm an, dass es ein Spanier war. Er: «Sie kommen aus Deutschland?»

«Äh, ja, das trifft zu. Ich möchte mir die Haare schneiden lassen.» Er nickte. «¡No hay problema! Nur dauert es ein wenig.»

«Ich hab Zeit!» Ich sah einen Tisch, auf dem Hefte lagen. Da lief ich hin und setzte mich auf einen roten Stuhl aus Plastik. Dann nahm ich mir eins und schlug es auf.

Kurze Zeit später kam er an und sagte: «So ... jetzt bist du dran. Mein Name ist Marko.»

«Ich bin Nils.»

«Freut mich, Nils. Setz dich bitte hier auf den Stuhl. Wie soll ich dir die Haare schneiden?»

«Kurz und lockig!» Marko lachte. «Gut! Dann mach ich das nach Wunsch! Bist du allein hier?»

«Nein! Ich begleite einen Mann, der ein Kunde bei uns ist.»

«Hast du ein Glück. Bis heute lud mich keiner ein.»

«Was nicht ist, kann ja noch werden?»

«Nein, das glaube ich eher nicht.»

«Ich hörte, dass hier viele Leute aus Deutschland tätig sind?»

«Ja, stimmt! Ich wohne hier seit acht Jahren mit meinem Partner. Im letzten Jahr wurden wir ein Paar. Am Anfang war es sehr hart. Doch wir schafften es. Jetzt leben wir sehr gut hier. Wie heißt der Mann, mit dem du hier bist?»

«Hansen! Heinrich Hansen.»

«Wo ist er jetzt?»

«Unten im Café. Kennst du ihn?»

«Ja, wir hatten mal Sex zu viert.»

«Echt?»

«Ja! Ich schwöre es! Hattest du mal Sex mit ihm?»

«Schon öfters ...»

«Bist du schwul oder bi?» Die Frage hatte ich nicht erwartet, meinte: «Da bin ich mir nicht sicher. Als ich die nackten Frauen am FKK-Strand sah, geilte mich das so sehr auf, dass ich eine Beule in der Hose hatte.»

«Wo wir grade dabei sind: Morgen haben wir eine Fete bei uns zu Hause. Hast du Lust zu kommen?»

«Allein? Mmh ... Ich weiß nicht ...»

«Dann bring deinen Hein mit, der kennt sich bei uns aus.»

«Äh, was? Wieso sagte er mir davon kein Wort? Er tat so, als seid ihr oder du für ihn fremd. Ich verstand auch nicht, warum er mich nur vor die Tür brachte. Er konnte ja mit rein kommen.»

«Das hat mit Günter zu tun.»

«Hattet ihr Stress wegen ihm?»

«Na ja, wenn du es so siehst, ja!»

«Okay. Ich würde gerne kommen. Wann?»

«Um 21 Uhr. Sag Hein, dass er auch kommen darf und das wir ihm nicht mehr böse sind. Er kennt die Adresse.» Er schnippelte die letzten Haare ab und fragte: «Ich es ist dir kurz genug?»

«Ja, absolut perfekt. Was habe ich zu zahlen?»

«Da du ein Freund von Hein bist, war´s gratis!»

«Das nehme ich nicht an!»

«Doch, kannst du! Morgen machst du das wett.»

«Wie?»

«Das sage ich dir, wenn es so weit ist.»

Da nahm er mir den Umhang ab und ich Abschied von ihm. Ich lief zum Café und sah, dass Hein mit einem Mann sprach. Ich schätze den auf Mitte dreißig. Er sah mich und rief: «Hallo Nils! Du siehst ja wieder total geil und sexy aus ... Doch die Haare sind ja recht kurz!»

«Danke, Hein. So wollte ich die haben.»

«Nils, ich möchte dich bekannt machen mit Tom.»

«Hallo Tom! Freut mich, dich kennenzulernen!»

«Hola Nils! Ich hörte, dass du bei uns im Salon warst. Schnitt dir Marko die Haare?»

«Ja, das hat er. Bist du sein Mann?»

«Ja, das bin ich.»

«Marko lud uns zu einer Fete bei euch ein.» Er fing an zu lächeln, fragte: «Hast du zugestimmt?»

«Mmh ... hab ich ...»

«Das freut mich, dass ihr kommt. Es wird auf jeden Fall ein Abend, den man nicht vergisst», sagte er und grinste frech. «Ja, auf den freue ich mich auch», meinte Hein.

Er stand auf. «Adiós! Gleich hab ich einen Kunden ...» Er ging weg und Hein sagte: «So Nils und jetzt such dir Kuchen aus und dann trinken wir einen Kaffee.» Als wir fertig waren, zahlte er und wir düsten mit dem Taxi ins Hotel.

Der Tag, der folgte, war zuerst wie üblich. Um 20:40 Uhr kam das Taxi und fuhr uns zum Monte Leon. Als wir da waren, sah ich, dass vor dem Haus ein paar sehr teure Autos standen. Hein zahlte und wir liefen zum Eingang. Marko machte die Tür auf, sagte: «Hola, kommt rein. Schön, dass ihr so pünktlich seid!» Drinnen war es recht lebhaft. Er stellte uns den Gästen vor. Ich sah, dass es nur Kerle gab. Ein DJ war am Pool. Sechs Männer tanzten eng umarmt, bei dem Song «Je t'aime». Auf einmal kam Tom, brachte uns Sangria und sagte: «Den machte ich selbst. Ich hoffe, er schmeckt euch ... Habt ihr Hunger, bedient euch an den Speisen vom Buffet.»

«Ja danke Tom, das machen wir», sagte Hein und zu mir: «Das sind alles Geschäftsleute und enge Freunde von Tom und Marko. Sie sind alle schwul oder bi.» Ich nickte. «So, so! Doch das nahm ich schon an.»

«Kommst du mit zum Pool?»

«Na, klar!» Hein lief voraus und ich folgte ihm. Wir setzten uns auf eine Couch und kuckten dem Treiben zu. Nach einer Weile zogen ein paar sich aus und hüpften nackt in den Pool. Da sah ich, dass Tom und Marko aus dem Haus kamen. Tom gab dem DJ ein Zeichen und der machte die Musik leiser. Dann sagte er: «Hola ihr lieben! Ich bitte um Ruhe! Jetzt gibt es gleich das Highlight. Wieder mal klappte es und sie sind h-i-e-r: ... D-i-e ... Los ... sexy ... Amigo ... B-o-y-s!» Im Nu kamen die zwei raus. Ich schätzte sie auf etwa zwanzig. Eng lag ihr Dress in Schwarz am Leib an und man sah exakt, wo der Dödel lag. Die hatten echt was unter dem Stoff. Ein paar klatschen, pfiffen und riefen: «Zieht euch aus!» Da spielte der DJ den Song «Je t'aime».

Die Boys tanzten und fassten sich geil an: Mal am Po, mal im Schritt. Dann zogen sie Jacke und T-Shirt aus und warfen die in die Menge. Ich kuckte auf ihre Sixpacks und wurde blass vor Neid. Auch die Haut war makellos braun und glänzte voll Öl. Es riss mich mit, was ich da sah ... Da fragte Hein: «Und Nils, gefällt dir die Show?»

«Ja, die ist total geil! So sähe ich auch gern aus ...»

Da fassten sie sich an die Hose und Ruck zuck war die weg. Nur der rote G-String bedeckte ihre Scham. Der war eng, die Dödel hart und der Stoff vorm Bersten. Im Anschluss flogen die Schuhe in die Gruppe. Da tanzten sie fast nackt, bis der Song zu Ende war. Sie hörten auf und es gab Beifall. Dann sahen sie zu uns und mich an. Ich drehte den Kopf zur Wand hin und sagte Hein leise ins Ohr: «Die starren uns an. Ich werde den Eindruck nicht los, dass sie ein Opfer für ihre Show suchen.» Er flüsterte: «Ja, das kann schon sein.»

«Hoffentlich bin ich das nicht ...»

Da fasste mir jemand an den rechten Arm. Ich drehte mich um und da standen die zwei vor mir. So eine Scheiße, dachte ich. Dann packten sie mich an, zogen mich hoch und ab ging es bis zum DJ. Da stellten sie mich so hin, dass mich alle sahen. Die Musik fing an ...

Da tanzten die zwei obszön vor mir herum. Ich sah zu und bewegte mich nicht von der Stelle. Immer näher rückten sie mir auf den Pelz. Da stellte sich einer vor mich hin. Der Zweite blieb hinter mir stehen. Da kam ich mir vor wie die Wurst im Hot Dog. Das war ich ab da auch, da jeder den Leib, an den von mir presste. Da roch ich den strengen Duft aus dem Mix von Schweiß und Parfüm. Der vor mir stand, fasste mein T-Shirt an, zog es mir über den Kopf und warf es auf den Boden. Dann faste er mir an die Hose, machte den Gürtel auf und zog sie runter. Ab da hatte ich nur noch den roten Slip an.

Der vor mir bückte sich, zog mir die Schuhe aus und streifte die Hose über die Füße. Der DJ spielte den Song aufs Neue und die zwei tanzten um mich rum. Da zog man mir von hinten den Slip runter ... Und ich stand nackt da.

Ich schämte mich, da ich fast einen Steifen hatte. Die Meute grölte und klatschte. Die zwei tanzten mal kurz und hörten auf. Der vor mir stand kreiste bei mir mit den Fingern um die Nippel. Der hinter mir spielte am Po rum. Es war nur nicht sein Finger. Mein Kleiner wurde hart wie Eisen und ich machte die Augen zu.

Auf einmal hörte der von vorn auf und die Kerle klatschten und pfiffen. Ich machte die Augen auf und sah, dass er nackt vor mir war. Er hatte einen Dödel, der mich vor Neid blass werden ließ und befasste sich mit dem Teil. Kurz darauf legte er sich vor mich auf den Boden aufs Kreuz. Als er da lag, ragte der wie ein Turm in die Höhe.

Der hinter mir kam an, war auch nackt und hatte eine Erektion. Er stellte sich über den und hockte sich auf ihn. Ich dachte, die haben doch nicht vor ... Doch das machten sie. Als er auf ihm saß, hob und senkte er den Körper. Es sah so aus, als ob er auf einem Pferd ritt. Die Kerle klatschten und ich stand ohne Regung da. Da fasste, er obere mich an, rieb meinen hin und her und der unten lag, stöhnte.

Ich kuckte mich um und sah, dass fast alle Kerle nackt waren. Nach einer Weile hörten die Boys auf. Die zwei standen auf und der obere wollte, dass ich mich nach vorn bücke. Was soll das jetzt werden, dachte ich im Stillen. Machte dann doch, was er wollte.

Gleich darauf lag der auf dem Rücken von mir. Da spürte ich ihn auch schon zwischen den Backen. Er legte die Arme um mich, bis die rechte Hand von ihm am Dödel von mir war. Der andere lief nach hinten. Ich sah nur nicht, was er da wollte.

Da merkte ich, dass der uns von hinten stieß ... Da ich nicht darauf gefasst war, fiel ich fast um.

In der Folge fand das im Takt statt. Da war mir klar, was die machten. Im Nu fingen sie an zu stöhnen. Sie hörten bald auf und gingen von mir weg. Ich richtete mich auf. Einer legte ein Tuch auf den Boden vor meine Füße. Er zeigte mir, dass ich mich darauf legen soll. Als ich da lag, machte er die Beine breit und stellte sich über den Bauch hin. Der zweite so neben den Kopf. Man war das geil, als ich die Säcke von unten sah.

Die zwei fingen an, sich selbst zu streicheln. Von der Brust, über den Bauch bis zum Dödel. Da rieb jeder so forsch das die Klöten hin und her flogen.

Dann kniete sich der, der am Kopf stand hin. Da hing der Sack von ihm mir fast auf der Nase. Der lag schon fest am Rumpf an und so musste er gleich kommen. Das geilte mich total auf. Da setzte sich der andere auf meine Beine. Dann merkte ich, dass er den Steifen von mir am Schaft mit einer Hand auf und ab rieb. Das war so was von geil und ich war nah dran ...

Doch er hörte auf und machte bei sich weiter. Die zwei rieben ab da wie wild an sich rum. Ich machte die Augen zu, da ich ahnte, was gleich kam und so war es ... Das merkte ich, denn ich bekam die Wichse auf Brust und Bauch. Da hörte ich Applaus und Pfiffe und jemand wischte mir die mit einem Tuch weg. Die Kerle um uns rum fanden das geil, nur ich nicht, da ich mich schämte. Ich machte die Augen auf und dann zogen die zwei mich hoch.

Als ich aufrecht stand, sah ich mich um und erschrak. Jeder Kerl war nackt und ein paar hatten Sex. Der Rest klatschte, pfiff und rief: Zugabe! Das ging ja nicht, die hatten ihr Pulver abgefeuert. Die Boys verbeugten sich ein paar Mal. Tom und Marko sagten Danke für die geile Show. Die zwei hoben ihre Kluft auf, winkten und ab ging es ins Haus. Bei jedem Schritt wippten die Backen hin und her ... und der Jubel ebbte ab. Marko folgte ihnen und Tom kam zu mir.

Ich hob auch meine auf und er sagte: «Nils! Du kommst jetzt mit mir.» Er griff die freie Hand und zerrte mich mit. Da gab es auch für mich Pfiffe und Beifall. Wohl auch wegen dem geilen Arsch von mir.

Wir kamen in einen Raum an, und ich sah ein rundes Bett. Er hielt an und sagte: «Das hier ist das Zimmer zum Spielen und schlafen.» Dann lief er in den nächsten Raum, das Bad. Da fiel mir gleich der Whirlpool auf. «Wow, ist das geil! So einen hätte ich auch gerne.»

«Wenn das so ist, kannst du den schon mal testen, Nils. Jetzt entspann dich ... Übrigens war die Show von dir klasse.»

«Danke Tom. Doch geschämt habe ich mich trotzdem.»

«Das brauchst du nicht. Wir Männer sind alle gleich gebaut. So und jetzt genieße es. Bist du drin, schalte ich ein.» Kaum saß ich, blubberte es schon. Oh tat mir das gut ... Da kam Marko rein und rief: «N-i-l-s! Ey das war ja echt geil von dir.» Hein folgte ihm und sein Gesicht strahlte vor Freude. «Ja das stimmt Nils. Du warst klasse!»

«Danke, ihr zwei! Das gefiel mir zuerst gar nicht, doch dann fing der Spaß an», sagte ich. Nur schien hier was faul zu sein. Warum sprachen die mir ein Lob aus, es gab keinen Grund. Ich stand oder lag doch nur doof rum und die Boys machten die Show. Ruck zuck zogen die drei sich nackt aus und stiegen zu mir in den Pool. Der war so groß, dass da für sechs Platz war. Ich saß über einer Düse, die Beine etwas gespreizt. Durch den Druck vom Wasser flog der Sack hin und her. Das war ein echt geiles Gefühl. Ich sah Tom an und fragte: «Sag mal, was machen die Kerle jetzt draußen?»

«Na ja ... Eine Orgie, bei der ich selbst noch einen roten Kopf kriege.» Marko sagte: «Ja das ist wahr! Doch uns geht es erstmal sehr gut hier».

Hein saß rechts neben mir und kuckte mich an. «Nils? Hast du einen Steifen?»

Ich war perplex von der Frage und stellte mich erst einmal dumm. «Äh ... Was soll ich haben?»

«Einen strammen Nils! Ich seh es doch.» Ich merkte, dass ich einen roten Kopf hatte. «Äh ... Nein, nein das kann nicht sein ...»

«Klar!» Im Nu sauste die linke Hand von ihm bei mir in den Schritt. «Ich sagte dir doch, das ich es sah. Du bist ein echt Geiler.» Da war Leugnen sinnlos, doch da äußerte ich mich nicht zu. Ich hoffte, dass er seine Pfote wegnahm. Das tat er nur nicht, sondern ließ die Hand auf und ab gleiten. Da fragte er: «Gefällt dir das, Nils?»

«Na und ob ... Wem gefiele das nicht?» Dann wollte ich es wissen und fragte: «Tom! Ihr habt das doch so geplant, oder? Aus dem Grund war der Haarschnitt gratis und Hein heckte das mit euch aus. Stimmt´s?» Er sah Hein an, der mit gesenktem Haupt da saß und dann meinte: «Na ja, ich gebe es ja zu. Es war in der Tat so! Ich wollte dir eine Freude machen, die du so schnell nicht mehr vergisst. Aus dem Grund kam ich nicht mit in den Salon. Da ich mit Tom Rat hielt.»

Da war es an der Zeit und der Frust musste raus. «Oh, das war so gemein von euch! Ich schämte mich, als ich nackt vor den Kerlen stand. Dann ... gebe ich zu, machte es mir nichts mehr aus, weil ...» Hein schnitt mir das Wort ab und fragte: «Jetzt bist du gewiss geil, oder?»

«Und ob!»

«Ich rechnete damit, das du geil bist. Dann steigen wir jetzt aus dem Pool aus und du treibst es nach Lust und Laune mit mir. Willst du?»

«Das ist genau das, was ich jetzt brauche. Die geilten mich ja ganz schön auf.»

«Prima! Na dann los.»

Ich sah, das Marko und Tom an sich rum spielten. Tom sah zu uns und meinte: «Wir kommen auch mit! Ich stell rasch den Eierkocher aus.» Marko war der Erste, der den verließ. Wir folgten ihm und er gab uns ein Badetuch.

Das runde Bett war ein echt geiler Platz zum Schmusen. Hein legte sich zuerst hin und ich rechts neben ihn. Ich fasste gleich seinen Kleinen an und spielte mit ihm. Er tat das er auch bei mir und so war meiner nach kurzer Zeit hart. Doch seiner ließ sich Zeit ...

Bei Marko und Tom sah das anders aus. Die lagen neben uns und jeder Phallus ragte zur Decke. Eine Weile verging und Tom rief: «Nils! Hast du schon mal in der 69er agiert?»

«Nee! Äh ... Was ist das denn?»

«Komm rüber, ich zeig´s dir!»

«Hein, du hast ja gehört, was Tom sagte. Ich bin kurz weg.»

«Na g-u-t, dann rück ich zu Marko rüber. Viel Spaß!»

«Danke! Dir auch ...»

Marco robbte zu Hein und ich zu Tom ... Der gleich sagte: «So, Nils. Jetzt kniest du dich mal mit dem Kopf zu den Füssen über mich. Okay! ... Nun stützt du dich mit den Armen neben den Beinen von mir ab ... Genau so! Das war´s ... Das ist die 69er. So kannst du den Partner blasen und er kann das auch tun.»

Marco fing gleich an und es war geil, so machte ich es auch bei ihm. Er hatte eine flinke Zunge und schaffte es, dass ich schon nach kurzer Zeit nah am Erguss war.

Ich hörte bei Marco auf und drehte den Kopf zur Seite. Da sah ich, dass Tom über Hein kniete und sie es auch so machten wie wir. Der war für sein Alter noch fit und merkte das. Er winkte mir zu und rief: «Nils! Komm jetzt zu mir, bevor Marco dich leer saugt. Ich will, dass du mich anal nimmst.» Der hörte gleich auf an mir zu blasen, meinte: «Okay! Dann rutsch schnell rüber.» Das war auch höchste Zeit. Ich krabbelte über das Bett. Hein lag auf Knien und Armen und das Hinterteil ragte in die Höhe ...

«Ich bin bereit», rief er. «Ja, das seh ich.»

«Dann besorg´s mir!» Ich passte grad so zwischen die Beine von ihm. Da faste ich erst mal den Sack an und kraulte den. Er rief gleich: «Nils! Mach mir nicht an den Eiern rum. Fick mich endlich!» Da hörte ich, dass die zwei lachten. «Wie früher! Nur Befehle geben», sagte Tom. Und Marco: «Lernte er ja als Soldat im Krieg und was man einst ...» Hein rief empört: «Seid still ihr beiden, sonst versohle ich euch nachher den Arsch. So! Und jetzt mach!»

«Zu Befehl Herr General!»

«Na wart´s nur ab! Lass uns erstmal fertig sein ...»

«Ich kann´s nicht erwarten. Versohlst du mir dann auch den Popo?» Da murmelte er was vor sich hin, das ich nicht verstand.

Tom gab mir die Tube mit dem Gel und ein Kondom. Ich verrieb das Gel am After. Das ist eine extrem erogene Zone. Es gibt Leute die lecken den Teil mit der Zunge. Das traute ich mich nicht, doch schien ihm das zu gefallen, denn ich vernahm: «Mmh, tut das g-u-t. Oh ... mmh ...» Da hörte ich auf und er rief: «N-i-l-s, mach hin! Ich kanns nicht mehr erwarten.»

Da meiner steif war, streifte ich mir das Kondom gleich über und machte das, was er wollte. Tom und Marko sahen uns zu. «Das machst du aber nicht das erste Mal», hörte ich Tom sagen. Da ich schon außer Atem war, schüttelte ich nur den Kopf. «Das hab ich geahnt.»

Hein stöhnte und ich steigerte das Tempo. Auf einmal merkte ich, dass das Ende kam ... und ich k-a-m, und w-i-e. Hein bekam das mit und rief: «Oh Nils, du warst echt klasse, große Klasse! Ich liebe dich!»

Ich zog ihn langsam raus. Da drehte er sich gleich um, kniete sich vor mich hin, nahm mich in die Arme und gab mir einen Kuss auf den Mund. Ich bekam fast keine Luft mehr. Dann hörte er auf und sah mir in die Augen. «Na Nils gefiel dir der Abend bis jetzt?», fragte er und lächelte befriedigt ...

«Ja, er war absolut geil, Hein!»

«Dann bin ich ja froh!»

«So, Amigos! Jetzt gehen wir noch mal in den Whirlpool», rief Tom. «Ja, ich bin dabei. Das ist eine sehr gute Idee», sagte ich zu ihm und wir liefen alle in den Pool.

Nach zehn Minuten war die Zeit um. «Ich habe Hunger und Durst», sagte ich zu Hein. «Ich auch! Sex macht eben hungrig.» Ich fragte Tom: «Gebt ihr solche Partys oft?»

«Nein, nur 1-mal im Monat sind wir dran. Treffen tun wir uns aber 3-mal die Woche und lassen jedes Mal die Sau raus.»

«Na, wenn das so ist, wandere ich hierher aus ...»

«Bist du Frisör? Dann stellen wir dich ein!»

«Nein, leider nicht. Ich fahre Essen aus. Dabei lernte ich Hein kennen.»

«Na ja, da verdienst du hier kein Geld mit. Wenn du weg von zu Hause willst, brauchst du immer Asche. Am besten so viel wie möglich. Bist du fremd, kriegst du hier kaum einen Job. Dann hast du das Problem mit der Sprache. Die musst du lernen! Machst du das nicht, kannst du nur in einem Lokal arbeiten und Teller waschen. Oder du machst eins auf. Da das fast jeder macht, der hier her kommt, sind sie schnell wieder weg. Habt ihr alles inklusiv?»

«Ja!»

«Genau das ist ihr Ende! Die Leute Essen und Saufen lieber im Hotel, da es ja gratis ist. Das stimmt nur nicht, denn sie zahlen dafür ja mehr. Aus dem Grund geht man am Abend nicht mehr aus. So verdienen die Kneipen und Lokale kein Geld. Das war früher nicht so. Da konnten alle gut leben. Na ja ... Und ist dann das Ersparte weg, müssen sie heim. Hier gibt es keine Hilfe. Wenn es mal klappt, haben die meist nur deutsche Gäste. Bei uns ist es zum Glück etwas anders. Wir haben eine Menge Leute von hier. Die kommen auch zu uns, ist mal nicht viel los. Aus dem Grund leben wir hier sehr gut, wie du siehst, Nils.»

«Ja, ich verstehe das! So, jetzt muss ich erst mal was trinken. Mein Mund ist ganz trocken!»

«Nicht nur deiner, Nils! Dann lasst uns raus gehen.» Tom und Marco liefen voraus.

Wir kamen im Wohnraum an. Da hörte ich, dass der DJ spanische Songs spielte. Da kam ein älterer Herr an und fragte: «Na ihr zwei? Wo triebt ihr euch so lange herum?» Marko sagte: «Wir waren im Bett und haben es g-e-t-r-i-e-b-e-n.» Der lachte. «Ich hoffe, es war geil?»

«Ja, war es ...»

Da kam aus der Küche ein nackter Ober raus. Ich sah, dass am Glied von ihm eine rote Schleife hing. Die wackelte bei jedem Schritt hin und her. Das sah sehr lustig aus. Er hielt ein Tablett in der rechten Hand. Da waren Gläser mit Sangria drauf. Ich nahm mir eins und lief ans Buffet, um etwas zu essen. «Mmh ... Das sieht ja alles lecker aus», sagte ich zu Hein. «Ja, das stimmt! Die zwei geben sich jedes Mal größte Mühe.»

Es wurde Mitternacht und ein paar Gäste zogen sich an und gingen fort. Hein sagte: «Nils, ich glaube, wir gehen jetzt auch. Ich bin hundemüde.» Ich musste gähnen, meinte: «Ja, ich auch, wie du siehst ...»

«Gut! Ich bitte Tom, uns ein Taxi zu rufen.» Es dauerte nicht lange, da klingelte es an der Tür. Tom machte auf und rief: «H-e-i-n, euer Taxi ist da!»

«J-a-a-a, wir kommen!» Wir nahmen Abschied vom Rest der Gäste und liefen zur Tür. Marko kam mit uns und Hein sagte: «Das war ein klasse Abend. So wie früher!»

«Ja, das war er und wir hatten alle eine nicht übliche Freude.»

«Stimmt Marko!»

«Sehen wir uns noch mal, ehe ihr fliegt, Hein?»

«Mmh, wäre möglich ... Ich werde 87 am Sonntag. Wenn ihr Lust und Zeit habt, dann würde ich mit euch feiern.»

Die zwei sahen sich an, nickten sich zu. «Ja gern! Wir haben nichts vor», sagte Tom. «Hast du schon ein Lokal, wo du hin willst?»

«Nein, noch nicht ...»

«Dann schlage ich dir eins vor, das zwei Deutsche im Cita betreiben. Wir kennen die schon lange. Mmh ... und das Essen ... echt spitze. Da könnte ich einen Tisch für uns buchen. Wäre dir das Recht?» Hein nickte. «Ja! Das ist ja super Marko! Das machen wir so ... Du orderst den für 20 Uhr. Dann treffen wir uns beim Spar im Cita.»

«Okay ... geht klar, Hein!» Sofort ging's raus. Dort stiegen wir ein und Tom und Marko winkten noch kurz.

Im Hotel ging's gleich zum Zimmer. Da zog ich mir die Sachen aus und Hein kam zu mir. Er umarmte mich und gab mir einen Kuss auf den Mund. Da sagte ich: «Danke Hein! Das war ein grandioser Tag. Ich vergesse den nie im Leben. Ich koste hier jede Stunde aus ... Und ich freue mich, dass ich durch dich hier sein darf. Ich bin dir dafür ewig dankbar ... Und du bleibst mir für alle Zeit im Herzen. Innigen Dank!»

Er sah mir tief in die Augen. Das Gesagte verschlug ihm die Sprache, denn so still war er nur selten. Er fing an zu weinen und stotterte: «Äh ... nun ... äh ... was soll ich dazu ... äh ... sagen. Das hat mich berührt ...»

Bevor ich auch weinen musste, lenkte ich ab. «So, jetzt gehe ich ins Bad und dann gehts ab ins Bett!» Er bekam einen Kuss auf den Mund. Ich wendete mich von ihm ab und lief ins Bad. Ich kuckte kurz zurück und sah, dass er sich auf die Kante vom Bett setzte. Ich nahm an, dass er sich auch auszog.

Als ich aus dem Bad kam, saß er nackt da, kuckte mich an und sagte: «Komm mal her zu mir!» Ich lief los und als ich vor ihm stand, nahm er seine Hände und zog mir den Slip runter. «Hein, warst du nicht müde?» Doch auf die Frage gab er keine Antwort mehr. Ich schloss die Augen und ließ es geschehen. Es folgten Gefühle, wie jeder Mann sie gern hat. Immer schneller wippte der Kopf vor und zurück. Ich machte kurz die Lider auf und als ich das sah, musste ich lächeln. Es sah so aus, als wenn ein Rockstar wild nach dem Takt den Kopf bewegt. Nur flogen bei ihm nicht die langen Haare durch die Luft. Da merkte ich, dass ich schneller erregt wurde, wie mir lieb war.

Nur mit großer Mühe stoppte ich fürs Erste den Abgang. Was danach kam, war der Wahnsinn und endete mit dem Schuss ins Ziel ... Und er holte alles aus mir raus ... bis nichts mehr kam. Dann entließ er ihn aus dem Mund. Er erhob sich vom Bett und sah mir ins Gesicht. Da gab er mir einen Kuss und sagte: «S-o-o-o Nils, jetzt bist du bereit. Du kannst schlafen gehen. Ich komme gleich wieder.»

Als er weg war, legte ich mich in mein Bett. Ich nahm mir vor, bis er kam wach zu bleiben, doch gelang es mir nicht ...

Ich wachte auf, kuckte auf den Wecker und bekam einen Schreck: 8:32 Uhr las ich da. Im Raum war es dunkel, nur rechts und links vom Vorhang sah ich, dass es hell war.

Mist dachte ich und ärgerte mich, dass ich einschlief. Ich sah zu Hein rüber. Der schlief tief und fest. Da mir die Blase drückte, ging ich leise ins Bad. Als ich für den Tag fertig war, machte ich lautlos die Tür auf ... Da hörte ich Hein rufen: «Du brauchst nicht leise zu sein, ich bin schon wach!»

Ich lief zu ihm ans Bett und sagte erfreut: «Moin Hein! Wie war die Nacht?» Der räkelte und streckte sich erst ein paar Mal hin und her. Dann meinte er mürrisch: «Geschlafen hab ich gut, auch ohne einen Kuss von dir. Als ich im Bett lag, warst du schon in Traumhausen. So machte ich das Licht aus und schlief ein.»

«Das tut mir echt leid! Nur war ich so kaputt, dass es mir nicht mehr möglich war, wach zu bleiben.»

«Das muss es dir nicht tun. Ich kenne das ... So! Jetzt gehe ich ins Bad und bin ich fertig, gibt´s Frühstück.» Er setzte sich auf die Kante vom Bett und erhob sich. Da nahm ich ihn in die Arme und flüsterte ihm ins Ohr: «Hein, ich hab mich in dich verliebt! Du bist so voll Liebe, nett und großzügig. Auch im Bett verstehen wir uns prächtig. Es ist eine Freude, mit dir zu leben.»

Er schluckte den Klos im Hals runter und erwiderte mit verweinter Stimme: «Nils! Das sind die liebsten Worte, die mir seit langer Zeit jemand sagte. Das zu hören ist eine große Ehre für mich. Nur bin ich 58 Jahre älter wie du. Du könntest schon der Enkel von mir sein und so sterbe ich früher wie du. Das ist so sicher wie das Amen in der Kirche. Und dann? Was wird dann sein? Dann bist du wieder allein und eine große Leere kommt über dich. Such dir lieber einen Freund, der so alt ist wie du. Mit dem lebst du auch länger als mit mir. Apropos: Steht ein Mensch, der jung ist, sexuell auf einen der alt ist, dann nennt man das Gerontophilie ...»

Er holte mal Luft und ich nutzte die Sekunde. «Das ist mir egal, wie das heißt! Ich bin verliebt in dich!»

«Na gut, dann lieb mich eben. Ändern kann ich das eh nicht. Doch ich gebe zu, dass ich dich auch ins Herz schloss. So ... und jetzt ist Schluss damit! Ich habe Hunger!»

Jeder Tag lief gleich ab: Frühstück und zum FKK-Strand gehen. Essen am Mittag. Eine Stunde Schlaf. Dann gab es noch Massage, Sauna und im Pool baden. Es ist das letzte Mal, dass er auf die Insel kommt. Das hörte ich oft am Tag. So nahm er sich vor, jede Sekunde zu genießen. Auch der Sex mit mir war ihm sehr wichtig.

Am Sonntag in der Früh wachte ich auf. Hein schlief noch und so schlich ich mich gleich ins Bad. Es war der Tag, an dem er Geburtstag hatte. Als ich fertig war, machte ich das Licht aus und die Tür einen Spalt auf. Da der Raum relativ dunkel war, sah ich nur diffus, dass er wach wurde und zum Bett von mir kuckte. Dann drehte er sich um und rief: «Nils, bist du im Bad?»

Ich machte die Tür auf und lief lässig, wie ein Model auf ihn zu, kniete mich vors Bett und sagte: «Lieber Hein! Ich gratuliere dir zum Geburtstag. Ich wünsche dir alles Gute für das Jahr, das jetzt vor dir liegt ... Und viel Gesundheit, Glück und jede Menge Tage mit Liebe!»

Ich beugte mich über ihn, gab ihm einen Kuss auf den Mund und er erwiderte den mit einem Zungenkuss. Dann sagte er den Tränen nahe: «Danke Nils! Du bist ein Schatz. Äh ... Mein Geschenk?» Er zeigte auf die rote Schleife zwischen den Beinen. «J-a-a-a ... »

«Dann mach mal das Licht an, so kann ich das genauer sehen.» Ich knipste den Schalter über dem Nachttisch an. Da fing er gleich an zu lachen und sagte: «Oh Nils ... Wo hast du denn die her?»

«Von der Party, da verlor sie ein Kellner. Da kam mir die Idee und ich steckte sie gleich ein.»

«Komisch, dass er das nicht merkte ...»

«Du meinst, weil er ab da barfuß bis zum Hals war ...»

«Ja, genau! ... Ha, ha, ha ... Der war sicher knülle.»

«Nicht nur der ...»

«Ein paar konnten nicht mal mehr auf einem Strich laufen.»

«Stimmt! Und doch fuhren die noch selbst ...»

«Na ja, das ist nicht das Problem von uns. Ich hab ein geiles Geschenk, das mache ich jetzt auf. Mmh, ist das lecker! Nils, setz dich mal bitte auf den Bauch.» Als ich da saß, faste er die Enden an und zog die Schleife auf. So kam er aber nicht mit dem Mund ran. Da befahl er: «Nils, jetzt beug dich doch mal über mich!»

«Wird gemacht!»

Kaum tat ich das, naschte er schon gierig und der Kleine wurde fix groß. Voll Leidenschaft lutschte er an mir rum. Ich hörte, wie er schmatzte und stöhnte. Es war orale Kunst vom feinsten. Das hatte zur Folge, dass ich im Nu irre Gefühle hatte. Ich wusste ja, was er wollte. So war er eben und mir war es recht. Nur war mir nicht klar, wer von uns Geburtstag hatte.

Im Grunde war es mein Job, ihn so geil zu verwöhnen. Doch wollte er es so und so fing der Tag für mich bestens an. Ich hatte die Augen zu und merkte wie der Puls raste. Ich rang nach Atem und japste wie ein Hund. Er saugte gierig wie ein Kind an der Brust der Mutter. Der Vulkan war kurz vorm Ausbruch. Erst hatte ich vor ihn zu warnen, doch dann sah ich davon ab. Er wusste ja, was gleich kam und es war jede Menge ... Als er mit mir fertig war, setzte ich mich auf den Bauch von ihm, machte die Lider auf und sah ihn an. Die Augen waren hell wie Sterne und er grinste. Er sah selig vor Glück aus, lag starr vor mir und kuckte mich an. Es sah so aus, als wäre er Tod. Doch dann ... «Wow! Es ist nicht zu fassen ... So ein Geschenk gab es noch nie in meinem Leben, zumindest nicht so früh. Das war erste Sahne und ein nicht alltäglicher Start in den Tag. Danke Nils!»

Ich lächelte ihn an, meinte: «Keine Ursache! Dass ich dir damit eine Freude mache, war mir klar. Das freut mich genau so wie dich. Nur weiß ich nicht, wer heute geboren wurde. Denn ...»

«Schluss! Das ist alles so richtig. So, und jetzt gehe ich ins Bad. Wenn ich fertig bin, frühstücken wir, mit Lachs und Sekt, so wie sich das gehört.»

Und sage und schreibe gab es den. Ein Geschenk des Hauses. Auch eine Karte mit Glückwünschen lag auf dem Tisch.

Wir waren danach am FKK-Strand. Durch die Sonne war ich schon sehr braun. Am Abend aßen wir nicht im Hotel.

Eine Taxe fuhr uns bis zum Eingang vom Cita. Da war eine Menge los. Wir liefen gleich zum Spar-Markt wo die zwei schon standen und Hein sagte: «Hola Tom, hola Marko!»

«Hola Amigos. Ihr seht ja schick aus», meinte Tom. «Ihr aber auch. Klappte das mit dem Tisch, Marko?»

«Ja Hein! Das geht klar.»

«Sehr gut! Dann lasst uns gehen.»

Wir liefen gleich los und es war ein reges Treiben. Musik dröhnte von überall. Da rief Tom: «So, da wären wir!» Und Marko: «Ich geh schon mal vor und melde uns an.» Kurze Zeit später kam er und sagte: «So, meine Herren folgt mir bitte!» Das machten wir. Das Flair war schön, die Hütte war voll und es schmeckte sehr gut. Als Hein bezahlt hatte, gingen wir raus und er sagte: «Marko, das gefiel mir hier echt gut. Es ist ein klasse Lokal und das Essen war spitze ... und den Preis wert. Danke!»

«Keine Ursache, Hein. Habt ihr Lust auf einen Drink? Ich lade euch ein.»

«Ja, wir sind dabei. Es ist ja noch früh am Abend.»

«Gut! ... Vamos!» Wir liefen an Bars und Läden vorbei. Dann hielt Marko an und rief. «Wir sind da.»

«Ich geh schon mal voraus», sagte Tom. Er betrat die Bar zuerst und wir folgten ihm. «Hallo Chris ... Hallo Lars, rief er.» Die zwei waren hinter der Theke. Sie kamen an und grüßten Tom und Marko mit Kuss rechts und links auf die Wange. Dann umarmten sie sich kurz und Lars sagte: «Es ist auch schön, euch zwei wieder mal zu sehen. Euer Platz ist frei.» Marko drehte sich um und meinte: «Das sind zwei Freunde von uns. Sie kommen aus Deutschland und sind hier im Urlaub.»

«Dann herzlich willkommen», sagte Lars. Wir reichten uns alle die Hände. «Danke, das ist nett von euch», meinte Hein. Wir setzten uns an den Tisch. «Was wollt ihr trinken», fragte Chris. Marko und Tom wollten Bier. «Und ihr zwei?»

«Mmh ... Ich hätte Lust auf einen Cocktail ...», sagte Hein. «Okay, dann bring ich euch die Karte.» Er suchte sich «Piña colada» und ich «Sex on the Beach» aus. Lag ja auf der Hand. Bei dem vielen Sex, den ich hatte. Ich sah, dass da fast nur ältere Herren waren.

Die Bar war ein Treff für Schwule. Es gab auch eine winzige Zone, da tanzte Mann mit Mann bei Schlager und Oldies. Tom und Marko legten auch eine kesse Sohle aufs Parkett. Hein hatte keine Lust und da ich kein Tänzer bin, war mir das recht. Ich trank vier Drinks.

Ich schätzte, dass es kurz nach Mitternacht war. Da sah Hein mich mit müden Blick an. «Nils! Ich denke, wir brechen langsam auf. Ich bin todmüde.» Dann bat er Chris, um ein Taxi. «Na klar, ruf ich!» Hein sah Marko an und sagte: «Da wir gleich gehen, möchte ich euch schnell noch danke sagen. Für heute, die Party und für Nils Haarschnitt. Das hier war die Krönung vom Urlaub. Da rechnete ich nicht mit und war ein tolles Ende vom Tag. Leider auch der Tage hier, denn die sind gezählt. Eins ist mir längst klar: Wir werden uns nie mehr sehen. Ich bin so gesund nicht mehr für so eine weite Reise. Wäre Nils nicht bei mir, wär ich jetzt nicht hier. Doch das ist gewiss ... euch zwei vergesse ich nie. In ein paar Tagen ist der Urlaub um und dann geht es nach Hause. Ich wünsche euch alles Gute für die Zukunft ... Und das ihr immer viele Köpfe unter der Schere habt. Auch von der Gesundheit her, nur das Beste ... Es war eine geile Zeit mit euch!»

«Danke Hein. Auch wir vergessen dich nie. Pass sehr gut auf dich auf und bleibe gesund. So besteht die Chance, dass wir uns doch noch mal sehen. Jetzt, da du mit Nils einen tollen Menschen an deiner Seite hast, der auf dich acht gibt.»

«Ja, Marko, das stimmt und wäre zu hoffen!» Da rief Chris: «Taxi ist da!»

«Jetzt heißt es Tschüss sagen! Wir trennen uns heute für ... », sagte Hein wehmütig und fing an zu weinen. Marko nahm ihn in die Arme. «Hein sei nicht traurig. Oft kommt es anders, als man denkt.» Er schluchzte noch ein paar Mal auf, dann fasste er sich wieder. «Vielleicht hast du Recht.» Wir sagten Adios zu Chris und Lars und liefen gleich raus.

Am Taxi sagte Marko: «So ihr zwei, dann kommt gut nach Hause.» Und Tom zu Hein: «Und ruf uns bitte an, seid ihr zurück.»

«Ja, das mache ich gleich. So ... dann Tschüss.»

«Hein steig du rechts ein», sagte ich, half ihm und machte die Tür zu. Ich lief auf die andere Seite. «Adios ihr zwei! Und danke für alles», und stieg ein. «Adios, Nils!» Kaum saß ich drin, fuhren wir auch schon los. Hein sagte dem Fahrer, wo wir hin wollten. Wir winkten uns kurz zu. Im Taxi saßen wir still und sprachen kein Wort. Im Hotel legten wir uns gleich ins Bett. Für Sex war es schon zu spät. Durch die Drinks war ich beschwipst und so schlief ich sofort ein ... Wie im Flug war der Tag da und es ging nach Hause. Wir packten die Koffer und brachen auf. Mit dem Bus ging es zum Flieger. Der flog uns über Frankfurt nach Hamburg zurück. Hein war froh, wieder zu Hause zu sein, das sah ich ihm an. Das Taxi stand vorm Terminal. Wir stiegen ein und schon ging es los. Die BAB war fast leer und so waren wir schnell in Wismar. Zuerst fuhren wir zu ihm. Ich trug den Koffer bis an die Tür. «So, lieber Hein. Ich danke dir für die geile Zeit. Es waren für mich die ...» Er unterbrach: «Ist schon gut! Keine lange Rede, der Fahrer wartet! Für mich war es das auch und ich danke dir auch dafür. Kommst du am Montag zu mir, Nils?»

«Ja! Da fängt ja der Alltag für wieder an.» Er grinste, meinte: «Prima! Auch zum Kaffee?»

«Na klar, um vier. Doch zuvor bringe ich dir dein Essen. So, Hein ... und jetzt wünsche ich dir eine gute Nacht.»

«Ich dir auch, Nils!» Wir gaben uns rasch einen Kuss, dann drehte ich um und lief los. Von der Reise war ich todmüde und legte mich gleich ins Bett. Ich konnte nur nicht schlafen. Da dachte ich über die tollen Tage nach ...

Der Wecker war nicht gestellt und so wachte ich um halb elf auf. Die Blase war voll und so stand ich auf. Dann machte ich mich gleich fein für den Tag. Im Anschluss ging ich zur Küche, trank Kaffee und aß eine Scheibe Brot mit Honig. Als ich satt war, leerte ich den Koffer. Da kam das, was dreckig war in die Maschine und wusch ich gleich. Dann kam das Leben zu Hause auf mich zu. Das war echt krass und machte mir keinen Spaß ...

Kapitel 5

Am Montag in der Früh riss mich das erste Mal seit zwei Wochen ein Wecker aus dem Schlaf. Zur Arbeit gehen, das war sehr hart für mich. Als ich in der Firma war, rief ich: «Guten Morgen!» Alle, die da waren, grüßten auch. Die Chefin kam aus dem Büro und kam zu mir. «Guten Morgen, Nils! Du siehst ja gut erholt aus.»

«Danke, das bin ich auch.»

«Wie war dein Urlaub?»

«Schön, aber viel zu kurz! Es gab Sonne satt, gutes Essen und geile Partys. Alles, was man sich so wünscht.»

«Ja, das sehe ich. Du bist sehr braun, da wird man neidisch. Lagst du jeden Tag in der Sonne?»

«Ja! Und nur am FKK-Strand. Die Farbe ist somit nahtlos.»

«So? Das nützt dir hier aber nichts mehr. Wem willst du dich so zeigen? Ich traute mich das nicht. Doch du hast wohl kein Gefühl der Scham?»

«Nein! Soll ich Ihnen den gebräunten Po mal zeigen?»

«Nein danke! Hiervon sah ich schon etliche. So! Dann mach dich rasch an die Arbeit.»

Sie drehte sich um und lief in ihr Büro und ich zu Marion. «Nils, der gabst du es aber. Sie wurde sogar rot. Wie gern hätte ich das gesehen.»

«Hätte sie ja gesagt, zeigte ich ihr den sofort ... So, jetzt zum Ernst des Lebens. Gibt es was Neues, Marion?»

«Nein, Nils! Es blieb alles so.»

«Gut! Dann stelle ich jetzt die Tour zusammen.»

«Ja, tu das bitte und bis nachher.» Ich packte die Boxen in mein Auto und fuhr los. Die Freude, Hein zu sehen war groß. Alles verlief glatt und ich lag in der Zeit. Ich kam an und stellte ihm das Menü auf den Tisch in der Küche. Gleich gab's eine Umarmung und einen Kuss. «Kommst du um vier, Nils?»

«Ja na klar, ich freue mich schon darauf!»

«Ich auch! Da muss ich auch etwas mit dir zu bereden, Nils.»

Wir sagten Tschüss. Ich fuhr die Tour zu Ende und um vier war ich zurück. Hein hatte schon den Tisch in der Stube gedeckt. Es gab Kuchen und Kaffee. Wir waren fertig und er räumte ab, brachte das Geschirr in die Küche und hatte eine Flasche Fassbrause und zwei Gläser bei sich als er rein kam. «Ich nahm uns gleich etwas zum Trinken mit», sagte er und stellte alles auf den Tisch. Dann setzte er sich hin und ich fragte: «Hein, du wolltest mir was sagen?»

«Ja Nils, das habe ich vor. Du weißt ja, dass ich allein lebe und keinen Menschen mehr habe. Darum möchte ich, dass du mein Erbe wirst. Es wird sich für dich lohnen, da ich etwas gespart habe. Dann habe ich den Wunsch, dass du auch Betreuer und Vormund wirst. Das bedeutet: Du triffst Entscheidungen im Sinne von mir, für den Fall, dass ich mal todkrank bin und das ich das nicht mehr selbst tun kann. Sonst macht das eine Person vom Amt und das will ich nicht. Wenn du das machst, gehe ich zum Notar und leite das in die Wege. Dann musst du mit mir auch mal zur Bank kommen. Auch da kriegst du die Vollmacht. Das Beerdigen legte ich schon fest. Tust du das, Nils?»

«Oh ... Na ja, ich würde das schon für dich tun.» Da kuckte ich ihm in seine strahlenden Augen. «Danke Nils! Jetzt fiel mir ein Stein von der Seele .... Und weißt du, was wir jetzt machen?»

«Nein!»

91

«Wir gehen ins Bett und da besorgst du es mir mal wieder.»

«Okay mach ich doch glatt!»

«Na gut! Dann komm mit!»

In der Schlafstube zogen wir uns nackt aus. Er kam auf mich zu, stellte sich vor mich und nahm mich in die Arme. «Nils! Du glaubst gar nicht, wie ich dem Schicksal so dankbar bin, dass du in mein Leben kamst ...»

«Dein Glück war, dass du kein Muffel warst, dann wär ich jetzt nicht hier. So bereute ich bisher auch nichts.» Er drückte fester und ich konnte fast nicht mehr atmen. Da merkte ich, sein Glied an meinem und bewegte die Hüfte hin und her. So wurden die zwei schnell steif. Hein ließ mich schlagartig los, setzte sich auf die Kante vom Bett und zog mich zu sich ran ...

«Was machst du denn jetzt schon wieder? Das ist nicht fair! Ich will es auch ...» Er nahm den Dödel von mir aus dem Mund. «Gut! Dann bereite ich das vor ...» Er legte sich auf den Rücken hin und meinte: «Leg dich in die 69er! Da machen wir das ...»

«Okay!» Fix stieg ich aufs Bett und über ihn. Gleich fing er an, bei mir zu nuckeln und ich bei ihm. Wir machten das so lange, bis jeder leer war. Dann legten wie uns beisammen hin ...

Ich liebte Hein. Er war zwar mal launisch. Das ist aber nicht nur bei alten Leuten so. Mit ihm war ich das erste Mal im Leben echt glücklich. Nur wusste ich, dass der Zustand von Glück und Freude nicht lange hielt. Da sagte ich: «Hein, was hältst du da von, wenn wir einen Film drehen? Ich habe eine Kamera und mit der nehme ich uns auf. So hätte ich ein Andenken an dich, für den Fall, dass ...»

Seine Antwort haute mich um. «Nils, das ist ja famos! An so was dachte ich auch schon mal. Doch hätte ich mich nie getraut, dir das zu sagen. Ich bin mit dabei! Wann?»

«Ich habe am Donnerstag nichts vor.»

«Passt mir sehr gut. Und für den Fall, dass es später wird, schläfst du bei mir.»

«Ja! Warum nicht? Ich fahre dann von hier aus zur Firma.»

«Das ist ein Wort! Dann halten wir das so fest ... Und bevor du fährst, gibt es in Ruhe ein Frühstück.»

«Du bist der Beste!»

«Ja, ich weiß, Nils. So, und jetzt hätte ich gerne, dass du endlich was anpackst, auf das ich Bock habe.»

Hein drehte sich um, kniete sich auf das Bett und brachte sich in Position. Ich nahm das Gel und schmierte uns ein … und dann kam ich seinem Wunsch nach ...

Hein presste sein Gesicht ins Kissen und schrie. Es war ein Mix aus Schmerz und geil sein. Es dauerte lange, bis es so weit war. Doch dann schaffte ich es ... Er rief: «Nils, ich krieg keine Luft mehr! Puh ... Ich muss mich setzen.» Ich zog mich aus ihm zurück und er stemmte mit den Armen den Körper nach oben. Sein Gesicht war rot. Er rang nach Luft und atmete schnell ein und aus. Als er auf der Kante vom Bett saß, nahm ich rechts neben ihm Platz und streichelte sein Bein. «Und gehts wieder?»

«P-u-h ... Nils, sorg dich nicht. Ich bekam keine Luft. Der Fick machte mich fix und fertig. Puh ... Es wird gleich gehen. Oh, das war der geilste Ritt, den ich je erlebt habe, und war wohl zu viel für mich.» Wir saßen so eine Weile und keiner sprach ein Wort. Er japste vor sich hin, doch dann meinte er energisch: «So Nils, jetzt habe ich Durst! Lass uns was trinken ...» Ich nickte und sagte: «Ja, ich auch!» Wir zogen uns an und liefen in die Stube. Ich trank ein Glas Brause und fuhr dann nach Hause.

Am Donnerstag war es so weit. Ich kam um vier bei ihm an und er begrüßte mich an der Tür. «Komm rein, Nils!»

«Danke!» Er schloss die Tür ab, kam zu mir und sagte: «Lass dich erst mal drücken.» Ich stellte die Tasche auf den Boden hin. Er nahm mich in die Arme und küsste mich. «Sehr gut, dass du pünktlich bist. Jetzt trinken wir erstmal Kaffee und am Abend koche ich und was Leckeres.»

Ich trat ein und sah, dass der Tisch schön gedeckt war. In der Mitte brannte eine Kerze. Neben den Tellern war für jeden ein Glas. Auch eine Flasche mit Wasser war da. Ich setzte mich hin und eine Minute später kam er mit dem Kaffee und Kuchen an. Als wir fertig waren, sagte er: «So Nils, ich war gestern beim Notar und der bereitet alles vor. Ich denke, dass du bald von ihm hörst. Hier habe ich meine Kopie für dich. Ab sofort bist du der Vormund von mir. Das war für mich sehr wichtig und das Testament von mir hat er auch ... Und im Nachttisch liegt der Rest. So jetzt weißt du Bescheid. Hast du noch Fragen?» Ich schüttelte den Kopf. «Nein, es ist alles klar.» Dann kramte er in der rechten Tasche der Hose rum, holte etwas raus und sagte: «Prima! Das hier ist der Schlüssel für das Haus und der hier ist für die Wohnung.»

«Gut Hein! Ich lege sie bei mir zu Hause hin.» Im Nu sprang er vom Sessel auf und rief: «Dann ist ja alles geklärt! So, und nun lass uns loslegen. Wie fangen wir den Film an?»

«Äh ... Ich schlage vor im Bad. Da ziehen wir uns aus und duschen. Ist das gefilmt, wird der Rest in der Stube und im Bett abgedreht.»

«Da leg ich kein Veto ein! Die Fick-Spiele sind eröffnet ...»

«Gut! Dann ab ins Bad.» Da stellte ich die Kamera auf ein Stativ und er fragte: «Und was mach ich, Nils?»

«Du setzt dich auf den Stuhl da und ich stell die Kamera ein.» Als ich fertig war, rief ich: «Kamera läuft!» Ich stellte mich an die Tür vom Bad und schritt auf ihn zu. Er fasste mir an die Hose, machte die Knöpfe auf und die rutschte auf den Boden. Ich streifte mir das T-Shirt über den Kopf. Hein zog mir in der Zeit den Slip runter und fing an, an meinem Kleinen zu spielen.

Nach einer Weile stand er auf und stellte sich aufrecht hin. Ich kniete mich vor ihn, zog ihm Hose und Slip aus und rubbelte seinen hart. «Mmh ... ja das machst du g-u-t», hauchte er und ich rief: «Stopp! Die nächste Szene drehen wir unter der Brause.»

Ich nahm die Kamera und stellte sie vor die Dusche. Dann zogen wir uns ganz aus. «So Hein jetzt steig ein ...», sagte ich und machte die Kamera an. Er ging rein und drehte den Hahn auf und schon prasselte das Wasser ihm über den Rumpf. Dann stellte er sich frontal zu mir, fasste den Kleinen an, rubbelte so lange, bis er hart war und rief: «Komm rein!»

Die Wände waren aus Glas. So konnte ich uns sehr gut aufnehmen. Ich stieg ein, und das Wasser lief mir gleich über den Kopf. Mit Duschgel wusch ich ihm die Brust und den Bauch ab. In der Folge kniete ich mich hin, seifte das Glied ab, nahm es in den Mund und saugte mit Lust an ihm. Hein fing leise an zu stöhnen. Ich hörte auf, erhob mich und sagte: «Jetzt dreh dich bitte mal um.»

«Ach schade ...»

«Du sollst doch jetzt noch nicht kommen», sagte ich und seifte ihm den Rücken ab. Als ich fertig war, tat er das auch bei mir. Dann ging ich aus der Dusche und machte die Kamera aus. Hein kam mit einem Badetuch an und wir trockneten uns ab. Er kuckte mich an. «Oh ... Nils, ich bin jetzt so scharf. Spazieren wir in die Stube. Ich halte es nicht mehr aus.»

Ich packte die Kamera, nahm sie mit, brachte sie in Position und sagte: «Hein, du setzt dich jetzt auf den Sessel. Dann gehts gleich los!»

Als er saß, rief ich: «Kamera läuft!», und ging zu ihm. Ich kniete mich auf die Lehnen, beugte mich nach vorn und stützte mich auf dem Kopfteil ab. Kaum war ich fertig, hatte er schon den Mund voll. Gierig saugte er an mir rum ... und ich kam fast. «Stopp!», rief ich, aber er machte erstmal weiter. Dann meinte er: «Ach, wie schade! Ich war doch noch gar nicht fertig mit dir!»

«Das spielt keine Rolle. Wir sind ja noch nicht am Ende.» Ich ging zur Kamera, stellte sie aus und sagte: «So, jetzt stell dich bitte mal hinter den Sessel. Bück dich nach vorne, leg die Arme auf die Lehne und mach die Beine breit, so wie beim Urologen .... Genau so! Jetzt hol ich das Gel und schmiere uns ein.» Doch erst platzierte ich die Kamera. Als ich mit allem fertig war, stellte ich die an und lief zum Gesäß von Hein. Da massierte ich ihm sanft den Rücken und er schnurrte wie eine Katze. Dann machte ich mit den Backen weiter. Zum Schluss glitt ich mit den Händen durch die Ritze und zwischen die Beine. Da kraulte ich an dem, was zu Boden hing. Das erregte uns und machte alle zwei hart. Da rief er: «Oh Nils ist das so geil, was du da tust. Doch nun steck ihn endlich rein ...»

«Okay», meinte ich und tat, was er wollte. Ich bewegte mich langsam rein und raus und im Nu rief er: «Oh Nils! Das ist ja saugeil, was du da machst ...», und stöhnte vor Lust ... Da nahm ich die Kamera vom Stativ und filmte es. So ging das eine Zeit, bis ich merkte, dass der Höhepunkt kam und der Puls raste. Ich zog mich aus ihm raus. Der Druck war so groß, dass ich ihm die Ladung bis zum Hals schoss. Ich machte noch schnell eine Nahaufnahme und stellte die Kamera aus. Da rief ich: «Jetzt bist du dran Hein!» Er drehte sich zu mir um und sagte: «Gut! Aber ich möchte auf dem Bett liegen.»

«Wie du willst!» Als er lag, platzierte ich die Kamera so, dass sie uns gut in Szene setzte, und stellte sie an. Ich ging zu ihm, beugte mich über ihn und wir befriedigten uns in der 69er. Ich merkte bald, dass es bei Hein so weit war. Da nahm ich ihn aus dem Mund und ließ die Hand von mir an seinem Schaft fix rauf und runter gleiten.

Auf einmal rief er: «Nils, es ist ... oh ... gleich .... a-h-h-h», und in der Sekunde schoss eine Fontäne in die Höhe. «Oh ... war ... das ... geil! A-h-h-h, o-h-h-h ... Jetzt muss ich aber schnell aufstehen, ich kriege nicht genug Luft.»

Er setzte sich auf die Kante vom Bett, und japste. Ich machte die Kamera aus und nahm neben ihm Platz. «Und Hein? ... Geht es dir besser?» Er rang immer noch nach Luft. «Ja Nils! Es ist gleich vorbei. Puh ... Den Stress bin ich alter Mann nicht mehr gewohnt. Dir macht das alles nichts aus. Hast du mal mein Alter, sprechen wir uns wieder. Es kann sein, dass es dir dann auch so geht. Nur ... glaube ich nicht, dass ich das noch erlebe.»

«Ja, das stimmt, denke ich. Ich freute mich aber sehr, wenn es so wäre. Nur ob das Leben in dem Alter für dich noch so toll wäre, bezweifle ich. Mmh ... Wie dem auch sei: Morgen fange ich an und ist alles fertig, bringe ich dir die DVD mit. Dann kannst du jeden Tag den Streifen mit den Steifen kucken.»

«Ja, das mach ich! Oder wir geilen uns mal auf, sind wir alt.»

«Ja! Das tun wir ...»

«So und jetzt mache ich uns das Essen warm.»

«Was gibt es denn?»

«Es gibt ein Soufflé mit Gemüse, Nudeln und Käse. Ich hoffe, du isst das?»

«Na klar. Nudeln sind das was ich am liebsten esse!»

Dann kam er mit dem Auflauf an und stellte ihn auf den Tisch. Der sah sehr lecker aus. «So! Jetzt lass es dir schmecken!»

«Danke, du auch.»

Er nahm die Flasche mit dem Wasser und sagte: «Bevor wir Essen, gieß ich uns ein. Das Nass kommt aus den Vogesen.» Als er fertig war, hob er sein Glas hoch und ich meins. Dann stießen wir an und ich: «Danke Hein, für das köstliche Mahl, das du uns gekocht hast ... Und auf geile Stunden. Prost!»

Nach dem Essen räumten wir den Tisch ab und brachten das Geschirr in die Küche. Als wir zurück waren, zeigte er mir noch Alben mit Fotos. Auf einmal sagte er: «Nils! Sei mir bitte nicht bös, aber ich bin müde. Lass uns ins Bett gehen.»

«Oh Gott, es ist ja gleich Mitternacht. Na ja, dann wird es Zeit. Willst du zuerst ins Bad?»

«Nein ... geh du mal erst. Ich bereite in der Zeit alles für Morgenfrüh vor.» Als ich fertig war, legte ich mich hin. Er kam wenig später und sagte: «Ach Nils! Fast hätte ich vergessen, dass wir um neun Uhr bei der Bank sein müssen. Die brauchen noch deine Unterschrift. Das geht ganz schnell.»

«Okay! Da reicht es ja, wenn wir kurz vor neun fahren.»

«Na klar! Ich stell den Wecker auf sieben. Sind wir wach, ist noch Zeit zum Schmusen. Sind wir fertig, stärken wir uns.»

«So machen wir das ... Eine gute Nacht für dich, Hein.»

«Danke, das wünsche ich dir auch, Nils.» Nach dem Küsschen schlief ich gleich ein ...

Der Wecker rappelte und da mir die Blase drückte, lief ich schnell ins Bad. Als ich fertig war, legte ich mich zu Hein. «Guten Morgen, mein Schatz! Wie war die Nacht?»

«Nicht gut ... Ich stand 3-mal auf. Es ist möglich, dass ich mir die Blase verkühlt habe. Und du?»

«Ich? Mmh ... sehr gut!» Dann fingen wir an, uns zu küssen und zu drücken. Für uns war klar, dass der Film das Highlight der Freundschaft ist. Hein sagte mir, was er so alles am Tag machen wollte.

Ich stand zuerst auf, lief zum Fenster und zog die Rollos hoch. In der Zeit setzte sich Hein auf die Kante. Er brachte den Kreislauf in Schwung. Ich drehte um, lief zu ihm, beugte mich runter und gab ihm einen Kuss auf die Stirn. «Nils! Ich habe Lust, dem Kleinen ein Küsschen zu geben. Darf ich?»

«Na klar. Ich denke, er hat nichts dagegen.» Ich stellte mich aufrecht vor ihn. Er zog den Slip runter und der Kleine wurde schnell groß in seinem Mund. Ich machte die Augen zu, erlebte ein Blaskonzert erster Güte und das Ende war wie x-mal vorher. Er nahm ihn raus und rief: «So, fertig! Mmh ... Der Kuss schmeckte sehr gut ...» Ich machte die Augen auf und sah ihn an. «Danke, Hein. Das glaub ich, nur müssen wir uns jetzt sputen.»

Als ich im Bad war, deckte er den Tisch. Nach dem Frühstück fuhren wir los. In der Bank unterschrieb ich und dann gingen wir raus. Da fragte er: «Ach Nils! Hast du noch Zeit? Ich muss in der Apotheke eine Arznei holen ...»

«Na klar! Steig ein ...»

Als wir da waren, stieg er aus. «Danke Nils! Dann bis heute Mittag. Ich wünsche dir einen unfallfreien Tag.»

«Danke Hein! ... Bis später ...» Wir winkten uns kurz zu und ich fuhr los. In der Firma gab es nichts Neues. Ich packte die Menüs ein und brach auf. Ich fühlte mich gut, nach dem Kuss am Morgen. Um eins hielt ich vor dem Haus und machte die Tür vom Auto auf. Da klingelte mein Telefon. «Hallo!»

«Guten Tag, sind Sie Herr Tamper?»

«Ja, das bin ich!»

«Gut! Dann bin ich richtig. Ich bin Schwester Inge. Ich rufe aus dem Krankenhaus an. Es geht um Herrn Heinrich Hansen?»

«Ist was mit ihm?»

«Ja! Herr Hansen kam vor einer Stunde zu uns. Bei ihm fanden wir Ihre Telefonnummer. Wissen Sie, ob er Verwandte hat?»

«Nein! Das hat er nicht. Ich bin aber sein Vormund!»

«Gut! Dann bitte ich Sie, zu uns zu kommen, und bringen Sie bitte einige Sachen für ihn mit ... Auch alle Papiere.»

«Ja, das mache ich! In einer Stunde bin ich da.»

«In Ordnung. Auf Wiederhören!»

Ich zitterte am Leib und mein Herz raste. Nein, nicht schon wieder, dachte ich. Nach dem Tod von Otto, den ich gern hatte, jetzt das Dilemma. Zum Glück hatte ich die Schlüssel noch bei mir. Schnell lief ich die Treppen hoch und schloss auf. Im Schrank hatte er eine Tasche gepackt, für den Fall das er mal ins Krankenhaus muss. Die und die Papiere holte ich, verließ die Wohnung und fuhr in die Firma. Von da aus düste ich gleich zur Klinik und um 14:17 Uhr war ich da. An der Anmeldung sagte ich: «Guten Tag! Ich möchte zu Herrn Hansen. Den brachte man heute hier her.»

«Einen Moment bitte! Ich ruf den Arzt auf der Station an. Sie können, bis er kommt dort warten.»

«Okay!» Ich setzte mich auf den freien Stuhl, nahm mir ein Heft vom Tisch und fing an zu lesen. Nach einer Weile kam ein Arzt zu mir und sagte: «Sind Sie der Herr, der zu Herrn Hansen gehört?» Das war leicht zu raten, denn ich war der einzige Mann, der da saß. Ich stand auf und gab ihm zur Antwort: «Ja, das bin ich! Mein Name ist Nils Tamper.» Er reichte mir die Hand. «Ich bin der Stationsarzt, Dr. Jens Möller. Ich bitte Sie, mit mir zu kommen.» Wir liefen durch ein paar Gänge. Dann hielt er vor einer Tür an und machte die auf. Wir gingen rein und er sagte: «Bitte setzen Sie sich, Herr Tamper!»

«Danke!»

«Sind Sie ein Verwandter von Herrn Hansen?»

«Nein! Ich bin der Vormund von ihm. Er hat keine Familie mehr.»

«Sie wissen, warum er bei uns ist?»

«Nein!»

«Gut! Dann sage ich Ihnen, was passiert ist. Herr Hansen hatte am Morgen einen Schlaganfall. Aus dem Grund kam er zu uns. Man fand ihn in einem Café auf der Toilette. Er lag am Boden und war ohne Bewusstsein. Der Notarzt war zwar schnell vor Ort, doch verstrich für ihn eine zu lange Zeit. So wie es scheint, ist die rechte Hälfte vom Körper gelähmt. Es ist noch nicht absehbar, was mit ihm wird. Wir behandeln ihn noch.»

Das rechnete ich nicht mit und traf mich bis ins Mark. Gefasst meinte ich: «Na ja, Herr Doktor! Dann müssen wir warten. Ich habe hier eine Tasche mit Sachen von ihm.»

«Danke! Die nehme ich gleich an mich. Eine Verfügung von ihm haben Sie?»

«Ja, die habe ich hier ...»

«Sehr gut! Die lege ich zu den Unterlagen.»

«Prima ... Herr Doktor. Dann komme ich morgen wieder. Sollte was sein, rufen Sie mich bitte an.»

«Gut, Herr Tamper, das machen wir.»

Wir standen auf und reichten uns die Hände. Ich ging aus dem Raum, lief von da aus zum Empfang und erledigte den Rest.

Am Abend legte mich schon früh schlafen. Das Telefon nahm ich mit ans Bett. Den Wecker stellte ich auf sieben. Doch dann schlief ich nicht ein, da ich an Hein dachte und über das Schicksal, dass ihn so hart traf. Verschwieg er mir was? Hatte das ringen um Luft, damit zu tun, fragte ich mich ...

Durch das schrille Klingeln vom Telefon wurde ich wach und kuckte auf den Wecker. Es war 4:31 Uhr. «Welcher Idiot ruft denn um die Zeit an», rief ich erzürnt, nahm aber ab und sagte schlaftrunken: «H-a-l-l-o!»

«Guten Morgen, Herr Tamper. Es tut mir leid, dass ich Sie um die Zeit stören muss. Ich bin Schwester Christine und rufe aus der Klinik an. Ich soll Ihnen sagen, dass Herr Hansen starb.» Mit einem Schlag wurde ich hellwach und setzte mich aufrecht auf die Kante vom Bett. «Was? Das ist doch nicht möglich!»

«Leider ist es aber so ... Es tut mir sehr leid! Er hatte in der Nacht einen Herzinfarkt. Die Ärzte konnten nichts mehr für ihn tun. Es ist zwar nur ein schwacher Trost, doch so litt er nicht lange. Ihm blieb auch eine Menge erspart, denn er wäre in ein Heim gekommen.»

«Dann war es ja das Beste für ihn!»

«Ja, das war es ... So, Herr Tamper jetzt muss ich Ihnen noch eine Frage stellen: Sagte er, was mit ihm Mal wird, wenn er ablebt?»

«Ja das hat er. Bei Richard Müller, in der Luisenstr. 15, schloss er einen Vertrag ab. Die Papiere habe ich.»

«Sehr gut! ... Den Herrn Müller kenne ich. Ich rufe ihn nachher an. Der kümmert sich um alles, was zu tun ist. Am besten Sie rufen ihn in der Früh an, um das Weitere mit ihm zu besprechen.»

«Ja, das werde ich tun. Danke!»

«Prima! So, dann versuchen Sie, noch mal zu schlafen.»

«Das werde ich ... Wann ist Ihre Schicht zu Ende?»

«Um sieben!» Ich überlegte kurz. «Na ... das ist ja nicht mehr lange. Dann noch eine stressfreie Nacht für Sie!»

«Danke Herr Tamper! Tschüss!»

Ich legte mich hin und wollte schlafen, doch war es mir nicht möglich. Ich war traurig und fing an zu weinen. Nach einer Weile war Schluss und ich hörte auf. Da dachte ich an den geilen Urlaub und wie happy er war. Als Rat fürs Leben gab er mir mit: Bist du dir sicher, dann ist es egal, wen du liebst oder wie alt er ist. Auch wie die Farbe der Haut ist, in welcher Kirche er ist oder was für ein Geschlecht er hat. Du musst jede Minute bei ihm oder ihr sein. Kein Mensch weiß, wann das Leben zu Ende ist. Lass nie zu, dass ein Idiot dich hindert, das zu tun. Gibt der Kluge nach, hat ein Dummkopf die Macht über ihn. Mit den Gedanken schlief ich ein ...

Der Wecker riss mich jäh aus dem Schlaf. Ich machte mich früher auf den Weg. Bevor ich in die Firma fuhr, wollte ich zu Herrn Müller. Der sagte: «Herr Hansen ist jetzt hier bei uns. Möchten Sie ihn sehen?»

«Nein danke.»

«Gut! Die Urkunde von seinem Tod ist ab 16 Uhr hier, da können Sie die holen.»

«Okay!»

«Ach so ... äh ... Ist die Urne bei uns, sagen wir Ihnen das.»

«Gut! Dann bis zum Nachmittag. Tschüss!»

Ich schloss die Tür und fuhr gleich ich in die Firma. Da sagte ich Marion, was los war. Das hörte auch die Chefin und ich nahm für den Rest der Woche frei ... Nur an dem Tag lieferte ich noch die Menüs aus. Nach dem Job holte ich die Kopien ab und fuhr in die Wohnung von Hein. Als ich dort war, kuckte ich in die leeren Räume. Da kam es auf ein Mal über mich und ich fing an zu weinen. Dann hörte ich auf, sah zur Decke und schrie: «Warum? Warum ließt du mich allein!»

Da sagte ich mir, dass alles seine Zeit hat, und seine Uhr lief ab. Es war ein kläglicher Trost, das war mir klar. Nicht zu fassen, wie schnell ein Sein beendet ist. Da nahm ich mir fest vor: Leb so, wie du das am letzten Tag tun würdest, doch erst musste ich alles regeln. Ich fand eine Liste, auf der stand, was zu tun war. Ich rief einen Händler an, der Artikel für den Flohmarkt sucht.

Am Tag darauf kam er und sah sich um. Er nahm fast alles mit, was an Geschirr, Vasen und Besteck da war. Auch die Sachen, die ich nicht brauchte. Er gab mir einen Tipp, wer Möbel sucht. So wurde ich auch die los. Der Rest kam in die Tonne für den Restmüll. Ich nahm mir zwei alte Uhren mit, eine für die Küche und eine für die Stube. Dann gab ich dem Hausmeister die Schlüssel und machte die Akte Hein Hansen zu ...

Ich hoffte, dass mich das so schnell nicht noch mal trifft. Jetzt hatte ich Zeit für den Film. Ich nannte ihn «Je oller, je doller». Ich hatte ihn fertig, lag auf dem Sofa, sah ihn an und mir kamen Tränen. Doch geilte es mich so auf, dass ich das, was ich da sah, selbst an mir machte. Es dauerte nicht lange, da merkte ich, dass es mir gleich kam, und schrie mir von der Seele: «Das ist für dich, Hein!», und zog das T-Shirt bis zum Kinn hoch.

Dann setze ich mich hin, kuckte zur Decke und rief: «Das ist nicht fair von d-i-i-i-r, Herr Hansen! Das wollten wir zusammen tun. Jetzt mach ich das allein.» Im Anschluss legte ich mich in mein Bett und schlief das erste Mal wieder durch ...

In der Folge war jeder Tag gleich. Im Job gab´s keine neuen Kunden und abends kuckte ich mir den Film an.

An einem Dienstag rief mich Herr Müller an und sagte, dass am Freitag um 14 Uhr die Beerdigung ist. Aus dem Haus, in dem er wohnte, kamen nur ein paar Leute. Hein wurde anonym beerdigt. Ohne Feier, Musik oder Pfarrer. Herr Müller sprach ein paar Worte. In der Folge kam die Urne in ein Loch in der Erde. Um das lagen ein paar Zweige von einer Tanne. Ich warf eine weiße Nelke ins Grab und die Leute taten das auch. Als alle fort waren, sprach ich kurz mit Herrn Müller.

Dann fuhr ich gleich nach Hause. Das war das traurige Ende von Heinrich Hansen ...

Kapitel 6

Montag kurz vor neun kam ich in die Firma und war noch tief in Gedanken. Auf ein Mal hörte ich die Stimme von Marion. «N-i-l-s! Du hast neue Kunden!»

«Na endlich! Das wurde ja mal wieder Zeit und freut mich sehr. Wer ist das?»

«Familie Lütje. Die wohnen in der Müller-Straße 23.»

«Um welche Zeit?»

«Um halb eins! Die beliefern wir erst mal nur jeden zweiten Tag. Heute geht es los.»

«Ja gut! Da bin ich ja mal gespannt!» Ich lag gut in der Zeit, als ich vorm Haus der Lütjes war. Ich stieg aus, klingelte und lief in den zweiten Stock.

Als ich oben war, stand schon eine ältere Dame in der Tür. Ich fragte: «Guten Tag, mein Name ist Nils Tamper. Sind Sie Frau Lütje?»

«Ja Nils, kommen Sie doch rein!» Ich betrat die Wohnung und die alte Dame zeigte mir den Weg in die Küche. Da stellte ich die Menübox auf dem Tisch ab. Ich packte die Menüs aus dem Karton und legte sie dort ab. In dem Moment kam Herr Lütje in die Küche. «Bringen Sie uns jetzt das Essen?» Er reichte mir die Hand. «Ja! Außer Samstag und Sonntag, und in der Zeit wo ich mal Urlaub habe.»

«Das freut mich!» Ich fand ihn sehr nett. Die zwei waren etwa achtzig, nahm ich an. «Dann lassen sie es sich schmecken!»

«Danke Nils! Das machen wir», sagte er und sie kam mit zur Tür. «Auf Wiedersehen Nils.»

«Tschüss Frau Lütje.»

Die Lütjes mochten mich, das merkte ich schon bald. Und Herr Lütje war immer mehr als nett zu mir.

Drei Wochen später machte mir seine Frau die Tür auf und sagte: «Guten Tag Nils, komm bitte herein.»

«Danke Frau Lütje», antwortete ich und ging an ihr vorbei in die Küche. Ich sah aber ihren Mann nicht. Der war sonst immer da, wenn ich kam und fragte: «Äh ... Heute allein zu Haus?»

«Ja! Mein Mann ist beim Urologen.»

«Ist er krank?»

«Nicht direkt ... Er konnte auf ein Mal kein Wasser mehr lassen. So wurde er an der Prostata operiert. Bei der OP fand man einen Tumor. Der hatte zum Glück noch nicht gestreut. So gab es noch eine OP und heute musste er zur Kontrolle.»

Ihr lag etwas auf dem Herzen, das spürte ich und schon fragte sie: «Hast du noch Zeit, Nils?»

«Na klar! Für Sie immer ...»

«Danke! Wir haben ein Haus, doch wurden wir, mit all dem was da zu tun war nicht mehr fertig. Wir sind ja nicht mehr jung und gesund. Aus dem Grund zogen wir vor vier Wochen hier ein. Jetzt bieten wir es zum Kauf an. Es ist auch keiner da, der das mal erbt. Vor einem Jahr starb der Sohn von uns und ich hab ein Pankreaskarzinom. Das ist das Schlimmste, was passieren kann. So ist die Zeit von mir bald um ...»

Da fing sie an zu weinen und schluchzend sagte sie: «Ich mache mir ... Tag und Nacht Gedanken, was dann ... mal aus ihm wird. Wir hatten eine Ehe mit Hochs und Tiefs. Doch war er immer lieb zu mir. An dem Tag, an dem der Sohn starb, zerbrach sein Herz in Stücke. Die zwei waren ein Herz und eine Seele. Aber jetzt bin ich mir sicher, dass er dich in sein Herz schloss. Er wurde anders seit dem Tag, als du das erste Mal bei uns warst. Er spricht nur noch über dich und leidet sehr, bis du wieder da bist. Bizarr! Oder?» Ich legte die Stirn in Falten. «Ja ... äh, schon ...»

«An dem Tag als der Sohn von uns da war, wurde er auf ein Mal anders. Er wollte keinen Sex mehr mit mir, sondern nur noch Kuscheln. Gingen wir aus, sah er oft Männern nach. Frauen hätte ich ja noch verstanden. So nehme ich an, dass er auch auf die aus war. Er sprach aber nie darüber. Ich geh davon aus, dass er oft mal mit einem Sex hatte. Eine Frau merkt das. Jetzt, da ich bald sterbe, hätte ich noch mal einen Akt. Das wird dann der Letzte im Leben von mir sein. Verstehst du das, Nils?» Ich nickte ihr zu. «Ja, das kann ich!»

«Hast du Lust, das zu tun?»

Die Frage versetzte mich in Angst und Schrecken. Ich stand da und sah sie ohne Regung an. Dann schluckte ich den dicken Kloß, der tief im Hals steckte runter. «Äh ... Warum ich?» Sie lächelte. «Weil ich mir das wünsche und ich weiß, dass Kurt nichts dagegen hat und zu dir habe ich vollstes Vertrauen. Wie du weißt, bin ich nicht mehr lange da. Bitte überlege es dir ...» In der Sekunde ging die Tür auf. Herr Lütje kam rein, ging auf mich zu und gab mir die Hand. Vor Freude strahlte sein Gesicht, als er sagte: «Hallo, Nils! Es freut mich, dass du noch da bist ... lass dich mal drücken ...» Und gleich presste er die Körper Brust an Brust und klopfte mir ein paar Mal auf den Rücken. «Nils! Wir wollten dich bitten, am Donnerstag zu uns zum Kaffee zu kommen. Hast du da Zeit?»

«Ja, gern!» Er lächelte happy. «Gut, akzeptiert! Um 16 Uhr. Ist dir das Recht?» Ich nickte mit dem Kopf. «Ja, das passt!»

«Das ist ja sehr schön.» Er ließ mich los, ich nahm Abschied und fuhr die Tour zu Ende.

Das, was Frau Lütje von mir wünschte, ging mir den Tag über im Kopf rum ... Was mache ich, bin ich nervös, kriege ihn nicht steif und Sex nicht mit ihr geht? Das wäre echt beschissen. Lachte sie mich dann aus? Durfte ich dann nie mehr zu ihnen kommen? Das machte mir Angst, denn ich fand sie sehr nett. Frau Lütje hatte den Charme und die Güte von Mutter. Das machte das Ganze nicht leichter. Und das ich Sex mit ihr hatte, war nicht vorstellbar. Im Bett fand ich keinen Schlaf. Ich drehte mich mal von links nach rechts und wieder anders rum. Ich sah alle paar Minuten auf die Uhr. Als es kurz vor eins war, drückte meine Blase und ich lief ins Bad und leerte sie.

Da wurde ich geil und fing an, es mir selbst zu machen. Ich konnte nicht aufhören ... und so machte ich weiter. Ich merkte wie der Puls raste, stöhnte leise vor mich hin und im Nu war es zu Ende. Ich nahm Papier und wischte den Rest vom Sperma ab. Dann zog ich die Hose hoch, legte mich ins Bett und schlief ein.

Donnerstag um halb eins war ich bei den Lütjes. «Kommst du zu uns?», fragte Frau Lütje.

«Na klar! Ich freue mich schon.»

«Wir auch», sagte ihr Mann froh gelaunt.

Zu Hause duschte ich, zog ein sauberes Hemd an und eine Jeans. Auf dem Weg kaufte ich einen Strauß Blumen. Um vier stand ich vor der Tür und Herr Lütje machte auf. «Hallo N-i-l-s! Prima das du so pünktlich bist!»

«Ich kam ja auch flott durch die Stadt. Hier, äh, die, äh, Blumen da, äh, sind für Ihre Frau!» Er nahm sie lächelnd an sich. «Danke Nils! Ich hole schnell eine Vase ...» Sofort lief er in die Küche. Da ging die Tür der Stube auf, Frau Lütje kam raus und kam zu mir. Ich traute den Augen nicht, als ich ihr blaues Kleid sah. Der Ausschnitt war so groß, dass der Stoff nur die Nippel bedeckte. Die Kette aus weißen Perlen nahm ich erst gar nicht wahr, da ich nur auf ihre Brüste stierte. Ich war betört von ihrem Glanz. «Gu ...Gu ... Guten Tag, Frau Lütje.» Sie lächelte. «Komm rein Nils und nimm bitte auf der Couch Platz. Da habe ich für dich gedeckt!»

«Sie sehen aber sehr schick aus, Frau Lütje!»

«Danke, Nils!»

«Und der Tisch sieht auch liebevoll aus ...» Da kam ihr Mann rein und hatte den Strauß in einer Glasvase in der Hand. «Die sind für dich Liebling, von Nils.» Sie nahm die Vase in die Hände und lächelte mich an. «Die sind ja bezaubernd. Danke Nils!»

«Keine Ursache, Frau Lütje. Das sind Sie ja auch.»

«Nils, du bist aber ein Charmeur. Danke!»

Wir setzten uns alle an den Tisch. «Nils, du kannst uns auch duzen», sagte Herr Lütje und strahlte mich an. «Ich heiße Kurt!»

«Und ich heiße Helga!»

«Mein Name ist Nils! Aber das wisst ihr ja schon.» Die zwei lachten. Dann gab es Apfelkuchen mit Sahne. Ich haute rein. «Ich hoffe, er schmeckt dir, Nils? Den hab ich selbst gebacken.»

«Mmh, der ist sehr gut, Helga.» Ich aß gleich drei Stück. «Nils! Willst du noch ein Stück Kuchen, oder Kaffee?»

«Nein danke, Helga, ich bin satt!»

«Na gut! Wenn keiner mehr etwas will, dann räume ich schon mal ab. Ihr könnt euch ja so lange unterhalten,» sagte Kurt, stand auf und Helga kam zu mir, setzte sich rechts neben mich, rückte eng zu mir ran, und sprach leise: «Nils? Erfüllst du mir meinen

Wunsch?» Und schon lag ihre linke Hand mir auf dem Schenkel und im Nu, war sie in der Scham und ich meinte: «Äh, ja, na ja, äh, wenn man so will ...» Sie kraulte mich da intensiv und sah mir in die Augen. «Oh, N-i-l-s! Der wird aber sehr schnell hart.»

«Na ja, das ist ja kein Wunder bei der Massage», sagte ich und wurde rot. Da kam Kurt in die Stube. «Ah, wie ich sehe, hat Nils ja gesagt!», rief er, setzte sich an die linke Flanke und so war eine Flucht nicht mehr möglich. Er kuckte zu, was Helga da so mit mir machte. Ich genoss ihr Streicheln und die Folge war die Beule in der Hose. Kurt stand nach einer Weile auf, rückte den Tisch weg und stellte sich vor uns. Dann bückte er sich, machte die Jeans von mir auf und zog sie runter bis zu den Füßen.

Helga ließ sich nicht aus der Ruhe bringen. Auf einmal merkte ich, dass ihre Hand in den Slip glitt und den Steifen in die Hand nahm. «Und gefällt dir das Nils?»

«Oh ... und wie Helga, wie du merkst.» Da zog Kurt mir den Stoff weg und ihre Hand bewegte sich am Schaft rauf und runter. Ich schämte mich in Grund und Boden. Das merkte wohl auch Helga. «Nils! Du musst dich nicht schämen. Du hast doch ein prächtiges Glied. Das würde ich gern in mir spüren. Ich hoffe, du stimmst zu.» Da sagte Kurt: «Nils, merk dir eins: Scham gibt es bei uns nicht. Es gibt sowieso nur zwei Arten von Menschen: Nackte und keine nackten!»

«Ha, ha, ha ... Wie wahr!»

Er sah, als er das sagte auf den Steifen von mir. Ich merkte, dass er bei dem Anblick scharf wurde. Da meinte er: «Nils ich kann nicht anders, sei mir bitte nicht bös ...» Im Nu beugte er sich mit dem Kopf in meine Scham, nahm ihn in den Mund und blies ihn lustvoll. Als Kurt bei mir aktiv war, stand Helga auf. Rasch zog sie sich nackt aus und setzte sich wieder hin. Da fasste sie die rechte Hand von mir an und legte sie die auf ihren linken Schenkel, spreizte die Beine und führte sie bis in ihre Scham. «Das ist meine Lustperle. Die darfst du gerne sanft streicheln ... Oh ... Ja, das ist sehr gut, wie du das machst.»

Einige Zeit später stöhnte sie und meinte: «Mmh, ist das schön ... mmh ... sehr g-u-t. Jetzt gleite mit dem Finger über die Spalte ... Fühlst du, wie feucht ich dort bin?»

«Ja ...»

«Gut, ah ... denn das heißt ... oh, dass ich bereit für dich bin.»

Kurt war noch aktiv an mir und das geilte mich auf. Ich hielt es fast nicht mehr aus. Da hob Helga die Beine an, legte sich mit dem Rücken auf die Couch, spreizte sie auseinander und ich starrte auf ihre Scham, die rasiert war. «Komm, knie dich zwischen die Beine!», rief sie und Kurt hörte auf. Als ich in Position war, sagte sie: «So, jetzt beug dich über mich!»

Ich beugte den Rumpf nach vorn. Rechts und links vom Kopf stützte ich mich mit den Armen ab. Dann merkte ich, dass sie ihn in der Hand hatte. «So ... Jetzt Nils, lass ihn langsam in die Scheide gleiten.» Als ich drin war, spürte ich ihre Wärme. «Gefällt dir das, Nils?»

«Ja, und ob!» Sie lächelte und ihre Augen strahlten wie zwei Sterne. «Sehr schön! Dann genieße es ...» Kurt lief neben die Couch, zu Helgas Kopf kniete sich hin und fragte: «Liebling, gefällt dir das?»

«Ja, und w-i-e ...» Dann streichelte er ihre Brüste und sie sagte: «Nils, steigere mal das Tempo ...»

«Ja, mache ich ...» Da ich in der Früh schon selbst Hand anlegte, war das gut für mich. Doch über kurz oder lang ist das Ende da. Helga stöhnte. «O-h-h-h ... Ich bin gleich so weit, Nils!»

«Puh ... Ich kann auch nicht m-e-h-r ...»

Sie hatte Freude am Akt, das sah man ihr an. Sie seufzte und keuchte. «Oh, ja, halte, a-a-a-h, mmh, noch, o-h-h-h, ein bisschen, a-h-h-h, durch. Ah, oh, p-u-u-h-h-h … dann, ah, ah, a-a-a-h-h-h, kommen, oh, ha, ha, ha, wir beide ... h-a-a, zu ... o-h-h ... sammen. Oh, ah, ist ... ah, dass, o-h-h-h ... s-c-h-ö-ö-ö-ö-n ...»

Kurt hörte auf sie zu streicheln und sah zu, wie wir es gleichzeitig schafften, denn auch bei mir war es so weit ...

«A-a-a-h-h-h ... Ich, oh, habe, ah, einen O-r-g-a-s-m-u-u-u-s, o-o-h-h ...» Sie keuchte und stöhnte ... Da drückte sie mich mit voller Kraft auf ihren Körper. Der von mir war vom Schweiß nass und gleich spürte ich ihre Brüste an der Brust von mir. Ich fühlte, wie ihr Herz schlug und mein Puls raste. Wenig später küsste sie mich auf die Stirn. «Danke, danke, danke! Du warst große Klasse, Nils!»

Mein Kleiner wurde schlapp, ich zog ihn aus ihr und kniete mich vor sie hin. Da merkte ich immer noch Hitze im Becken. Ich hatte es geschafft ... Und es war, wie ich meinte ein voller Erfolg und die Angst, die ich hatte, war umsonst. Ich sah sie von Kopf bis Scham an und dachte, dass sie nicht aussieht wie eine Frau, die bald tot ist. Da küsste Kurt gleich seine geliebte Helga und meinte zu ihr: «So, mein Schatz, jetzt kannst du dich frisch machen. Ich hab mit Nils noch etwas vor.» Sie nickte, sagte kein Wort, strahlte vor Glück, stand auf und lief aus dem Raum. Und ich fragte mich, was er von mir will. Da hörte ich: «Nils, stell dich bitte mal aufrecht auf die Couch!»

«Na gut, wenn du das so willst», sagte ich und stellte mich hin. Er kam zu mir, fasste das Gesäß von mir an und zog mich zu sich. Dann machte er den Mund auf und da wusste ich, was er wollte ... Ich ließ es zu ... und es war irre, was kam ... Ich schloss die Augen und genoss es ... bis ich nicht mehr in der Lage war es zu stoppen.

Ich rief ihm zu: «Pass auf es kommt mir gleich!» Doch er machte weiter und so ließ ich alles, was noch mal kam raus und er saugte mich leer. Da war ich fix und fertig, die Knie zitterten und der Puls raste. Ich war glücklich und er auch, das sah ich ihm an. Da sagte ich: «Puh, das war ja der Hammer, Kurt! Jetzt lege ich mich erst mal hin ...»

«Ja, tu das, Nils. Das hast du dir verdient.»

Als ich lag, setzte er sich auf die Kante vom Sofa, sah mir in die Augen und meinte: «Nils, ich danke dir herzlich. Durch dich war Helga heute sehr, sehr glücklich.» Als er das sagte, sah ich, dass er weinte. Er wischte sich die Tränen mit dem Ärmel weg und meinte: «Ich hätte das auch ... so gern für sie gemacht, nur ... geht bei mir ... nichts mehr ...» Wie hart war das für ihn. Er wusste, dass es nur eine Frage der Zeit war, bis der Abschied von seiner Helga kam. Nur das Wann, das stand in den Sternen.

«So! Jetzt ziehst du dich wieder an und ich hole uns ein Getränk aus der Küche.» Er erhob sich, lief aus dem Raum und ich zog mich an. Dann rückte ich den Tisch an die richtige Stelle. Im Anschluss setzte ich mich hin und Kurt kam rein. «Ah, wie ich sehe, brachtest du wieder alles ins Lot!»

«Na ja, das war doch keine große Arbeit für mich.» Da kam Helga rein und meinte: «Oh, wie lieb von euch. Ihr habt ja schon aufgeräumt!»

«Das waren nicht wir, Schatz. Das war Nils.» Sie hatte drei Gläser bei sich. Es gab Bier ohne Alkohol. Da sagte sie: «Na prima! Dann auf dein Wohl, Nils!»

«Auf deins auch und auf Kurts. Und danke für die lustvolle Zeit.»

«Das die so voll mit Lust wurde, verdanke ich dir, Nils. So und nun ist Schluss mit dem Danke sagen!»

«Stimmt, Schatz! Jetzt lasst euch das Bier schmecken. Prost!»

Als meine Flasche leer war, sagte ich: «Es tut mir leid, aber ich muss jetzt gehen.»

«Schade! Dann begleite ich dich noch bis zur Tür.»

«Gut Helga, mach das. Ich räum in der Zeit hier auf. Also dann tschüss, Nils.»

«Tschüss Kurt.» Ich stand auf und sie auch. Sie nahm mich an die Hand bis zur Tür. Da flüsterte sie: «Nils, ich bin so glücklich. Danke, dass du mir den Wunsch erfüllt hast. Das vergesse ich dir nie. Es war der beste Sex, den ich mit einem Mann hatte. Kurt muss das nur nicht wissen. Ich danke dir von Herzen.» Als sie das sagte, fing sie an zu weinen, schluchzte und meinte: «Komm, lass dich noch mal drücken!» Sie nahm mich in die Arme und gab mir einen Kuss auf den Mund. In der Sekunde kam Kurt aus der Küche. «Na ihr Turteltauben? Ihr könnt euch wohl nicht trennen ...», rief er und lachte. «Komm her Nils! Ich will dich auch noch mal drücken. Du bist ein nobler Mensch und könntest der Sohn von uns sein.» Auch er hatte feuchte Augen. Er ließ mich los und sagte: «So! Jetzt halten wir dich nicht länger auf. Dann bis zum Montag.»

«Na klar, also ... tschüss ihr zwei!» Ich lief bis zur Treppe, da winkten wir uns noch so lange zu, bis ich sie nicht mehr sah. Ich fuhr nach Hause und war gerührt, von dem, was ich erlebt hatte. So stellte ich mir den Sex mit Helga nicht vor, und so schnell schon gar nicht. Doch kann es sein, dass es gut so war. Der Feind in ihr kennt keine Gnade. Da zählt jede Minute, die sie noch am Leben ist, bevor der Tod sie aus dem reißt. Und heute kam sie ins Ziel, das für sie noch wichtig war. Und ich freute mich auf den Montag ...

Als ich am Freitag Früh ins Büro kam, war ich sehr müde, da ich in der Nacht nicht gut schlief. Da rief Marion: «Nils! Hans rief eben an. Er war beim Arzt und der schrieb ihn krank. Kannst du ihn am Wochenende vertreten?»

«Ja, mach ich!» Das passte mir gut, denn so sah ich Helga und Kurt schon am Sonnabend. An dem Tag lief ich die Treppe rauf und freute mich riesig auf die zwei. Kurt machte die Tür auf und ich kuckte ihn an. Da sah ich, dass das Gesicht von ihm total verweint war, und ich fragte: «Kurt, was ist denn los? Ist was mit Helga passiert?» Er tupfte sich mit einem Tuch die Tränen ab. «Komm erst mal rein ...» Er machte gleich hinter uns die Tür zu. «Ja, Nils ... es ist so ... Sie verließ mich ... Sie hatte gestern hefige Schmerzen ... und kam in die Klinik ... In der Früh um sechs rief mich eine Schwester an und sagte mir, dass sie für immer einschlief. Das ging mir an die Nieren und so lag ich den Rest der Nacht im Bett und weinte ...» Das war für mich wie ein Schlag mit einer Keule ... «Mein Gott! Das ist ja nicht zu fassen ...», und musste auch weinen. War das ein Schock für mich. Da drückte Kurt mich an sich und meinte: «Nils! Ich danke dir für alles, was du gemacht hast ... Ihr letzter Wunsch wurde durch dich noch wahr ... Als du weg warst, redeten wir davon und sie war voll Freude. Ich konnte das nach der OP nicht mehr ... Aber das weißt du ja schon. Es ist echt scheiße nur noch ein halber Mann zu sein.» Ich wollte ihm Mut machen und meinte: «Kurt, das ist nur nicht mehr zu ändern. Das Wichtigste für sie war doch noch der Schluss-Akt und den bekam sie. Ich denke, sie wusste mehr, als sie dir sagte. Jetzt lief ihre Lebensuhr ab und ihr Herz blieb stehen. Doch musste sie zum Glück nicht lange leiden. Nur du darfst nicht aufgeben ... Was wirst du jetzt tun?»

Er ließ mich los, zuckte mit den Schultern und meinte: «Ich habe keine Ahnung! Ich regle erst mal ihre Beerdigung und dann seh ich, was ich weiter mache.»

«Kurt! Wenn du Hilfe brauchst ruf mich an. Ich schreibe dir die Nummer von mir auf. Ich verspreche, dass ich dir Tag und Nacht zur Seite stehen werde.» Tief traurig und ohne Regung sagte er: «Danke Nils! Das ist sehr lieb von dir. Aber ich denke, ich werde allein damit fertig.»

«Na gut! Dann sehen wir uns am Montag. Und glaub mir, da sieht die Welt längst rosiger aus. Und wie gesagt: Ruf mich an, wenn du Hilfe brauchst. In Ordnung?»

«Ja, das mach ich, Nils. Mmh ... Es wird schon wieder ...» Doch kein Anruf kam. So nahm ich an, dass alles gut war. Ich war gespannt, wie es ihm ging ...

Am Montag fuhr ich mit dem Menü zu Kurt. Ich klingelte an der Tür am Haus, doch der Summer ertönte nicht. Auf einmal ging die Tür von innen auf und eine junge Frau kam raus. Ich nahm die Chance wahr, huschte rein und rannte die Treppe hoch. Ich klingelte, doch die Tür blieb zu. Da nahm ich an, dass er einen Termin hatte, und war daher nicht zu Hause.

Da ging eine Tür auf und ich sah, dass es eine ältere Frau war. Sie sah mich und rief: «Guten Tag! Wollen Sie zu Herrn Lütje?»

«Ja! Ich wollte ihm sein Essen bringen.» Sie schüttelte den Kopf. «Das braucht er nicht mehr ...»

«Wieso? Wo ist er denn?»

«Er ist tot!»

«Was? Das kann doch nicht sein!»

«Doch! Ich machte bei ihnen sauber. Ich wollte das heute früh wieder tun. Ich klingelte wie immer, doch Herr Lütje machte nicht auf. Da holte ich den Schlüssel von der Tür. Den bekam ich von ihnen, so dass ich auch putzen konnte, wenn sie mal nicht da waren. Ich kam in die Wohnung, rief nach ihm, doch er antworte mir nicht. Da suchte ich jeden Raum ab und fand ihn im Bad. Er lag in der Wanne und die war voll Blut. Ich rief sofort den Notarzt an und wartete auf den in der Stube am Tisch.

Da sah ich, dass da ein Blatt Papier unter einer Vase lag. Da las ich, dass er nicht mehr ohne seine Frau leben will ... Das Leben hätte keinen Sinn mehr für ihn ... Weiter kam ich nicht, da es klingelte. Es war der Notarzt, doch auch der konnte ihm nicht mehr helfen. Er schnitt sich die Adern auf und war schon ein paar Stunden tot. Dann rief er die Polizei an. Die fragten mich und ich sagte, dass ich nichts weiß, nur, dass ich ihn fand. Einer nahm den Schlüssel an sich und meinte, dass ich nach Hause gehen kann. Mehr kann ich nicht sagen.»

«Das war sehr nett von Ihnen. Danke für die Info! Mmh ... Haben Sie schon gegessen?»

«Nein noch nicht.»

«Gut! Dann gebe ich Ihnen das Essen von Herrn Lütje.»

«Vielen Dank!»

«Nichts zu danken. Lassen Sie es sich schmecken. Tschüss!»

Ich drehte mich um und rannte die Treppe runter. Im Auto setzte ich mich hin, presste die Hände vors Gesicht und weinte. Ich verstand das nicht. Ich bot ihm Hilfe an. Aber warum nahm er die nicht an? Wieso zog er den Tod vor? Nur fragen konnte ich ihn nicht mehr. Es war bestimmt die Hölle für ihn. Ich stellte mir vor, wie er sich die Klinge auf die Haut legte, schnell in die schnitt und wie das Blut raus spritzte. Erst links ... Dann rechts. Da sah er zu, wie er langsam verblutete und ihm schwarz vor

Augen wurde ... «Stopp!», rief ich, wischte mir die Tränen ab und fuhr die Tour zu Ende.

In der Firma sagte ich Marion, dass Herr Lütje in der Nacht starb. Sie meinte: «Ja, ist gut, Nils ... Dann nehme ich ihn gleich raus. Woran starb er denn so schnell?» Da sagte ich ihr alles, was ich wusste. Ab da war es ein Kunde weniger für mich und ich gab einmal mehr ein Menü weg. Ich nahm aber nicht an, dass die Frau von uns Essen wollte. Na ja, dachte ich, wer weiß, was jetzt kommt ...

Kapitel 7

An einem Dienstag drei Wochen später kam ich nass nach Hause. Ich war froh, dass der Tag mit viel Regen rum war. Ich kuckte die Post durch, die ich bekam. Die Werbe und Bittbriefe warf ich auf der Stelle weg. Der Letzte war ein Brief vom Gericht und ich fragte mich, was die von mir wollen. Ich riss ihn gleich auf und las, dass ich der Erbe von Helga und Kurt Lütje bin ... Ich erbte auch das Haus, das zum Verkauf stand. Die zwei waren sehr nett zu mir, doch das dachte ich nicht mal im Traum.

Am Mittwoch fuhr ich vor der Arbeit zum Gericht. Da sie keine Schulden hatten, nahm ich das Erbe an. Nach dem Job rief ich den Makler an.

Am Donnerstag um 16:00 Uhr traf ich mich mit ihm am Haus. Innen war alles top und es war noch viel Hausrat da. Im Garten gab es jede Menge zu tun. Da es mir gefiel, hatte ich vor dort zu wohnen ...

Frau Schmücker wurde jeden Tag fieser. Sie kam oft in der Früh zu mir und forderte, dass ich sie zum Markt oder Arzt fahren soll. Ich sagte ihr, dass es nicht geht. So kam oft zum Streit. Das Dreiste war, dass ich am Ende des Monats ihr die Miete in bar gebe. Da ich das ablehnte, beleidigte sie mich ...

Am Abend sagte ich ihr, dass ich ausziehe. Sie war zwar entsetzt, doch das war mir egal. Bis es so weit war, sollte ich sie noch fahren. Ich willigte ein, aber nur dann, wenn ich Zeit hatte.

Wie alles klar war, zog ich in das Haus ein. Ich kaufte mir ein Auto und das von ihr gab ich zurück. Der Job machte mir Freude. Nur hatte ich in der letzten Zeit keinen Sex mehr. Ab und zu legte ich mir die «Je oller, je doller» DVD ein und regte mich so ab.

Am Montag kam ich in die Firma und Marion rief: «Nils! Du hast ab heute eine neue Kundin.»

«Geil! Nach vier Wochen ein neues Gesicht. Wer ist das?»

«Es ist eine Frau Pullmann. Die letzte Adresse auf der Liste.»

«Danke Marion! Da bin ich ja mal gespannt ...»

«Kommst du zurück, kannst du mir von ihr berichten ...»

«Mach ich! Tschüss.» Ich kam an und sah, dass es ein altes Bauernhaus war. Ich klingelte und die Tür ging auf. «Guten Tag Frau Pullmann ich bringe Ihnen das Essen.»

«Danke! Das ist nett von Ihnen.» Ich gab der etwa 60-jährigen Frau die zwei Menüs. «Wohnen Sie schon lange hier?»

«Nein! Mein Sohn und ich zogen vor drei Tagen hier her und ein. Mein Mann ließ sich scheiden und da wollte ich weg von ihm. ... Jetzt fange ich hier ein neues Leben an.»

«Wo wohnten Sie?»

«In Niedersachsen. Da war nur alles viel zu teuer. Dann sahen wir das Haus hier im Netz. Ich war hellauf begeistert, von der Miete und von der Lage. Aus dem Grund sind wir hier. Jetzt hoffe ich, dass Chris hier bald einen Job findet.»

«Na ja, mit den Mieten das verstehe ich ... Aber mit einem Job bin ich mir nicht sicher. Bewarb er sich denn schon?»

«Ja, das hat er. Er war auch beim Amt, doch die hatten keine Arbeit, die ihm lag.»

«Wozu hat er denn Lust?»

«Gärtner!» Ich nickte mit dem Kopf. «Ich glaube, da könnte er einen Job finden, Frau Pullmann!»

«Sind Sie verheiratet?»

«Ich? Nein! Ich lebe allein. Die wahre Liebe fand ich noch nicht. Ich hab auch keine Zeit, denn ich mache mir grad ein Haus zurecht, und hab genug zu tun.»

«Kommt Zeit, kommt Rat, heißt es in einem Spruch. So, und jetzt werden wir essen, bevor es kalt wird.»

«Ja, tun Sie das! Ach, eins noch: Haben Sie am Freitag schon etwas vor?»

«Nein noch nicht.»

«Gut! Dann lade ich Sie und Chris, zum Kaffee ein? Ich brauch eine Hilfe im Garten. Kann sein, dass er Lust hat. Ich entlohne ihm das auch.» Sie überlegte kurz. «Ja, gerne. Warum nicht?»

«Gut! Um 16 Uhr?»

«Ja, in Ordnung! Wo?»

«Ach so! Ich schreibe die Adresse hier auf ... jetzt lassen Sie sich das Essen schmecken. Tschüss!»

Am Freitag nach der Tour kaufte ich einen Kuchen. Dann deckte ich den Tisch auf dem Freisitz. Bei dem Wetter war es besser wie drin. Die Sonne schien und am Himmel sah man keine Wolke. Die zwei waren auf die Minute da. Chris stellte sich mir vor. Es war gut, dass er in meinem Alter war. Ich bat sie rein und lief mit ihnen gleich raus. Als wir alle saßen, holte ich den Kaffee aus der Küche. «So, dann lasst, es euch schmecken.»

«Danke», sagte Frau Pullmann und ich fragte: «Suchen Sie auch einen Job?»

«Nein! Ich bin in Rente, sonst wäre das nicht möglich. Mit der kommen wir zurecht. Ich war Sekretärin. Dann heirate ich und bekam Chris. Mein Mann hatte eine kleine Firma. Für ihn machte ich die Buchhaltung. Ich wollte mal Floristin werden. War aber sehr oft krank und nicht geeignet. Jetzt Male ich die Natur in Öl.»

«Das ist ja schön! Nur für sich selbst oder vertreiben Sie auch Ihre Werke?» Sie lächelte und meinte: «Nein, nur für mich!»

«Chris! Wie mir deine Mutter sagte, suchst du einen Job im Ga-La-Bau?»

«Ja! Das macht mir Spaß. Ich wollte eine Lehre machen, bekam aber keine Stelle. Da jobbte ich als Gehilfe. Der Chef war aber ein echtes Schwein, wie man so sagt. Er nutzte die Leute aus. Jede Überstunde wurde fast nie von ihm entlohnt. Muckte einer auf, dann flog er gleich raus. Da jeder das Geld nötig hatte, ließ er das zu. Dann bezahlte der Lump nur einen sehr kleinen Lohn und zahlte den nach Lust und Laune aus. So hörte ich dort auf. Seit der Zeit bin ich arbeitslos.»

«Das ist ja irre! Nur ist das in vielen Berufen gang und gäbe. Hast du Lust, mir zu helfen? Ich bezahle dir das auch ... Eine Hilfe mit dem Wissen von dir könnte mir sehr von Nutzen sein.»

«Mmh ... Okay, ich helf dir!»

«Geil! Hast du morgen Zeit, so um elf?»

«Ja, hab ich!» Dann erzählte ich von den Lütjes und wie ich zu dem Haus kam. Um 18 Uhr nahmen wir Abschied. Ich fand beide nett und das Chris, so alt wie ich war, kam mir gelegen ...

Mit 26 Grad war es schon sehr warm in der Früh, so zog ich eine Short an. Um elf Uhr war er bei mir und da ich noch Kaffee hatte, tranken wir eine Tasse.

Da sagte ich: «So Chris! Dann legen wir los.» Und er: «Äh ... Nils, hast du eine kurze Hose übrig? Ich vergas meine, und in der Jeans ist mir heute zu warm.»

«Na klar, kein Problem. Ich habe noch eine ältere. Ich bin gleich wieder da!»

Als ich zurück war, stand er im weißen Slip vor mir. Ich sah die Beule, unter dem Stoff und meinte: «Oh! Wie ich sehe, gab dir die Natur etwas in Hülle und Fülle mit.»

«Warum?» Ich zeigte auf den Slip. «Darum ...» Er sah nach unten. «Ach, das meinst du. Das ist alles echt! Willst du ihn mal sehen?»

«Nein, nein, lass das mal. Es ist nicht nötig und ich glaubs dir auch so!»

«Okay! Wenn du so was nicht gerne siehst, dann eben nicht.»

«Das ist die Hose! Ich glaube, die passt dir.»

«Danke! Das werden wir gleich sehen.» Ich reichte sie ihm, er nahm sie an sich und zog sie langsam über die Füße und dann hoch ... Das sah echt geil aus. Hatte er vor mich so zu reizen? Ich wollte das testen und stellte mich direkt vor ihn hin. Die Hose war noch nicht am Slip und da griff ich zu ... Und ich merkte, dass alles echt war ... Und er schien Gefallen daran zu haben. «Äh, was machst du da?», fragte er und ich sagte: «Mir war mal danach. Wie fandest du es?»

«Na ja! Es war schon ein echt geiles Gefühl und mal was Neues. Bis jetzt war ja nur ich am Sack.» Ich nahm die Hand weg und meinte: «So, jetzt fangen wir an ...»

«Was machen wir?»

«Wir stellen die Pfosten von der Pergola auf. Da kommt mal das Dach drauf.» Schon kurze Zeit später rann uns der Schweiß aus den Poren. So wurden auch die Shorts nass und mir wurde es zu heiß und ich sagte: «Chris, ich kühle mich mal ab», und zog Schuhe, Strümpfe und Hose aus. Ich nahm den Schlauch, der im Garten lag, drehte den Wasserhahn auf und hob ihn über den Kopf. Im Nu lief das kalte Wasser über mich ...

«Nils, das ist ja irre! Lass mich auch mal», rief Chris und im Nu kam er splitternackt zu mir und griff nach dem Schlauch. «So, da hast du ihn», meinte ich, gab ihm den und sagte: «Ich geh mal ins Haus und hol uns ein Tuch zum Trocknen.» Um das Grundstück gab es eine Hecke. Die war so hoch, dass keiner uns sah. So konnte ich nackt hin und her laufen. Dann machten wir weiter, so wie die Natur uns schuf. Da klingelte es. «Chris, ich seh mal nach, wer das ist.»

«Ja, mach das mal.»

Ich zog mir rasch die Hose an, lief durchs Haus an die Tür, machte auf und erschrak ... Da stand die Mutter von Chris ... Sie hatte ein Kleid mit Blumen an und hatte einen Korb bei sich. Sie sah aus wie aus einem Märchen. Nur fehlte das rote Tuch auf dem Kopf ... Da sagte sie: «Hallo Nils! Ich hab Essen bei mir. Arbeit macht Hunger und ich denke, den habt ihr.»

«Stimmt! Doch kommen Sie erst mal rein.»

«Mach ich, Nils. Wohin?»

«Ich geh mal vor!» Wir liefen in den Garten. Ehe wir da waren, rief ich laut: «C-h-r-i-s! Deine Mutter ist da.» So hatte er Zeit, sich die Hose anzuziehen. Als er uns sah, hatte er eine an und rief: «Mutter, was machst du denn hier?»

«Überraschung! Ich habe etwas zu essen bei mir.»

«Na gut! Wenn das so ist. Ich habe echt Hunger.»

Ich holte einen Stuhl und sagte: «Setzen Sie sich doch bitte, Frau Pullmann ... Ich bin gleich da ...» Ich holte Teller, Gabeln und Löffel. Wasser, Brause und Gläser waren schon auf dem Tisch. Als ich zurück war, fragte ich: «Was gibt es denn?»

«Bratklops und Kartoffelsalat.»

«Essen Sie mit Frau Pullmann?»

«Ja, Nils am Sonnabend und Sonntag koche ich selbst.» Dann fingen wir an und und es blieb nichts übrig.

Da sagte sie: «So Jungs! Jetzt spüle ich schnell das Geschirr ab ...» Sie packte alles in den Korb und verschwand im Haus. Ich sah ihr nach und meinte: «Deine Mutter ist ja eine reizende Frau. Ich verstehe nicht, dass sie keinen Mann hat.» Chris wurde nervös. «Na ja, Nils! Das kommt daher, dass mein Vater ein Säufer war. Jetzt hat sie Angst, dass sie wieder einen kriegt, der so ist. So zieht sie es vor, allein zu bleiben.»

«Ja das verstehe ich! Dann bleibt zu hoffen, dass sie noch den der zu ihr passt, finden wird.»

«Das würde ich ihr auch gönnen.»

«Gut! Dann machen wir weiter.» Nach einer Weile kam sie an und sagte: «So, Jungs! Jetzt muss ich heim. Ich bekomme gleich Besuch von einer Freundin. Ich wünsche euch noch eine Menge Spaß bei der Arbeit.»

«Ja, danke! Ich bring Sie noch bis zur Tür!» Dort sagte ich: «Dann Tschüss, Frau Pullmann! Und ich danke herzlich für das leckere Essen!»

«Keine Ursache Nils! Es war mir eine Freude.»

Ich schloss die Tür ab und lief in den Garten. Dort war es heiß wie in der Bratröhre und ich rief: «Chris, wir machen Schluss für heute! In der Hitze müssen wir nicht arbeiten. Morgen ist auch noch ein Tag. Was meinst du?» Er nickte und meinte: «Geht klar!» Dann legten wir uns auf die Liegen und ließen die Sonne an die nackte Haut. Wir lagen dort eine Weile. Ich hatte die Augen zu und genoss die Wärme. Da fragte ich: «Chris, hattest du schon mal was mit einer Frau?»

«Ja! Und du?»

«Ja, hatte ich.»

«Geil, wie alt war die?» Dann gestand ich ihm alles, auch den Sex mit Frau Lütje. Wie es schien, nahm es ihn mit, denn er meinte bedrückt: «Oh man, das ist ja furchtbar traurig. Also mich so zu töten, nee das könnte ich nicht. Doch für die Frau war es eine Erlösung und von dir eine edle Tat ... So und jetzt mal was anderes: Wie du weißt, hab ich keinen Job und es sieht auch übel aus. Wenn du willst, kann ich dir helfen, falls du mich brauchst. Du verdienst doch auch nicht die Welt an Geld ...»

«Na ja, das ist relativ. Hast du an dem, was du machst Spaß, dann kuckst du nicht auf den Cent. Du kannst mir, wenn du Zeit hast, gern helfen und ich tu was für dich. Ich hab da auch schon eine Idee ...»

«Okay, die wäre, Nils?»

«Ich dachte, wir stylen Grund und Boden. Stell dir vor, du hast Haus und Garten: Wärst du dann nicht happy, wenn er so geil ist, dass die Gäste von dir vor Neid blass werden?»

«Na klar wäre ich das!»

«Siehst du, jeder will doch, dass er bewundert wird. Das ist die Chance für uns, äh, für dich. Es gibt viele, die sehen schlecht aus, sind wild oder ohne Reiz. Um zu starten brauchst du erst mal einen Garten als Referenz. Den hab ich hier bei mir. Da beweist du, was du kannst. Bist du fertig, zeigst du den Leuten, was du drauf hast. Wie gefällt dir das?»

«Hört sich gut an. Doch wie komme ich an die ran?»

«Durch mich! Ich spreche jede Person an, die einen Garten hat. Sagt dir meine Idee zu?»

«Ja schon ...»

«Okay, dann machen wir das ... und ich muss aus der Sonne.»

«Ich auch ...»

Wir standen auf, gingen ins Haus und er zog sich an. Da fragte ich ihn: «Machen wir morgen weiter, Chris?»

«Ja! Wann?»

«Passt es dir um acht? Um die Zeit ist es noch kühl.»

«Ja, geht klar ...»

«Okay Chris, dann bis morgen.»

Sonntag um acht klingelte es an der Tür. Ich machte auf und hörte die Stimme von Frau Pullmann. «Guten Morgen, N-i-l-s! Ich hab was zum Frühstück im Korb: Brötchen, Butter, Käse, Konfitüre, Wurst, Schinken und hart gekochte Eier.» Ich fand erst keine Worte, dann sagte ich: «Na, das ist ja geil! Da mach ich uns schnell Kaffee und ihr deckt den Tisch auf der Terrasse.»

Als alles fertig war, aßen wir. Frau Pullmann meinte: «Nils ... Chris sagte mir, dass du eine Idee für ihn hast. Wenn du meine Hilfe brauchst, sag mir das. Ich könnte Angebote schreiben und Pläne machen.»

«Ja, Frau Pullmann, das hatte ich auch so vor. Die Idee, von mir ist eine Firma zu gründen. Die könnte ´Traum-Garten-Planer´ heißen. Was meint ihr?»

«Das ist eine mega Idee von dir, Nils. Den Namen finde ich klasse. Was meinst du, Chris?»

«Ja, Mutter, ich sehe das auch so. Das wäre echt geil und ich hätte wieder einen Job, der mir Spaß macht.»

«Gut, abgemacht! Dann gibts kein Zurück mehr. Ihr müsst mir nur sagen, wann ihr Zeit habt. Ich hole euch ab.»

«Prima, Nils. Ich kläre erst mal ab, was bei mir anliegt. Dann sag ich es dir morgen. So, jetzt muss ich aber los. Wann denkst du, kommst du nach Hause, Chris?»

«Wie lange werden wir arbeiten, Nils?»

«Na ja! Ich denke, wir nutzen die kühlere Zeit bis zum Mittag aus. Dann bist du um eins zu Hause.»

«So Mutter, jetzt weißt du es.» Sie nickte und meinte: «Gut! Ich mache das Essen um die Zeit. Nils, kommst du mit? Da haben wir mehr Zeit, um zu plaudern.»

«Ja, gerne!»

«Prima! So, jetzt packe ich die Sachen in den Korb und sage Tschüss ...»

«Bis später, Frau Pullmann.»

Wir waren früh genug da und der Tisch in der Stube war schon gedeckt. Nach dem Essen räumten wir ab. Sie holte ein Buch aus einem Fach, legte es auf den Tisch, blätterte drin rum und sagte: «So, Nils! Am Dienstag habe ich am Nachmittag nichts vor.»

«Okay! Dann gehen wir mal auf die Seite der Stadt. Da können wir kucken, wann die geöffnet haben.»

«Chris, machst du den Computer mal an?»

«Mach ich Mutter!»

«Wie ich sehe, haben die bis 15:30 Uhr auf.»

«Das passt ja wie die Faust aufs Auge! So ihr zwei, dann wäre das ja geklärt», sagte ich und sie: «Eine Frage hätte ich noch Nils: Was machen wir im Winter?»

«Da leben wir auf den Kanaren!» Sie sah mich verwirrt an, der Mund ging auf, die Kinnlade fiel runter und sie meinte: «Das ist doch nicht dein Ernst?»

«Nein es war ein Spaß! Da bieten wir Räum- und Streudienst an. Zum Glück für uns erpresset der Staat die Bürger das zu tun, und dem ist es egal, wie alt oder krank sie sind. Tun sie das nicht, wird´s teuer. So gibt es auch im Winter Arbeit für uns.»

Sie atmete tief durch und meinte: «Das find ich sehr gut und bringt uns durch die Jahreszeit. Gut Nils, dann steht dem Start nichts mehr im Weg.» Das Amtliche ging fix über die Bühne.

Am Mittwoch brachte ich einer alten Dame das Menü. Sie war im Garten und ich rief: «Hallo, Frau Krammer!» Sie drehte sich um und sagte: «Ach du bist es, Nils! Bringst du mir das Essen?»

«Ja! Auf die Minute wie immer ... In Ihrem Garten ist ja jede Menge zu tun, wie ich sehe. Schaffen Sie denn noch alles?»

Sie seufzte und meinte: «Na ja, eigentlich nicht mehr. Doch hin und wieder hilft mir mein Enkel. Er macht das aber nur, wenn er kein Geld hat. Sonst hat er nie Zeit. Dazu kommt, dass er die Arbeit nicht erfand und zwei linke Hände - sprich - keine Lust hat! Ich sag es mal deutlich.»

«Da haben Sie Recht, Frau Krammer! So ist die Jugend von heute. Ich kann Ihnen helfen ... Ein Freund von mir kennt sich bestens aus. Der steht Ihnen mit Rat und Tat zur Seite und hilft Ihnen.» Ich sah ihr an, dass ihr das gefiel. «Ist er in der Lage mir den Garten so zu ändern, dass ich kaum noch Arbeit habe?»

«Ja! Das bekommt er mit Sicherheit hin. Ich schlage vor, ich spreche mal mit ihm. Dann kommt er hier her, sieht sich alles an und macht ein Angebot. Das kostet Sie nichts, Frau Krammer.»

«Da würde ich mich freuen, Nils.»

«Gut! Dann bespreche ich das später mit ihm ... Äh, haben Sie morgen ab 16 Uhr Zeit? Ich denke, dass er da schon kann.»

«Ja, das ist kein Problem!»

«Gut Frau Krammer. Morgen sag ich ihnen, wann er kommt.»

«In Ordnung, Nils!»

Er hatte ja alle Zeit der Welt. Es war ja noch kein Kunde da und sie wäre die Erste.

Am Donnerstag holte ich Chris ab und wir fuhren zu der alten Dame. Er sah sich den Garten an und schrieb auf was zu tun war.

Als er fertig war, sagte er: «Frau Krammer, das sieht gut aus und ich kann Ihnen helfen. Jetzt mache ich zu Hause einen Plan. Passt es, bin ich am Montag um zehn Uhr hier. Da zeige ich Ihnen, was ich tun werde und kostet.»

«Ja, da bin ich zu Hause.»

«Gut, Frau Krammer, dann bis Montag.»

Wir fuhren los und er meinte: «Ich denke, das wird die erste Kundin von uns sein.»

«Ja, das denke ich auch, Chris.»

«Ich rede mit Mutter und dann machen wir den Plan.» Wir kamen bei ihm an und er fragte: «Wann soll ich übermorgen kommen?»

«Um neun!»

«Okay, dann tschüss Nils!» Er stieg aus und ich fuhr zum Supermarkt, da ich noch etwas brauchte.

Am Montag brachte ich Frau Krammer das Essen und sie rief freudig: «Hallo Nils, dein Freund war hier und zeigte mir, was er vor hat. Ich finde das sehr gut und morgen fängt er schon an.»

«Das ist ja toll! Da freue ich mich für Sie. Dann bis morgen Frau Krammer ...»

In der Firma sah ich einen Kollegen, der half ab und an mal aus. Meistens fuhr er meine Tour am Ende der Woche, da hatte ich frei. Ich ging zu ihm hin und fragte: «Hans, was machst du denn heute hier?»

«Ach ... Moin Nils ... Ich fuhr die Tour von Klaus, da der krank ist. Als ich in der Früh kam, warst du schon weg.»

Hans war Rentner und wenn er mich sah, lächelte er mich sinnlich an. Er reichte mir die Hand und sagte: «Nils, hast du Lust mit mir die Therme zu besuchen? Da gibt es eine neue Sauna und da wollte ich mal rein. Kommst du mit, lade ich dich ein.»

«Na ja, das würde ich schon mal gern. Doch war ich noch nie in einer Sauna.»

«Das ist kein Problem, ich zeige dir, wie man sauniert. Okay Nils, dann hole ich dich morgen um 16 Uhr bei dir zu Hause ab.»

Die Sauna war mir so was von egal. Ihn wollte ich mal nackt sehen und nicht nur ihn und hierauf freute ich mich. Am Abend rief Chris an und ich erfuhr das auch von ihm. Ich fragte ihn, wie lange er braucht und er sagte vier Tage. Und ich: «Na dann sehen wir uns ja, wenn ich ihr das Essen bringe.»

«Ja bestimmt! Kannst du mir meins bei ihr geben?»

«Klar! Das leg ich morgen früh zu Frau Krammers. Und deine Mutter bekommt nur eins.»

Am Dienstag sagte mir seine Mutter, dass sie sehr froh ist, dass er Arbeit hat. Als ich zu Hause war, kam Hans an und wir fuhren gleich los ... Er kaufte die Karten und von da aus folgte ich ihm in die Umkleide. In einer Kabine zog ich mich nackt aus, wickelte ein Tuch um die Hüfte und ging raus. Er stand schon vor der Tür und sagte: «Da drüben sind die Spinde, da schließen wir die Sachen ein.» Dann liefen wir zu den Duschen. Da sah ich die ersten Entblößten und sein Ding. Er ging nackt unter eine Brause. Ich war sehr nervös, da mich jeder barfuß bis zum Hals sah.

Seit dem Urlaub mit Hein sah ich so viele nackte Leute nicht mehr. Doch dort war alles weitläufig und ich lag fern ab vom Trubel in den Dünen. Das war hier anders. Schnell duschte ich mich von Kopf bis Fuß ab. Da hörte ich ihn sagen: «So jetzt gehen wir zur neuen Sauna.»

Er machte die Tür auf und ich folgte ihm. Da sah ich Minarette und hörte Musik aus dem Orient. «Wir setzen uns hier hin», sagte er. Als wir saßen, legte er seine Hand auf mein rechtes Bein, ganz nah an der Scham. «Gefällt es dir hier, Nils?»

«Ja, es ist schön und die Wärme ist eine Wohltat für mich.» Ich legte mich zurück und machte die Augen zu. Da merkte ich die Hand von ihm im Schritt und gleich kraulte er dort rum. Es war geil, was er tat, erregte mich aber auch ....

Da ging die Tür auf und ich sah, dass vier Leute rein kamen. Ich setzte mich gerade hin. Er nahm seine Hand weg und ich legte meine in den Schritt. Da wurde der Nebel dichter und die vier, sah ich bald nicht mehr. Leise fragte er: «Hast du Lust, bei mir noch ´ne Cola zu trinken?»

«Klar!»

«Prima! Das freut mich.» Durch die Hitze schwitzte ich am ganzen Körper und der Schweiß ran an mir runter. Da stand Hans auf und meinte: «So, ich hab genug.»

Er lief zur Tür und ich folgte ihm bis zur Dusche. Von da aus ging es in den Raum der Ruhe. Das machten wir noch zwei Mal. Dann fuhren wir zu ihm nach Hause.

Da sah ich zum ersten Mal die Wohnung, staunte und meinte: «Oh Hans! Wie ich sehe, ist es ja bei dir echt gemütlich.»

«Meinst du?»

«Na ja! Vergleiche ich die Bude, die ich hatte, ist deine hier wie eine aus einem Schloss.» Er lächelte. «Oh danke, dann setz dich schon mal in die Stube, Nils! Ich bringe dir gleich eine Cola.» Er lief los und kam mit zwei Flaschen zurück. «So bitte ... und gekühlt! Brauchst du ein Glas?»

«Nein danke! Ich trinke aus der Buddel.» Hans setzte sich neben mich auf die Couch und sagte: «Äh ... Weißt du Nils ... Äh ... als ich dich in der Sauna nackt sah, lief es mir kalt den Rücken runter. Du hast was Geiles an dir, das ich gern mal in mir hätte. Hast du Lust dazu?»

«Na ja, ich wäre schon bereit, a...» Bevor ich den Satz beendet hatte, fiel er mir ins Wort. «Danke! Ich wusste es!»

Er sprang vom Sofa auf, als traf ihn der Blitz, zog sich nackt aus, kam zu mir und kniete sich hin. Dann machte er mir die Hose auf und zog sie runter. Im Nu ließ er die Kuppen der Finger zart vom Knie aus bis zum Slip gleiten. Das löste bei mir gleich eine Reaktion aus und der beulte sich aus. Da meinte er: «Aha! Wie ich sehe, machte dich das schon scharf.»

«Äh ... Wieso?» Er fasste den an. «Darum!» Ich merkte, wie er anfing, mich da sanft zu massieren, und ich wurde geil. Im Nu zog er den Slip runter und sagte: «Nils, leg dich mal bitte auf den Rücken.» Ich hob die Beine an, drehte sie und legte mich hin und fragte: «So?» Er tat so, als ob der das nicht hörte, lief zu den Füssen und zog Hose und Slip darüber. Fix griff er nach einer Tube, die auf dem Tisch lag. Eilig schmierte er mich mit Gel ein und als ich fertig war sich selbst. In der Folge kletterte er auf das Sofa, stieg über mich, kniete sich hin und ehe ich es wahrnahm, war er drin. Ich lag da und presste die Beine zusammen. «Na, wie ich sehe, fühlst du dich da wohl?»

«N-a-a-a ... und ob», und stöhnte leise vor sich hin. Ich merkte sein Gewicht und lag da wie in einen Schraubstock gepresst.

Dann hob und senkte er den Körper. «Gefällt dir das, Nils?» Sitzt so ein Wal auf einem, hat das mit Freude nichts mehr zu tun. Folter trifft da eher zu. Nur hatte ich nicht vor ihn zu kränken und rief: «Ja, und ob! Ich hab bis heute so was Geiles nicht erlebt.»

Er hüpfte da erst recht auf und ab. Ich hoffte nur, dass bei mir nichts abbricht. Er stöhnte und keuchte vor Lust und wurde schneller. So kam es, wie er es wollte ... Ich kam und ächzte mit ihm um die Wette. «Oh, war das geil, Nils!»

«J-a-a-a, das war es für mich auch!»

Er blieb schnaufend auf mir sitzen. Dann sagte er: «So! Ich steh jetzt auf!» Er hievte sich schwer von mir runter und ich setzte mich aufrecht hin. Da stand er direkt vor mir und ich sah, dass er steif war. Da gab es kein Zurück mehr. Im Nu hatte ich den Dödel im Mund und blies ihn fürstlich. Mit Freude, Spaß und Leidenschaft.

«Oh, ist das so geil», rief er ... Und bewegte sein Becken vor und zurück ... Und kurze Zeit später war es aus ... «Hans! Das es bei dir so schnell geht, dachte ich nicht. Doch es war geil!»

«Ja, das stimmt! Für mich auch. Das machen wir jetzt öfters, wenn du willst.»

«Ja gerne, ich bin mit von der Partie!»

Wir schnackten noch über den Job, dann wurde es Zeit und Hans fuhr mich nach Hause. Das war wieder mal ein geiler Tag. Ich machte die Tür auf und sah, dass es 21:05 Uhr war. Da schrillte das Telefon und ich nahm den Hörer ab. «Tamper!»

«Na endlich! Hallo Nils! Ich versuchte heute schon oft, dich an die Strippe zu kriegen. Na ja, jetzt ist es ja geglückt. Gut, dann komm ich gleich zur Sache. Es geht um den Bau von einem Teich. Das ist ein Auftrag nach Maß. Mutter macht schon die Planung. Jetzt gehts nur noch um den Preis. Ist es dir recht, wenn wir das morgen besprechen?»

«Ja, das ist kein Problem! Ich bin so gegen 16 Uhr zu Hause. Dann könnt ihr kommen!»

«Gut Nils, bis morgen. Tschüss!»

Die zwei waren um 16 Uhr bei mir. Ich machte uns erst mal Kaffee. Dann redeten wir über die Aktion und fertigten den Plan an. Zum Schluss legten wir den Preis fest. Es war kurz vor sechs und da meinte Frau Pullmann: «So! Ich gehe jetzt in die Küche und wärme euer Essen rasch auf und ihr deckt den Tisch.»

«Was gibt es denn, Mutter?»

«Lasagne!»

«Mmh, lecker!» Sie stand auf und verschwand in der Küche und wir deckten den Tisch. Da sagte Chris: «Vorhin wurde ich mit dem Garten von Frau Krammer fürs Erste fertig. Sobald sie mich wieder braucht, ruft sie mich an. Und den Auftrag für den Winterdienst bekam ich auch schon.»

Das Essen war um. «Frau Pullmann, die Lasagne war prima», sagte ich und sie: «Danke Nils! Wir fahren jetzt gleich nach Hause, da ich noch einiges tun muss. Dann Tschüss Nils.»

Am Donnerstag traf sich Chris um 10 Uhr mit dem Kunden. Als ich ihnen die Menüs brachte, war er schon zu Hause. «Und wie war es?», fragte ich ihn. «Es lief für uns super. Er sagte zu und zahlte 3000 Euro an. Mit dem Geld kaufen wir Material ein.»

«Man, das ist ja geil! Wann geht es los?»

«Morgen! Die Größe und die Lage steckte ich heute schon ab. Wenn der Bagger kommt, fang ich gleich an, das Loch für den Teich zu graben. Am Mittag kommen Steine, Kies und Folie.»

Als ich am Freitag kam, war Chris mit dem Aushub fertig. Er baute grad mit der Erde einen Wall. Von dem aus läuft mal das Wasser in den Teich. Um 22 Uhr hörten wir auf.

Am Sonnabend um acht Uhr holte ich Chris ab. Wir legten die Folie in das Loch und schafften es. Auf der Fahrt nach Hause, sagte Chris: «Bei uns gibt es kein warmes Wasser, da die Heizung defekt ist. Kann ich bei dir duschen?»

«Na klar! Warum nicht? Du kannst auch bei mir pennen, dann brauch ich dich nicht nach Hause zu fahren.»

«Ja, das mach ich auch.» Zuhause duschte ich erst und er rief seine Mutter an. Als Chris unter der Brause war, machte ich uns etwas zu essen. Als er kam, setzten wir uns an den Tisch in der Küche und er fragte gleich: «Wie war´s denn bei Hans?»

«Ach, das weißt du schon?» Dann sagte ich ihm, was passiert ist. «Ist er schwul?», fragte er und ich antwortete: «Ich nehme an, dass er es ist. Eine Freundin oder Frau scheint er nicht zu haben. Ich fragte ihn auch nicht. Willst du mal heiraten und eine Familie gründen Chris?»

«Ich weiß es noch nicht. Auch muss ich erstmal die Richtige finden. Doch Mutter hätte gern Enkel. Das erfuhr ich mal, als ich eine Freundin hatte. Die war jünger als ich und mit der hatte ich oft Sex. Dann kam der Knaller: Sie schob mir ein Kind in die Schuhe, dass ein Kerl den sie noch neben mir hatte, zeugte. Die Sache kam vor Gericht und da gab sie es zu ...

Zuvor hatte ich schon mal eine Affäre mit einer Frau. Sie war damals vierzig und ich grad achtzehn. Das war in dem Ort, wo wir früher wohnten. Sie verführte mich und ich hatte mit ihr den ersten GV. In der Zeit, die folgte, waren es auch 3-mal am Tag in Folge. So wurde ich durch sie zum echten Mann. Ich durfte niemand was sagen. Das machte ich auch nicht, denn für das still sein bekam ich von ihr Geld. Dann hatte sie einen Freund und es war Schluss. Mutter hatte zu der Zeit auch einen Kerl. Ich hörte oft, wenn sie es in der Nacht trieben. Ich war da so erregt, dass ich es mir selbst machte. Tun das zwei, ist das aber geiler ...

Seit der Zeit hab ich die Schnauze voll von Weibern. Verstehst du das?» Ich nickte. «Ja, so was prägt dich schon mal ein Leben lang.»

«Früher kuckte ich nach dem Sport in der Dusche auch Dödel von Jungs an. Da wurde ich oft neidisch. Eines Tages blinzte mir ein Älterer zu und mit dem lief ich zum WC. Ich ahnte nicht, was er von mir wollte. In eine Kabine sagte er, stell dich mal auf den Sitz.

Als ich da stand, nahm er den Dödel von mir in den Mund. Ich fand das zuerst eklig, doch dann war es geil, was er da machte ... Und ich hatte den ersten Abgang. Er wollte, dass ich das auch bei ihm tue. Und es blieb nicht bei dem einen Mal. So fällt es mir nicht leicht, denn mich machen Frauen und Kerle an.»

Nach dem Essen räumte ich den Tisch ab und er lief ins Bad. Als ich fertig war, ging ich in die Stube und setzte mich auf das Sofa. Da kam Chris rein und fragte: «Nils, hast du Pornos?», und sah mich lüstern an. «Äh ... Ja vier! Einen drehte ich mit einem Kunden von mir?»

«Was? Wie alt war der denn?»

«87!»

«Nee! Jetzt willst du mich wohl verscheißern.»

«Nein das ist wahr. Willst du ihn mal sehen?»

«Na ja, da du dabei bist, schon. Hat der auch einen Titel?»

«Ja! Er heißt: Je oller, je doller.»

«Das trifft ja den Nagel auf den Kopf! Da bin ich ja mal gespannt.» Ich stand auf, machte das TV-Gerät und den Player an. Da die DVD noch drin lag, ging es gleich los und ich setzte mich zu ihm auf das Sofa. Zuerst sah Chris zu, was wir da so trieben. Ich nahm an, dass ihn das geil machte. Da merkte ich, dass er mir eine Hand auf den Schenkel legte. Gebannt sah er auf den Bildschirm und ich spürte, wie er mich sanft streichelte. Auf einmal sagte er: «Nils! Ich glaube, ich bin doch schwul.» Wir kamen im Film am Ende an, da meinte er: «Wie ich sehe, ist es ja grad bei dir so weit ... Oh ja ... das sieht ja gut aus ... mmh ... Doch auch der Oldie ist für sein Alter noch gut in Schuss.»

«War! Er starb kurz, nach dem wir das drehten. Das, was wir jetzt sahen, sah er nicht mehr. Das war sehr schade, denn ich mochte ihn. Doch hat ja wie man weiß alles seine Zeit.»

«Ja, das stimmt, Nils. Aber geil war das schon, was ich sah, und beulte den Slip von mir aus.»

«Das war der Sinn. Wir hatten vor und so scharf zu machen, wenn wir mal alt sind.»

«Nils, wie lange willst du denn den Job noch machen?»

«Keine Ahnung! Noch macht er mir Spaß ... Und so denke ich, dass es noch eine Zeit dauert. Du glaubst ja nicht, was ich von

Leuten so höre. Mir sagte mal Herr Petersen, das er allein lebt, da die Frau von ihm vor drei Jahren starb und das er Kinder, Enkel und Urenkel hat. Nach der Beerdigung suchte er sich eine kleine Wohnung. Sein Sohn sollte ihm beim Umzug helfen. Doch der sagte ihm ab, da er keine Zeit hatte. Er fragte einen Nachbarn und der half.

Vor zwei Jahren wollte der Sohn Geld von ihm für ein Auto. Seins kam nicht durch den TÜV. Er lehnte es ab und sagte ihm, dass er eine Reise buchte und das selber nötig hat. Jetzt besucht ihn keiner mehr. Gestern zeigte er mir sein Cabrio. Von dem war ich Feuer und Flamme. Er fragte mich, ob ich das mal fahren will. Na klar wollte ich das und am Sonntag in einer Woche darf ich das tun. Ich fragte ihn ob du auch mitfahren kannst. Er sagte ja und freut sich, auf dich. Er macht am Auto sogar noch einen Check. Er will noch die Sau raus lassen in der Zeit, die er noch vor sich hat. Und kein Cent wird vor seinem Tod verschenkt ...»

«Da hat er Recht, denn Fliegen mal die Erben in der 1. Klasse, war man zu doof sein Geld selbst unter die Leute zu bringen.» Ich nickte und lachte. «Siehst du Chris! Jetzt weißt du, warum ich den Job liebe. Ach so, ich hab dich noch gar nicht gefragt, ob du das überhaupt willst.»

«Na klar will ich das.»

«Okay!»

«Hattest du mal was mit ihm?»

«Wie meinst du das?»

«Na ja, da ich nicht verstehe, warum er das sonst macht. Er ist ja ein Fremder für dich und mich ...»

«Für mich nicht, da ich ihm ja das Essen bringe. Ich gebe aber zu, dass er freundlich ist und mir sehr nah kommt, stelle ich das Menü auf den Tisch. Doch mag ich ihn auch. Sollte er es mal versuchen, sage ich gewiss nicht nein. Doch denke ich nicht, dass er das macht ....

Dann mal was anderes: Wie wäre es, wenn ihr hier wohnt? Das Haus ist für mich viel zu groß. Deine Mutter könnte oben

132

wohnen und wir machen eine WG auf. Ich finde, wir sind ein geiles Team und ich denke, wir verstehen uns auch gut. Willst du ein Zimmer für dich, geht das auch klar. Was hältst du von der Idee, Chris?» Er nickte und meinte: «Na ja ... das haut mich jetzt um, doch ich finde das cool. Mit Mutter rede ich, komm ich nach Hause.»

«Okay Chris! Dann gehts jetzt ab ins Bett. Morgen liegt ein harter Tag vor uns ...»

«Wo soll ich schlafen?»

«Hier auf dem Sofa. Ich habe nur ein Bett für eine Person. Da auf dem Stuhl liegt Decke und Kissen.»

«Okay, dann geh ich jetzt ins Bad und leg mich hin.»

«Tu das Chris! Ich räum auf und mach das auch.»

Am Sonnabend plagten wir uns bis um 20 Uhr ab. Da lag die Folie im Teich und er sagte: «Danke, für deine Hilfe, Nils. Den Rest mach ich allein. Das schaffe ich locker, denn erst am Freitag muss alles fertig sein. Gut! Dann gehts jetzt ab nach Hause.»

Die Woche lief wie üblich ab. Am Freitag kam ich in die Firma und Marion rief: «Nils! Herr Petersen ist in der Klinik und meldet sich, ist er wieder zu Hause. So brauchst du dort nicht hin.» Das traf mich wie ein Schlag mit der Keule. So wurde nichts aus der Fahrt mit dem Cabrio, auf die ich mich schon riesig freute.

Als ich bei Frau Pullmann war, kam Chris grad an und rief: «Nils! Die Leute waren hin und weg, als ich ihnen den Teich zeigte. Das war ein mega Erfolg.»

«Wow, das freut mich sehr. Ich hab keine so gute Kunde, denn Herr Petersen ist in der Klinik. So fällt die Cabrio-Fahrt aus.»

«Schade! Macht aber nichts, es soll ja am Sonntag regnen.»

«Gut! Ich komm noch mal her, da reden wir weiter ...»

Am Samstag zog Chris mit Sack und Pack bei mir ein. Er hatte nur ein paar Sachen bei sich. Seine Mutter zog auch ein, doch erst in vier Wochen. Sie kam aber mit, da sie eine Menge ändern wollte.

Zwei Wochen später brachte ich ihr das Essen. Sie machte die Tür auf und rief: «Nils! Ich hab eine tolle Nachricht! Ich gab eine Annonce in der Zeitung auf. Gestern rief eine Frau an die eine Wohnung für ihre Tochter sucht. Vorhin sah sie sich alles an und war begeistert. Doch das schönste ist: Wir müssen hier nichts tun, denn sie machen das selbst. Sie will aber schon nächste Woche hier einziehen. Schafft ihr das?»

«Ja! Es ist nur noch Kleckerkram zu machen.»

«Ist gut! Dann komm ich um sechs und kuck mir das an.»

Eine Woche später war am Sonnabend der Tag des Umzugs. Sie hatte ab da ihr Büro. So musste sie nicht mehr auf dem Tisch in der Küche Angebote schreiben. Da sie ab da für uns kochte, bestellte ich das Essen für sie in der Firma ab.

Am Sonntag kam im Flur noch der Kleinkram dran. Um 22 Uhr gingen wir runter zu uns. Wir saßen noch auf dem Sofa, auf dem Chris schlief. Da sprachen wir über den Tag, der folgte. Dann kuckte er mich verliebt an und sagte: «Nils! Ich bin verknallt in dich.»

Ich rechnete schon lange damit, dass der Tag mal kam. Doch war ich noch nicht bereit und meinte: «Danke Chris! Das ist sehr lieb von dir. Ich habe dich auch gern. Doch hab ich Angst, mich zu outen. Die Leute sind noch nicht so weit und verstehen das nicht. Kriegt das meine Chefin mit, schmeißt sie mich raus. Die hat was gegen Schwule. So, und jetzt lass uns schlafen, ich bin geschafft ... Dann dir eine gute Nacht ...» Ich stand auf und er sagte: «Dir auch N-i-l-s.» Ich merkte am Tonfall, dass er stinkig war. Egal! Ich ging ins Bett und schlief gleich ein ...

Montag um 7:00 Uhr fing die Woche für uns an. Chris hatte vier Aufträge und ich drei neue Kunden. Die Worte von ihm gingen mir den Tag durch den Kopf. Mir war klar, dass ich Vorsorge treffen musste für den Fall, dass mir was passiert. Ich konnte Chris das Haus auch vererben. Doch da fiel jede Menge an Steuern für das Erbe an. Nur von was sollte er die löhnen. Da ich ihn mochte, war eine Ehe das Beste, dachte ich.

Am Abend beim Essen sagte ich, was ich plante. Chris war begeistert doch seiner Mutter, war das nicht so recht, wie mir schien, denn sie meinte: «Nils, ich freue mich über das, was du vor hast. So wird das nicht ruiniert, was wir jetzt auf die Beine stellen. Chris sagte mir oft, dass ihr euch gut versteht, euch respektiert und er dich liebt. Doch wagte er es nicht, dir das zu sagen. Ich hoffte immer, dass er nicht schwul ist. Er spielte nie mit Mädchen, nur mit Jungs. Er hatte zwar mal eine Freundin, doch nur kurz. Sie bezichtigte ihn, dass sie von ihm ein Kind bekam. Dann war es aus mit ihr. Nils, wenn du das echt willst und es ernst meinst, habt ihr den Segen von mir.»

Chris zwinkerte mir zu und da war mit klar: Er sagte ihr nichts vom Sex mit der 40-jährigen Frau. Ich meinte: «Eva, ich dachte lange nach und weis, dass aus dem Freund der er ist, auch ein Bund fürs Leben mit ihm wird.»

«Danke Nils! Darauf stoßen wir jetzt an!» Das taten wir mit Sekt ... Elf Tage später waren wir ein Paar. Niemand erfuhr es auch nicht die Chefin von mir. Ich nahm Urlaub und Eva nahm für Chris in der Zeit nichts an. Wir buchten eine Reise nach Kuba. Drei Tage später flogen wir von Hamburg aus los mit Stopp in Frankfurt. Von da aus ging es direkt nach Kuba ...

Kapitel 8

Nach elf Stunden waren wir um 16:32 Uhr auf dem Airport in Holguín. Von da aus fuhr uns ein Bus zum Hotel Club Amigo Atlantico an die Playa Guardalavaca. Eine Stunde später kamen wir da an. Das Haus, wo das Zimmer 1022 war, hatte zwei Stock und wir waren oben. Ich ging zuerst rein, stellte den Koffer hin und lief zum Fenster. Da sah ich raus und rief: «Wow, ist das geil hier! Man kuckt direkt aufs Meer», und ging auf den Balkon.

Kaum war ich da, stand Chris hinter mir und ich meinte: «Man, das ist ja hier wie im Paradies!»

«Ja Nils, das wurde ja so gewünscht.»

«Jetzt gehen wir an den Strand, denn die Sonne ist bald weg.»

«Okay! Das machen wir, doch erst muss ich ins Bad!»

«Gut. Ich muss dann auch mal!» In der Zeit legte ich die Koffer auf die Betten. Als er kam, war ich dran. Chris zog sich in der Zeit eine bunte Short, so wie ein T-Shirt an. Wir hatten 25 Grad, doch ich blieb, so wie ich war. Mit der Jeans und einem blau karierten Hemd. «Komm, Chris! Dann lass uns gehen!»

«Okay! Ich steck noch schnell das Handy ein.» Wir verließen das Zimmer und liefen los. Da sah ich den Weg zum Strand. «Da müssen wir hin!»

«Okay! Dann los!» Als wir da waren, sah ich, dass die Sonne gleich unter ging. Chris zog das Handy aus der Hose raus und sagte: «Nils! Jetzt machen wir ein Selfie ...» Wir stellten uns mit dem Rücken zur Sonne und er machte ein Foto. Wir liefen zurück und kamen an einer Bar an. «Ich hole mir schnell etwas zum Trinken. Willst du auch was, Nils?»

«Ja, gerne. Eine Cola, bitte». Ich setzte mich, bis er kam auf eine Liege. «Das ist ja geil hier ...», sagte ich, als er kam. «Ja das stimmt, Nils.»

Dann war es Zeit zum Essen und wir gingen in den Speisesaal. Da fing die Schlacht am Büfett an. Nach einer Stunde waren wir satt und gingen vor die Tür. Da sagte ich: «Gehen mir mal zum Hafen, oder willst du schon schlafen?»

«Nein! Dafür ist es doch noch zu früh.» Wir liefen los und aus der Ferne sah ich Licht von Lampen. Vor dem Hafen gab es ein zweites Hotel. Wir gingen an dem vorbei und dahinter sah ich ein paar Boote. Bei jeder Lampe war auch eine Bank. Wir liefen über den Steg, ich hielt an und fragte: «Wollen wir uns ein paar Minuten setzen, Chris?» Er nickte. «Ja, na klar.»

«Ich geh aber erst mal bis ans Ende.» Er setzte sich auf die Vorletzte. Als ich da war, sah ich Männer, die angelten. Es war leicht bewölkt und hin und wieder sah ich Sterne. Dann ging ich zurück und setzte ich mich neben ihn. «Ist das nicht irre hier!»

«Ja! Ich bin froh, dass wir hier sind. Es ist friedlich und romantisch.» Das stimmte. Es war ein lauer Abend und eine leichte Brise wehte. Vor uns hörte man jede Welle, die an Land kam und vom Hotel laute Musik. Wir saßen lange da, keiner sagte ein Wort. Doch dann ... «So Nils! Jetzt laufen wir heim. Da trinken wir noch was und danach geht's ab in die Heia.»

«Okay, Chris! Der Tag war ja lang genug und ich bin auch müde.» Die Hotels wurden bewacht bei Tag und Nacht.

Früh am Morgen wachte ich auf, da die Blase drückte, und ging ins Bad. Chris schlief noch wie ein Murmeltier. Ich stieg in die Badewanne, machte den Vorhang zu und stellte das Wasser an. Da ging abrupt die Tür auf, er kam rein, leerte die Blase und rief: «Nils? Bist du fertig?»

«Nein! Ich fing grad erst an.»

«Hast du was dagegen, wenn ich zu dir komme?»

«Nein», sagte ich und zog den Duschvorhang zur Seite. Er zog sich aus, kam zu mir rein und ich meinte: «Bist du schon mal da, seife mir doch bitte mal den Rücken ab.»

«Okay!»

Als er fertig war, sagte er: «So, dreh dich mal um.» Da machte er weiter. In der Mitte wusch er mich sehr intensiv und das erregte mich sehr. Er hörte auf und rief: «Fertig! Und jetzt noch die Seife abspülen, erst hinten, dann von vorn.»

Da hielt er den Strahl lange auf mein Horn. Im Nu drehte er das Wasser ab, kniete sich vor mich und hatte es ruck zuck im Mund. «Mmh ... frisch gewaschen schmeckt er wie ein Eis am Stiel.» Und für mich war es ein echt geiles Gefühl. Ich atmete hefig ein und aus und war nah dran ... Doch da hörte er auf, sah zu mir und meinte: «Schluss!»

«Danke Chris! Soll ich das auch mal bei dir machen?»

«Nee! Dafür fehlt uns die Zeit. Mach das lieber heute Nacht. Ich hab jetzt Hunger.»

«J-a-a-a, ich auch ...» Ich stieg aus, trocknete mich ab und er duschte sich rasch. Als er fertig war, liefen wir los. Nach dem Essen kuckten wir uns das Hotel an. Dann ging es an den Strand und der war so geil. Karibik pur mit Palmen, Sand und Meer. Da fragte Chris: «Nils? Bleiben wir heute hier?»

«Ja! Darum sind wir doch hier ... und das Wetter ist krass.»

«Gehst du schwimmen?»

«Ja, auf jeden Fall!»

«Okay! Ich auch.»

«Gut! Dann laufen wir zurück, ziehen uns um und ... ab an den Strand.»

Das machten wir ein paar Tage und wurden echt braun. Das war gut so, denn das Wetter änderte sich. Ab da gab es fast jeden Tag Regen. Mal in der Früh. Mal nach dem Mittag und mal in der Nacht.

Es war ein Tag ohne Sonne, an dem wir an den Strand hinter den Hafen liefen. Als wir da waren, sah ich ein paar Häuser. Es schien eine kleine Siedlung zu sein. Aus einem kam ein Mann raus und schritt auf uns zu. Vor sich trug er einen Karton, den hielt er vor uns. Ich kuckte rein, sah angemalte Steine und Muscheln. «Wollen kaufen?», fragte er und ich: «No me interesa.»

«¿Eres de España?»

«No, somos de Alemania.»

«Äh ... ich no spreche gut deutsch ... Ich verstehe nur gut.» Er reichte mir die rechte Hand, lächelte und sagte: «Mi Name ist José.»

«Ich bin Nils und das ist mein Amigo Chris.»

«Mir macht Freude! ¿Darf ich laden euch in mi casa ... Äh ... mein Haus, por ein Drink?» Wir beide kuckten uns an, nickten uns zu und ich meinte: «Si, gerne ...»

«Bueno, kommt mit ...» Er wandte sich von uns ab und lief auf das Haus zu. Das war eher eine Hütte und wir folgten ihm. Da machte er die Holztür auf, winkte uns rein und sagte: «Tritt ein ...» In der Mitte war ein Tisch mit vier Stühlen, «Bitte setzt.» Wir nahmen Platz. «Bin da gleich», meinte er und lief hinten raus. «Ich bin mal gespannt, was jetzt kommt», sagte Chris leise. In der Sekunde kam er wieder. Er hatte eine Art Melone bei sich, die oben offen war, holte drei Gläser aus einem Regal und stellte die auf den Tisch. Dann goss er den Saft aus der Frucht ein. «Trinken, bitte ...» Ich kostete und stellte fest, dass der Saft ganz gut schmeckte. Er setzte sich hin, sah uns an und rief: «¡Salud!», und trank auch. Dann sagte er, bei ihm gehen nur wenig Fremde vorbei. Die meisten bleiben im Hotel und so wird der Strand hier nicht gepflegt. Er lebte und arbeitete zur DDR-Zeit in Ostberlin. Nach der Wende wollte er wieder nach Kuba. Er kaufte sich das Haus, hat eine kleine Rente und verdient mit dem Verkauf sich etwas zu. Doch das war sehr wenig. Fast alle die da sind, sind aus Kanada und die gehen nur selten vor die Tür vom Hotel. Aber einer kaufte mal einen Stein bei ihm. Er war so froh und lud ihn auf einen Drink ein.

Als der im Haus war, fasste er ihn im Schritt an und sagte, dass er ihm fünfzig Dollar für Sex gibt. Die Note legte er gleich auf den Tisch. Er starrte auf den Schein wie eine Schlange auf ihr Opfer. Das war für ihn eine Menge Geld. Er fragte ihn, was er für Sex wollte und der Kanadier meinte: «I want to fuck you!» Dann holte er eine Tube aus der Hose und legte die auch auf den Tisch. Auf der las er «Lubricating cream». Er sagte: «That's okay», und fragte gleich: «Do you have a condom?» Das verneinte der Kerl. Das war für ihn ein Risiko, doch er brauchte das Geld und so ließ er es zu. Der Kanadier zog sich im Nu die Hose runter. Als er den Prügel von ihm sah, war er entsetzt. Da rief der: «Turn over and put on the table!»

Er legte sich hin und der Kerl zog ihm von hinten die Hose runter. Da merkte er die kühle Creme am Loch, und wenig später stieß das harte Ding davor. Er entspannte sich und dann drang er in ihn ein ... Er biss auf die Zähne, doch der Schmerz war nicht so arg, als er annahm ... Nach ein paar Minuten war es bei dem schon vorbei und er war sehr froh. Da er mit dem Bauch auf dem Schein lag, nahm er den rasch in die Hand und stellte sich aufrecht hin. Er drehte sich um und sah, dass der Kerl die Hose hochzog. Er wollte das auch machen, doch da kam er an, griff ihn unter die Arme, hob ihn hoch und setzte ihn auf den Tisch. Da gab er ihm zu verstehen, dass er sich hinlegen soll. Dann zog er ihm Hose und Slip aus, stellte sich zwischen die Beine und machte es ihm mit dem Mund.

Das war vor sechs Jahren. 2-mal kam der Kanadier noch in Folge. Seit drei Jahren hörte er nichts mehr von ihm. Er hätte gerne wieder mal Sex in der Art, nur fand er keinen, der das machte. Sogar mit zwei Kerlen ließe er sich ein und ohne Geld. Er ist 85 Jahre alt und nicht mehr gesund. Bevor er stirbt, wollte er das ein letztes Mal erleben. Traurig sah er mir in die Augen und meinte: «No es gefällt euch zwei?» Ich sah Chris an, doch der zuckte nur mit den Schultern. Da sagte ich: «José, ich verstehe das aber ...»

«Sí, ich wissen. Ich haben wohl die letzte Sex. Ich frage, euch nur. Ihr junge Mann und sicher ihr euch ´fuck you´. Stimmt?»

Er war ja nett, hatte viele Falten, auch ein paar Zähne fehlten ihm, doch er war sehr sauber. Da fragte ich ihn: «Wann?» Er sah mich an, lächelte und die braunen Augen strahlten wie Sterne. «Wenn wollt, jetzt.» Ich sah zu Chris, der grad im Rucksack rum kramte. Dann legte er zwei Kondome auf den Tisch. José sprang vom Stuhl auf und rief: «Ich wissen es!» Er lief zum Regal an der Wand, nahm von da eine Dose, holte etwas raus und stellte sie wieder zurück. Er drehte sich um und legte eine Tube auf den Tisch. Es war die vom Kanadier. Chris sagte kein Wort, gab mir aber mit den Gummis den Wink, dass er es auch wollte.

José zog sich die Hose aus und rief freudig: «Komm gehen wir in Bett!» An der Wand war ein Vorhang, den zog er zur Seite und da sah ich das Bett. Auf dem lagen ein paar braune Decken. Es war in hohem Maße ordentlich bei ihm. Er griff nach der Tube und nahm sie mit. Dann zog er alles aus, was er noch an hatte. Er war hager und die braune Haut hatte viele Muttermale und jede Rippe sah man. Er legte sich auf das Bett. «Kommt! Ich warten ... zieht aus ihr!» Da gab es kein Zurück mehr ...

Als wir nackt waren, gingen wir zu ihm. Chris legte sich rechts neben ihn hin und ich links. «José! Schließe deine Augen und genieße das, was jetzt kommt», sagte ich und er: «Ich tun!»

Dann fingen wir an ... Wir wollten, dass er hin und weg war vor Glück. Als alles zu Ende war, meinte José, dass es der beste Sex im Leben war. Wir zogen uns an und blieben noch eine Weile. Er war voll Freude und konnte nicht fassen, was er für ein Glück hatte. Er fragte: «Ihr nochmal mich besucht.» Ich sagte: «Ja, das machen wir, bevor wir abreisen.»

Es war der vorletzte Tag und wir wollten von José Abschied nehmen. Kurz nach zehn liefen wir los und um elf waren wir da. Ich klopfte an die Tür, aber er machte nicht auf. Ich rief nach ihm, doch kam keine Antwort. Da meinte Chris: «Ich glaub, der ist nicht zu Hause.»

«Gut, dann gehen wir zurück.»

Da rief eine Frau: «¿Qué estás buscando aquí?» Ich sagte: «Queremos José.» Da kam eine betagte Frau an den Zaun. «José está en el Hospital.»

«En el Hospital ... ¿Por qué?»

Sie sagte, dass es José in der Früh nicht gut ging. Da fuhr ihn ihr Sohn nach Holguín in die Klinik und der ist noch nicht zurück. Da meinte Chris: «Und was machen wir jetzt, Nils?» Ich zuckte mit den Schultern. «Nichts! Wir wissen ja nicht, ob er nach Hause kommt ... und morgen reisen wir ab.» Plötzlich schrie die Frau: «Mi hijo vuelve recta.» Kurze Zeit später kam ein Auto und hielt an. Sie lief hin und sprach mit dem Mann. Nach ein paar Minuten kam er zu uns. «¿Querían José?»

«Sí», sagte ich und er erzählte, dass José einen Herzinfarkt hatte und die Ärzte wissen noch nicht, ob er am Leben bleibt. Ich bedankte mich und wir liefen an den Strand. Dort setzten wir uns in den Sand und Chris meinte: «Das ist ja sehr traurig ...»

«Ja, das finde ich auch. Jetzt erfahren wir nicht mehr, ob er sein Haus jemals wieder sieht. Und wenn ja, was dann Mal aus ihm wird ...»

Chris legte mir die rechte Hand auf die Schulter. «Wie dem auch sei ... Durch uns hatte er noch ein geiles Finale. Das war sein größter Wunsch ... und wir erfüllten ihm den ...»

«Ja, du hast recht, Chris. Es ist denkbar, dass eine Fügung, uns aus dem Grund hier her brachte. Es trifft so viel ein, für das es keine logische Erklärung gibt.» Da kuckte ich bedrückt auf das Meer. Ich sah, wie der Himmel sich am Horizont mit dem traf. «Chris? Weißt du, dass nicht weit von hier Florida ist?»

«Nein!»

«Es ist aber so ... 670 Kilometer sind es.»

«Na ja ... Und ab morgen sind es wieder 10.000!»

«Ja, leider ... So! Und jetzt gehen wir ins Hotel, essen etwas und dann baden wir das letzte Mal hier ...»

«Okay!» Wir standen auf und liefen los.

Das Essen am Abend war passé. Wir gingen zum Hafen und setzten uns auf eine Bank. Ich war in Gedanken vertieft, dachte an José und fragte mich, wie es ihm wohl geht ... Da riss mich die Stimme von Chris aus der Träumerei: «Komm Nils! Wir gehen zurück und denk nicht mehr an ihn. Du änderst nichts mehr, ob du willst oder nicht.»

«Woher weißt du, dass ich an ihn dachte?»

«Ich kenn dich, weiß was dich bedrückt und ihn hast du gemocht. Mehr als mich ...»

«Ha, ha, ha! Ja, es stimmt. Mir tut es nur immer sehr leid, wenn einem Menschen so was passiert. Ich sah im Job schon viele abdanken. Da heulte ich auch so mache Nacht, doch du hast ja recht. Lassen wir das mal außen vor, dann hatten wir hier eine geile Zeit. Es war fast wie im Paradies und alles fängt mal an und hört mal auf.»

«Genau! Und ich packe gleich schon ein. In der Früh haben wir nur wenig Zeit dazu.»

Am letzten Tag fuhr der Bus uns zum Flugplatz. In Hamburg wollte uns die Mutter von Chris abholen. Als wir am Ausgang waren, rief ein Mann unsere Namen. Da sah ich, dass es Hans war. Wir liefen auf ihn zu und Chris fragte: «Was machst du denn hier? Wo ist Mutter?»

«Die konnte nicht. Sie bat mich, euch zu holen.» Wir grüßten ihn und dann fuhr er uns nach Hause. Um kurz vor zwei Uhr kamen wir in der Nacht an. Ich blieb noch gern dort, doch hat alles Mal ein Ende ...

Kapitel 9

Es klingelte um kurz nach zehn, Chris ging zur Tür und machte auf. Es war seine Mutter. Die nahm uns gleich in die Arme und lud uns zum Mittagessen ein. Es gab einen Auflauf. Dann aßen wir und sie sagte, dass jede Menge Arbeit auf Chris wartet. Er sagte ihr in Kürze, wie es war.

Wir gingen wieder zu uns und packten aus. Nach dem Abendbrot bei ihr zeigte ich die Fotos, die ich machte. Da meinte sie entzückt: «Oh, ist es schön in Kuba. Da möchte ich auch mal hin!»

«Allein?»

«Nein Chris! Wenn dann mit Gerdchen!»

«Hä? Wer ist das denn?»

«Na ja, es gibt auch Neues von mir.»

«Das ahnte ich!»

«So, und jetzt sage ich euch alles ganz genau. Ich fand durch eine Anzeige einen Mann. Ich traf mich auch schon oft mit ihm.»

«Und sein Name ist Gerd?»

«Ja, genau! Er heißt Gerd Schneider, ist 74 Jahre alt und trinkt nicht.» Chris sprang vom Stuhl auf, lief auf seine Mutter zu und umarmte sie. «Das ist ja eine Wucht! Endlich mal kein Alki. Versteht ihr euch?»

«Ja, na klar! Er ist nett und hilfsbereit zu mir, trägt mich sprichwörtlich auf den Händen. Am Samstag um 15 Uhr kommt er zu Besuch. Dann könnt ihr ihn sehen.»

«Da freu ich mich Mutter!»

Ruck zuck war es 23 Uhr und wir waren müde. Wir nahmen Abschied von ihr und gingen zu uns runter, da sagte ich: «So, Chris! Morgen fängt der Alltag wieder an.» Er nickte und meinte: «Ja, das stimmt! Bin mal gespannt, wie es so voran geht.» Im Bett gab's noch kurz Sex zu Hause. Das war Kuscheln unter der Decke. In Kuba fand der ohne die statt.

Am Montag musste Chris früh los, doch ich hatte noch Zeit. In der Firma grüßte ich gut gelaunt Marion. Die sah zu mir und meinte: «Wow Nils! Du siehst aber sehr gut erholt aus.»

«Danke! Das bin ich auch. Gibt es was Neues das ich wissen muss?»

«Ja! Du hast eine neue Kundin und der Herr Petersen ist zu Hause.»

«Geil! Da freu ich mich. Wo ist die Chefin?» Sie flüsterte. «Im Büro. Sie hat aber sehr schlechte Laune.»

«Warum?»

«Na ja ... Mmh ... Sie fuhr am Freitag früher nach Hause, weil sie Kopfweh hatte. Als sie dort war, lag ihr Freund mit einem Kerl im Bett.»

«Was? Die hat einen bisexuellen Freund?»

«Hatte! Sie warf ihn gleich raus und hasst im Moment alle Männer. Sei bitte wachsam, wenn du mit ihr redest ...» Da ging die Tür von ihrem Büro auf. Sie kam raus, sah mich und rief: «Oh ... Nils, der Schwuli ist auch wieder da! Na, war die Zeit im Kuba geil, mit deinem süßen? Wie oft ficktet ihr am Tag? ... Scheiß Männer!»

Ich stand reglos da und hatte Wut im Bauch. Zum Glück warnte mich Marion vor ihr. Sonst hätte ich ihr «alte Fotze» und «doofes Weib» an den Kopf geworfen. Das lag mir schon auf der Zunge, nur schwieg ich vorerst, denn den Job wollte ich noch nicht aufs Spiel setzen. Auch freute ich mich auf die neue Kundin. Da brüllte sie: «So! Jetzt aber ran an die Arbeit. Das faul sein ist beendet.» Sie drehte sich um und dampfte ab in ihr Büro. Ich sah Marion an, meinte: «Wow, das war ja der Knaller! Die hat aber echt ein Problem. So führt man sich nicht im Job auf. Privates hat hier nichts zu suchen.» Da flüsterte sie: «Du sagst es, Nils. Als ich die Daten von dir änderte, bekam sie das mit. Da war sie schon mal außer sich. Sie sagte, dass du ein hübscher Mann bist, dir die Frauen zu Füssen liegen. Wieso du schwul bist, konnte sie nicht fassen ... Und jetzt, die Sache mit ihren Freund. Das gab ihr den Rest. Als sie heute ins Büro kam, grüßte sie nicht einmal. Sie schrie, dass alle Männer schwul sind ... da knallte ihre Tür zu und bis eben, war sie das. So Nils! Jetzt weißt du alles.»

«Danke Marion!»

«Nils! Sag bitte nicht, dass ich dir das sagte. Ich will mit ihr keinen Ärger haben.»

«Das ist doch klar, dass das unter uns bleibt, Marion. Gut! Ach so ... Wer ist denn die neue Kundin?»

«Ach ja, das hätte ich ja fast vergessen. Es ist eine Frau Elfriede Breusse und die wohnt in der Strandstraße 35.»

«Gut! So, dann bis später ... Tschüss Marion.»

«Tschüss, Nils!» Ich packte alle Menüs ins Auto und brauste los. Nach dem Ärger freute ich mich auf Herrn Petersen. Ich parkte vorm Haus. Dann klingelte ich, er machte die Tür auf und ich rief: «Guten Tag, Herr Petersen! Ich bring Ihnen das Essen.»

Er sah mich mit großen Augen an und meinte: «Ach ... Hallo Nils! Dit ist aber knorke, dass du zu mir kommst. Hattest du schnieke Ferien?»

«Ja, danke, das hatte ich. Und Sie sind wieder gesund und fit, wie ich sehe ...»

«Ja, dit bin ick, Gott sei Dank!»

«Das freut mich für Sie.» Er reichte mir seine rechte Hand, lächelte mich an und sagte: «Nils? Hast du Lust, zum Kaffee zu mir zu kommen? Ick hab heute früh Kuchen gebacken. Da haben wir Zeit, um länger zu Plaudern ... Ja und dann gehts auch noch um die Fahrt, die ick dir versprach!»

«Ja gern, Herr Petersen. Da hätte ich große Lust zu.»

«Ausgezeichnet Nils! In dem Fall komm so um viere.»

«Ja, das passt mir. Dann bis später!» Da hatte ich noch das Menü für die Frau Breusse. Die wohnte etwas abseits, nicht weit vom Strandbad weg. Als ich vorfuhr, staunte ich erst mal. Vor mir sah ich eine schicke Villa. Nur der Anblick vom Grundstück war keine Freude. Ich klingelte am Tor und hörte die Stimme einer Frau: «Hallo, wer ist da?»

«Nils Tamper! Ich bringe Ihnen das Essen!»

«Dann kommen Sie bitte herein!» Der Summer ertönte, ich machte die Tür auf und lief mit der Box los. Bis zum Haus waren es etwa 50 Meter. Sie stand schon vor der Tür. Ich sah, dass es eine alte Dame war. Sie sah fast wie Oma aus: Weiße lockige Haare, circa 170 cm groß und schlank. Das Gesicht sah anmutig aus und sie hatte nur wenig Falten. Sie hatte ein blaues Kleid an und am Ausschnitt blinkte eine Kette.

An der Treppe rief ich: «Guten Tag, Frau Breusse!» Sie lächelte mich an und sagte: «Sind Sie neu in der Firma? Bis heute kam ja immer eine junge Dame.»

«Nein, Frau Breusse. Ich hatte Urlaub und sie vertrat mich.»

«Ah ... Ja, das leuchtet mir ein. Kommen Sie doch bitte rein.»

«Danke! Wo darf ich es hinstellen?»

«Bringen Sie es bitte in die Küche!» Sie machte die Tür hinter mir zu ... «Ich geh mal vor», sagte sie und lief voraus. Auf dem Weg kuckte ich mich um ... Ich war angetan von dem Dekor im Flur. Sie rief: «Da auf den Tisch bitte!» Ich stellte die Box hin und meinte: «Sie haben ein sehr schönes Haus. Ist das nicht zu groß für Sie?» Sie sah mich traurig an und sagte: «Na ja, junger Mann. Ich war ja nicht mein Leben lang allein hier. Bis vor vier

Monaten war mein Mann bei mir ... Dann starb er. Seit der Zeit lebe ich hier wie ein Eremit.»

«Haben Sie keine Kinder?»

«Doch!» Sie holte tief Atem. «Leider! Wir haben eine Tochter, die schon lange in Berlin lebt. Sie will jetzt Geld von mir sonst verkauft sie das Haus und steckt mich dann dort in ein Heim. Doch ich hänge an dem Haus.» Sie fing an zu weinen, schluchzte ein paar Mal und meinte: «Ich bitte um Nachsicht. Nur geht mir das immer so nah ... Wir hatten hier eine Pension. Vor einem Jahr wurde mein Mann sehr krank und da gaben wir die auf. Das fiel uns nicht leicht, doch wir hatten keine andere Wahl. Ich betreute und pflegte ihn dann bis zum Tod. Zum Glück starb er zu Hause und musste nicht ins Hospiz.»

«Wie alt wurde er?»

«85! Er war ein Jahr älter als ich ... Ist es nicht hinreißend hier?» Als sie das sagte, weinte sie wieder und lief zum Fenster. «Nils! Sehen Sie mal, wie schön der Blick von hier aus ist.»

Ich war sprachlos, denn das nahm ich nicht an. «Wow! Das ist ja hier besser wie in Eden. Mir ist jetzt klar, dass sie hier, bleiben wollen.» Sie sah mich traurig an. «Ja, aber ...» Sie holte tief Atem, kuckte zum Fenster raus, weinte und meinte: «Nur ... bleibt mir nichts übrig ... Und der Garten erst? Ich könnte heulen, wenn ich sehe, wie der jeden Tag mehr auf den Hund kommt. Nur schaff ich das nicht mehr ohne Hilfe. Für das Haus habe ich eine Putzfrau, die mir alles sauber macht.» Da sagte ich: «Frau Breusse! Da sorgen Sie sich mal nicht, denn das kriegen wir schon hin. Mein Partner ist Gärtner. Er kann den so gestalten, dass er Ihnen wieder Freude macht. Wollen Sie das, kommt er her und sieht sich den an. Das kostet Sie nichts.» Es schien, dass sie mir nicht traute. Zaghaft sagte sie: «Sicher? Das würde er tun?»

«Na klar Frau Breusse!»

Sie hörte auf zu weinen und fing an zu lächeln. «Das wäre ja toll. Wissen Sie, was wir machen, Nils? Ich lade sie am Sonntag zum Kaffee ein. Haben Sie Lust und Zeit?»

«Ja gerne, Frau Breusse! So wie ich im Bilde bin, haben wir da keine Termine.»

«Das freut mich. Dann backe ich für uns einen Kuchen.» Ich nahm Abschied und ging.

Ich fuhr in die Firma. Dort stellte ich das Auto ab, lud die Boxen aus und eilig düste ich nach Hause. Ich hatte ja nicht viel Zeit, denn auf mich wartete um vier Herr Petersen. So aß ich schnell was, duschte und fuhr los.

Als ich kam, stand er schon vor der Tür und rief: «Hallo Nils! Ausgezeichnet dit du so uff die Minute bist. Dit gefällt mir! Der Kaffee ist fertig. Komm rinn in die gute Stube.» Ich ging rein und er: «Setzt dir schon mal hin. Ick komm gleich!» Ich nahm Platz auf dem Sessel vis-à-vis der Tür. Auf dem Tisch sah ich Tassen, Teller und Milch, die in einem Kännchen war. In der Mitte stand eine Kerze, die vor sich hin brannte. Dann war da noch eine Vase mit Blumen. Auf den Tellern lag je eine Serviette mit Gabel. Kurz darauf kam er rein. «Ah ... Wie ick sehe, haste ja schon einen Platz gefunden, Nils. Ick darf dir doch duzen, oder?»

«Na klar! Ich hab´ da kein Problem mit.»

«Prima! Dann darfste mir och duzen. Ick bin der Heinz!» Er hatte eine Kanne in der Hand und stellte die auf den Tisch. «Darf ick dir schon eingießen, Nils?» Ich nickte. «Ja, gern Heinz!» Als er fertig war, setzte er sich auf die Couch. «So und jetzt gibts ein Stück Kuchen mit Äpfeln. Den backte ick selbst und ick hoffe, er schmeckt dir ...»

«Darauf freute ich mich schon den Tag über. Bei uns war es Oma, die immer am Sonnabend Kuchen backte. Da war ich noch ein Kind. Der schmeckte uns so gut, dass er gleich aufgegessen wurde. Da blieb kein Krümel übrig und für den Sonntag war nichts mehr da.»

Er nickte und schmunzelte. «Ja, ja! Dit kenn ick. Das war bei uns auch so. Jetzt back ick Kuchen nur noch alle Jubeljahre mal und nur, wenn ick Lust, oder Besuch habe.»

«So wie heute?»

«Genau! Hab ick so einen netten Gast, wie dir, dann tu ick das gerne.»

«Danke Heinz! Das ist aber lieb von dir. Ich gebe zu, dass ich mich auch schon den ganzen Tag auf dich freute. Apropos ... war dein Sohn wieder mal da?» Er schüttelte den Kopf, holte tief Atem und sagte: «N-e-e! Der kommt auch nicht mehr. Ick malochte mein Leben lang hart. Jetzt sehe ick nicht ein, dit ich ihnen das ganze Hab und Gut schenke. Ick lasse es mir von nun an gut gehen. Geld kann ick och selber an den Mann bringen. So! Und nach dem Kaffee gehts in die Garage. Da zeig ick dir das Schätzchen.»

«Mmh ... da freue ich mich drauf, Heinz! Ich kanns schon nicht mehr erwarten und aus dem Grund bin ich jetzt doch hier.»

«Ach so ist dit! Ick dachte, du wärst wegen mir hier?» Er fing an zu lachen und ich stotterte: «Äh ja ... das auch! Äh ... Und nach deinen Kindern frage ich dich nie mehr.»

«Danke! Dit ist nett von dir, Nils. So! Und nu ess den Kuchen, bevor er kalt wird.»

Der war verputzt und er fragte: «Hast du ne Atze?»

«Äh, was für'n Ding?»

«Na eine Freundin oder Frau?» Ich druckste nicht lange rum und sagte: «Nein! Ich hab einen Mann!» Das nahm er, so hatte ich das Gefühl nicht an. «Wat? Du bist unter der Haube? Ick gloob es nicht! Ist das der, der mitkommen wollte?»

«Ja genau, Heinz!»

«Dit hätte ick nu nicht erwartet.»

«Äh ... Das ich schwul bin?»

«Nee Nils! Dit wollte ick nicht sagen. Wer ist denn der Mann an deiner Seite und was macht er?»

«Äh ... Er heißt Chris und ihn lernte ich durch die Mutter von ihm kennen. Die bekam Essen von uns. Zuerst war er nur ein Freund und dann machte ich mit ihm eine Firma auf. Wir machen das, was im Garten zu tun ist, doch er macht das meiste. Ich helfe ihm – wenn nötig – nach dem Job. Oder am Ende der Woche, je nach Plan. Seine Mutter erledigt den Schreibkram und macht alles, was zu tun ist.» Er faltete seine Stirn. «Wat? Und warum fährst du dann noch Essen aus?»

Ich lächelte ihn an. «Ganz einfach: Ich habe Spaß an dem, was ich tu! Und so krieg ich ab und zu auch einen Kunden, der einen Garten hat. Ich habe ja fast nur ältere Leute. Na ja und von denen schaffen viele die Arbeit nicht mehr selbst. Da ich Geld erbte und Chris keinen Job fand, machte ich mit ihm die Garten-Firma auf.»

«Und warum machst du nicht auch eene uff? So wärst du dein eigener Herr.» Ich sah in seine Augen, atmete tief ein und meinte: «Na ja, so leicht ist das nicht, denn ich brauch eine Küche, einen Koch und einen Fahrer. Dann sitze ich mehr im Büro rum und müsste blöden Kram machen, der mir nicht liegt. Nee! Ich brauche den Kontakt mit Leuten ...» Er nickte. «Ja, dit verstehe ick Nils! Wie kam es denn zu dem Erbe, wenn ick fragen darf?»

«Darfst du! Also das war so ...» Dann erzählte ich es ihm, er war sehr berührt und meinte: «Mein Gott! Dit ist ja schrecklich! Sach mal, Nils ... War dit der einzige Fall, wo eine Kundin so einen Wunsch hatte?»

«Nein! Es gab noch zwei Männer.»

«Wat? Männer und Frauen hast du es besorgt? Oh, dit klingt ja mehr als geil. Was tutst du, bittet dich wieder jemand? Machst du dit wahr?»

«Na ja, das kommt drauf an, aber ich denke schon ...»

«Mmh ... und wenn ick dit wäre?»

Da rechnete ich nun gar nicht mit und sagte baff: «Äh ... Du? Du hattest eine Frau und Kinder. Da nehme ich nicht an, dass du mit einem Mann ...»

«Pass ma uff Nils! Ick hatte fast gar keinen Sex mit der Frau. Früher war ja alles ganz anders wie heute. Die Gören zeugte man im Bett unter der Decke. Man sah sich nie nackig, so wie dit jetzt der Fall ist. Heutzutage baden Eltern nackt mit den Gören. Dit war bei uns nicht drin. Da waren die Leute prüde. Uns wusch man in einer Wanne aus Blech in der Küche. Erst wir Gören, dann Mutter und zum Schluss kam Vater dran.

Ick malochte mal eine Zeit in der Grube. Nach der Schicht wuschen wir uns in der Kaue ab. Stell dir dit mal vor: Da stand ´ne Horde von nackten Kerlen der Reihe nach vor der Brause. Ich kiekte nur auf die Piepel von denen. Äh ... Und da gibt´s, wie du weißt große Klüfte. Mit Neid sah ick uff die, die sehr viel mehr hatten wie ick. Da fragte ick mir, ob das Glied was ick hatte, lang genug ist, um mit ´ner Frau zu verkehren. Bis da wusste ick grad mal, dit es zwei Geschlechter gibt. Ick sah die Eltern von mir nie nackt, und von Sex sprach man bei uns zu Hause nie.

Bei der Frau von mir war dit genau so. Zu der Zeit hatten die Leute jede Menge Gören. War dit Alter zur Ehe da, musste man raus. Dit hatte zur Folge, das man sich die oder den erst Besten um den Hals warf und da spielte Liebe keine Rolle. Von fremden hörte ich oft: Nimm die Frau hart ran, denn dit gefällt ihr. Oder auch die braucht dit. Dann lernte ick meine kennen. Wir waren jung, sie war feurig und ick naiv. So kam es, dit der erste Sex ein Schuss ins Schwarze war und sie hatte einen Braten in der Röhre. So sachte man, wenn eine Frau ein Kind kriegte. Da blieb uns nichts übrig, wie die Trauung ...»

«Ja, das kenne ich. Das sagten mir Oma und Opa auch.»

«Leben die noch?»

«Nein! Oma ist schon lange tot und Opa seit ein paar Jahren.»

«Und die Eltern von dir?»

«Die sind auch tot.»

«Wat? Wie kann das sein? Die können doch nicht mehr als sechzig sein.»

«Mmh ... Ja, das wären sie auch. Ähm ... Die kamen auf der BAB ums Leben. In einem Stau krachte ein LKW von hinten in ihr Auto und zerquetschte es. Sie waren auf der Stelle tot. Ich durfte sie nicht mehr sehen. So ...» Auf einmal musste ich weinen und heulte drauf los. Er zückte ein Tuch aus der Tasche seiner Hose, wischte mir die Tränen ab und ich sagte: «Ver ...

Verzeihung ... Heinz.» Ich schniefte ein letztes Mal. «Äh ... mir kamen Schmerz und Trauer in den Sinn.»

«Nils, ick versteh dir sehr gut, und vermag mich in die Lage von dir zu versetzen. Ick pflegte fast ein Jahr Tag und Nacht meine Frau. Dann starb sie und da ging es mir genau so. Doch ein jeder trauert anders. Dit sie erlöst wurde, war ein Glück für sie und für mich och. Ick war froh, denn selbst die stärksten Mittel für die Schmerzen halfen zum Schluss nicht mehr. Dit stellt man sich nicht vor ... Da liegt ein Mensch im Sterben neben dir im Bett. Der schläft die ganze Nacht nicht und wehklagt vor Schmerz. Dit macht einen fix und fertig. Ick stand ein paar Mal nachts uff. Dann legte ick mir hier auf die Couch und pofte mal eine Stunde ungestört. Sicher ist es schlimm, wenn ein lieber Mensch stirbt, oder ein Tier ... Ohne das du Abschied von ihm nimmst. Wir werden geboren und keiner fragte, ob uns das recht ist. Dann leben wir, mal gut ... mal schlecht. Und sind wir alt, sterben wir, ob uns das passt oder nicht.» Ich stand auf, trat vor ihn, sah ihm ins Gesicht, gab ihm einen Kuss auf den Mund und meinte: «Tut mit leid Heinz, aber das musste ich tun, denn die Worte von dir trafen mich tief ins Herz. Es war ein Drang aus dem Inneren heraus.» Er nahm die rechte Hand von mir und streichelte sie. «Du musst dir dafür nicht erklären, Nils. Darf ick dir och einen geben?», fragte er, stand auf und küsste mich ... Und ich erwiderte den Kuss, der nicht enden wollte. Dann stieß er mir die Zunge durch die Lippen und suchte den Kontakt zu meiner. Oh man erregte mich das und es tat sich was im Slip. Ich nahm an, dass ihn das auch geil machte, und wollte das testen ....

Ich fasste ihn in den Schritt, merkte die Beule unter dem Stoff und kraulte die Stelle. Er fing an zu stöhnen, hörte auf, mich zu küssen, und meinte fickrig: «Oh Nils ist das geil, was du da machst», und da merkte ich auch seine, die auf und ab rubbelte.

Ich machte seine Hose auf, befreite den Dödel aus der Enge, fasste ihn an und rieb an ihm rum. «Mmh ist das schön Nils ... Mach weiter so.» ... Er presste mich an sich, fing an zu küssen, stieß mir die Zunge in den Mund und dann rein und raus. Da war mir klar, was er wollte. Ich zog den Kopf zurück und flüsterte: «So Heinz ... und jetzt erlebst du was Geiles.»

Im Nu kniete ich mich vor ihn hin, nahm das, was ich sah in den Mund und verwöhnte ihn. Wie man einen Mann glücklich macht, lernte ich ja. Heinz gönnte ich es von Herzen und so gab ich alles.

Auf einmal hörte ich: «Oh ... dit gefällt mir, Nils!» Ich blies ihn, bis ich Vorsaft im Mund schmeckte. Dann war es so weit und er stöhnte ... und ich hatte das Werk vollbracht ... «Nils! Dit war ja göttlich. Puh ... So was Geiles ... dit hab ick nie im Leben erlebt. Ick danke dir sehr!» Ich stand auf, sah in seine glücklichen Augen und sagte: «Nichts zu danken, Heinz! Ich kenne ja jetzt die Wünsche von reifen Männern. Der letzte Erguss von dir ist aber schon sehr lange her ...» Er sah mich ungläubig an und fragte: «Woher weißt du das?»

«Weil es bei dir sehr schnell kam. Sonst dauert es viel länger.»

«Aha, so ist das! Hättest du es gerne, wenn ick es dir jetzt och mache, Nils?»

«Ja! Das hätte ich gerne, doch leider ist es jetzt zu spät. Hattest du nicht vor mir noch was - außer dem da - zu zeigen?»

«Ach ja! Dit hätte ick ja fast verschwitzt. Ick hole gleich den Schlüssel! Aber zuvor muss ick noch schnell ins Bad.» Er machte die Hose zu und ich sagte: «Heinz, die kannst du auch auflassen, denn das musst du eh wieder tun.»

«Äh wie? Ach ja ... Da haste recht! Ist ja nur der Ordnung halber.» Dann lief er los und ich stellte die Tassen und Teller auf ein Tablett und trug es in die Küche. «Stell es uff den Geschirrspüler, Nils. Ick räume es nachher ein», rief Heinz aus dem Bad. «Ja, mach ich!» Als ich zurück im Flur war, kam er grad aus dem Bad. An der Garderobe kramte er in einer Jacke. «So! Dit ist er ... Jetzt lass uns gehen!» Er machte die Tür zu und wir liefen zur Garage. Er schloss auf und hob das Tor an. Da sah ich etwas, daran dachte ich nicht mal im Traum. Da stand ein

MB-Oldtimer Cabriolet. Ich war baff und rief: «Wow! Das ist ja ein geiles Auto! ... Und das fährt noch?»

«Und w-i-e! Ick war bis vor Kurzen fast jeden Tach mit dem uff Achse. Aber nur wenn's trocken war. Bei Regen fuhr ick nie. Dann fing ick mir eine Bazille ein und war drei Wochen in der Klinik. Nu hab ick ab und zu mal Schwindel. Der Arzt verbot mir jetzt, dit lenken von 'nem Auto. Dit ist sehr schade, da ick jern gefahren bin. Nu bin ick Sozius und da muss ick mir erst mal dran gewöhnen. Begreifst du dit, Nils?»

«Ja! Na klar, Heinz. Das geht mir ganz genau so ... Und jetzt bin ich heiß darauf, das Auto mal offen zu fahren. Nur heute ist das Wetter nicht danach und mir auch zu spät.»

«Gut! Dit versteh ick ... Na ja, ist nicht zu ändern. Doch am Sonntag soll dit Wetter schön werden. Hast du da Zeit?» Ich dachte kurz nach und sagte: «Ja, ich denke schon. Nur ob Chris kann, weiß ich nicht. Aber ich geh mal davon aus.» Freudig rief er: «Knorke! Machen wir dit gleich ab. Dann führen wir eine Fahrt ins Blaue zu dritt durch.» Schlagartig fiel mir Frau Breusse ein, denn da wollte ich ja auch am Sonntag hin. Seufzend sagte ich: «Ach schade, Heinz. Nur fiel mir eben ein, dass wir doch schon was geplant haben.»

«Ach, wat für een Jammer! Darf ick fragen, bei wem dit ist?»

«Na klar! Ist ja kein Geheimnis: Bei Frau Breusse. Ihr Mann starb vor vier Monaten und seit der Zeit lebt sie allein. Sie ist eine Kundin von uns. Als ich ihr das erste Mal das Essen brachte, sah ich den Garten und das Grundstück. Da bekam ich einen Schreck, denn das sieht echt schlimm aus. Logisch das die alte Dame das nicht mehr schafft. So bot ich ihr unsere Hilfe an und sie lud uns zum Kaffee ein. Es ist ja der Job von Chris. Nur er kann ihr sagen, ob er das machen kann oder nicht.» Er sah mich grübelnd an und meinte: «Aha, mmh ... Ick überlege grad ... Ick hab's Nils! Frag sie mal, ob sie Lust hat, mit zu kommen. Wir könnten mal nach Poel kutschen. Da war ick schon lange nicht mehr. Und kommen wir heim, fahren wir zum alten Hafen. Da gibt´s ein Café, das uff einen Ponton ist. Äh, da sitzt man quasi uff´m Wasser. Mmh ... und da gibt´s sehr gute Torten. Äh, und ob wir zu dritt oder zu viert sind, dit spielt doch keene große Rolle.»

«Heinz! Das ist ja eine grandiose Idee! Das Café kenne ich auch. Ich frag Frau Breusse und bin gespannt auf das, was sie sagt. So! Jetzt verlasse ich dich.»

«Aber nur für heute will ick doch hoffen?»

«Nee! Für immer ...»

«Ha, ha, ha! Dit glob ick dir nie!»

«Heinz! Na klar, komm ich wieder ... Dann bis morgen.»

Ich lief zum Auto und düste nach Hause. Just in dem Moment kam auch Chris an und ich rief ihm zu: «Hast du am Sonntag schon was vor?»

«Nein, bei mir liegt nichts an.»

«Okay Chris, dann hast du jetzt etwas vor ...»

«Und was?»

«Ein Trip mit einem alten Cabrio ...»

«Das ist ja geil! Und mit wem?»

«Mit Herrn Petersen.»

«Lud er uns nicht schon mal ein?»

«Ja, genau! Er wurde aber kurz davor krank und so fiel der Ausflug aus.»

«Okay, Nils! Ich komm mit, doch plan nichts für Sonnabend. Wie du weißt, lud uns da Mutter ein.»

«Ja! Das geht klar», sagte ich und wir liefen ins Haus.

Am Donnerstag um 6:30 Uhr rappelte der Wecker. Um 7:35 Uhr fuhr Chris fort, da er um acht bei einem Kunden sein musste. Ich hatte noch Zeit und freute mich auf Frau Breusse ...

Es war so weit, ich fuhr vor das Tor, stellte den Motor ab, stieg aus, nahm die vorletzte Box in die Hand und klingelte. «Ja, bitte» hörte ich sie und ich sagte: «Ihr Menü ist da, Frau Breusse!»

«Ach du bist es Nils! Komm herein ...»

Der Summer ertönte und ich ging zum Haus. Sie stand voller Erwartung in der Tür und rief: «Hallo, N-i-l-s», winkte mir zu und ich ging die Treppe hoch und sagte: «Guten Tag, Frau Breusse!»

«Tritt ein!»

«Danke!» Ich lief in die Küche und stellte das Menü auf dem Tisch ab. «So, Frau Breusse! Dann einen guten Appetit.»

«Danke! Nils? Kommt ihr zum Kaffee? Ich muss ja den Kuchen kaufen, da ich im Haus keinen mehr habe.»

«Das brauchen Sie nicht Frau Breusse, es klappt nicht.» Traurig sagte sie: «Ach, das ist aber schade ... Warum geht es denn nicht, Nils?» Ich lächelte sie an. «Da wir Sie einladen! Wir machen mit dem Auto einen Ausflug. Sagt Ihnen das zu?» Damit rechnete sie nicht und zögerlich meinte sie: «Ja, schon. Ich kam ja fast vier Monate nicht mehr aus dem Haus. Mmh ... Das wäre sehr schön. Da sehe ich seit langer Zeit mal andere Leute. Mit dem Auto von dir, Nils?»

«Nein! Mit dem von Herrn Petersen.»

«Wer ist der Herr, und warum lädt er mich ein? Wir kennen uns ja gar nicht.»

«Äh, das kam so ...», und dann erzählte ich ihr, wie es war.

«Ist das eine älterer Herr, Nils?»

«Ja! Ich schätze ihn auf Mitte siebzig. Der wäre womöglich was für Sie!»

«Nein, nein ... Nils! Der ist bei Weitem zu jung für mich. Der könnte ja mein Großsohn sein.»

«Wow! Dann ist er in der Tat nichts für Sie. Es sei denn, Sie wollen in wickeln, den Nuckel geben oder ihn an die Brust nehmen.»

«Ha, ha, ha, Nils. Und du siehst zu, wenn ich ihn wickle?»

«Ja! Auf jeden Fall, denn das ließ ich mir nicht entgehen. Ich stell mir grad vor, wie er nackt vor Ihnen liegt, und Sie ihm grad die Windel anlegen. Puh ... Hierbei wird mir echt heiß.»

«N-i-l-s! Schäm dich!»

«Gut! Ich geh gleich in die Ecke. So jetzt aber Schluss mit lustig. Herr Petersen ist ein Mann, mit dem man sich sehen lassen kann. Er hat Anstand, ist nett, gepflegt und hat Charme. Jetzt liegt es an Ihnen?» Die Augen von ihr fingen an zu strahlen und sie meinte: «Gewiss sage ich zu! Das erlebe ich ja nicht jeden Tag. Seit mein Mann starb, ging ich ja fast nicht mehr aus dem Haus.»

«Dann wird´s ja wieder mal Zeit für Sie.»

«Wo fahren wir hin?»

«Es wird eine Fahrt ins Blaue.»

«Das ist ja sehr schön Nils! Wann geht es los?»

«Das sage ich Ihnen morgen, Frau Breusse. Ich fahre ja jetzt erst zu ihm und kläre das ab.» Sie lächelte und meinte: «Fein, Nils, dann bestelle ihm bitte viele liebe Grüße von mir.»

«Danke Frau Breusse! Das werde ich tun. So, dann bis morgen.» Wir nahmen Abschied, ich machte die Tür zu und lief zum Auto ... Heinz stand schon in der Tür, als ich kam und rief: «Nils, komm rein! Warum kommst so spät? Ick starb schon fast vor Hunger.»

«Ich war grad bei Frau Breusse. Die wollte ja alles ganz genau wissen. Sie grüßt dich, sagte zu und freut sich auf die Reise.»

«Dit ist ja Knorke! Nu freue ick mich, mir mit der Dame bekannt zu machen.»

«Ich versuchte sie dir ja schon zu vermitteln. Sie sagte mir, dass du viel zu jung für sie bist!»

«Dit werden wir ja sehen!»

«Äh, wann sollen wir bei dir sein, Heinz?»

«Ick schlage vor so gegen halb zwei.»

«Okay! Dann sage ich ihr das morgen.»

«Ja Nils, mach dit!» Ich lief vom Flur in die Küche, packte das Menü aus und legte es auf den Tisch. Heinz folgte mir. Als ich mich umdrehte, um zu gehen, stand er vor mir und gab mir einen Kuss auf den Mund. «Äh, für was war der denn?»

«Mein lieber Nils! Der war noch für die geile Zeit, wie man heute so sagt, die ick gestern mit dir erlebte. Haste Lust, dit noch ein Mal zu machen, wenn es dir möglich ist?»

«Ja gerne! Sag mir, wann du Zeit hast? Die Woche gehts bei mir aber nicht mehr, da ich nach der Arbeit Chris helfe.»

«Ausgezeichnet Nils! Dann sag ick dir's am Sonntag.»

«Abgemacht! So machen wir das», sagte ich und wollte weg ... Im Nu drückte er mich an sich und küsste mich voll Ekstase ... Und ich merkte eine Hand im Schritt. «Mmh ... Oh Nils? mmh ... ick liebe dir ... und wie ick merke, machte ick dir scharf ... oh ...»

«Ist ... ja ... auch ... mmh ... kein Wunder ... bei der Massage.»

Er knutschte heftiger, machte mir Gürtel und Hose auf ... und im Nu war die Hand im Slip. «Na was haben ... mmh ... wir denn da?», und rieb an mit rum, was mich sehr erregte. Es dauerte gar nicht lange, da kniete er vor mir und es folgte ein Oral-Akt. Das dachte ich nicht von ihm. Ich schloss die Augen und genoss das, was er tat. Da kam ich an dem Punkt an, wo ich den Druck nicht mehr standhielt, und ich rief: «Heinz! Es ist gleich so weit ...»

Er reagierte aber nicht auf die Worte .... Als es vorbei war, stand er auf, kuckte mich an und fragte: «Klappt dit immer so schnell bei dir?»

«Nee! Nur wenn ich was das angeht, ein paar Tage nichts mehr erlebt habe.»

«Als ick in dem Alter von dir war, schaffte ick dit 5-mal am Tag. Da war nur keiner da, mit dem ick Sex haben konnte, so wie ick es gern wollte. Und heute klapp's, wenn ick Glück hab, noch 2-mal in der Woche ...»

«Heinz, bitte verzeih mir, aber ich muss mal aufs Klo.»

Als ich zurück war, lächelte ich ihn an, schüttelte den Kopf und meinte: «Das ist ja nicht zu fassen! Danke, dass du dich so schnell revanchiert hast Heinz. Das nahm ich heute nicht an.»

«Ich wollte dir so glücklich machen, wie du mir.»

«Das hast du geschafft, Heinz!»

«Kleinkram gibt es gleich. Nur für dit von Belang da lassen wir uns in der nächsten Woche Zeit. Prima Nils! Nu wünsche ick dir einen guten Rest des Tages. Und grüß mir bitte Chris. Sag ihm, ick freu mir, mit ihm bekannt zu werden.»

«Ja danke, das mach ich ... Dann bis morgen, Heinz!» Ich gab ihm einen Kuss. «Tschüss, Nils.» Ich drehte mich um und ging ...

Am Sonnabend waren wir zur rechten Zeit bei der Mutter von Chris. Der Freund machte uns die Tür auf und grüßte freundlich: «Prima, dass ihr da seid. Ich bin Gerd.»

Wir stellten ihm uns auch vor. Der erste Eindruck war schon mal sehr gut. Helga traf eine gute Wahl. Gerd wusste bereits, viel über uns. Er fand es gut, dass wir uns mochten. So vergingen die Stunden ...

Am Sonntag um 12:15 Uhr fuhren wir von zu Hause aus los. Im Auto fragte Chris: «Und freust du dich Nils?»

«Na klar! Ich denke, dass es ein sehr schöner Tag wird. Und ich fahr mal ein Auto, von dem ich immer träumte. Bei dem noch nicht der Schnickschnack neuer Autos drin ist.»

Um 13:25 Uhr trafen wir bei Heinz ein. Ich klingelte und er rief: «Einen kleinen Moment noch!» Eine Minute später ging die Tür vom Haus auf und er kam raus. Er hatte eine beige Hose aus Leinen, ein Hemd in weiß und ein Sakko in Blau an. Auf dem Kopf trug er einen Strohhut in Gelb. Als ich ihn sah, rief ich: «Wow Heinz! ... Man siehst du fesch aus ...»

«Dit muss so sein, Nils! Ick habe ja heute ein Date mit einer Dame ...» Wir gaben uns die Hand. Er sah zu Chris. «Und dit ist gewiss dein Lebenspartner?» Er trat auf ihn zu. «Ja, das bin ich! Ich bin der Chris.» Sie reichten sich die Hände. «Es ist sehr schön Ihnen mal zu begegnen. Nils sagte mir viel von Ihnen!»

«So? ... Machte er das ...»

«Ja! Aber nur Gutes.»

«Da bin ich aber froh. Sonst hätte er auch was erlebt!»

«Jut! Dann holen wir jetzt dit Auto. Ick putzte dit noch blank.»

«Und das tolle Wetter gabst du auch in Auftrag. Stimmts?» Er lächelte. «Na klar, Nils! Wie sich dit gehört, wenn man offen fährt. Und wegen der Sonne hab ick ja den Hut bei mir.»

Wir kamen bei der Garage an und er machte die Tür auf. Da stand es vor uns: Ein glänzendes Auto in Rot. «Da ick wusste, dit es heute sonnig wird, hab ick das Verdeck versenkt. So hält uns dit jetzt nicht auf.» Ich sah Chris an. «Und? ... Gefällt er dir?»

«Und ob! ... Das ist ein Knaller ... Und ist ja echt ein total geiler Traum!» Heinz setzte sich rein und ließ ihn an. Dann fuhr er rückwärts aus der Garage. Ich lief zum Tor und machte es zu. Er stieg aus dem Wagen aus und meinte: «Nu können wir starten! Nils, bitte nimm Platz.»

«Ja, mach ich!» Als ich drin saß, machte ich mich kurz mit allem vertraut. Chris nahm im Fond Platz, gleich hinter mir. Heinz setzte sich vorne neben mich und fragte: «Und Nils? Biste in der Lage, dit Auto zu fahren?»

«Na, aber klar doch! Hier gibt es nicht den Kram neuer Blechbüchsen. Man hat nur das, was zählt. Heute ließt du erstmal drei Tage das Handbuch. Aber dann weißt du immer noch nicht alles.»

Ich gab Gas und wenig später waren wir bei Frau Breusse. Das große Tor stand auf und so fuhr ich direkt vors Haus. Ich stieg aus und lief zur Treppe. Da ging die Tür auf und sie kam raus. Ich sah, dass sie ein Kleid mit Blumen und eine weiße Jacke trug und auf dem Kopf war ein Hut. Es war so ein Modell, wie er 1920 Mode war. Am rechten Arm hing eine weiße Tasche. Ich rief ihr zu: «Äh, Frau Breusse wollen Sie zur Kur fahren?» Sie sah mich grimmig an und meinte: «Sieht es so aus, Nils?»

«Ja! Sie sind so schick, dass sie jeder Mann heiraten will.»

«Machst du mir jetzt als Erster einen Antrag?»

«Das würde ich gerne tun, Frau Breusse. Nur falle ich ja bei Ihnen durchs Raster ...»

«Bei dir mache ich eine Ausnahme.» Dann drehte sie sich einmal rundum. «Und Nils, nimmst du mich so mit?»

«Aber klar Frau Breusse .... So, und jetzt können wir starten.»

«Ich schließ nur noch die Tür ab.»

Als sie bei mir war, schritten wir zum Auto, wo Heinz und Chris warteten. Ich sagte: «Das, Frau Breusse ist Herr Petersen!» Heinz begrüßte sie mit Handkuss und meinte: «Guten Tag, Frau

Breusse. Es ist schön, dit Sie zusagten und ick freu mir sehr, dit ick Sie kennenlernen darf.»

«Guten Tag, Herr Petersen. Ja, das finde ich auch ... Und vielen Dank für die Einladung. Ist das die Droschke?»

«Ja, Frau Breusse, dit ist sie und die Pferde sind angespannt. ... Und keine Ursache. Als Nils von Ihnen sprach, war es prompt der Wunsch von mir, dit Sie mitkommen!»

«Und ich hab gleich ja gesagt. Jetzt freue ich mich auf die Fahrt und auf den schönen Tag.»

«Ick och und dann noch mit einer so schnieken Dame.»

«Noch ein Charmeur! ... Und das ist gewiss Chris ...»

«Ja! Das ist er, Frau Breusse!»

«Es ist mir eine Freude, Sie kennenzulernen, Chris.»

«Danke! Ich freute mich auch auf Sie, Frau Breusse!»

«Na gut! So ist das Förmliche erledigt. Jetzt machen wir uns auf den Weg. Darf ich vorn sitzen Herr Petersen?»

«Na klar, Frau Breusse! Ick setze mir mit Chris in den Fond.» Wir nahmen Platz im Auto und ich ließ den Motor an, legte den ersten Gang ein und schon ging es los ... Kurz vor dem Ort Fährdorf sah ich einen Parkplatz, fuhr darauf, hielt an und sagte: «Hier ist die erste Rast. Bitte alle aussteigen.» Ich stieg aus, klappte den Sitz nach vorn und ließ Heinz und Chris aus dem Fahrzeug steigen. Dann lief ich um das Auto rum und half Frau Breusse beim Ausstieg. «Ist das nicht ein schönes Fleckchen? Und bei der Sicht sieht man Wismar und die Bucht.»

«Ja! Das ist es Nils. Wir waren früher oft hier. Am Schwarzen Busch war ein FKK-Strand und da tummeln wir uns nackt im Wasser. Doch das ist schon sehr lange her.» Den wollte ich sehen und sagte: «Na gut! ... Dann fahren wir mal hin. Ich hole schnell die beiden.»

Ich lief los ... Da sah ich, dass sie auf einer Bank saßen und rief: «So Männer! Die Pause ist um. Es geht gleich los.»

«Ja! Wir kommen», sagte Chris. Kurze Zeit später waren alle an Bord. Von da aus ging es nach Kirchdorf. Ich fuhr durch den

Ort bis zum Leuchtturm. «Schade! Es ist kein Platz zum Parken da. Ich muss wenden,» sagte ich frustriert. «Ist nicht schlimm, Nils. Dann fahren wir weiter», meinte sie und: «Sonntags ist hier immer viel los.»

Ich schlich durch den Ort, gab die Hoffnung nicht auf, doch es wurde nichts. Am Rand der Straße liefen jede Menge Leute hin und her und kuckten uns an. Ein junger Mann rief: «Echt geile Karre!» Doch die meisten gafften nur ... Das erstaunte mich nicht: Da fuhr ein altes Auto in Rot und ohne Dach. Die Insassen junge Kerle. Eine alte Dame mit Hut und ein betagter Herr auch mit Hut. «Ich komme mir vor wie ein Filmstar, Nils. Die Leute starren mich so an», meinte Frau Breusse. «Na ja, Sie sehen auch aus wie Marlene Dietrich. Machen Sie doch mal winke, winke!»

«Soll ich das wirklich?»

«Na klar!» Und ... fast alle winkten auch. «Jagten uns jetzt die Cops, käme ich mir vor wie in dem Roadmovie-Film: Thelma und Luise. Doch da ging der Schluss nicht gut aus. So will ich mal nicht enden.»

«Das müssen sie auch nicht, Frau Breusse, denn das hier ist kein Film», sagte ich und fuhr weiter, bis ich da war. «Da ist es, Nils», rief sie und ich hielt an. «Siehst du den Strand? Da planschten wir, wenn wir hier waren. Und das ist das Hotel zur Düne. Da blieben wir oft über Nacht.»

«Möchten Sie zum Strand?»

«Nein Nils! Da sind mir zu viele Leute und es ist mir auch zu kalt, um nackt ins Wasser zu gehen.» Ich lächelte sie an. «Ach wie schade, denn darauf freute ich mich schon sehr.»

«Ja, ja ... so sind die Männer: sehen sich gern nackte Frauen an, doch selbst wie Gott sie schuf zu sein wollen sie nicht.»

«Na ja, das hat auch seinen Grund. Wenn ich das da täte, könnte ich die Sachen von mir auf die Stange hängen und sie vor mir her tragen.»

«Schäm dich, Nils! Doch ... wäre ich gern mal anwesend, wenn du das tust. Der Mann von mir konnte das nicht.»

Ich lächelte sie an und meinte: «Na, dann sagte er es Ihnen nicht! Ich denke, er hatte Angst, dass Sie das erfuhren. Da sah er sich schon nackt im Garten stehen. Sah, wie die kleine Wäsche auf der Stange von ihm hing und in der Sonne trocknete.»

«Ha, ha, ha ... also Nils, da fehlen mir die Worte. Doch so lang war die von ihm nicht. Aber für einen Strumpf hätte sie gereicht.»

Ich drehte den Kopf um und rief: «Möchtet ihr an den Strand gehen, oder nackt in der Ostsee schwimmen?»

Da rief Heinz: «Nee danke! Bei der Kälte verkriecht sich ja der Piepel in der Bauchhöhle.»

«Dann kuckt Ihnen auch keiner etwas ab, Herr Petersen.»

«Ha, ha, ha ... Frau Breusse, sie haben gut lachen: Wo nichts ist, kann sich auch nichts verkriechen.»

«Da ist etwas Wahres dran! So Nils, dann fahren wir jetzt heim.» Ich drehte um und fuhr nach Wismar. Kurz vor der Stadt fragte Heinz: «Nils, weist du, wo dit Café ist?»

«Ja! Ich fahre in die Wasserstraße und von dort in die Straße am Hafen. Da biege ich ab in den Schiffbauerdamm, dann in den dritten Weg rechter Hand ... und da ist die Lagerstraße.»

«Ausgezeichnet! Bis uffs Letzte!»

«Danke Heinz!»

Wir kamen zum Hafen. Die Ampel dort wurde grade rot und ich hielt an. Es war zehn vor vier und jede Menge Leute standen da, zu Fuß oder mit dem Rad. Ich sah Frau Breusse an und sagte leise: «Wir werden jetzt mal hart rocken.» Ich hörte, dass im Radio der Deep Purple Song «Smoke on the Water» lief. Schnell drehte ich Lautstärke auf volle Pulle und nickte im Takt mit dem Kopf. Frau Breusse band mit einer Schleife unter dem Kinn, den Hut fest, legte auch los und nickte mit. Ich sah im Spiegel, dass Heinz und Chris das auch taten. Da, da, da... da, da, da, da, dröhnte die Rhythmusgitarre. Da sangen wir kräftig im Chor mit: «Da, da, da ... da, da, da, da ... da, da, da ... da, da ... Smoke on the Water ...» War das eine Show. Ein paar Leute lachten, einige nickten und der Rest kuckte dumm aus der Wäsche. Die nahmen wohl an, dass wir aus der Klapse flohen. Es wurde Grün, ich fuhr los, Frau Breusse winke den Leuten zu und ich sagte zu ihr: «Schade, denn es machte mir gehörig Spaß ...»

«Mir auch Nils!»

Wir kamen am Café an, ich parkte, stellte den Motor ab und rief: «So, wir sind da! Bitte alle abschnallen.» Ich stieg zuerst aus und ließ Heinz und Chris aus dem Wagen steigen. Die zwei waren ein Herz und eine Seele und schnackten die Fahrt über. Ich lief ums Auto rum und half Frau Breusse. «Danke Nils! Das ist nett von dir ... Wo müssen wir hin?» Da rief Heinz: «Da drüben ist es schon. Keine fuffzig Meter von hier.»

«Ah ja. Danke Herr Petersen. Gehen wir über den Steg?»

«Ja, da am Ende ist der Eingang ...»

Wir kamen an und ich fragte: «Wo wollt ihr sitzen, oben an Deck oder drin?»

«Ich sitze gerne im Freien», sagte Frau Breusse. «Was meinst du, Heinz?»

«Ja, dit würde ick och vorschlagen.»

«Okay! Dann wählt den Kuchen hier aus.»

Als das getan war, gingen wir zur Treppe. Die war steil und Frau Breusse fragte: «Nils hältst du mich fest?» Das machte ich und als wir oben waren, wurde grad ein Tisch für vier frei. Wir setzten uns hin und sie sagte: «Das ist ja hinreißend hier ...»

«Waren sie nie hier, Frau Breusse?»

«Nein Nils! Das Café kenne ich nicht.»

«Ja dann war es ja ein voller Erfolg.»

«Wenn man so will, ja. So ... und jetzt ist es an der Zeit, euch drei Männern zu danken. Dafür, dass ihr eine alte Frau wie mich, mit nahmt. Seit langer Zeit war das für mich ein Tag voll Freude und jetzt freue ich mich auf die Erdbeeren!» Heinz meinte: «Nichts zu danken, Frau Breusse. Ick sagte ja spontan zu Nils, sie zu fragen. Da hatte ick keine Ahnung, wat uff mir zu kommt. Jetzt hab ick dit Wissen und ick kann nur sagen: Es war dit

Richtige. Haben sie wieder mal Lust uff eine Spritztour, rufen sie mir an. Ick freu mir und hoffe Nils und Chris och, oder?»

«Na klar! Aber sofort», sagte ich. Chris nickte nur und sie meinte: «Ich komm auch mit an Bord. Spaß hatte ich auf jeden Fall und eine Spritzrunde habe ich immer gerne.»

Ich sah Frau Breusse an und grinste. «Nils? Warum grienst du denn wie ein Pfefferkuchen?» Sie sah am Körper runter ... «Ist was mit mir?»

«Nein, an Ihnen ist nichts. Doch als Sie Spritz-Runde sagten, kam mir etwas anderes in den Sinn, als das, was Herr Petersen meinte.»

«Also Nils! Das ist ja gemein von dir. Doch ich gebe zu, es ist frivol zu deuten», und sie fing an zu lachen. Und die zwei Herren? Die kapierten erst spät, was gemeint war. Da fügte ich hinzu: «Ich geh´ mal davon aus, dass sie beides gern haben.»

«Das leugne ich nicht, Nils. Doch jetzt kann ich nur noch eins tun ...», sagte es und wurde traurig. Da kam die Bedienung die Treppe rauf und rief: «So ... Kaffee und Kuchen kommt.»

Jeder bekam das, was er sich ausgesucht hatte. Da meinte Heinz: «Mmh, der sieht aber gut aus.» Und Frau Breusse: «Genau wie die Erdbeertorte.»

«Wenn wir mal Zeit haben, fahren wir hier her, um Kaffee zu trinken», warf ich in die Runde. «Stimmt! Oft nahm ich meine Mutter mit, doch die hat ja jetzt einen Freund und der darf das nun selber tun.»

Es wurde 18 Uhr und wir brachen auf. Heinz zahlte die Rechnung für alle und wir verließen das Café. Da nahmen wir uns vor, das noch oft zu machen, doch ist das nur im Sommer auf.

Wir liefen zum Auto und stiegen ein. «Jetzt bitte alle anschnallen», rief ich und fuhr los.

Was mich wunderte: Keiner sagte mehr ein Wort. Ich nahm an, dass jeder in Gedanken vertieft war. Ich tat das auch und freute mich, dass sich Frau Breusse und Heinz mögen.

Ich bog in die Strandstraße ab. Da sah ich, dass sie sehr nervös war. Wir kamen an und ich hielt vorm Tor. Da sah ich sie an und sagte: «So Frau Breusse, wie sie sehen, sind wir bei Ihnen zu Hause.» Sie sah mich traurig an und meinte: «Ja Nils, leider ... Warte ... Ich öffne das Tor.» Sie kramte den Sender aus der Tasche und es ging auf. Ich fuhr bis vor die Villa und stoppte an der Treppe. Dann rannte ich ums Auto und ließ sie aussteigen. «So, Frau Breusse! Jetzt sind Sie wieder zu Hause.» Sie seufzte wehmütig. «Ja, leider bin ich das.»

«Hat Ihnen der Tag nicht gefallen?»

«Doch schon! Sehr gut sogar! Aber öffne ich jetzt die Tür, bin ich allein. Verstehst du das, Nils? Nach dem Tag, in Begleitung von euch ... Fällt die Tür jetzt ins Schloss, ist die Einsamkeit da.» Ich sah, dass sie gleich weinen wollte. Da nahm ich sie in die Arme, drückte sie an mich, sah ihr in die Augen und meinte: «Ja, ich verstehe das sehr gut, Frau Breusse! Nur sind wir jetzt nicht in der Lage daran etwas zu ändern. Wir sehen uns ja wieder ... Mmh ... es gäbe doch eine Ausnahme: Sie nehmen mich mit ins Bett.»

Sie fing an zu lächeln, kramte hastig ein Tuch aus der Tasche und tupfte sich die Tränen ab. «Das würde ich sehr gerne tun, Nils. Doch was würde dein Chris dann sagen?»

«Der kann ja Herrn Petersen trösten!» Da lachte sie und beruhigte sich. «Ja, du hast ja Recht, Nils. Ich muss mich im Zaum halten. Ich lebe ja schon lange allein.»

«Schön, Frau Breusse!»

Die zwei hatten - als ich mit ihr sprach - auch das Auto verlassen. Sie kamen auf uns zu, Heinz reichte ihr die Hand und sagte: «Liebe Frau Breusse. Jetzt wo der Abschied da ist, wünsche ick Ihnen noch einen netten Abend. Ick freue mir, Sie jetzt zu kennen, und auf den Tag, wo ick Sie wieder treffe.»

«Danke, Herr Petersen! Das ist lieb von Ihnen. Ich freue mich auch auf den Tag ... Und jetzt zu dir Chris: Du bist mir auch sehr gefällig und ich denke mir, dass du mir hilfst.»

«Ja! Auf jeden Fall Frau Breusse. Ich freu mich schon ... Dann noch einen netten Abend für Sie.»

«Danke Chris! ... So und jetzt kommt gut nach Hause ... Und dich Nils sehe ich ja morgen wieder.»

«Ja, auf jeden Fall. Dann tschüss!»

Wir setzten uns in den Wagen und Heinz nahm neben mir Platz. Ich fuhr los und sah im Spiegel, dass Frau Breusse uns nachwinkte, und er sagte: «Ach Nils ... ick kann mir gut vorstellen, wie traurig sie jetzt ist. Ein paar Monate lebte sie quasi ohne jeden Kontakt, und dann: Knall uff Fall erlebt sie so einen duften Tag. Und noch mit Fremden, die sie nicht gekannt hat. Bis uuf dir, Nils ... Mir jehts ja nicht anders. Ihre Göre würde sie am liebsten in ein Heim stecken, da sie geil uuf dit Geld vom Haus ist. Und meine Gören zeigen mir die kalte Schulter. Och nur, weil sie von mir kein Geld kriegen. Dit, wie ick weis für Quatsch mit Soße verbraten wird. Da sind wir wieder bei der Sache: Hast du Gören, hast du keine, im Alter bist du doch alleine. Es sei denn, du schmeißt ihnen dit Geld nach. Nee! Nicht mit mir ...»

«Na ja, Heinz! Da hast du wohl Recht. Aber eine Garantie ist das noch lange nicht!»

«Genau! Denn wenn das Geld alle ist, dann stecken sie dich ins Heim», rief Chris von hinten. Kurze Zeit später kamen wir an der Garage an. «So, nu bin ick och daheim ... Hurra! Ick freue m-i-r!»

Das klang sehr bissig und ich sagte: «Äh ... Ich hab das Gefühl, dass du auch nicht darauf aus bist hier zu sein!»

Heinz sah mich mit traurigem Blick an und meinte: «Na ja, dit ist ja och verständlich Nils ... Es war och für mich ein – wie man heut so sagt - geiler Tag. Dit ist viel besser wie allein zu sein. Da ist man ja so was von frei, ist in der Lage, zu jeder Zeit alles zu tun, wozu man Lust und Laune hat. Aber dem ist nicht so ... Besser biste zu zweit dran, oder mit Leuten, die man liebt oder zum Freund hat. Da macht dit Leben doch mehr Spaß.»

«Ja, das stimmt, Heinz», antwortete ich und er: «So ... und nu mach ick die Garage uff und du fährst dit Schätzchen rein. Ick wünsche mir, dass es nicht dit letzte Mal war.» Ich lächelte ihn an und meinte: «Nein, nein Heinz ... Ich verspreche es dir! Wir werden solche Tage noch sehr oft haben.» Er reichte mir die rechte Hand. «Dufte Nils ... Kralle druff!»

Er stieg aus und machte das Tor auf. Chris stieg auch aus und ich fuhr langsam hinein. Als ich die Garage verlassen hatte, trat ich auf Heinz zu und sagte: «Du hast einen geilen Oldie. Ich freu mich schon auf die nächste Zeit mit dir.» Er lächelte mich an und meinte: «Icke och, mit dir! Im Übrigen hab ick nicht nur ´nen geilen Oldie: Ick bin och eener! Danke Chris! Es war ganz große Klasse mit euch.»

«Ohne Sie hätte ich das ja gar nicht erlebt. Dann wünsche ich Ihnen noch einen schönen Abend.»

«Danke, euch och! Tschüss ...»

Wir reichten uns die Hände. Dann stiegen wir zwei in mein Auto ein. Heinz stand reglos da. Sein Gesicht war traurig und es sah so aus, als ob er gleich weinen wollte. Wir fuhren los und er winkte verkrampft, bis wir um die Ecke bogen und nach Hause brausten. Im Auto sagte Chris: «War das nicht ein geiler Tag Nils?»

«Ja, das war er ... zuerst. Nur das Ende war nicht das, was ich dachte, und füllte meine Seele mit Trauer. Die zwei waren erst so happy und dann tief traurig. Jetzt mach ich mir Vorwürfe, ob das echt so gut war ...»

«Mach dir keinen Kopf. Es renkt sich alles ein. Da sieht man mal, wie Freud und Leid so nah sind.»

Als wir im Bett lagen, hatten wir uns noch viel zu sagen. Da dachte ich an Heinz und Frau Breusse, die für sich waren, einsam und nicht froh.

Das musste ich ändern. Nur wie? Letztlich schlief ich ein ... Der Anfang der Woche stand vor der Tür. Ich fragte mich, was die wohl bereit hält ...

Kapitel 10

Am Montag in der Früh standen wir um sieben Uhr auf. Wir saßen beim Frühstück und ich fragte: «Chris! Wann kuckst du dir den Garten von Frau Breusse an?»

«Sag ihr bitte, dass wir am Donnerstag, so gegen halb fünf bei ihr sind. Da passt es bei mir.»

«Geil! Dann sage ich ihr das. Jetzt wünsch ich dir erst mal einen erfolgreichen Tag.»

«Danke Nils, dir auch!» Wir gaben uns ein Küsschen und Chris ging fort. Ich hatte noch eine Stunde Zeit.

Als ich in der Firma war, sah mich die Chefin und grüßte nicht grad freundlich. «Na Nils? Hattest du geile Tage? Siehst heute so verfi...» Ich schnitt ihr das Wort ab und rief: «Bitte nicht im Ton vergreifen, Frau Schaber, sonst ...» Aber auch sie fiel mir ins Wort und schrie: «Du willst mir doch nicht etwa drohen? Dann lernst du mich mal kennen!»

Das war mir zu blöd. Ich wandte mich um, ließ sie stehen und ging auf Marion zu. Ich sah zwar nicht, was sie machte, doch was sie sagte: «So ein Arschloch», und schon knallte die Tür zu. «Moin, Marion! Die Giftnudel macht wieder Stress, wie mir scheint.» Sie lächelte mich an: «Na ja Nils, du kennst das ja von ihr.»

«Gibt es Neues, das ich wissen muss?» Sie sah auf den Monitor vor ihr. «Ja, Nils! Frau Holbein liegt in der Klinik. Da brauchst du nicht hin.»

«Na gut, Marion. Dann wünsche ich dir einen Tag ohne Stress und lass dich nicht ärgern.»

«Danke, Nils! Den werde ich gewiss wieder haben.»

«Du tust mir echt leid, Marion. Ich sehe sie nur kurz, aber du hast sie den vollen Tag um dich rum.»

«Es ist eben mein Schicksal, Nils. Bei der Lage bleibt mir nichts übrig als das noch eine Zeit zu ertragen. Aber ich seh mich schon um.»

«Tu das! Es gibt zurzeit nur wenig Jobs! So dann tschüss!»

Ich packte die Boxen ins Auto und fuhr los. Ich freute mich auf Frau Breusse und Heinz. Kurz vor zwölf war ich bei ihm vor der Tür. Er machte auf und sagte: «Komm rein, Nils. Ick rechnete schon mit dir. War dit gestern nicht ein doller Tag?»

«Ja, das war er, Heinz.»

«Als ick im Bette lag, war ick so aufgeregt und machte mir die halbe Nacht Gedanken. So schlief ick nur wenig, doch dit war es wert. Nach dem Essen gönne ick mir eine Mütze voll Schlaf.»

«Mach das mal, Heinz! Das hast du dir redlich verdient.»

«Kommst du mal zum Kaffee in der Woche, Nils?»

Ich dachte kurz nach und meinte: «Ja gern! Der Mittwoch passt mir.»

«Gut, Nils! Halten wir den fest. Ick wart uff dir um viere.»

«Ich freue mich Heinz ...»

«Ja, icke och ... Aber dann erst mal bis morgen, Nils.»

Ich verließ ihn und fuhr zu Frau Breusse. Als ich dort war, hatte ich ein maues Gefühl im Magen. Etwas war anders, das merkte ich. Ich klingelte, sie machte mir die Tür vom Tor auf und ich ging zum Haus. Als ich vor ihr stand sah ich in ihre verweinten Augen. Nichts war mehr übrig vom Charme der Diva. Sie alterte um Jahre, so schien es mir in dem Moment. «Frau Breusse, was ist denn los? Starb jemand?»

«Komm erst mal rein, Nils. Dann erzähle ich dir, was los ist», sagte sie mit verweinter Stimme. Ich lief in die Küche und sie folgte mir. Ich stellte die Box auf den Tisch und sie setzte sich auf einen Stuhl. Sofort wischte sie sich mit einem Tuch die Tränen ab und sagte: «Nils, setz dich bitte mal hin.»

Als ich saß, sah ich, dass ein Brief auf dem Tisch lag. Er kam von einem Anwalt. «Ist das die Ursache, warum Sie so traurig sind, Frau Breusse?»

Ich zeigte darauf und sie sagte: «Ja Nils! Ich bekam eben das Schreiben. Es ist vom Anwalt meiner Tochter. Sie will in zehn Tagen ihr Erbe von 600.000 Euro von mir haben. Bekommt sie das nicht, wird das Haus verkauft, denn so viel Geld habe ich nicht. Doch es kommt noch entsetzlicher für mich: Ein Zimmer in einem Heim hat sie auch schon. Da werde ich dann entsorgt und sie hat keine Arbeit mit mir.»

«Das ist ja das Letzte, Frau Breusse?»

«Und was planen Sie jetzt? Ich rief in der Früh die Bank an. Morgen um zehn Uhr habe ich einen Termin. Dann erfahre ich, wie arm ich bin.»

«Soll ich Sie fahren Frau Breusse?»

«Nein Nils, das brauchst du nicht. Ein Berater kommt zu mir ins Haus und der klärt mich auf. Mein Mann kümmerte sich um das Geld. Jetzt stehe ich da und habe keine Ahnung was noch da ist. Ich glaube, er hatte auch Aktien bei der Bank. Wenn er da war, dann weiß ich mehr. Doch falls du Lust hast, kannst du mich morgen zum Anwalt fahren. Da habe ich einen Termin, um 16:30 Uhr bekommen.»

«Na klar, mach ich das, Frau Breusse. Ich bin dann so gegen 16 Uhr hier.» Ihr Gesicht hellte sich auf und sie meinte: «Das ist lieb von dir Nils!»

«Ach, Frau Breusse! Hätte ich so viel Geld, kaufte ich Ihnen das Haus sofort ab und dann könnten Sie hier wohnen bleiben. Nur hab ich leider nicht so viel.» Sie sah mir in die Augen, lächelte mich an und sagte: «Das würdest du für mich tun, Nils?»

«Ja sofort! Sie sind ein so lieber Mensch. Es darf doch nicht sein, dass Sie in ein Heim kommen und da bleiben bis der Tag X da ist. Und jeden Tag gibs Drogen, die Sie sedieren. Nein! Das ist nicht fair ...» Sie wurde traurig, fing an zu weinen. «Leider ... kennt da mein Kind ... keine Gnade ... Nils, was willst du denn ... mit dem großen Haus?»

«Na ja, Frau Breusse. In der letzten Zeit lernte ich, etliche Leute kennen. Ein paar nur kurz, dann starben sie, wie die Lütjes.

Am meisten tat mir der Tod von Herrn Lütje leid. Als die Frau von ihm starb, tötete er sich selbst. Er wollte nicht mehr ohne sie leben. Ich denke schon lange über die Idee nach, eine WG zu gründen, in der nur ältere Männer wohnen die in kein Heim wollen. Die sollen dort unter sich sein, egal ob schwul, hetero oder bisexuell. Da will ja kein Mensch hin, der noch klar im Kopf ist. Sie ja auch nicht Frau Breusse.»

«Ja, das stimmt Nils, das wollte ich auf gar keinen Fall!»

«Ja, das weiß ich. Was wir erlebt haben, war Spaß und Freude am Leben. So stell ich mir das jeden Tag, mit denen die da wohnen vor. In Gemeinschaft leben, ohne Tabus ist mir sehr wichtig. Jeder darf sein, wie er ist. Hat einer Lust, den ganzen Tag nackt zu sein, macht er das. Trägt er gern Kleider, Strapse oder Pumps macht er das. Braucht er Hilfe, bekommt er die. Möchte jemand reden, höre ich ihm zu.

Hat er nur eine kleine Rente, kein Problem. Es gibt Rentner, die 45-Jahre-Arbeit hinter sich haben. Doch reicht die Rente nicht, um mal ins Kino zu gehen. Ein Essen im Lokal ist für die nur ein Traum, so wie der Tag, den wir hatten. Leider hätte ich hier nur Platz für zehn bis zwölf Leute. Für den Rest gäbe es ein Mal im Monat ein Bankett im Garten. Da werden die dann gratis verkostet, mit Speisen, die wir selbst kochen ... Und das wäre der zweite Traum: de luxe Menüs. Mit Essen das schmeckt zum fairen Preis. Keine Pampe ohne Geschmack, so wie ich sie Ihnen bringen muss.» Sie sah mich an, wie das 18. Weltwunder und meinte traurig: «Nils, das wäre aber schade! Da hätte ich ja als Frau hier nichts mehr zu suchen.»

«Ich denk mal kurz nach ... mmh ... ich glaub, ich hab eine Idee: Sie ziehen sich wie ein Mann an und schneiden sich die Haare kurz. Doch wie lösen wir das bei den Nackt-Partys?»

«Da habe ich eine Nils: Ich lass mir ein Dödel wachsen ...»

«Die ist gut Frau Breusse, dauert aber sehr lange. Besser ist eine OP, denn da näht man Ihnen im Nu einen an. Doch ich denke, ein Dildo wird's auch tun. Die sehen fast wie echt aus.

Und mit Vibrator gibts die auch.» Sie lachte und meinte: «Oh, und den kaufst du mir dann im Sex-Shop?»

«Auf keinen Fall! Das traue ich mich nicht. Nur im Netz, bei Beate in Flensburg.»

«Da hätte ich zu Ost-Zeiten auch gern gekauft! Hier gab es ja nur die Bückware. Doch die war rar und sehr teuer.»

«Das glaube ich Ihnen, Frau Breusse. So, jetzt mal Spaß beiseite. Mir fiel grad: Herren-Abend-WG mit Dame ein.»

«Das klingt gut! Dann bin ich die Dame, oder?»

«Ja na klar! Ich stell mir grad vor, wie die Männer Sie anbeten und platonisch lieben ...» Sie fiel mir ins Wort. «Warum nicht real, Nils?»

«Äh, na, äh ... Ich nehme an, äh ...»

«Du dachtest wohl, die Olle ist doch nicht mehr geil auf Sex. Ich sag dir mal was: Ich befriedigte meinen Mann bis kurz vor dem Tod. In der Früh, wenn ich wach wurde, schmiegte ich mich an ihn. Das war unser Ritual am Morgen. Dann legte ich eine Hand auf seinen Brustkorb, nahm einen Finger und berührte zärtlich die Brustwarzen. Um die kreiste ich etliche Male. Bekam ich mit, dass sie hart wurden, ging es über den Nabel zur Scham. Da kraulte ich ihm die Haare und merkte ich, dass er eine Erektion hatte, kniete ich mich schnell vor ihn hin. Dann verwöhnte ich ihn mit dem Mund ... Ejakulat kam zwar nur selten und wenn, war es sehr wenig. So machte ich ihm Freude. Er war von Glück erfüllt und ich war es auch. Er hatte nie Probleme mit der Prostata. Es kann sein, dass das, mit ein Grund war.»

Das haute mich fast um und so sagte ich: «Oh, Frau Breusse! Das hätte ich nicht gedacht ...»

«Du hieltest mich für eine frigide alte Frau?»

«Ja, äh ...»

«Nils, steh mal bitte auf, dann zeig dir mal etwas!» Sie lächelte mich an und hob ihre offene rechte Hand nach oben. Ich begriff, was sie meinte, hatte aber keine Ahnung, was sie wollte. Ich stand auf und sie sagte: «Stell dich mal vor mich hin!» Im Nu machte sie den Gürtel der Jeans auf und die rutschte gleich auf den Boden. Sie schob ihren Stuhl zurück, kniete sich vor mich, zog den Slip runter, sah zu mir hoch und meinte: «So Nils, jetzt mach ich mal das, was ich bei meinem Mann machte. Damit du verstehst, von was ich rede.»

Im Nu holte sie aus dem Mund zwei Gebisse und legte sie auf den Tisch und eh ich mich versah, lutschte sie schon an mir rum. Ich spürte die Wärme von ihrem Mund und ihre raue Zunge kreiste um die Eichel. Ich stand wie starr da und wagte mich nicht zu bewegen. Ich machte die Augen zu und genoss, was sie mir bereitete. Dann merkte ich wie sie mir an die Hoden griff und die kraulte. Das war wie im Traum, hatte aber zur Folge, dass ich schnell vorm Erguss war. Ich wollte nicht kommen, versuchte, es zu blocken. Doch es half nichts ... da wollte ich sie warnen und rief: «Es kommt mir ...» Doch hörte sie nicht auf und so passierte es ... Ich machte die Augen auf, kuckte runter zu ihr, lächelte und sagte: «Oh ... Frau Breusse, das war ja absolute Weltklasse und ihr Mann war ein Glückspilz.»

«Nils, du weißt ja, dass es früher nichts zum Verhüten gab. Das ist heute nicht mehr der Fall und da half man sich eben so. Er nahm mich auch in der Vagina, sonst wäre meine Tochter nicht auf der Welt. Dann wollte ich kein zweites Kind mehr. So machte ich es ihm oral, wenn er es mal nötig hatte und er war happy, so wie du. So ... und jetzt steh ich auf, da mir die Knie weh tun. Hilfst du mir bitte?» Ich reichte ihr die Hände. «Na, klar Frau Breusse», und half ihr auf die Beine. Sie machte gleich ihr Gebiss in den Mund und ich zog den Slip und die Jeans hoch. Da fragte sie: «Setzt du dich noch einen Moment zu mir?»

«Ja na klar», und nahm Platz auf dem Stuhl und sie: «Das ist nett von dir! Ich wollte dir noch sagen, dass im Alter Sex nicht mehr da ist, um Kinder zu zeugen. Er ist nur noch da, um es sich gut gehen zu lassen, Spaß zu haben, länger zu leben und gesund zu bleiben. Das tollste ist aber, das man nicht mehr Verhüten muss. Es kann sein, dass wir darum gesund blieben. Wer weiß?»

Da kam mir eine Idee und ich sagte: «Äh ... Wenn Sie mit Ihrer These recht haben, Frau Breusse, hätte ich einen Vorschlag. Ist die WG am Start, kümmern Sie sich um die Heteros und ich um die Schwulen. Dann führen wir Ab-Spritz-Zeiten ein. Wenn ein hetero mal Druck auf der Flöte hat, geht er zu Ihnen und Sie fertigen ihn ab. So wie Sie es bei mir machten. Ein Schwuler kommt zu mir und ich machs mit ihm.»

«Ha, ha, ha ... Ja, ja, ja ... Das ist ja eine tolle Idee von dir, Nils! Dann haben wir die Hütte ruckzuck voll.»

Wir fingen an, zu lachen ... Doch als sie auf den Tisch sah, verging ihr das abrupt. Ihre Miene wurde hart wie Stein. Die Stimme wurde leise, als sie schluchzend meinte: «Nils ... Es ist schön, wenn man Träume hat. Doch die brutale Realität zerstört sie alle ... In ein paar Wochen lebe ich in Berlin, sitze im Heim herum, starre aus dem Fenster ... und hoffe, dass der Tod schnell kommt. Famose Zukunft ...»

Sie wandte sich von mir ab, wischte sich die Tränen mit einem Tuch ab und ich meinte: «Frau Breusse, sehen Sie bitte nicht so schwarz. Es ist doch denkbar, dass sich alles zum Guten wendet.» Sie sah mich mit verheultem Gesicht an und fragte: «Glaubst du das im Ernst, Nils?»

«Na ja. So wie der Fall jetzt steht, eher nicht. Doch man soll die Hoffnung nie aufgeben.» Sie lächelte. «Ich hoffe, du liegst damit nicht falsch, Nils. Warten wir erst mal den morgigen Tag ab. Da werden wir sehen, was zu tun ist.»

«Ja, das müssen wir. Dann ist es immer noch Zeit, sich hinter den Zug auf die Schienen zu legen.» Sie lachte wieder. «Ja, genau das werde ich auch tun.»

Ich kuckte auf die Uhr, die an der Wand hing und erschrak. «Oh, Frau Breusse. Es ist ja schon gleich halb drei! Ich muss noch in die Firma, den Wagen abliefern», rief ich, erhob mich vom Stuhl und sie auch. Dann umarmte sie mich und sagte leise: «In Ordnung Nils! Wir sehen uns ja morgen wieder. Da besprechen wir, wann du kommst.»

«Okay! Ach ... um ein Haar vergaß ich, das Chris am Donnerstag um halb fünf hier sein kann. Passt Ihnen das?»

«Ja natürlich, Nils! Ich hole uns Kuchen und dann trinken wir erst Kaffee. Da zu ...» Ich warf ein: «Nein, nein Frau Breusse, den Kuchen bring ich mit.»

«Gut! Wenn du das möchtest.»

«Ja! Das will ich ...»

«Na gut! Ich geh noch mit zur Tür.» Dort kam der Abschied.

In der Firma stellte ich das Auto ab und fuhr nach Hause. Ich kuckte nach der Post und da lag etwas im Kasten. Ich sah die Briefe kurz durch und der Letzte war vom Gericht. Was wollen die denn von mir, dachte ich im Stillen. Meine Hände zitterten, als ich das Kuvert öffnete ... Da las ich: « ... wir teilen Ihnen mit, dass Sie der Erbe von Herrn Schmidt sind ...» Ich erbte 19.276,24 Euro. Da freute ich mich nach dem Schreck und war für mich viel Geld. Nur Frau Breusse half ich mit der Summe kein bisschen weiter. Da hörte ich ein Geräusch an der Tür. Kurz darauf rief Chris: «Hallo mein Schatz! Bist du schon lange zu Hause?»

«Nein! Ich kam eben erst.»

Er kuckte auf das Schreiben. «Gibt es Ärger, Nils?», fragte er besorgt. «Warum soll es den geben?» Er zeigte darauf. «Ach, wegen dem da!»

«Ach so! Nein, im Gegenteil: Ich erbte 19.000 Euro von Herrn Schmidt. Er war ein Kunde, dem ich das Essen brachte. Eines Tages bat er mich, ihm mal beim Baden zu helfen. Er kam allein nicht mehr aus der Wanne raus. Als ich ihm den Rücken wusch, bat er mich, das auch mit dem Bauch zu tun und dann den ...»

«Schwanz!»

«Genau! Bis er kam. In der Folge machte er es bei mir oral. In der Nacht starb er. Ich wusste aber nichts von einem Testament. Na ja! Und so kam ich zu dem Geld.»

Chris kuckte mich zornig an und keifte: «Das ist doch nicht zu fassen, was du für ein Glückspilz bist! Du kriegst ein Erbe nach dem anderen und ich ... Ich laufe hinter dem Geld her. Meine Mutter mahnt nur noch Kunden an. Die Moral zum Bezahlen ist auf dem null Punkt und die Lage wird von Tag zu Tag übler. Es ist ein Kampf, denn jeder nimmt nur noch den, der billig zu haben ist. Machen die dann Pfusch, ist es egal. Fast immer sind das Laien aus dem Osten. Die tun das hier für ´nen Apfel und ein Ei. Aus dem Grund sind die billiger. Die Kapern uns jeden Auftrag vor der Nase weg. Da halten wir nicht mehr mit. Geht das so weiter müssen wir was tun, denn sonst sind wir schnell weg vom Fenster.» Ich hatte nicht vor ihm gleich darauf eine Antwort zu geben. «Ach so ... Ich sagte Frau Breusse, dass wir am Donnerstag um halb fünf kommen. Passt dir das noch?» Kurz und knapp meinte er: «Ja, das bleibt dabei!»

«Gut! Doch noch weiß ich nicht, ob der Auftrag zustande kommt. Denn ... stell dir mal vor, ihre Tochter erpresst von der alten Frau 600.000 Euro. Jetzt hat sie nur ein paar Tage Zeit, um das Geld zu zahlen. Ist die Frist um, lässt sie es versteigern. Dann kommt sie in ein Heim in Berlin und ihre Tochter kauft sich da ein Haus.»

«Die Villa ist doch sehr groß. Warum zieht sie da nicht ein?»

«Na ja. Sie arbeitet wohl da und will nicht mehr in ein Nest wie Wismar. Dann gibt es in dem Haus auch viel zu tun. Auch die Kosten sind enorm. Nur für die EVU sind 2000 Euro für Strom und Gas schnell weg. Für ein oder zwei Leute ist das Haus zu groß und zu teuer. Es sei denn, man hat hohe Bezüge. Selbst wenn sie das Geld auftreibt, wird sie auf lange Sicht nicht im Stande sein das Haus allein zu halten ...»

«Das hört sich ja so an, als ob du es kaufen willst. Und wie ich dich kenne, lässt du die alte Dame dort wohnen?»

«Bist du ein Hellseher?»

«Nein! Ich weiß, dass du sehr sozial bist und jedem der in Not ist, helfen willst.» Da traf er den Nagel auf den Kopf und ich meinte: «Stimmt! Doch in dem Fall wird es nicht machbar sein. Ich habe so viel Geld nicht flüssig und einen Kredit in der Höhe kriege ich auch nicht. Morgen fahr ich sie zum Anwalt und der wird ihr schon sagen, was sie tun kann ... Und wie war dein Tag, Chris?»

«Sage und schreibe echt gut! In der Früh war ich bei einem Kaufmann. Der will einen Teich im Garten, auch zum Baden. Geld spielt bei ihm keine Rolle, sagte er mir. Wenn es klar geht, kommt wieder Knete in die Kasse. Das sind dann circa 20.000 Euro.»

«Wow, das wäre ja geil! Nannte er dir eine Zeit?»

«Ja! Wenn er zusagt nächste Woche. Ich denke, dass wir den Teich in fünf Tagen fertig haben. Hans rief ich schon an. Er hat Zeit und hilft mir.»

«Wenn du mich brauchst, helfe ich dir auch.»

«Das weiß ich, Nils. Aber erst mal muss ich ihn haben. So ... und jetzt mache ich das Essen. Ich war eben noch im Markt.»

«Was gibt es denn heute?»

«Lass dich überraschen», sagte er, gab mir einen Kuss und lief in die Küche. Nach einer Weile wollte ich sehen, was er macht. Ich machte leise die Tür auf und sah, dass er breitbeinig, gebückt unten im Schrank rum kramte. Leise schlich ich mich an und als ich hinter ihm war, steuerte ich die rechte Hand zwischen die Beine von ihm. Als ich das Ziel erreichte, fasste ich in den Schritt und rieb meine Hand vor und zurück. Da zuckte er kurz und schrie: «Nils! Das ist ja geil, was du da machst! Nur hab ich jetzt keine Zeit für sowas. Lass uns später im Bett weiter machen.» Rasch nahm ich die Hand weg und sagte: «Na gut! Ich wollte von dir nur wissen, ob Mutter auch zum Essen kommt ...» Er drehte sich um. «Nein! Aber das ist eine sehr gute Idee von dir. Rufst du sie an?» Ich nickte mit dem Kopf und meinte: «Wird erledigt! Ich sage ihr, in einer halben Stunde.»

«Mach das! Bis dahin bin ich fertig.»

Ich lief zum Telefon und rief sie an. Sie hatte Lust, da sie wieder mal allein war. Ihr Gerd war auf einer Sitzung und kam erst spät in der Nacht. Es gab Gemüse-Nudel-Auflauf und der schmeckte sehr gut. Das Essen war vorbei und dann kam das zur Sprache, was wichtig war.

Es war akut nötig, dass Geld in die Kasse kam. Der Kleinkram war weg und brachte auch nicht mehr viel ein. So fiel der Entschluss, dass wir Teiche bauen, denn der Markt war nicht so umkämpft. Um kurz nach 22 Uhr zwitscherte das Handy von Eva. Gerd schickte ihr eine Nachricht und teilte ihr mit, dass er auf dem Weg ist. Sie nahm Abschied und ich brachte sie zur Tür. Dann spülten wir noch das Geschirr ab. Der Abend endete mit Sex unter der Decke. In der Folge waren wir müde. Ich schlief gleich ein ...

Der Tag fing so an wie jeder. Chris musste bei fünf Leuten den Rasen mähen. In der Firma gab es bei mir nichts Neues. So fuhr ich gleich los. Kurz vor zwölf war ich am Haus von Heinz und klingelte, doch der Summer blieb stumm. Da machte eine ältere Dame die Tür von innen auf. «Möchten Sie rein?»

«Ja, das will ich.» Sie hielt mir die Tür auf und ich sagte: «Danke, das ist nett von Ihnen.»

Ich rannte die Treppe nach oben, kam an der Tür an und sah einen Zettel. Ich nahm ihn ab und las: «Lieber Nils, ick habe eben einen Schlag gekriegt und der linke Arm ist reglos. Gleich kommt der Arzt. Die bringen mich sicher in die Klinik. Sei bitte so nett und komme, wenn du kannst hin. Ick danke dir, Heinz.»

Mir lief es eiskalt den Rücken runter und ich dachte: Das kann doch nicht wahr sein. Hört denn das Pech mit Menschen, die ich gern habe, nie auf. Ich drehte mich um und mit Box und Tränen in den Augen rannte ich runter zum Auto. Dann düste ich zu Frau Breusse. Das große Tor war auf und so fuhr ich bis zum Haus. Da stieg ich aus, lief zur Tür und klingelte. Die ging auf und was ich da sah, verschlug mir die Sprache. Ich rieb mir die Augen, da ich annahm, an der falschen Adresse zu sein ... Vor mir stand sie mit dem Kleid das sie am Sonntag trug und dem Hut. Sie war beglückt und rief: «N-i-l-s ... komm schnell rein!» Ich starrte sie an und fragte: «Haben Sie etwa im Lotto gewonnen?»

«Nein, Nils! V-i-e-l besser! Ach ... Ich bin aus dem Häuschen vor Glück ...»

«Ja, das sieht man, Frau Breusse. Warum?» Als ich neben ihr in der Tür stand, fiel sie mir um den Hals, drückte mich und gab mir Küsse. Ich starrte sie an und meinte: «Mmh ... Nichts im Lotto. Dann nahmen Sie eine Droge? Hasch oder LSD?»

«Das würde ich nie machen, Nils», rief sie entsetzt. «Jetzt versteh ich gar nichts mehr! Gestern noch am liebsten tot und heute scheint mir, sind Sie die glücklichste auf Erden.»

Sie bebte am ganzen Körper und war außer sich vor Freude. «Ja, das bin ich im Übrigen auch! So ... und jetzt komm erst mal rein.»

Ich lief voran und stellte die Box auf den Tisch. «Setz dich», sagte sie und ich gehorchte. Wir setzten uns auf die Stühle, die vor dem Tisch standen.

Als ich da saß, dachte ich an die geile Affäre vom Tag davor. Sie will mich doch nicht wieder ... Dann rief sie: «Nils! Stell dir mal vor, es geschah ein Wunder! Es kam so, wie du es gesagt hast ... Um zehn Uhr war der Berater von der Bank hier. Du weißt doch, oder?»

«Na klar, habe ich das nicht ver...»

«Gut ... Also ... Ach ..., ich weiß nicht, wo ich anfangen soll ... Ich bin ja so was von aufgeregt, das stellst du dir nicht vor!»

«Frau Breusse, dann sagen Sie es doch der Reihe nach!»

«Ja, das wird wohl das Beste sein. Wie du weißt, hatte ich vor zu wissen, was mein Mann bei der Bank alles hatte. Das weiß ich jetzt. Dann sollte er den Wert der Immobilie prüfen. So und nun, Ta-Ta-Ta … Halt dich fest! Sonst fällst du mir vom Stuhl und könntest dir den Hals brechen!»

«J-a-a-a, Frau Breusse!» Ich sprach ihren Namen kaum aus, polterte sie schon wieder los. «Ach, Nils! Hör doch endlich mal mit der Frau Breusse auf. Es wird Zeit das wir uns duzen! Ich heiße Elfriede! Mein Mann sagte zu mir aber immer nur Elfi. So darfst du mich auch so nennen. Ist das in Ordnung für dich,

Nils?» Ich war wie geplättet, stotterte. «Ja! Äh ... Wenn Sie ... äh, du das gerne hast, Elfi.»

«Ja, das habe ich! So ... und jetzt weiter. Er sagte mir, dass ich mich sehr gut festhalten soll. Er fragte mich, was ich zuerst hören will: Den Wert von Haus und Hof, oder vom Geld. Ich sagte, von Grund und Boden. Da war er erstmal still. Dann machte er den Mund auf ... zwei Millionen Euro. Als ich das hörte, verschlug es mir die Sprache und das heißt schon was. Fast bekam ich einen Infarkt, denn da war alles aus. In der Folge sagte er mir den Stand vom Konto: 46.000 Euro. Doch dann kam der Höhepunkt so wie beim Sex, nämlich zum Schluss. Er machte weiter und sagte, dass mein Mann nach der Wende Aktien kaufte. Den Namen merkte ich mir nicht, nur was mit Äpfeln ... und kommt aus Amerika.»

«Das ist ein Markenzei....»

«Genau! Das gab er auch von sich. Äh, na ja ... wie dem auch sei. Er druckste wieder so herum. Da sagte ich, dass ich es verkrafte, sind die Aktien nichts mehr wert. Er lächelte und meinte, dass die schon noch einen Wert hätten. Als er den nannte, haute es mich fast um ... 1,5 Millionen Euro. Das saß! Die Summe musste ich erst mal verdauen, denn das waren 3,5 Millionen. Ich war mit einem Schlag eine reiche Frau ...»

«So ein Mist! Wäre ich nicht mit Chris verheiratet, nähme ich jetzt dich ...»

«Ja, ja, du konntest ja nicht warten. Jetzt ist es zu spät!»

«Tja! Dumm gelaufen für mich. Wie geht es jetzt weiter?»

«Mit dem Rat vom Anwalt!»

«Dann bleibt es bei dem Termin heute?»

«Ja! Auf jeden Fall, Nils. Jetzt bin ich in der Lage meiner Tochter das Geld zu geben. Nimmt sie das an, hat sie keine Ansprüche mehr und dann helfe ich dir. Lässt du mich bis zu meinem Tod hier wohnen?» Ich holte tief Atem und sagte: «Was für eine Frage! Da gebe ich dir 200-prozentig mein Wort drauf. Nur muss zuerst alles andere klar sein.» Da strahlten ihre Augen und sie war den Tränen nah. «Nils, ich bin ja so glücklich! Erst recht über die Tatsache, dass ich durch dich nicht in ein Heim komme. Das wäre das Ende.»

«Das will ja keiner freiwillig. Auch ich weiß nicht, was mal ist, bin ich mal alt. Doch jetzt Elfi, freue ich mich erstmal riesig mit dir und das es so gut für dich lief!»

«Danke, Nils!»

«Dann hab ich noch etwas, das nicht so gut ist: Herr Petersen kam heute in die Klinik. Ich will noch zu ihm, um zu sehen ...» Sie fiel mir ins Wort. «Da komme ich mit! Mein Anwalt ist direkt in der Nähe. Dann gehen wir von da aus zu ihm hin. Dem fallen die Augen aus der Höhle, wenn ich bei dir bin.»

«Ja, da von gehe ich aus. Doch ist das eine gute Idee, Elfi.»

«Ja ich weiß! Von denen hab ich immer ein paar in der Schublade. Ich fand Herrn Petersen sehr nett. Er ist charmant und hat Bildung. Den nehmen wir sofort in die WG auf, denn der passt sehr gut zu uns.»

«Ja das finde ich auch. Nur müssen wir ihn erst mal fragen.»

«Ja, schon ... Nur legt er kein Veto ein, das weiß ich genau.»

«So, so ... aha ... Da hat sich wohl eine verknallt. Bleibt nur zu hoffen, dass er schnell gesund wird.»

«Ja, das hoffe ich auch für ihn, Nils»

«Gut Elfi! Dann lass dir das Essen schmecken. Ich bin um vier wieder hier und hole dich ab, doch heute ohne Cabrio, nur mit der Knutschkugel von mir.» Sie lächelte. «Das ist mir egal! Ist das alles vorbei, kauf ich dir ein neues Auto.»

«Und mit dem rauben wir dann Banken aus und fliehen vor den Cops!»

«Nein, nein, besser nicht! Jetzt ist es mein Wunsch, die 100 zu erreichen. In Freiheit! Hier mit dir und all denen, die zu uns kommen.»

«Das schaffst du Elfi! ... Und jeder wird dir helfen. So, jetzt wird es aber Zeit, sonst schaffe ich das nicht.»

Ich stand wie vom Blitz getroffen vom Stuhl auf und nahm die leere Box. «Tschüss Elfi! Bis nachher ...» Ich lief los, machte die

Tür hinter mir zu, fuhr in die Firma und stellte das Auto ab. Ich wollte Marion sagen, dass Herr Petersen kein Menü mehr kriegt, doch sie war schon weg.

Von da düste ich nach Hause. Chris war noch nicht da. Ich suchte mir ein Blatt Papier und schrieb ihm auf, dass ich später komme. Dann fuhr ich los ... Das Tor stand bei Elfi auf und kaum war ich auf dem Hof, ging die Haustür auf. Ich stellte das Auto ab und stieg aus. Da rief sie: «Das ist prima, das du schon da bist. Ich kochte Kaffee und Waffeln gibt es auch.»

«Gut, Elfi, das ist mir recht, denn ich hatte noch keine Zeit, etwas zu essen.» Ich schloss das Auto ab und lief ins Haus. Elfi war in der Küche und ich setzte mich zu ihr. Sie legte mir eine Waffel auf den Teller, ich biss rein und sagte: «Mmh, Elfi! Die schmeckten ja köstlich.»

«Danke Nils! Die backte ich, wo du weg warst selbst.»

Ich sah auf die Uhr und meinte: «Du Elfi, ich glaub wir müssen los, sonst sind wir gleich in der Rush Hour. Da fahren wir länger.»

Sie sprang vom Stuhl auf, sah an sich runter und rief: «Ich bin schon fertig! Die Tassen spüle ich später.» Ich stand auch auf und dann fuhren wir los.

Um kurz nach halb fünf parkte ich auf dem Parkplatz vor der Kanzlei. Als wir rein kamen, sah ich, dass eine Frau an einem Tisch saß und fragte: «Guten Tag, wie kann ich Ihnen helfen?» Elfi antwortete ihr: «Der Name von mir ist Breusse. Ich werde erwartet!» Die Dame sah auf den Bildschirm vor ihr ... Dann sagte sie: «Das passt sehr gut, denn der Chef ist frei. Kommen Sie bitte mit Frau Breusse.»

Die Sekretärin stand vom Stuhl auf und lief vor. «Ich warte hier so lange», sagte ich und Elfi: «Ist gut, Nils!» Die zwei gingen in einen der Räume. Ich setzte mich auf einen Stuhl und lass in einer Zeitschrift.

Nach einer halben Stunde ging eine Tür auf und Elfi kam raus. Es folgte ihr ein Mann, mitte fünfzig, lichte Haare, Bart über der

Lippe und von schlanker Statur. Ich hörte seine Stimme. «Wir schaffen das schon, Frau Breusse. Sorgen Sie sich nicht.»

«Das mach ich nicht! Ich bin voll Zuversicht, Herr Dr. Müller.» Sie gaben sich die Hand und er ging ins Büro zurück. Elfi kam auf mich zu und ich rief: «Und wie sieht es aus?» Sie ballte ihre rechte Hand zu einer Faust. «Wir haben alles im Griff, Nils. Das sage ich dir gleich wenn wir in die Klinik fahren.»

Da fand ich auf Anhieb einen Parkplatz. Am Empfang saß eine Frau, um die dreißig und fragte: «Sie wünschen bitte?»

«Mein Name ist Tamper. Herr Petersen kam heute hier her. Wo finden wir ihn?» Sie kuckte auf das Display und sagte: «Station 3, Zimmer 208. Den Gang runter und da der Vierte rechts.»

«Vielen Dank!» Wir liefen los und nach kurzer Zeit waren wir an der 208. Ich klopfte an, machte die Tür auf und kuckte rein. «Wir sind richtig», sagte ich zu Elfi. Ich ließ sie vor und schloss hinter uns die Tür. Im Raum sah ich drei Betten an der linken Wand, die belegt waren. Heinz lag in der Mitte und wir liefen zu ihm.

Er sah uns und rief: «Nils! Dit is ja prima, dit du schon da bist! ... Oh ... und was hast du denn für eine jungsche Dame bei dir? Dit ist wohl deine neue Geliebte?» Ich wollte was sagen, doch da sagte Elfi: «Ihr Humor ist ja noch da, Herr Petersen.»

«Stimmt! Der kriegte ja och keinen Schlag ab!» Wir reichten ihm die Hand und er meinte: «Nils! Wie ick sehe, war der Zettel ja noch da, wie du kamst.»

«Ja! Ich sah ihn gleich und es ging mir durch Mark und Bein, als ich das lass. Ich sagte es Frau Breusse und sie wollte, wie zu erwarten war, mit mir kommen.» Heinz sah Elfi an. «Danke. Dit ist aber äußerst lieb von Ihnen, Frau Breusse. Ach ... wissen sie, ick zehre immer noch vom Ausflug. War er nicht wie aus einem Traum?»

«J-a-a-a», seufzte sie. «Das war er in der Tat, Herr Petersen»

«So, Heinz! Und jetzt sag du uns erst mal, wie dein Zustand ist, und was passierte.» Er setzte sich aufrechter hin und fing an:

«Es war, wat ick ahnte. Zum Glück war´s nur ein Leichter. Nu krieg ick wat, dit die enge Stelle im Gehirn uff löst. Ick nehme an, dit machts Blut dünner. Der linke Arm ist dit Problem. Ick kann ihn nicht bewegen. Da fangen sie morgen mit an. Nu weis ick aber nicht wie lange dit dauert. Danach gehts noch zur Reha. Da machen sie mir fit ... Äh ... Nils, pass ma uff! Kannste bitte mal jeden zweiten Tach nach meine vier Wände kieken? Da sind ein paar Blumen zu gießen. Ist Post da, bring sie mir bitte mit. Frau Zeck hat zwar einen Schlüssel und machte es dit letzte Mal. Nu will ick sie nicht schon wieder bitten, dit zu tun.»

«Na klar! Das mache ich gern ...»

«Dit ist nett von dir. Der Schlüssel ist in der Tasche.»

«Heinz, hast du auch Wäsche nötig? Dann bring ich die mit. »

«Ja, ich sag dir das nachher.» Er sah Elfi an und fragte: «Frau Breusse, wollen Sie sich setzen? Sie brauchen hier nicht uff die Beine zu stehen, da ist ein Stuhl.» Sie nickte und meinte: «Ja! Das würde ich gerne.» Und ich: «Ich hole dir den, Elfi.» Sie setzte sich neben das Bett. «Wie gehts Ihnen, Frau Breusse?»

«Danke gut! Mir geht es so, wie es einer Frau in dem Alter geht ... Ja, auch ich denke oft an den ganz famosen Tag. Da waren wir frei von Sorge und hatten Spaß am Leben. Und jetzt liegen Sie hier, in der Klinik. Als Nils mir das sagte, machte es mich sehr traurig.»

«Ja, dit stimmt Frau Breusse, dit hatten wir. Aber ick hatte noch mal Glück. Nu lernte ick meine Lektion ... Und ... wenn ick nach Hause komme, lebe ick anders. Ick fange mit der Kost an. Dann geb ick mir nur mit Leuten ab, so wie ihr ... Ick will jeden Tag Spaß haben. So kommt schnell die Freude am Leben zurück. Ick weis nun wie dufte dit ist und es ist ja nur wenig, was man braucht: Nette Menschen und gute Freunde um sich rum.»

Elfi nickte. «Ja, da haben Sie so was von Recht, Herr Petersen. Ich plane grade etwas in der Art. Nils hat einen Wunsch, den er mir erzählte. Ich finde den prima und helfe ihm, da ich ja meine alte Villa behalte.»

Fragend sah er sie an. «Oh? Wat is dit für ein Traum? Nu bin ick aber voll Neugierde, Frau Breusse. Schildern Sie mir mehr?» Sie dachte kurz nach und meinte: «Ach, zu schade, Herr Petersen! Das ist noch geheim. Ich schloss Sie aber in mein Herz. Ist es mal so weit, sage ich Ihnen das sofort.» Dann kuckte er mich an. «Schade! Aber gewiss nicht zu ändern ... Und du Nils? Verrätst du mir och nichts?»

Ich seufzte und meinte: «Tut mir leid, Heinz! Doch bis du wieder zu Hause bist, wird es so weit sein. Und ... wie es Elfi schon sagte: Du bist der Erste, der es erfährt, und ich bin mir sicher, es wird dir gefallen.»

In dem Moment ging die Tür auf, eine Schwester kam rein und bat uns, für eine kurze Zeit den Raum zu verlassen. «Gut, Heinz! Da es schon spät ist, gehen wir. Ich komme morgen wieder.»

«Prima Nils! Dann bis morgen.» Auch Elfi nahm Abschied. Wir liefen los und sie voraus. An der Tür winkte ich kurz und schon ging die Tür zu. Als sie zu Hause war, fuhr ich heim. Chris war da und telefonierte. Ich hörte, dass er mit seiner Mutter sprach. Da roch ich, dass er etwas gekocht hatte, denn es duftete aus der Küche. Ich hörte, dass er sie zum Essen einlud. Sie wollte das wohl, da er sagte: «... dann bis gleich Mutter. Nils kam eben rein.» Er legte auf, wir drückten und küssten uns, da sage er: «Hi Nils! Ich habe das Essen fertig. Wir fangen gleich an, wenn Mutter da ist»

«Allein?»

«Ja! Gerd kommt heute spät nach Hause.»

«Okay, Chris! Ich hab schon Hunger wie ein Löwe. Der Tag war hart und ich bin müde.»

«Dann kannst du ja heute früh zu Bett gehen.»

«Ja, das mache ich auch.»

«Dann decke ich jetzt den Tisch», meinte er und da klingelte es. «Ich mach auf», sagte ich und lief zur Tür. «Ah ... Hallo Eva, schön das du da bist. So können wir gleich essen. Ich wasche mir nur schnell die Hände.»

«Ja, mach das. Ich gehe schon mal vor.» Als ich fertig war, setzte ich mich zu ihnen an den Tisch und wir fingen an. Chris fragte: «Nils? Wie gehts Herrn Petersen und Frau Breusse?»

«Na ja ... der geht es sehr gut, doch Heinz nicht. Er hatte in der Früh einen Schlaganfall und ist jetzt in der Klinik.»

«W-a-s? Wie gehts ihm?»

«Na ja, schon besser. Ich komme grad von ihm. Der linke Arm ist gelähmt. Sind die hier fertig mit ihm, kommt er gleich zur Reha. Er verlor zum Glück nicht den Mut und so, denke ich, schafft er es, gesund zu werden.»

«Das freut mich zu hören.»

«Na ja ... und Frau Breusse. Die ist aus dem Schneider und war ganz aus dem Häuschen, als ich am Mittag zu ihr kam. Ihr Banker war heute bei ihr und sagte, dass ihr Mann nach der Wende Aktien kaufte, die nun über eine Million wert sind. So kann sie ihrer Tochter jetzt das Geld geben und kommt so nicht ins Heim. Ich sagte ihr, was Heinz passiert ist. Da ließ sie nicht locker und wollte mit. Das passte gut, da der Anwalt von ihr bei der Klinik seine Kanzlei hat.»

«Das freut mich für sie, Nils.»

«Mich auch! Sie ist eine reizende Frau und hätte es nicht verdient, ins Heim zu kommen ...» Eva fiel mir ins Wort. «Es freut mich auch für sie, nur ist die alte Dame schon weit über achtzig, wie lange ist sie noch in der Lage allein zu leben? Oder hast du was mit ihr im Sinn?»

Ich ahnte, dass die Frage kam, und meinte: «Na ja, ... schon. Nur bleibt es noch geheim.» Sie wurde kreidebleich und schrie: «Du ziehst doch nicht etwa zu ihr hin? Und was wird dann aus der Firma?»

«Eva reg dich ab! Du kennst ja die Lage zu gut und die Moral der Leute, die nicht ohne Mahnung zahlen. Sie hatte, wie du ja weißt eine Pension mit zwölf Zimmern. Da gibt es auch eine Küche, in der es an nichts fehlt und alles ist fast neu. Die Chefin kotzt mich jeden Tag mehr an. Sie verletzt mich verbal, wo sie nur kann und das mit Worten die nehme ich nicht in den Mund. Das macht sie auch vor allen, die grad da sind. Bereitete die Arbeit mir nicht Freude, dann wäre ich längst weg. Durch Frau Breusse kann ich jetzt, einen Traum von mir erfüllen. Fakt ist: Es ändert sich nichts! Nur das ich nicht mehr beschäftigt bin.»

Ihr Gesicht wurde starr und gleich wetterte sie los: «Du willst doch nicht etwa das Haus hier verkaufen?»

«Nein, nein, Eva, keine Angst. Es bleibt erst mal alles, wie es ist. Und für alles, was mit dem Garten zu tun hat, ist ja Chris der Mann vom Fach. Ich nicht! Dann haben wir ja auch schon viele Kunden. Der Job von euch ist so sicher und du kannst die Fibu auch für mich machen.

Bringen mal die Gärten und Teiche kein Geld mehr, steigt Chris bei mir ein. Bis dahin bleibt alles, wie es ist. Und dann plane ich ja noch ein soziales Projekt.» Ich sah ihr an, dass ihr ein Stein vom Herzen fiel, denn auf ein Mal fragte sie in aller Ruhe: «Was wird das sein, Nils?»

«Na ja meine Idee ist eine Alte-Männer-WG. Im Haus gibt es zwölf Räume und die stehen jetzt gerade leer. Ich nehme mal Heinz als Beispiel. Die Kinder leben weit weg. Er hat hier nicht einen, der ihm mal zur Hand geht. Jetzt ist er in der Klinik und ich bin der Einzige, der ihm hilft und ihn besucht. Ich sehe nach der Wohnung und gieße die Blumen. Genau das ist eine harte Nuss vieler Leute, die alt sind. Ist man gesund, hat man viele Freunde. Ist man krank und alt, dann ist niemand da, der Zeit hat.

Und Männer reden nicht gern übers krank sein. Zum Arzt gehen sie erst, wenn es zu spät ist. Auch werden sie schnell zum Säufer. Der Kummer wird mit Schnaps und Bier ertränkt und so kommen sie noch mehr ins Abseits. Leben sie mit einem Freund, dann sind sie gleich schwul. Tun das zwei Frauen, nimmt keiner an, dass sie Lesben sind. So denkt immer noch das Homo sapiens Reptil-Hirn. Doch ist da oft die Religion schuld. Die sollte im 21. Jahrhundert längst passé sein. Ich frag mich oft: Warum gibt es immer noch so viel Pack? Irre! Perverse, die nicht wollen, dass jemand so lebt, wie sie es für - wie es sich gehört - halten. So kam mir die Idee zur WG. Es soll Leben und Wohnen ohne Tabus sein.

Am Sonntag wollte Frau Breusse nicht mehr in ihr Haus, da sie dann wieder einsam war. Und so war es auch bei Herrn Petersen. Es ist mir klar, dass es eine große Aufgabe ist und Verpflichtung mit sich bringt, die ich aber gern eingehe.

Frau Breusse hilft mir ... und ich sorge vor, dass sie bis an ihr Ende in der Villa bleibt. Sonst hätte ich das nie gemacht ... Schon gar nicht mir leisten können. Es ist denkbar, dass es das große Ganze war. Oder wer auch immer stellte die Weichen. Und ich werde alles tun, dass es denen die bei uns wohnen gefällt. Falls ich für die, die Welt ein bisschen besser mache, dann lohnt sich das.»

«Vermutlich hast du recht, Nils. Wenn du das allen Ernstes willst, musst du das auch tun. Was meinst du Chris?»

«Ich glaube, das Nils die Alten braucht wie die Motte das Licht, und sie ihn auch. Es stimmt, dass es nicht leicht sein wird. Vor allem dann wenn Demenz im Spiel ist. Doch mit denen hatte er ja schon zu tun. So ist es einen Versuch wert und gelingt ihm der Plan mit den Männern nicht, ist ja noch die Frau Breusse da. Und die gibt Nils, ohne zu fragen, mit dem Mund noch ein paar geile Jahre.»

«Wie meinst du denn das?»

«Na ja, denk mal drüber nach ... Aber egal ich helfe dir auf jeden Fall, Nils. Ich fand die zwei Senioren echt spitze und unterhielt mich mit ihnen angeregt. Die Frau Breusse ist ja noch so etwas von gut drauf, so finde ich das auf jeden Fall Klasse. Also, den Segen von mir hast du zu 100 Prozent!» Ich war platt von den Worten, stand auf und gab ihm einen fetten Kuss, dann sagte ich: «Mein lieber Schatz ... Ich wusste, dass auf dich Verlass ist und warum ich die Ehe mir dir schloss.» Eva seufzte mit Wehmut in der Stimme: «Ach, Liebe kann ja so schön sein.»

«Stimmt Mutter! Doch du hast ja jetzt Gerd ...»

«Na ja, Chris ... Der hat nur keine Lust, mit mir zu schmusen. Er hängt noch sehr an seiner toten Frau.»

«Dann hab noch Geduld mit ihm, Mutter.» Sie dachte kurz nach und meinte: «Ich glaube, das wird nichts nutzen, da ich immer mehr das Gefühl habe, dass er auf Männer steht. Berühre ich ihn mal in der Scham, dreht er sich um und sagt, dass er das jetzt nicht mag. Auf die Frage, wann das Mal sein wird, meint er, dass er mir das sagt.»

«Aha ... Mmh ... Na ja, das ist ja schon komisch ... Nicht unmöglich ist, dass er nicht mehr kann. Es ist denkbar das er eine Prostata-OP hatte. Da haben Männer oft auch keine Lust mehr.» Sie schüttelte den Kopf hin und her. «Nein, nein, das ist es nicht. Frauen spüren das ...»

«Eva! Dann sprich ihn doch mal darauf an. Es wäre doch gut möglich, dass er es dir sagt, denn es hat alles einen Grund. Na ja, es ist in der Tat seltsam, dass er so oft am Abend eine Sitzung hat.»

Sie nickte und meinte: «Du hast recht, Nils! Ich werde ihn fragen ... Oh, mittlerweile ist es schon spät und ich gehe jetzt.»

«Gut, Mutter, mach das!» Sie verließ die Wohnung und wir räumten den Tisch ab. Ich spülte das Geschirr und Chris trocknete ab, da fragte er: «Glaubst du allen Ernstes, dass Gerd schwul ist, Nils?»

«Warum denn nicht? Ich kenne einen Mann, der hatte einen Freund, der oft zu ihm kam. Da mieden ihn die Leute im Haus. Dann fand er eine Frau, die frigide war, ihn in Ruhe ließ und sein schwul sein billigte.

Ab da waren alle im Haus nett zu ihm. Wenn sie mal nicht da war, kam sein Freund und er hatte Sex mit ihm. So ticken die Leute heute immer noch und bei Gerd könnte es auch sein, dass er eine Frau nur als Alibi braucht und er Angst hat sich zu outen.»

«Da kannst du recht haben Nils, denn das erklärt auch, warum er oft spät nach Hause kommt.»

«Genau! Er treib es mit einem Kerl und wenn er bei Eva ist, ist der Beutel leer und sie, die ja nicht Frigide ist, möchte gern mit ihm schlafen.»

«So wie ich mit dir! Du hast im Bett auch keine Lust, da du dich bei den alten Damen und Herren leerst!»

«Das ist so nicht wahr, Chris! Die leeren mich ganz fix. Selbst wenn ich wollte, wäre ich nicht mehr in der Lage auf den Bonsai zu klettern. Ruck Zuck ist die Hose runter. Na ja ... Und da hab ich nicht die Kraft, sie zu frusten ... so lass ich es zu. Siehst du dann in ihre Augen, weißt du, dass es nicht falsch war, und bei ein paar, war es die letzte Freude im Leben. Wir sind in der Lage jeden Tag Sex zu haben, die meist nicht mehr. Stell dir mal vor, ich wäre im Porno-Geschäft. Da trieb ich es auch, mit vielen Kerlen. Nur ist das nicht so, wie mit einem, den man liebt. So leb ich nach dem Motto: Der Kunde wird verwöhnt, zu Hause wird dann selbst gestöhnt!»

«Okay, Nils! Komm wieder runter. Wir gehen jetzt ins Bett und da beweist du mir, dass du mich lieb hast.» Jeder zog sich aus und dann legten wir uns ins Bett. Chris fing an, mich unter der Decke sanft zu streicheln ... Doch ich war müde ...

Der Wecker rappelte und riss mich jäh aus dem Schlaf. Ich kuckte auf das Display und erschrak: Da sah ich, das es 7:00 Uhr war. Das ist nicht möglich, dachte ich. Da rief Chris: «Nils du Schlafmütze! Es ist Zeit zum Aufstehen. Heute fällt Schmusen aus, denn ich muss früher los.»

«Wieso? Schlief ich etwa ein?»

«Darauf kannst du einen lassen! Ruck zuck warst du im Land der Träume, doch ich tat das auch gleich ...»

«Das passierte mir ja noch nie!»

«Einmal ist immer das erste Mal, Nils!»

Mit einem Satz sprang ich aus dem Bett, da ich merkte, dass die Blase bis zum Bersten voll war, und lief zum Bad. Chris, der angezogen war, sagte: «Ich mach uns schon mal Kaffee», und lief zur Küche. Nach dem Besuch im Bad zog ich mich an und ging zu ihm. Er aß in Eile, gab mir einen Kuss zum Abschied und schon flog die Tür hinter ihm zu. Ich fing den Tag langsamer an, da ich noch Zeit hatte, bis ich aus dem Haus ging.

Ich kam in der Firma an und rief: «Moin, Marion!» Dann sagte ich ihr, dass Herr Petersen kein Menü mehr bekommt. Sie meinte: «Okay Nils! Ich geb das gleich ein. Ich hoffe, er meldet sich, wenn er wieder zu Hause ist.»

«Ich kann ihm ja sagen, dass er das machen soll. Ich fahre heute Nachmittag zu ihm in die Klinik.» Sie runzelte ihre Stirn. «Du besuchst ihn?» Ich nickte. «Ja! Warum nicht? Er lebt allein und hat keine Familie. Da bat er mich, bei ihm nach dem Rechten zu sehen. Ich leere ihm den Briefkasten, gieße die Blumen und bring ihm frische Wäsche mit, wenn er die braucht.»

Marion flüsterte auf einmal: «Nils! Mach das aber bitte nicht in der Zeit, in der du im Job bist. Kriegt die Chefin das mit, schmeißt sie dich sofort raus. Auf so etwas wartet sie nur.» Ich sagte auch leise: «Ist sie in ihrem Büro?» Sie tuschelte nicht mehr: «Nein, sie ist beim Zahnarzt.»

«Oh ... Na, hoffentlich zieht der ihr Mal ihre Giftzähne!» Sie fing an zu lächeln und meinte: «Das wäre gut! Nur wird das nicht so sein.»

«Okay Marion! Dann packen wir´s an!»

«Ja Nils, bis später.» Ich packte die Boxen ins Auto. Voll Freude fing ich mit der Tour an. Auf die Letzte, die ihr Essen bekam, freute ich mich am meisten. Elfi erwartete mich längst. Das große Tor war auf und so fuhr ich direkt vors Haus. Ich stieg aus und sah, dass sie mir winkte. «Huhu, N-i-l-s! Ich habe schon auf dich gewartet!» Ich winkte ihr kurz zu, nahm die letzte Box raus und schloss die Tür vom Auto. Als ich vor ihr stand, fiel sie mir gleich um den Hals. Sie umarmte und drückte mich. Da hätte ich um ein Haar die Box fallen lassen. «Elfi was ist denn mit dir los? Du bist ja heute ganz aus dem Häuschen», meinte ich und ihr Gesicht strahlte vor Freude. Sie sah um zwanzig Jahre jünger aus und entgegnete: «Bin ich auch! Und habe ich nicht allen Grund dazu? Ich bin relativ gesund. Ich bin reich ... lieb ... hübsch ... Und ich habe einen Freund, der nett, charmant und geil ist. Mehr braucht man nicht, oder?»

«Stimmt auf den Punkt genau! Ich wünschte, das könnte ich auch mal sagen und Herr Petersen hat ja auch Glück mit dir.»

«Wieso? Äh, den meinte ich aber nicht. Ich meinte dich du Dummchen. So, und jetzt komm rein.» Ich lief wie immer direkt in die Küche, stellte die Box auf den Tisch ab und wollte die öffnen. In dem Moment kam sie von hinten an und sagte: «Dreh dich mal um!» Als ich das tat, umarmte, drückte und küsste sie mich auf die Backen und meinte: «Oh Nils! Ich bin ja so glücklich, dass du in mein Leben kamst ...» Kaum hatte sie das gesagt, fasste sie mir in den Schritt und flüsterte: «Oh, mmh ... ich bin wieder so geil auf dich, Nils. Los, zieh die Hose aus, dann verwöhne ich dich ... Ach lass, das mach ich schon selbst.»

Als sie fertig was meinte sie: «Leg dich jetzt zurück!» Ich beugte mich nach hinten und stützte mich mit den Ellenbogen ab. Im Grunde wollte ich das nicht. Nur brachte ich es nicht übers Herz, ihr die Freude zu nehmen ...

So ließ ich sie gewähren. Sie legte ihre Hände auf den Slip und fing gleich an, darüber zu streicheln. Das blieb nicht ohne Folge und Ruck Zuck war der Stoff bis zum Zerreißen gespannt. Sie leckte mit der Zunge über ihre Lippen und meinte: «O-h-h-h, was versteckt sich denn da Prächtiges? Da werde ich doch gleich mal nachsehen ...»

Ich legte mich mit dem Rücken vollständig auf den Tisch. Von dort aus bewunderte ich die verzierte Lampe. Die fiel mir noch gar nicht auf. Ich zog das Hemd bis unter die Achseln hoch und machte die Augen zu. Und sie zog den Slip langsam runter. Als sie fertig war, drückte sie die Beine voneinander weg und stellte sich mitten rein. Dann fasste sie den Dödel an und im Nu war er im Mund. Mir gefiel das sehr, was sie anstellte ... Auf einmal hörte sie auf und fragte: «Und Nils, gefällt dir das?» Ich hob den Kopf an, machte die Augen auf, kuckte zu ihr und meinte: «Mmh

... sehr, sehr gut, Elfi. Ah ... ich nehme an, dass das besser für dich ist, als auf dem Boden zu knien.»

«Ach Nils ... Es ist an und für sich egal, ob der Schmerz im Rücken oder Knie ist. Das, was ich tue, kommt von Herzen.»

«Ja ich weiß und leider kann ich dir in der Art nichts tun.»

«Denk nicht nach, Nils. Genieß es ...»

Sie fing wieder an. Nur wollte ich es nicht und meinte: «O-h-h-h ... Elfi! Ich glaub, das Essen wird kalt!»

«Mmh ... Das ist ... mmh ... mir egal ... mmh ... Erst ... mal ... mmh ... nasche ich ... mmh ... am strammen Max ... mmh ...»

Ich legte den Kopf zurück und schloss die Augen. Auf einmal vernahm ich die Stimme einer Frau, die rief: «Oh ... Tut mir leid Frau Breusse ...» Sie hörte bei mir auf und fragte: «Anke! Bist du schon fertig?»

«Noch nicht ganz! Äh ... Ich wollte .... äh ... was wissen ...»

«Komm erst mal her!» Sie kam näher und ich machte die Augen auf. Da sah ich sie und dachte, dass die sicher schon sechzig ist. Als sie vor dem Tisch stand machte Elfi uns bekannt. «Nils, das ist Anke meine Raumpflegerin. Sie ist seit zehn Jahren bei uns ... Anke, das ist Nils!»

«Hallo Anke!»

«Hallo Nils!»

«Anke! Wie du siehst, war ich grad dran Nils zu verwöhnen.»

«Ja, das sehe ich und er ist ja sehr gut bestückt ...»

«Ja und er schmeckt so gut! Willst du mal lecken?»

«Ja, gern!»

Ach du Scheiße, dachte ich. Was soll denn das werden? Ich schämte mich und löste mich am liebsten in Luft auf, nur ging das ja nicht mehr ... Da sagte Elfi: «Nils, gleich machen wir es bei dir zu zweit.»

Ich machte die Augen zu ... Und es war grandios. Ich stöhnte, denn es war ein Hochgefühl der Lust und mein Körper fühlte sich an, als ob er unter Strom stand. Ich hätte schreien können doch da hörten sie auf ...

Ich machte die Augen auf und sah, dass sie flüsterten. «Ja, mach das! Das gefällt ihm ...», sagte Elfi froh, nickte mit dem Kopf und grinste. Ich hätte ja fragen können, nur traute ich mich nicht. Sie machte allein weiter und Anke lief hinter den Tisch. Was haben die wohl geplant, fragte ich mich im Stillen. Da hörte ich, dass ein Stuhl verrückt wurde, und drehte mich um ...

Ich sah das Anke, die nackt war, den an den Tisch schob und auf ihn stieg. Da starrte ich auf die schwarz behaarte Scham. Im Nu stand sie breitbeinig über mir ... Oh man was war das für ein Anblick und viel besser als die schnöde Lampe an der Decke. Da wurde mir klar, was sie wollte und so kam es ... Sie setzte sich auf den Bauch und Elfi fragte: «Bist du so weit Anke?»

«Ja!»

«Gut! Dann rück noch ein Stück zurück. Ich halt ihn fest und steck ihn dir rein.» Und schon ritt sie auf mir rum. «Und Nils? Gefällt dir das?», fragte Elfi und ich meinte: «Ja, es ist sehr geil.» Was sollte ich auch sonst sagen. Hätte ich gewusst, dass Anke noch da war, ließ ich mich mit Elfi nicht ein. Doch da war es zu spät. Ich lag da und sie ritt auf mir rum. Der Rücken tat mir weh von der harten Platte. Elfi kraulte am Sack und ich dachte an die Weiber vom Heim und schämte mich. Ich sehnte den Erguss herbei und hielt es auch nicht mehr lange aus.

«Es muss ihm doch bald kommen», meinte Elfi. Anke hüpfte immer schneller und rief: «Ich bin gleich so weit!»

«Oh ... Ja ich auch ...», hauchte ich und japste wie ein Hund. Doch dann konnte ich nicht mehr und ich kam in ihr ... Mein Herz pochte, der Puls raste und Elfi rief entzückt: «So etwas sah ich ja noch n-i-e!» Anke stöhnte auch, doch nicht lange, da sagte sie: «Mir schmerzen die Knie. Ich muss aufstehen ...»

Sie erhob sich und der Samen tropfte mir auf den Bauch. Elfi fasste sie an, half ihr vom Tisch und mir schmerzte der Rücken. Anke sagte zu ihr: «Ich geh mal schnell ins Bad, Frau Breusse!»

«Ja mach das ...», meinte sie und: «Ich bin mit Nils noch nicht fertig.» Ich wollte grad aufstehen, da bückte sie sich und nahm den Kleinen von mir in ihre Schnute und ich sagte: «Elfi, du kriegst den Mund wohl nicht voll?» Doch nicht einen Laut gab sie von sich. Sie tat das, was sie sehr gut konnte: Das leer saugen von Männern.

Mit Eifer blies sie mich, bis ich erneut kam. Ich machte die Lider auf, hob den Kopf an und sah zu ihr. Sie stellte sich vor mich, leckte die Lippen mit der Zunge ab und fragte: «N-a-a-a Nils, gefiel dir das?».

«Oh ... Und wie! Danke Elfi ... Du bist die Beste!»

«Ja, ich weiß. Du aber nicht minder, Nils.»

«Danke!» Ich hievte mich hoch, bis ich saß und stieg vom Tisch runter. «Zu waschen brauchst du dich nicht, Nils», hörte ich von ihr und: «Ich setze mich mal kurz hin ...» Sie setzte sich auf den Stuhl neben dem Tisch.

Als ich angezogen war, sagte ich: «So ... jetzt muss ich aber los. Ich will noch zu Herrn Petersen. Morgen kann ich ja nicht. Da komme ich mit Chris zu dir. Er will sich ja den Garten ....»

Da kam Anke an und tat so, als ob nichts passiert war. «Frau Breusse, soll ich das Bad noch wischen?»

«Ja, mach das bitte!» Sie drehte sich um und war weg. Elfi sah mich grübelnd an und sagte: «Ach ja, das stimmt! Da ist es ja schon so weit ... Nils, darf ich wieder mit?»

«Na klar! Das nahm ich an. Gut dann hole dich so gegen 16 Uhr ab.»

«Prima, Nils! Bis nachher ...» Sie stand vom Stuhl auf, drückte mich fest an sich und flüsterte: «Bist du mir böse, wegen Anke?»

«Nein, nein, Elfi, das ist schon in Ordnung.» Ohne Worte küsste sie mich noch herzhaft bis ich von ihr Abschied nahm ...

Um vier war ich wieder da und wir fuhren los. Im Auto fragte ich: «Elfi, warum sagtest du mir nicht, dass Anke im Haus war? Ich schämte mich bis auf die Knochen. Das war mir so peinlich, als die uns so sah ....» Sie ließ mich nicht ausreden. «Ach Nils! Mach dir darüber keine Gedanken. Anke kennt das, denn sie erwischte uns auch mal. An dem Tag kam sie zu uns, ich ließ sie rein und sie fing an. Mein Mann war oben, um eine Birne zu wechseln. Ich war in der Küche. Dann hörte ich, dass er die Treppe herunter schritt. Da ging ich in den Flur um ihm zu sagen, dass das Frühstück fertig ist ... Ja, und da sah ich die Beule in der Hose.

Ich wartete, bis die in der Höhe von meinem Kopf war. Da fasste ich ihn an, zog ihm die ein Stück runter und nahm den Spatz von ihm in den Mund. Ich war mit Herzblut bei der Sache und dachte nicht an sie ... Da kam sie um die Ecke ... Sie grüßte meinen Mann, und ich sagte, nicht wundern Anke, ich wurde mit ihm im Bett nicht fertig. Sie meinte, dass es doch herrlich ist, und ging an uns vorbei nach oben ... Und ich machte weiter, bis nichts mehr kam. Mach dir keine Gedanken, Nils. Sie schweigt wie ein Grab.»

«Ist sie verheiratet?»

«Sie war es, aber seit drei Jahren ist sie Witwe. Ihr Mann hatte Lungenkrebs. Er rauchte wohl viel und sie machte in der Zeit einiges mit. Als das Ende nahte, kamen beim Husten Teile von der Lunge raus. Ist das nicht furchtbar!»

«In der Tat! Aus dem Grund rauche ich auch nicht ... Und was flüsterte sie dir ins Ohr?»

«Na! Das kannst du dir ja denken: Als sie dich sah, bekam sie Lust. Sie sagte, das sie schon lange keinen mehr in sich hatte. So wollte ich ihr den Wunsch erfüllen, und den Rest kennst du ja.»

«Ja, da war ich dabei. So ... Und jetzt sind wir gleich da.» Ich parkte das Auto und wir liefen zum Zimmer. Auf ein Mal drückte mir die Blase. Ich hatte keine andere Wahl und sagte: «Elfi, ich geh mal schnell für kleine Jungs.»

«Erledige das Nils, aber gut abschütteln ...»

«Mach ich doch immer ...» Ich hielt die Tür auf, sie ging rein und ich machte die nicht ganz zu. Da hörte ich, wie sie rief: «Guten Tag, Herr Petersen! Wie gehts Ihnen heute?»

«Danke, sehr gut! Und wie ist Ihr Befinden?»

«Mir geht es auch sehr gut!»

«Ja! Dit sieht man Ihnen och an. Wie bekommen sie dit bloß hin, Frau Breusse.»

«Das bleibt geheim, Herr Petersen!»

«Schade! ... Dit Mittel wäre mir jetzt Gold wert. Na ja! Aber wenn Sie es nicht sagen ... Äh ... Sind sie alleine? Wo ist Nils?»

«Ja! Ich hatte große Lust, mal mit Ihnen intim zu sein ...»

«Ach s-o-o-o? Mmh, na dann machen sie sich mal nackig ...»

«Ha, ha, ha! Nein, das war nur Spaß. Nils musste mal für kleine Jungs.» Da machte ich leise die Tür zu und lief zum WC gegenüber ... Als ich fertig war, öffnete ich lautlos die Tür. Im Raum war keiner mehr, außer ihm und ich rief: «Hallo Heinz! Oh, heute ganz allein?»

«Tach Nils! Ick bin ohne Frage der einzig gebliebene. Die zwei, die noch da waren, die entließ man zeitig. So bin ick erst mal alleine. Dit wird aber gewiss nicht lange so sein.» Elfi stand vor dem Bett und ich fragte: «Elfi, möchtest du dich setzen?»

«Ja! Das würde ich gerne, Nils.»

«Gut! Dann hole ich dir einen Stuhl.» Sie setzte sich hin, sah zu Heinz und fragte: «Herr Petersen, leben Sie schon lange allein?»

«Mmh ... Seit fast zwei Jahren. Da starb meine Frau an Brustkrebs. Im Grunde heilbar doch man stellte ihn zu spät fest. Der Krebs hatte schon gestreut und eine Chemo nützte nichts mehr. Sie litt aber nicht lange.»

«Wie viel Jahre lebten Sie zusammen?»

«Äh ... 55 Jahre! Ick bin ihr dit erste Mal im Juli in Börgerende begegnet. Es war an einem heißen Tag und ick lief an die Ostsee. Am Strand legte ick die Decke hinter einer Düne hin. Ick wollte von der Landseite her nicht zu sehen sein. Dann platzierte ick mir da druff. Ick lag da nicht lange, als jemand von Land her kam und genau über mir drüber lief. Da sah ick, dass eine jungsche Frau in den Sand flog. Icke stand gleich uff, ging zu ihr hin und wollte wissen, ob sie sich verletzt hat. Sie drehte sich um ... und ick musste mir dit Grienen verkneifen. Sie war von vorn, von Kopp bis Fuß, wie paniert. Da sacht sie, dass alles in Ordnung ist, sie sich aber erstmal waschen muss. Wir kieken uns an ... Und es war Liebe uff den ersten Blick. Ick komme mit, sagte icke und dann liefen wir los. Wir mochten uns gleich und sahen uns ab da jeden Tag. Da war ick zwanzig und sie neunzehn. Ick war in den Ferien bei Tante und Onkel und sie war mit den Eltern da.

In der Nacht vor der Abreise trafen wir uns noch mal am Strand. Es war eine warme mit Vollmond und über 20 Grad. Wir lagen in eine Mulde und küssten uns mit Leib und Seele. Uff ein Mal merkte ick, wie sie mir im Schritt sanft massierte. Ick war da noch jung und voller Saft und Kraft. So war ick flink hart wie Stahl. Sie küste mir wilder und machte mir geschickt die Hose uff. Da fasste sie meinen Piepel an und holte ihn raus. Da fragte sie mir, ob ick sie zu nehmen bereit bin. Ick sachte, dit ick noch nie mit einer Frau was hatte und sie, dit is doch kein Problem und sie zeigt mir, wie´s geht. Sofort stand sie uff und machte sich vor mir nackig. Als sie fertig war, zog sie mir die Hosen aus. Da ick nicht viel an hatte, war dit schnell gemacht.

Dann kniete sie sich neben mir und rieb mir am Piepel mit einer Hand rum. Mit der zweiten rieb sie an sich in der Scham. Da wusste ick noch nicht, warum sie dit macht. Nach einer Weile legte sie sich uff'n Rücken und machte die Beene breit. Dann sachte sie, dit ick mir über sie legen soll. Dit machte ick und sie fasste den Piepel von mir an. Ick merkte, wie sie versuchte, den in sich rinn zu stecken. Na ja ... und dann war ick drin. Zum ersten Mal war er in einer Frau. Bis dato hatte ick immer nur davon gehört. Da lag ick uff ihr, in ihr und traute mir, mich nicht zu regen, denn ick wollte ihr ja nicht weh tun. Nu passierte von mir eine ganze Weile nichts mehr. Uff ein Mal schrie sie bös, ick sollte doch endlich dit Becken uff und ab bewegen. Gut sagte ick mir, da fang mal mit an. Nach ein paar Minuten rief sie, dit ick mir ja vor sehen soll. Sie sagte nur nicht, wat sie meinte. Ick war voll bei der Sache und gab mir im Stillen die Weisung, langsam rein und raus. Ick wollte ihr ja nicht weh tun. Doch dann merkte ick, dit was im Leib von mir los war und ick so nie gemerkt hatte. Mein Herz pochte vor Erregung und ick hörte, wie sie leise stöhnte. Da sagte sie, dit ick es ihr sehr gut mache und fragte, ob es mir schon kommt. Ick meinte, dit es noch nicht so weit ist, merkte aber, dit ick erregter wurde. Ick soll ihn nur schnell rausziehen, wenn ick merke, dass es mir kommt. Kaum sagte sie dit, stach mir etwas ins Gesäß. Ick nahm an, dit es ein Insekt war und schrie: A-h-h-h! Der Schrei war gewiss noch in Rostock zu hören. Ick kniff dit Heck zusammen ... Dabei verlor ick die Kontrolle und feuerte alles in sie rinn ... Was war dit für ein Gefühl ... Der Schmerz vom Stich und der Abgang. Als er abklang, kamen mir Zweifel und ick fragte mir im Stillen, ob es dit war, wat sie meinte ... Da blaffte sie schon los und wollte wissen, warum ick in ihr abgespritzt hatte. Dann schubste sie mir von sich runter und lief zum Wasser. Da wusch sie sich fix ab ... Da war der Abend gelaufen. Ick gab ihr noch die Adresse von mir, da sie mir schreiben wollte ...

Nach fünf Monaten kam ein Brief aus Berlin. Doch er war nicht von ihr, sondern vom Vater von ihr. Er schrieb, dit seine Tochter ein Kind kriegt und sie ihm alles sagte. Er legte mir nah sie zu heiraten, da ick der war, der ihr dit machte. Es war mir nicht möglich, dit zu leugnen. Ick dachte aber nicht mehr an sie. Zu der Zeit fuhr ick zur See und war oft ewig nicht zu Hause. In dem Brief lag eine Fahrkarte für die Bahn. Er schrieb, dit ick zu Besuch kommen sollte.

Da ick grade zu Hause war und frei hatte, fuhr ick nach Berlin. Dit war damals fast eine Tagesreise. Ihr Vater holte mir am Bahnhof mit dem Auto ab. Im Jahre 1957 war dit nicht üblich. Nur die Reichen waren in der Lage, sich den Luxus zu leisten. Dit sie auch da zu gehörten, war mir ab da klar. Erst recht, wo wir an der Villa in Köpenick waren. Die Reise war stumm, da keiner ein Wort sagte. Ick merkte, dit er nicht gut uff mir zu sprechen war. Ick erfuhr, dit er sie schon einem Sohn von einem Kaufmann versprochen hatte. Da wurde nüscht mehr draus und ick war eine arme Sau, mit der kleinen Heuer die ick hatte. Um es kurz zu machen: Ihr Vater verschaffte mir eine Stelle als Koch im Hotel. Da dit mein Beruf war, stellte man mich ein.

Vier Wochen später zog ick nach ihr hin. In der Villa hatte ick ein Zimmer. Sex vor der Ehe war da noch eine sehr große Sünde. Dit sie ein Kind bekam, durfte keiner wissen. Dann gaben wir uns dit Ja-Wort. Sie brachte zwei Monate nachdem einen Steppke uff die Welt. Eine Göre folgte zwei Jahre später. Ach so Frau Breusse, falls sie dit nicht verstanden haben, sage ick Ihnen wie dit außerhalb von Berlin heißt: Junge und Mädchen.»

«Doch, doch Herr Petersen, das weiß ich sehr wohl ...»

«Jut, dann weiter im Text ... Also, nu haben die drei Gören und alle verlangten Geld von uns. Als meine Frau starb, drehte ick den Geldhahn zu. Ick nahm mir vor zu reisen, um etwas von der Welt zu sehen. Da war ick auch mal in Wismar und war begeistert von der Stadt. Und da war es mein Wunsch, wieder an die Ostsee zu ziehen. Dann suchte ick mir hier eine Wohnung und zog von Berlin weg. Das passte den Gören gar nicht, dass ich so weit wegzog, und so kommt mir kein Aas mehr besuchen. Was mir auch egal ist, denn was zählte, war nur das Geld und der Wunsch dit ick bald ins Grab husche, damit sie den Rest erben. Doch dit wehre ick so lange, wie es geht ab ...»

«Ich hörte eben, dass Sie ein gelernter Koch sind?»

«Ja, Frau Breusse! Ick machte in Rostock in einer Kantine eine Lehre. Dit war mir dann zu bieder und so heuerte ick uff einem Schiff an. Dort kochte ick für die Crew, bis ick nach Berlin kam und da in dem Hotel anfing. In der Zeit der DDR war ick in einem Interhotel als Chefkoch. Da machten wir das Essen für die VIPs und die Diplomaten aus aller Welt.» Elfi sah mich an, zwinkerte mir mit dem linken Auge zu und sagte: «Nils, dann wäre doch der Herr Petersen der Richtige für dich!» Ich schüttelte den Kopf und meinte: «E-l-f-i? Heinz ist 75 Jahre alt! Er hat mit Sicherheit keine Lust mehr, für fremde Leute zu kochen. Du hast doch gehört, dass er jetzt oft Reisen macht. Nein! Das ist nicht möglich und das werde ich ihm auch nicht zumuten.» Er kuckte mich grimmig an und sagte barsch: «N-i-l-s! Verdammt noch mal! Erklärst du mir bitte, worum es hier geht?» Ich wollte ihm grad antworten, da rief Elfi: «Das mache ich Nils! Besser als du dazu jemals in der Lage wärst!»

«Gut, Elfi! Dann bitte schön ...»

«Danke, nett von dir! Also das ist so, Herr Petersen ... Nach der Heirat von Nils und Chris wurde die Chefin von ihm das gewahr. Ab dem Tag fing sie an, ihn zu mobben, wie man heute so sagt. Dann erfuhr sie, dass Nils von i-h-r-e-n Kunden Geld und Haus erbte. Das machte sie noch ekelhafter und Sie sind ja auch ein Kunde von ihr. Dass Nils Ihnen hilft, darf sie nie erfahren. Jetzt planen wir etwas in der Art und da helfe ich ihm. Da braucht er einen ... Apropos Koch: Äh ... Wenn Sie einer sind, warum lassen Sie sich ein Menü bringen?»

«Ah, Nachtigall, ick hör dir trapsen! Jetzt versteh ick! Und da dachten sie gleich an mir? Danke! Na ja, und dit mit dem Essen ist schnell erklärt. Es macht mir keine Freude, nur für mich alleine die ganze Woche zu kochen. Nur am Ende mache ick dit. Im Übrigen bin ick ja froh darüber, denn nur durch die Tatsache hab ick Sie getroffen und Nils und Chris ...»

Kapitel 11

Elfi fiel ihm ins Wort: «Pardon Herr Petersen! Mir kam grad, was wichtig ist in den Sinn ... Nils! Bald hätte ich vergessen, dir zu sagen, dass in der Früh mein Anwalt bei mir war. Er brachte mir die Abschrift vom Brief und da steht drin, dass sie auf alle Anrechte verzichtet. Ich muss ihr nur das Geld schicken und dann erbt sie nichts mehr auch das Haus nicht. Die Villa gehört ab da für immer mir, und sterbe ich mal, hat sie keine Rechte mehr. So können wir auch mit der WG starten ... Und du Nils, hast jetzt eine sichere Zukunft.»

«Äh ... Verzeihung Frau Breusse! Hörte ick da wat von WG? Wat ist dit schon wieder?»

«Ach so, Herr Petersen! Dass wissen Sie ja auch noch nicht. Mmh ... ja, das ist das zweite Projekt: eine Herren-Abend-WG. In der Villa gibt es Platz für zwölf. Haben Sie Lust, können Sie der Erste sein. Jetzt haben Sie noch die freie Auswahl. Sagt Ihnen ein Raum zu, können Sie den für sich haben. Sie passen ja sehr gut zu uns!»

«Danke Frau Breusse, dit schmeichelt mir! Ick muss nur erst mal grübeln, denn dit bewegte mich jetzt. Dann will ick ja och, dit es für den Rest vom Leben ist und dit kann noch sehr lang sein.» Elfi holte tief Luft, wollte weiter reden ... Da warf ich ein: «Darf ich auch mal was sagen?»

«Ja, aber nur weil du es bist, Nils ...»

«Danke Elfi! Es heißt Herren-Abend-WG mit Dame ... Doch glaubst du im Ernst, dass sie sich mit dem Geld zufrieden gibt?»

«Aber sicher! Die ist so geil nach Geld und Macht. Nur um die große Dame zu mimen, tut sie das. Sie ist eine echte Gräfin Koks Tussi und kennt jeden Ballsaal im Land. Nur ist das im Leben nicht alles. Wahre Freundschaft, so wie ich sie mit euch drei erlebe, ist weitaus mehr wert als das ganze Geld und Gold auf der Welt. Sie läuft jetzt wie ein eitler Pfau rum und will ohne Rücksicht auf Verluste zur Crème de la Crème gehören. Sie sollte ja die Pension haben. Aber nein! Die feine Dame wollte nach Berlin und kommt nicht in ein Provinznest zurück. Jetzt fehlt ihr zum Glück nur der richtige Palast und hat sie den, gibt sie noch mehr an. Dann kann sie noble Partys zu Hause bei sich geben ...»

«Na ja! Ihr Schlösschen hat sie ja bald, Elfi», sagte ich und sie weiter: «Von mir aus soll sie dort glücklich werden. Ich brach mit ihr ab und zu mir braucht sie nie wieder zu kommen.» Heinz sah sie entsetzt an und meinte: «Seien Sie doch gefällichst nicht so hart, Frau Breusse. Sie ich doch och Ihr Gör.» Ihr grimmiger

Blick sprach Bände. «Sie war es mal, Herr Petersen. Hätte mein Mann nicht vorgesorgt, käme ich jetzt in ein Heim, das Haus wär weg und ich allein in einer fremden Stadt. Sie erbte ja alles, wenn ich mal sterbe. Doch sie hat nicht die Zeit, um zu warten. Ich stelle mir schon vor, dass ich ihr zu alt werde, und die Schönheit der Jugend rennt ihr davon. Sie ist ja auch bald sechzig. Nein, das Kapitel Tochter ist für mich zu Ende.»

«Hat sie Kinder, Elfi?»

«Nein, Nils! Sie war süchtig nach Karriere. Für sie war nur Macht, Geld und Aufstieg wichtig. Da hatte ein Kind keinen Platz ...» In der Sekunde ging die Tür auf, eine Schwester kam rein und rief: «So ... Herr Petersen! Jetzt sind Sie gleich nicht mehr allein.» Dann schob sie und ein Pfleger ein Bett in den Raum. Darin lag ein älter Mann, der schlief. Die zwei stellten das ab und sie kam zu uns und sagte: «Ich muss sie jetzt bitten, mal kurz, vor die Tür zu gehen.»

«Machen wir», antwortete ich, sah Elfi an und sagte: «Dann fahren wir auch gleich los.»

«Ja ist recht, Nils ... So, Herr Petersen Sie hörten es ja ... Bis zum nächsten Mal alles Gute für Sie.»

«Danke Frau Breusse! Wünsch ick Ihnen och.»

«Ach Heinz, äh ... ich komme morgen nicht zu dir, da wir bei Frau Breusse sind. Chris und ich sehen uns den Garten an. Da muss einiges gemacht werden, und zwar so schnell, wie es geht. Sei mir bitte nicht bös, doch das schaffe ich nicht.»

«Dit is keen Problem, Nils. Ick hoffe, dit die mir morgen Auskunft geben wann und wo ick zur Reha komme. Na jut! Nu aber tschüss ihr zwei.»

Wir gingen los und Schwester und Pfleger standen nervös vorm Bett und ich rief: «Tschüss!»

Als wir an der Tür waren, winkten wir uns kurz zu und ich machte die Tür zu.

Wir kamen bei Elfi an und sie fragte: «Hast du Lust, auf einen Kaffee, Nils?»

«Nein danke, Elfi! Das ist sehr lieb von dir, aber es ist schon spät und ich muss nach Hause.» Sie sah mich traurig an und meinte: «Na gut Nils, das versteh ich. Wir sehen uns ja morgen wieder.» Ich brachte Elfi zur Tür, sie gab mir einen Kuss und dann nahm ich Abschied von ihr.

Als ich zu Hause war, sah ich, dass Chris noch nicht da war. Kaum hatte ich mein Auto verlassen, kam er mit dem Pickup an. Wir grüßten uns und ich fragte ihn: «Wieso hast du denn lauter Zweige und Äste bei dir?»

«Na ja, ich schnitt heute Bäume und wollte die Fuhre zur Deponie bringen. Da kam ich aber zu spät an. Jetzt muss ich gleich in der Früh dahin.» Nach dem Essen fragte ich: «Chris, sag mal, schaffst du es, dass du um vier bei Frau Breusse bist?»

«Ja, ich denke schon. Nur auf die Minute geht das nicht. Zuerst liefere ich die Fuhre ab und dann hab ich um neun einen Treff bei einem Anwalt. Er plant für den Garten einen Teich und ich soll ihn beraten. In der Folge hab ich ein paar kleine Jobs. Im Anschluss fahre ich direkt hin.»

«Okay, Chris! Für den Fall, dass es bei dir länger dauert, wäre das nicht so tragisch. Ich kaufe den Kuchen.»

«Alles klar! Na ja, das wird auch eine Zeit dauern, bis wir den Garten fit haben. Weißt du, wie groß das Grundstück ist?»

«Wie sie mir sagte, sind es etwa 9000 qm.»

«Was? So riesig ist das! Wow, das ist ja schon mal ein Wort. Da hat ein Gärtner täglich rund um die Uhr sein tun.»

«Na ja, Chris. Der Garten ist ja nicht nur zur Erholung da. Mir schwebt vor, dass jeder der will und kann, mit Hand anlegt.»

«Okay ... alles klar, Nils. Jetzt warten wir erst mal ab, was die Tochter der Frau Breusse macht, denn an der liegt ja das große Ganze. So ... und nun gehe ich unter die Brause. Danach gehts ab in die Heia. Ich hatte einen harten Tag und bin müde.»

«Hast du was dagegen, wenn wir das zusammen tun?»

«Nein sicher nicht! Ich weiß schon gar nicht mehr, wie du nackt aussiehst.»

«Ha, ha, ha ...» Wir zogen uns aus und gingen ins Bad. Da stellten wir uns unter die Dusche. Ich drehte den Hahn auf und gleich lief uns das warme Wasser über die Körper. Ich machte die Augen zu und genoss es. Da nahm er mich in die Arme, küsste mich und fasste mich an. «Mmh ... was machst du denn da?»

«Gefällt dir das, Nils?»

«Und ob ... mmh, das finde ich geil, was du da machst ...», hauchte ich und fasste auch ihn an. So waren wir im Nu steif ... Die Küsse wurden leidenschaftlicher und mit Zunge. Er rieb bei mir schneller, erregte mich sehr und da ich geladen war, rief ich: «Oh ... Mach langsam Chris, sonst, oh ... komme ich gleich.» Da ließ er mich los und ich merkte, dass er den meinen in den Mund nahm und dort weiter machte, bis ich kam. Da rief er: «Und Nils? Gefiel dir das?»

«Ja na klar! Jetzt bist du dran ...»

Ich stellte mich vor ihn, nahm Seife und rieb seinen Körper ab. Dann kreiste ich ihm um die Nippel und er stöhnte: «Oh ... ist das geil.» Dass es so war, sah ich am Dödel, den ich als Nächstes einrieb. Da ließ ich mir so lange Zeit, bis er heftiger seufzte. Da kniete ich mich hin und erlöste ihn ... Da rief er: «Ey Nils, das war ja g-e-i-l!»

Ich erhob mich und hatte den Mund voll. Als ich vor ihm stand drückte ich ihn an mich und küsste ihn. Er konnte nicht genug kriegen von dem, was ich in der Schnute hatte. Als wir uns trennten, meinte er: «Oh Nils, das war ja erste Sahne, was du da machtest.»

«Dann bin ich ja froh. So und jetzt geh ich raus.»

«Mach das! Ich wasch mich noch schnell ab.» Ich holte in der Zeit ein Tuch und als er kam, rieben wir uns im Wechsel trocken. Hierauf liefen wir nackt zum Bett. Wir küssten und herzten uns noch eine Weile ...

Dann drehte sich Chris auf die linke Seite. Ich rückte an ihn ran, legte den rechten Arm auf seine Hüfte und weiter nach vorn, bis ich etwas in der Hand hielt. Das fasste ich an und in der Löffelchenstellung schliefen wir ein ...

Ich wurde wach und sah, dass es 6:59 Uhr war. Da die Blase drückte, ging ich vom Bett ins Bad. Ich war fast fertig, als Chris rein kam und rief: «Oh ... hab ich einen Druck auf der Blase!» Ich schüttelte grad das letzte Tröpfchen ab, machte ihm Platz und schon schoss der Strahl in die Schüssel. «Oh ha, das war höchste Zeit! Um ein Haar hätte ich ins Bett gepinkelt ... Machst du mal Kaffee, Nils?»

«Ja, mach ich ... bin schon auf dem Weg.» Als er kam, stillten wir den ersten Hunger vom Tag. Chris haute ab, als wir fertig waren. Eine Stunde später fuhr ich auch los ...

Ich kam zu Elfi mit dem Essen und fragte sie: «Was ist los, du bist ja so nervös?»

«Ja, weil ich mich freue, dass ihr heute zu mir kommt.»

«Wir tun das auch schon! Dann bis nachher, Elfi!»

Nach der Tour stellte ich das Auto in der Firma ab. Ich fuhr zur Bäckerei und kaufte Kuchen. Da lohnte es sich nicht mehr, nach Hause zu fahren, und so düste ich doch noch in die Klinik.

Heinz freute sich riesig, als er mich sah und sagte: «N-i-l-s, wat führt dir denn hier her? Ick dachte, du wolltest nicht zu mir kommen ...»

«Überraschung! Ich hab noch eine Stunde Zeit bis ich mich mit Chris bei Frau Breusse treffe. Da dachte ich, nutz die Zeit, um dich zu besuchen. Ich hab auch ein Stück Kuchen für dich. Wie gehts dir, Heinz?»

«Dufte Nils! Am Montag komme ick nach Graal Müritz. Heut in der Früh hab ick, die Info gekriegt.»

«W-a-s? So weit weg! Dann kann ich dich aber nicht mehr jeden Tag besuchen.»

«Ja, dit ist mir schon klar, Nils. Doch ist es nicht zu ändern. Ick würde dir dit och niemals aufhalsen. Ick komme och alleine klar. Da nehme ick mir ein Telefon und dann wechseln wir jeden Tach mal kurz ein paar Worte. Wenn du das möchtest ...»

«Na klar will ich das und es ist keine Belastung für mich. Du brauchst kein Telefon, da ich noch ein Handy hab. Das kriegst du von mir und dann rufe ich dich an, so kostet das dich nichts. Am Ende der Woche besuche ich dich aber auf jeden Fall.» Er strahlte übers ganze Gesicht und meinte: «Dit is sehr lieb von dir, Nils. Wenn du Lust dazu hast, dann nimm den Benz. Frau Breusse und Chris kommen, wie ick annehme och mit.»

«Ja, das ist so klar wie Spülwasser! Ich frag die gleich, wenn ich sie sehe. Doch die Antwort von Frau Breusse kenne ich jetzt schon.»

«Alles andere wäre nicht denkbar.»

«Stimmt Heinz! Äh ... Wie war das denn damals auf dem Schiff?» In der Folge erzählte er mir lustige Anekdoten aus der Zeit, wo er zur See fuhr. Auf einmal war es so weit und ich sagte: «So Heinz, ich muss jetzt los. Elfi wartet schon darauf, dass ich komme ...»

«Na! Das wird ihr sehr schnell gelingen ...»

«Ha, ha, ha ... Heinz, was soll denn die Anspielung. Das geht nicht, da Chris mit dabei ist. Und morgen da komm ich mit Anhang wieder.»

«Du meinst, du bringst eine Dame mit?»

«Mmh, möglich. Lass dich staunen ...»

«Und grüß mir sie herzlich und Chris och!»

«Danke! Mach ich.» Dann winkte er mich an sich heran. Als ich nah bei ihm war, flüsterte er mir ins Ohr: «Oh Nils, ick bin so geil uff dir ...»

«Danke ich auch. So jetzt muss ich aber los. Bis morgen Heinz!»

Pünktlich um 16 Uhr war ich bei Elfi. Das Tor war schon auf und so parkte ich direkt vor dem Haus. Chris war noch nicht da. Ich stellte den Motor ab, stieg aus dem Wagen und schlug die Tür zu. Da kam der Pickup von ihm an und er stellte ihn neben mein Auto. Elfi stand vor der Tür, winkte uns zu und rief: «Huhu, ihr zwei ... Ich habe den Kaffee fertig!»

«Das ist prima Elfi! Ich hole nur noch den Kuchen.» Ich holte den aus dem Fond. Chris lief voran und ich folgte ihm. Frau Breusse war sehr nervös. Sofort nahm sie ihn in die Arme, gab ihm ein Küsschen auf die rechte und linke Wange. «Sehr schön das du da bist, Chris!»

«Danke, Frau Breusse. Es ist schön, dass ich bei Ihnen sein darf. Ich habe mich den ganzen Tag darauf gefreut.»

«Ich auch! Kommt doch rein.» Wir liefen voran und sie machte die Tür zu. Elfi kam zu uns und sagte: «Wir trinken heute Kaffee in der guten Stube. Ich deckte den Tisch dort.»

«Gut Elfi, dann stell ich den Kuchen in die Küche.» Chris hatte einen Strauß Blumen bei sich und sagte zu ihr: «Frau Breusse, die sind für Sie!»

«Danke, Chris. Ich hole schnell eine Vase. Setzt euch doch schon mal hin.»

Wir liefen in die Stube. Auf dem Tisch lag eine Decke in weiß. In der Mitte standen zwei Kerzen in Haltern im Rokoko Stil. Um die drei Tassen und Teller. Dann lag da noch Besteck in Silber und Servietten. Der Raum war karg eingerichtet. Nur Spätbarock Möbel und ein paar Gemälde hingen an der Wand. Ich kam mir vor wie in einem Schloss. Sie kam rein und meinte: «Ihr sitzt ja noch nicht. Ich würde vorschlagen, dass ihr auf dem Sofa Platz nehmt, und ich setze mich auf den Sessel.»

«Gut Elfi, so machen wir das», sagte ich. Sie stellte die Vase mit den Blumen auf den Tisch und lief wieder weg. Sie kam aber gleich zurück. In der Hand trug sie die Kanne mit dem Kaffee und ein Kännchen mit Milch. «So, jetzt bringe ich noch den Kuchen und dann gehts los. Nils, gieß doch bitte schon mal den Kaffee ein.»

«Ja, wird gemacht, Elfi.» Als ich eingoß, kam sie mit dem Kuchen auf einem Teller im Dekor wie das auf dem Tisch. Leise hörte ich Klänge von Mozart. Sie setzte sich und sagte: «Ach! Ich freue mich riesig, dass ihr mich heute besucht. Es ist lange her, dass ich den Tisch so stilvoll deckte.»

«Was wir versprechen, das halten wir, Frau Breusse. Und ich freue mich auch, dass ich hier sein darf. Empfing mich jeder so wie Sie, wäre das ein Traum.»

«Ja, das glaub ich dir gern, Chris.»

«Ich war eben bei Heinz. Er lässt euch beide herzlich grüßen. Er sagte mir, dass er nach Graal Müritz zur Reha kommt.»

«Besuchst du ihn morgen wieder, Nils?»

«Ja Elfi! Das versprach ich ihm. In der Reha geht das ja nicht mehr jeden Tag, da ich nur am Ende der Woche kann. Wenn du und Chris da mal mit wollt, dann dürfen wir den Benz nehmen.»

«Oh, das ist ja sehr schön, Nils. In dem Fall komme ich erst mal morgen mit. Und wenn du ihn in der Reha besuchst, fahre ich auch mit, versteht sich.»

«Na klar, Elfi! Das dachte ich mir schon.» Verdutzt sah sie mich an. «Wieso, Nils?»

«Mein sechster Sinn.»

«Nein! Es ist nicht, was du denkst. Das mach ich nur wegen dir, damit du auf der Fahrt nicht so allein bist.»

«Ah ja!»

«Möchte noch jemand Kaffee?»

«Nein, danke, Frau Breusse ... Dann lassen Sie uns jetzt mal in Ihren Garten gehen ... Äh, aber bevor wir das machen, räumen wir das, was auf dem Tisch ist ab.»

Jeder nahm etwas in die Hand und dann liefen wir los. «Stellt bitte alles auf die Spüle. Morgen kommt Anke und die wäscht das ab.»

«Ja Elfi machen wir», rief ich ihr zu. Auf der Stelle liefen wir zurück. Sie stand an der Tür zum Garten ... Dann gingen wir raus und ich sah mich um. Das Grundstück war eine Wiese. Das Gras fast einen Meter hoch. Auch die Büsche rings um, wuchsen wild. Ein paar Buchen waren morsch und sehr alt. Vor dem Haus war ein Freisitz. Der und die Tische und Stühle waren auch am Ende ihrer Tage. Die Liegen an der rechten Seite auch. Chris sah Elfi an und meinte: «Schön, schön ... und schön viel Arbeit.»

«Ja das ist wahr ... Hier gab es für die Gäste, wenn es schön war, das Frühstück. Ja, und die Liegen ... Die brauchte ich schon lange nicht mehr. Vor zehn Jahren bauten wir den Wintergarten an. Wir hatten nur eine Pension Garni. Kam es mal vor, dass jemand erst sehr spät kam, dann machte ich mal eine Kleinigkeit für die Gäste.»

«Wow! Der Garten ist echt eine harte Nuss. Was meinst du?»

«Ich sehe das genau so, Chris. Zuerst muss der Grund rein. Dann legen wir einen Weg rund herum an. In die Mitte kommt ein Teich und viele Bänke, wo man Sitzen und Rast machen kann.»

«Mmh ... Ja, das ist gut und schon mal die Basis. Da hätte ich auch bereits weitere Ideen. Doch zuerst muss der Rasen ab. Dann etliche Äste und Büsche, wie die dort fort. Ich notiere das gleich und einen Plan mache ich mir auch.» Er kramte rechts innen in seiner Jacke rum und holte einen Block raus. Er fing an ... Als er das getan hatte, sagte er: «So, ich hab so weit alles fertig. Ich denke, so fangen wir an ...»

«Schön Chris! Dann setzen wir uns rein und dort zeigst du mir die Ideen ... Doch zuvor hole ich uns Brause. Die hab ich selbst gemacht.»

«Gut Frau Breusse! Das machen wir!» Als wir da waren, sah ich raus und meinte: «Chris, kuck mal! Sieh dir mal an, was man von hier aus für eine tolle Sicht in den Garten hat.»

Da kam Elfi an. Sie hatte ein Tablett bei sich mit Gläsern und Karaffe und stellte alles auf dem Tisch ab. Wir setzten uns hin und sie goss ein. «So! Jetzt kannst du anfangen, Chris!»

«Gut, Frau Breusse, mach ich! Wie ich hörte, ist der Garten für Ältere. Das Primäre ist aus dem Grund der Schutz vor dem Unfall. Daher ist beim Plan eine Menge zu beachten. Denn auf gar keinen Fall darf das passieren. So ist Licht sehr wichtig und Geländer an den Treppen. Ich sah auch, dass es lose Platten gibt, wie die auf der Terrasse. Da machen neue hin. Glatte Steine kommen auf den Wegen. Nur selbst können wir das alles nicht.

Wir haben Leute vom Fach nötig: wie Elektriker und Schreiner. Ist der Rasen ab, fangen wir mit dem Schnitt der Bäume an. Da brauche ich eine Hebebühne und für das graben vom Loch für den Teich Bagger und Radlager. Zum Schluss kommen die Wege dran.»

«Oh, oh Chris! Das hört sich ja sehr teuer an. Bist du in der Lage mir jetzt schon mal zu sagen, was das kostet?»

«Na ja ... Frau Breusse. Wenn ich das so grob überschlage, denke ich ... Ähm, so um die 50.000 Euro ...»

«Oh, das ist aber viel!»

«Ich weiß! Nur billiger kriege ich das nicht hin. Das dauert ja auch vier Wochen ...»

«Elfi! Du musst jetzt noch nicht ja sagen. Wie ich Chris kenne, fängt er gleich mit der Planung an, wenn wir zu Hause sind. Dann hat seine Mutter viel zu tun. Sie ruft die Firmen an und holt die Angebote ein. Das dauert ein paar Tage, bis alles da ist. Kommen wir am Sonnabend zu dir, reden wir über den Rest. Haben wir noch Zeit, stecken wir noch die Größe vom Teich ab. Was hältst du davon, Elfi?»

«Das hört sich gut an, Nils. Ich kann mir schon ein Bild von dem, was Chris sagte machen. Es wird eine große Freude sein, ist alles fertig.»

«Wird es, Frau Breusse! Es ist, wen wundert's eine Menge zu tun, doch bis die Ersten hier wohnen, vergeht ja noch einige Zeit, denke ich. Was meinst du, Nils?»

«Ja! Das wird in dem Jahr nichts mehr werden, da der Home-Gourmet-Service Vorrang hat.»

«Na, prima, ihr zwei ... Dann bleibt es dabei! Und nun trinken wir noch eine kühle Limo ... Und jetzt kurz zu dir, Chris: sage bitte ab sofort Elfi zu mir. Ich will, dass blöde Frau Breusse von dir nicht mehr hören.»

«Äh ... Ja okay, Elfi!»

«Dann lasst uns darauf trinken!» Wir hoben die Gläser und ließen sie klingen. Als das von Chris leer war, sagte er: «So Elfi!

Danke für die schöne Zeit und die leckere Limo. Nur muss jetzt los ... Ich hab eine Menge zu tun mit der Planung. Und bei Mutter brauche ich Zeit, um mit ihr alles zu bereden. Wir sehen uns ja am Sonnabend. Da weiß ich dann auch mehr.»

«In Ordnung, Chris! Wann seid ihr hier?»

«So gegen halb neun, denke ich. Was meinst du, Nils?»

«Ja, das ist eine sehr gute Zeit.»

«Bis dahin bin ich auch auf», meinte sie und Chris: «Wenn nicht, dann komme ich an dein Bett und küss dich wach, Elfi.» Sie blinzelte ihn an und hauchte ihm zu: «Mmh ... da legte ich kein Veto ein, Chris.»

«Ja, ja, das glaube ich gerne, Elfi!»

«Und dich, mein lieber Nils, sehe ich ja morgen.»

«Ja, auf jeden Fall, Elfi!»

«Und ich freue mich auch ... Und auf Herrn Petersen ...»

«Na, na, na Elfi ... Hat sich da etwa eine verknallt?»

«Also, Nils? Wo denkst du denn hin, der ist doch um ein Vielfaches zu jung für mich.» Ich fing an zu lächeln und meinte: «Aber du hast ihn gern, oder?»

«Ja, Nils! Es stimmt, über alle Maßen sogar. Ich würde mich riesig freuen, wenn er der Erste ist, der hier bei mir wohnt. So wär ich und er auch nicht mehr so allein.» Dann küsste sie uns rechts und links auf die Wange und im Anschluss fuhren wir heim ...

Am nächsten Tag klingelte ich bei Elfi und sie machte auf. Kaum war die Tür auf, fiel sie mir um den Hals und drückte mich ab. Da meinte ich: «Was ist denn mit dir los, Elfi, bist du auf Koks?» Sie ließ mich los, hüpfte vor mir herum, zog mich ins Haus, machte die Tür zu und rief: «Nils, ich bin heute außer mir und freue mich des Lebens ... Und schon auf dich ...»

«Und auf dein Essen! Ich weiß ...»

«Nein! Äh... ja, das auch ... aber mehr auf dich, Nils! So, und jetzt halte dich mal fest: Wir müssen um halb fünf beim Notar sein, da gibt's eine Überraschung.»

«Gab deine Tochter schon Antwort auf den Brief?»

«Nein! Bis jetzt noch nicht.»

«Was ist es dann, Elfi?»

«Lass dich sprachlos machen, Nils.»

«Na gut, muss ich eben geduldig sein.» Ich stellte die Box in der Küche auf den Tisch und packte das Menü aus. Als ich fertig war, merkte ich ihre Arme, die von hinten mir um die Hüfte fassten, bis die Hände im Schritt waren. Mir war klar, was kam und ich fragte: «Elfi, was hast du denn vor?»

«Das wirst du gleich merken!» Sie machte den Gürtel auf und im Nu sauste die Jeans zu Boden. Eine Sekunde später folgte der Slip. Da hörte ich sie sagen: «Oh ... was hast du für pralle Bäckchen ... Doch ich will an dein Säckchen. Jetzt beug dich mal nach vorn auf den Tisch.» Als ich da lag, kniete sie sich hinter mich, zog die Hose und den Slip über die Schuhe und befahl: «Jetzt spreiz die Beine! .... Mmh, da lass ich doch gleich mal die Glocken läuten.» Kurz darauf merkte ich, wie sie den Sack in die Hand nahm und ihn ein paar Mal auf und ab hob. In der Folge fing sie an, sanft an ihm herum zu kraulen. «Gefällt dir das, Nils?»

«Oh ja, mmh ... das ist sehr geil, wie du das machst, Elfi.»

War es auch und der Strick um die Glocken zu läuten war hart. Auf einmal hörte sie auf und fing an, ihn zu suchen. «Oh ... Nils! Der ist ja schon kräftig ...»

«Kein Wunder bei der Massage», kaum sagte ich das, merkte ich, wie sie mich wie eine Kuh melkte und das Euter hüpfte auf und ab. «Jetzt steigern wir das mal», vernahm ich und spürte, wie ein Finger am After kreiste. «Elfi, was wird das denn?», rief ich erstaunt und sie meinte trocken: «Entspann dich und lass es zu ... So machte ich das auch bei meinem Mann. Durch die Reibung der Prostata geht es flotter. Das sagte mir mal eine Liebesdame, die das machte, da so ein Kerl schneller kommt und sie so mehr verdiente ...» Dann drückte sie den Finger rein ... Es war echt so und bald stöhnte ich vor Geilheit. Ich presste den After zu, klemmte den Finger von ihr ein und sie drehte ihn von rechts nach links. Das machte sie synchron mit der Hand, die mich abmolk. So reizte sie mich bis in die Haarspitzen. «Mmh ist das g-e-i-l ...»

«Ich weiß, Nils! Das sagte mein Mann auch jedes Mal!» Wenig später war es so weit ... Der Körper von mir bebte und mich durchzog ein Gefühl, wie ich es noch nie erlebt hatte ... «Mmh ... o-h-h-h ... a-h-h-h ... Wahnsinn! Elfi, du hast es geschafft und es war genial!»

«Ja ich merkte es und und es freut mich. Doch das war noch nicht alles ... Dreh dich mal um ...» Ich richtete mich auf und tat, was sie wollte. Mir war klar, was kam, doch ich ließ sie wirken ... Proteste duldete sie ja nicht. Was dann folgte, war ein Spiel mit dem Mund. Sie trieb mich fast an den Rand des Irrsinns ... Und sage und schreibe schaffte sie es noch ein Mal. Von Glück erfüllt kuckte sie zu mir hoch, lächelte und meinte: «Und Nils, gefiel dir das, was ich machte?»

Mein Herz pochte, ich atmete tief ein und aus und sagte: «Puh ... oh, das war ja ... oh ... wahnsinnig. So was Geiles erlebte ich ja noch nie. Du bist und bleibst die beste, Elfi ...»

«Stimmt! Jetzt muss ich aber auf die Beine kommen, denn die Knie schmerzen. Hilfst du mir bitte?»

«Na klar!» Ich griff ihr unter die Arme und hielt sie fest. Als sie vor mir stand, gab sie mir einen Kuss auf den Mund. «Weißt du, Nils. Ich bin heute s-o-o-o vom Glück begünstigt. Ich wäre in der Lage alle Männer auf der Welt glücklich zu machen ... Keine Angst, das mache ich aber nicht, sondern nur bei dir hatte ich das vor. Durch dich habe ich wieder Freude am Leben. Die hatte ich schon längst verloren ... So, und jetzt zieh deine Hosen an. Wie sieht denn das aus, wenn dich jemand hier so sehen würde. Der nimmt doch glatt an, dass du mir die Unschuld nehmen willst.»

«Äh, ist Anke noch da, Elfi?»

«Na klar! Die ist aber oben, glaube ich. Auch wenn ein Zimmer leer steht, wird es ab und zu mal gereinigt. Und jetzt mach endlich, dass du gehst. Du musst ja bald wieder hier sein und ich erwarte dich um 16:15 Uhr.»

«Ist ja gut, Elfi! Ich hole noch schnell ein Papier und mach das Sperma vom Boden weg, denn das muss Anke nicht sehen.»

Als ich fertig war, warf ich das Papier in den Müll, ging auf sie zu und gab ihr einen Kuss. «So Elfi, ich hau jetzt ab ... bis nach her!» Ich schnappte die leere Box und drehte mich um ... In dem Moment kam Anke rein und rief: «Frau Breusse! Ich bin jetzt oben fertig. Haben Sie noch was für mich zu tun? ... Ah, Nils! Schön dich zu sehen! Ich würde gern mal, wenn du Lust hast, den Schwanz von dir in mir spüren ...»

«Hallo Anke! Denkbar wär´s beim nächsten Mal.»

«Ich nehm dich beim Wort.» Dann sagte ich: «Tschüss!», lief zur Tür und Elfi rief: «Bis später, Nils.»

Als ich im Wagen saß, wurde mir klar, was ich für ein Glück hatte. Dass die so spitz ist, dachte ich nicht. So nahm ich mir vor, ihr aus dem Weg zu gehen, wenn sie bei Elfi ist.

Um 16:13 Uhr war ich zurück. Ich fuhr durch das Tor und sah Elfi auf der Bank vor dem Haus sitzen. Ich hielt an, stieg aus und machte die Tür auf. Sie gab mir einen Kuss und setzte sich ins Auto ... Wir düsten gleich los und um 16:28 Uhr waren wir da. Wir gingen in die Kanzlei und eine Frau rief: «Guten Tag, Frau Breusse! Der Chef erwartet Sie schon. Kommen Sie bitte mit.»

Ich setzte mich auf einen Stuhl. Es dauerte nicht lange, da ging eine Tür auf und ich sah, dass Dr. Müller heraus kam, und rief: «Herr Tamper, kommen Sie bitte mal zu mir!»

«Ja!» Ich lief auf die Tür zu und er reichte mir die Hand. «Setzen Sie sich bitte.» Ich nahm Platz neben Elfi. Die strahlte über ihr Gesicht, sagte aber nichts. Er setzte sich auf seinen Stuhl und legte los: «Herr Tamper, Frau Breusse beschloss, Sie zu adoptieren, damit sie mal ihr Erbe antreten können.»

Das haute mich um. «Was? Elfi, das willst du im Ernst? Geht das denn bei mir noch? Ich dachte, das geht nur bei Kindern.» Elfi lächelte und meinte: «Nils! Das geht auch wenn mal alt ist.»

«Sie sagen es, Frau Breusse! Nun, Herr Tamper, stimmen sie dem zu?»

«Puh! Das hatte ich jetzt nicht erwartet.»

Ich kuckte Elfi genau an. Da sah ich, dass sie glücklich war, und jedes Auge glühte wie ein Stern. Da war mir klar, sage ich nein, machte ich sie traurig. Ich atmete tief ein und aus, wurde todernst und sagte: «Gut Elfi, willst du das im Ernst, mache ich es ...»

«Danke Nils! Ich weiß, dass ich das Richtige mache. Auch wenn es für mich ein Risiko ist.»

«Elfi! Du weißt, was ich verspreche, das halte ich auch. Komme, was wolle.»

«Gut, Frau Breusse, dann kümmere ich mich um das Weitere.»

«Prima Herr Doktor Müller.» Er stand vom Stuhl auf und wir beide auch. Da sagte er: «Ich wünsche Ihnen noch einen schönen Abend Frau Breusse und Ihnen auch, Herr Tamper!»

«Danke, Herr Doktor Müller! Ihnen ebenso.»

Wir fuhren zur Klinik. Als wir da waren, machte ich die Tür vom Zimmer auf. Elfi ging vor und da hörte ich: «Hallo Frau Breusse! Wie gehts Ihnen denn heute?»

«Danke der Nachfrage, Herr Petersen. Sehr gut!»

«Dit freut mir überaus. Und dir, Nils?»

«Mir? Gut! Mein Leben ändert sich ja bald, und ich komme jeden Tag dem Wunsch von mir näher. So, und jetzt zu dir, Heinz. Wie gehts dir heute?»

«Mmh, manierlich. Ick hab nüscht zur Klage. Wie war es gestern bei Frau Breusse?» Elfi sagte: «Schön Herr Petersen! Die zwei waren bei mir und Chris sah sich alles an. Wie erwartet, ist da jede Menge zu tun. Jetzt fangen sie an, ihm den ersten Schliff zu geben ... In die Mitte kommt später ein Teich und um das Grundstück ein Weg. Sind wir fertig, werden wir darauf, mit dem Rolli um die Wette flitzen ...»

«Oh! Gut das Sie mir dit sagen, da muss ick in der Reha schon mal üben. Sonst lassen Sie mir hinter sich.»

«Ja! Das sollten Sie auch tun, da Sie dann nur die Absätze meiner Schuhe sehen ... Jetzt mal Spaß beiseite: Ich war eben beim Anwalt. Der bekam heute den Brief aus Berlin ... Und nun halten Sie sich fest: Sie ging auf alles ein! Jetzt kriegt sie ihr Geld und hat keinen Anspruch mehr auf den Grund und Boden, auf das Haus und den Rest ... Und jetzt adoptiere ich Nils ...» Als sie das sagte, strahlte sie vor Freude und musste mal Luft holen. Da ergriff Heinz das Wort und meinte: «Pardon, Frau Breusse! Hab ick da richtig gehört? ... Sie nehmen Nils an ...»

«Heinz, ich denke, es ist besser, wenn wir uns raus setzen. Im Flur ist ein Sitzplatz, da reden wir in Ruhe ...»

Da ging die Tür auf und es kamen zwei Frauen rein und grüßten uns. Sie gehörten zu dem Mann, der an der Tür lag. Wie ich hörte, war es Frau und Tochter. Im Nu ging die Tür wieder auf, eine Schwester kam rein und rief: «Bitte alle mal kurz das Zimmer verlassen ...» Das passte ja sehr gut und so gingen wir zum Sitzplatz und setzten uns hin. Elfi erzählte ihm den Rest und mehr ... Dann gab es das Essen für Heinz und für uns kam der Abschied. «Nils, wann kommt ihr wieder?», wollte er wissen und ich sagte: «Ich dachte am Sonntag, wenn dir das recht ist?»

«Na klar ist es dit, Nils! Da kiek mal bitte vorher in meinem Kabuff nach, ob alles in Ordnung ist. Frische Wäsche brauch ick och.»

«Okay Heinz, die bringe ich mit.»

Wir gingen aus der Klinik und fuhren los zum ersten Stopp. «So Elfi wir sind da», sagte ich, sie machte das Tor auf und ich fuhr bis zur Treppe. Da fragte sie: «Nils, hast du noch einen Moment Zeit?»

«Ja, hab ich!»

«Gut, dann sag ich dir, wie es dazu kam: Als ihr zwei mich gestern verlassen habt, machte ich das Tor und die Haustür zu und lief in den Wintergarten. Da setze ich mich hin, sah raus und auf ein Mal überfiel mich tiefe Trauer. Ich merkte, dass etwas in mir rumorte, hatte aber keine Ahnung, was es war. Ich weinte vor

Glück und war froh, dass ich hier, die letzten Jahre die mir bleiben sein kann. Wenn auch nur durch Güte des Schicksals ... Doch dann hörte ich nur die Stille ... Und ich merkte, dass ich allein war. Ich saß da und wischte mir dir Tränen ab ... Da dachte ich, dass ja hier bald Leben ins Haus kommt, und die Trauer wich der Freude. Ich machte mir Mut und sagte zu mir, dass ich die trüben Tage auch noch ertrage.

Dann dachte ich an dich, und das du mir das erst möglich machst. Da wünschte ich mir so sehr, dass du mein Sohn wärst. Aber leider warst du das nicht und da kam mir die Idee ... Ich räumte den Tisch ab, stellte die Limo in den Kühlschrank und grübelte nach. Dann legte ich mich zeitig ins Bett und sinnierte die halbe Nacht. In der Früh wachte ich kurz vor acht Uhr auf. Der erste Weg führte mich zum Telefon. Ich rief den Anwalt an, der ja auch ein Notar ist. Ich sagte ihm, was ich vor hatte. Dann bat er mich, um halb fünf in seine Kanzlei zu kommen. Der Weg in die Klinik führte ja dort vorbei. So lag es ja auf dem Weg.

Dann machte ich mir das Frühstück. Da klingelte es an der Tür. Ich bat Anke rein und sagte ihr, sie möge sich einen Moment zu mir setzen. Ich lief mit ihr in den Wintergarten und wir setzten uns hin. Sie trank einen Kaffee mit mir. Ich reichte ihr ein paar selbst gemachte Plätzchen. An sich ein Ritual, das ich immer mit ihr führe. Nur heute saß ich dort mit ihr zum ersten Mal. Was bei ihr Anklang fand. Ich sagte ihr, dass der Garten verschönt wird, und das gefiel ihr gut. Nur das mit der WG erzählte ich ihr nicht.

Ich war da so ruhelos und sah dauernd auf die Uhr. Wie eine Ewigkeit kam es mir vor, bis du kamst. Ich war wie ein Kind, das auf den Weihnachtsmann wartet. Da machte ich mir bewusst, wie toll ich es doch hier habe und wie passabel es mir geht. Ich sah vor mir, was ich schon an Elend sah. Da fragte ich mich, warum der Schöpfer es so gut mit mir meint und was er mit mir vor hat. Und so habe ich dich vor dem Essen vernascht und beim Anwalt überrascht. Jetzt weißt du, wie alles war. Ich hoffe, dass du mir nicht böse bist. Das wäre dann ein Fiasko.»

«Elfi, ich bin dir nicht böse. Ich weiß, dass du es in hohem Maße gut mit mir meinst, und ich finde es in Ordnung.»

«Nils, hat Chris das Angebot schon fertig?»

«Leider weiß ich das nicht, da ich ihn noch nicht sah. Wenn es fertig ist, bringen wir dir das mit. So, Elfi, jetzt wird es Zeit ... dann bis morgen!»

«Ja, Nils!» Sie gab mir einen Kuss und ich nahm Abschied von ihr. Zu Hause angekommen sah ich, dass Chris schon da war, da sein Pickup auf dem Hof stand. Ich schloss die Tür auf. Drinnen hörte ich Stimmen in der Küche ... Ich trat leise durch die offene Tür ein. Die zwei saßen am Tisch, auf dem ein Wust von Prospekten und Blättern lag. Da kramte Chris drin rum und Eva schrieb etwas auf. Die zwei bemerkten mich nicht und ich sagte: «Na, ihr seid ja schon fleißig an der Arbeit ...» Chris erschrak, drehte sich um und rief: «Nils! Man, hast du mich jetzt erschreckt!»

«Mich auch! ... Aber es ist gut, dass du da bist. Wir brauchen noch ein paar Details von dir.»

«Okay Eva! Dann leg mal los.»

«Ich wüsste gerne, wie groß der Teich wird? Wie viele Wege es gibt, und wie sollen die sein? Pflaster, Schotter oder was anderes?»

«Kein Problem! Der Teich wird 15 mal 20 Meter ... Vom Hauptweg zweigt ein Weg ab, der am Teich vor dem Steg endet. Für alle Wege verlegen wir glatte Steine.»

«Gut Nils! Ich habe fast alle Angebote da, nur vom Schreiner hörte ich noch nichts. Ich mach grad den Plan und dann rechne ich die Kosten aus ... Jetzt sind wir bei 57.000 Euro. Ihr seid im Bilde, dass wir mit einer hohen Summe in Vorleistung gehen müssen. Das gibt nur die Lage der Mittel von uns nicht her. In letzter Zeit sind die Leute immer dreister. Erst nach der 3. Mahnung wird bezahlt, und dann ziehen sie auch noch Skonto ab. So geht Geld nur ab und zu ein. Aus dem Grund nehm ich nichts mehr ohne eine Zahlung im Voraus an. Will einer das nicht, hat er

Pech. Ist das akzeptiert?» Wir nickten ... «Das bedeutet auch, dass ihr der Frau Breusse das sagen müsst.»

Nach einer Stunde war alles so weit fertig, bis auf den Schreiner. Da sagte Eva: «So Jungs, dann machen wir jetzt Schluss. Bin ich oben, check ich die Mails, mache das Essen und dann schreib ich das Angebot für Frau Breusse.»

«Ja, mach das mal Mutter.»

«Chris, was gibts denn bei euch heute Abend?»

«Ich kuck erst mal, was im Kühlschrank ist.»

«Habt ihr nicht Lust bei uns zu essen? Gerd kommt in einer halben Stunde heim. Dann gehe ich gleich nach oben und koche etwas für uns alle.»

«Ja, das ist eine klasse Idee, Mutter! Ich komme mit Nils in einer halben Stunde hoch.»

«Gut, ihr zwei. Dann sehen wir uns gleich bei mir.»

Sie stand auf und wir räumten den Tisch ab. Als wir oben waren, machte Gerd die Tür auf. Wir grüßten uns und kaum waren wir im Flur, rief Eva aus der Küche: «Prima, dass ihr da seid! Es geht gleich los ... Und der Schreiner sandte uns per Mail sein Angebot. Jetzt hab ich alles, was ich brauche. Sind wir mit dem Essen fertig, fange ich an und so habt ihr das in der Früh. So und nun dürft ihr schon in die Stube gehen.» Das machten wir und als wir satt waren, ging es ab zu uns. Da legten wir uns gleich hin, schmusten ein bisschen und schliefen ein ...

In der Früh wollten wir grad gehen, da kam Eva an und dann düsten wir mit dem Pickup los. Es war ein herrlicher Tag, nicht zu warm, nicht zu kalt und die Sonne schien. Um 8:30 Uhr kamen wir bei Elfi an. Ich lief zur Tür, sie machte auf und da stand sie im Nachthemd vor mir und müde meinte sie: «Guten Morgen Nils, wie du siehst, verschlief ich.»

Ich verkniff mir das Lachen, denn sie sah aus wie ein Gespenst. «Macht nichts Elfi, dann zieh dich um, wir fangen gleich an», meinte ich und sie begrüßte mich auf ihre Art mit Umarmung und Kuss auf die Backe.

Da rief sie: «Guten Morgen Chri-i-i-i-s!», winkte ihm zu und ging ins Haus. Ich lief zum Auto, wo er grad die Heckenschere an sich nahm, und sagte: «Nils ich fange hier vorn am Haus an.»

«Okay, dann mähe ich den Rasen!» Ich legte die Rampen an und fuhr den Grasmäher vom Auto runter. Danach düste ich mit dem in den Garten und fing an ... Nach etwa zwei Stunden kam Elfi zu mir und winkte. Ich stellte den Motor ab und sie rief: «Nils, ich habe für euch eine Stärkung.»

«Gut, Elfi! Ich sage es Chris und dann kommen wir in ein paar Minuten rein. Ich muss eh mal für kleine Jungs.»

«Prima, bis gleich.» Ich ging zu ihm und er freute sich. Wir liefen los, er zu Elfi und ich ins Bad. Als ich kam, sah ich, dass sie draußen saßen. «Nils, komm her und setz dich zu uns, es gibt Kaffee, Kuchen, Wurst und Käse.»

«Danke Elfi! Mmh, das sieht ja alles lecker aus.» Nach einer halben Stunde Pause ging es weiter. So gegen halb zwei war das gröbste geschafft. Sie rief: «N-i-l-s, Chris ... Essen ist fertig!»

«J-a-a-a! Wir kommen gleich», sagte ich. Da es bewölkt wurde, stellten wir alle Geräte vors Haus und liefen rein zu ihr. Nach dem Essen war es so weit und Chris zeigte Elfi den Plan. Sie fand den Preis in Ordnung. Da sagte er: «Das freut mich liebe Elfi! Nur musst du an den Tagen, wo wir hier arbeiten, mit Dreck, Lärm und Krach leben. Doch ich gebe dir mein Wort, dass es ein Garten Eden wird und jeder der ihn sieht, will nie mehr von hier weg.»

«Gut, Chris! ... Dann machen wir das so!»

«Danke, Elfi. Das bereust du nicht. Doch jetzt kommt der leidige Teil, das Geld. Steine und Folie muss ich gleich beim Kauf zahlen. So hätte ich gern eine Zahlung von dir im Voraus.»

«Ja, das verstehe ich. Wie viel wäre das?»

«15.000 Euro!»

«Ja, das geht in Ordnung, Chris.»

«Okay Elfi! Dann fangen wir am Montag an. Ich komme in der Früh mit Mutter und lege mit ihr den Umriss vom Teich fest.»

«Prima! Ich bin ja ab acht Uhr auf. Könntest du mich zur Bank fahren? So kann ich euch das Geld anweisen und das für meine Tochter auch.»

«Na klar, das mach ich doch, Elfi. Mutter kann auch mal eine Stunde allein sein, denn sie weiß ja, was zu tun ist ... So, dann wäre das ja alles geklärt. Was meinst du, Nils?»

«Ja, das finde ich gut! Und bringe ich Elfi das Essen, seh ich mir an, wie weit ihr seid.»

«Okay ... Nils, mach das Mal!»

Da kuckte ich raus und rief: «Es fängt an zu regnen ...»

«Was? Echt! Dann lass uns schnell die Maschinen verfrachten und ab gehts nach Hause. Ich habe heute noch viel zu tun, denn morgen sind wir bei Herrn Petersen.»

«Elfi, dann holen wir dich um 15 Uhr ab!»

«Prima Nils! Ich freue mich sehr.»

«Beeil dich Nils, wir müssen! Jetzt fängt es stärker an ... Tschüss Elfi!» Wir liefen raus, luden fix alles auf und düsten ab.

Am Sonntag war ich mit Chris in der Wohnung von Heinz. Da goss ich die Blumen, lüftete und suchte die Sachen, die er wollte aus dem Schrank. Die packte ich in eine Tasche und dann sausten wir zu Elfi. Das Tor stand auf und sie winkte uns zu. Am Haus stiegen wir aus, sie kam auf mich zu, fiel mir um den Hals und dann auch Chris. Ich hielt die Tür vom Auto auf und sagte: «So bitte, steig ein Elfi.»

Als Chris im Fond saß, sausten wir los. An der Klinik parkte ich die Knutschkugel und wir gingen rein ... Da sah ich, dass Heinz auf einem Stuhl saß. Als er uns sah, stand er auf und kam freudig auf uns zu und rief: «Tachchen! Da seid ihr ja endlich. Ick hab schon uff euch gewartet. Oh, und ihr brachtet ja die jungsche Dame mit. Dit freut mir riesig ... Ausgezeichnet sehen sie aus, Frau Breusse.»

«Danke Herr Petersen!

Geht man zu einem netten Herrn, wie Sie es sind, dann gehört sich das ja so. ... Und wie gehts Ihnen heute?»

«J-u-t! Sie wissen ja, das Unkraut nicht vergeht!»

«Das ist wahr, Herr Petersen.»

«Nu zu euch», sagte er, nahm uns in die Arme und meinte: «Es freut mir och sehr, euch zu sehen. So und nu gehen wir zu den Sitzen, uff der wir jüngst saßen.» Elfi lächelte ihn an und sagte: «Ja gern!» Sie trat an die rechte Seite von ihm und hakte ihn mit dem linken Arm ein. Flott gingen sie an der Spitze wie das junge Glück. Als wir ankamen, sah ich, dass keiner da war, und so setzten wir uns hin.

«Nils, haste meine Plünnen in der Tasche?»

«Ja Heinz! Ich erledigte alles und die Post habe ich auch hier.»

«Danke, Nils! Und Frau Breusse, wat tat sich bei Ihnen?»

Sie legte los ... und er erfuhr alles bis ins Kleinste. Wir kamen nicht zu Wort und so hörten wir nur zu.

Zwei Stunden später meinte Heinz: «So, ihr lieben gleich gibt es dit Nachtmahl. Es wird Zeit, für euch.» Er stand vom Stuhl auf, wir auch. Elfi sah ihn an und sagte: «Herr Petersen! Ich wünsch ihnen alles Gute für die Zeit in Graal Müritz.»

«Danke Frau Breusse. Ick hab zwar keinen Einfluss, doch ick denke schon und wenn sie wollen, besuchen Sie mich mal.»

Elfi ging auf Heinz zu und nahm ihn in die Arme. Ich sah, dass ihr Tränen über die Wangen liefen. Er sah das auch und meinte: «Nicht weinen, Frau Breusse! Dit ist doch kein Abgang für ewig. Am Sonntag sehen sie mich ja wieder?» Sie hörte auf, schniefte ein Mal und sagte: «Ja, Herr Petersen, aber ein Abschied macht mich jedes Mal sehr traurig. Doch auf den Besuch freue ich mich jetzt schon.»

Heinz lächelte sie an und sagte: «Dufte, Frau Breusse, dann sehen wir uns am Sonntag ... Und nu zu dir Chris: Ick wünsch dir viel Erfolg beim Garten gestalten und ick hoffe, dit ick ihn mir mal bekieken kann, ist er fertig.» Da rief Elfi: «Ohne Frage, Herr Petersen! Sie werden der Erste sein, mit dem ich, wenn es so weit ist, bei Vollmond über dem Teich sitze.»

«Ick nehm Sie beim Wort ...»

«Das dürfen Sie auch!»

«Und nu zu dir Nils: Mit dir bin ick in Verbindung. Dit Handy hab ick da und nach der Residenz von mir kuckst du mal, hast du Zeit. Kommt ihr zu mir, dann hol den Benz aus der Garage. Die Schlüssel sind am Brett gleich rechts neben der Tür. Über alles andere quasseln wir an der Strippe.»

«Machen wir Heinz! Dann gute Reise nach GM ... Und ich ruf dich morgen Abend an. Da kannst du mir sagen, wie die Fahrt war und wie es dir gefällt. Tschüss!»

«Tschüss ihr drei und bis zum Sonntag.» Wir brachen auf doch auf der Fahrt war Elfi in sich gekehrt und sprach kein Wort. Wir kamen bei ihr an und ich sagte: «So Elfi. Du bist zu Haus.»

«Danke Nils! Dann bis morgen ... Und du Chris, richtest bitte deiner Mutter von mir einen Gruß aus.»

«Danke, das werde ich tun.»

Ich stieg aus und machte ihr die Tür auf. «Ich wünsch dir eine gute Nacht, Elfi!», meinte ich und sie: «Danke Nils. Dir auch.» Sie drückte mich an sich und gab mir einen Kuss. «Kommt gut heim ... und dann bis morgen.» Ich stieg ein, fuhr los und sie winkte uns noch zu. Als wir zu Hause waren, lud Eva uns zum Essen ein. Danach gab es nur ein Thema: der Garten von Elfi.

Der Montag fing normal an. Beim Frühstück fragte ich: «Was macht ihr heute, Chris?»

«Äh ... Wir stecken zuerst den Teich ab. Dann hauen wir die Hölzer ein, immer da, wo eine Steckdose und Lampe hinkommt. Sind wir fertig, fahre ich Elfi zur Bank.» Da klingelte es. «Das ist Mutter», rief Chris, lief zur Tür und machte auf. «Schön das du schon da bist! Dann düsen wir gleich los.»

Am Mittag kam ich an und sah, dass die zwei vor dem Auto standen. Ich stieg aus und Elfi rief: «Nils! Ich habe alles erledigt.»

«Na das ist ja super.» Dann grüßte sie mich heiß und innig, mit Küssen und in die Arme nehmen. Als sie mich frei gab, sagte ich: «Danke Elfi, womit habe ich das verdient?»

«Das sage ich dir später!»

«Na gut, dann ist das so .... Hallo Chris, ist Eva noch da?»

«Nein! Die lieferte ich zu Haus ab, da sie das Essen macht. Ich düse jetzt heim und fahre danach gleich zurück.»

«Okay! Dann komme ich, bin ich fertig und helfe dir.»

«Ja, gern Nils, mach das Mal. Ich brauche jede Hilfe.» Chris setzte sich in den Pickup und brauste los. «So, Elfi! Und ich bringe dir deins schnell in die Küche.»

«Das ist nett von dir, Nils.» Wir gingen ins Haus, ich stellte die Box auf den Tisch und sagte: «So Elfi! Dann lass es dir schmecken ... und bis gleich!»

Nach zwei Stunden war ich da und sie machte die Tür auf. «Schön das du da bist, Nils. Chris ist im Garten beim Tor zum Waldweg.»

«Danke Elfi! Ich geh mal zu ihm hin ...»

«Mach das Nils! In einer Stunde gibt es Kaffee. Kuchen habe ich auch ....»

«Da freue ich mich sehr. Ist es so weit, rufst du uns ...»

«Ja Nils!» Ich lief durch das Haus in den Garten. Als ich bei ihm war, rief ich: «Hallo Chris! Was machst du da?»

«Hi, Nils! Die Pforte breiter. Von hier aus fährt der Bagger in den Garten.»

«Kann ich dir was helfen?»

«Na klar!»

«Elfi sagte mir, dass sie in einer Stunde Kaffee macht. Sie hat auch Kuchen.»

«Na, das ist ja geil! Okay! Dann legen wir mal los ...» Wir lagen gut in der Zeit, als sie schrie: «Der Kaffee ist fertig!» Und ich: «Wir kommen», und liefen los. Als wir bei ihr waren, sagte ich: «Wir waschen uns erst die Hände.»

Dann setzten wir uns hin und sie meinte: «So Jungs! Lasst es euch schmecken!» Das taten wir mit Genuss, so war der Kuchen rasch verdrückt und der Kaffee alle. «Oh, wie ich sehe, schmeckte euch der Kuchen gut.»

«Ja, sogar sehr gut, Elfi. Doch leider muss ich jetzt fort. Ich muss noch eine zehn Meter Hecke schneiden.»

«Gut, Chris. Dann bis morgen.»

«Ja! So kurz nach acht Uhr bin ich da. Tschüss!» Er verließ uns und Elfi bat mich, noch zu bleiben. Kaum war Chris fort, kam sie zu mir und sagte: «Steh mal bitte auf und dann stell dich auf den Stuhl.»

«Was soll das werden Elfi?»

«Ich wollte dir mal etwas schönes tun.»

«Na da bin ich ja mal gespannt?», meinte ich, wusste aber, was sie wollte. Kaum stand ich auf dem Stuhl, war ich schon unterrum blank. Das Teil was sie da sah, war nicht lange an der frischen Luft. Im Nu war es im Mund von ihr und sie saugte daran, wie ein Baby an der Mutterbrust. Ich genoss das, was sie machte, bis es kein Zurück mehr gab ... Sie wollte es ja so, dachte ich und hauchte: «Elfi, oh, es kommt mir g-l-e-i-c-h!»

Doch ließ sie sich nicht aus der Fassung bringen. Ich sah, dass ihr lichtes Haar hin und her flog. Dann war es so weit und ich rief: «O-h-h-h ... Puh ... Du hast geschafft, was du wolltest, Elf-i-i-i.» Nur hörte sie nicht auf, machte weiter und so kam ich noch mal. Nach kurzer Zeit ging ihr Mund auf und mein kleiner Freund flutschte raus. Sie setzte sich auf ihren Stuhl, sah zu mir auf und fragte: «Na Nils? Mundete dir das?»

«P-u-h ... eher d-i-r als mir. Doch war es so was von geil, geiler gehts nicht! Du bist die Beste, was das mit dem Mund angeht.»

«Ja! Ich weiß eben, was für dich gut ist, Nils.»

«Und beglückst mich ohne Ansage aufs Neue ...»

«Ja da du dir das verdient hast. So und nun, pack alles brav ein, denn waschen brauchst du dich ja nicht.»

«Stimmt!»

«Jetzt kannst du erleichtert nach Hause fahren.»

Ich zog die Hosen hoch, stieg vom Stuhl und fragte: «So, Elfi! Soll ich dir noch helfen?»

«Nein Danke, Nils, das mach ich allein. Ich hab ja jetzt viel Zeit.» Da gab sie mir einen Kuss. «Danke Elfi! Bis morgen ... Tschüss!» Ich fuhr nach Hause und Chris war noch nicht da. Als er kam, sagte er, dass es voll auf der Straße war und er oft an den Ampeln stand. Da fragte er: «Und wie war es bei dir, kamst du gut durch?»

«Ja, der Verkehr war auch bei mir schon ganz schön üppig.»

Am Abend rief ich Heinz an. Er kam um 11:35 Uhr in Graal Müritz an, hat ein Zimmer für sich allein und die erste Behandlung fängt am Dienstag um neun Uhr an ... Doch hat er auch schon Heimweh ...

Kapitel 12

Am Morgen düste Chris um acht Uhr los, denn um halb neun sollte die Fräse für die Gräben kommen. Als ich kam, war grad der Elektriker da. Ich sah zu, wie er Stromkabel und Kartons aus dem Auto holte. Als er fertig war, schleppte er alles weg. Ich klingelte, Elfi machte die Tür auf und gleich drückte und küsste sie mich. «Komm rein, Nils! Du wirst staunen, wie fleißig Chris war», sagte sie aufgeregt. «Ja, er hat es drauf und versteht sein Metier. So, aber jetzt gibts erst mal das Essen. In der Zeit, wo du es isst, gehe ich raus.»

«Mach das, Nils ... dann bis gleich!» Ich lief in den Garten und staunte in der Tat über den Fortschritt. Ich sah, dass er grad mit dem Monteur sprach und hörte, wie der sagte: «Wann können wir anfangen?»

«Na ja, das ist nicht genau zu sagen. Ich denke mal, dass ihr nächste Woche zum Zuge kommt!»

«Okay! Dann sag ich das dem Chef.»

«Mach das! Ich rufe euch sofort an, wenn es so weit ist oder sich was ändert.»

Der Monteur ging fort. Als Chris mich sah, kam er zu mir und wir küssten uns. Elfi speiste jetzt jeden Tag im Glashaus. So sah sie alles, was im Garten los war.

«Chris, ist es nötig, dass ich dir heute helfe?»

«Nein, das brauchst du nicht. Ich schaffe das alleine.»

«Gut! Dann fahre ich gleich zum Discounter. Ich kaufe für uns und Elfi ein.»

«Ja, mach das!»

Nach einem Kuss lief ich zurück ins Haus. Elfi gab mir den Zettel für ihren Einkauf. Ich schnappte die Box und sagte Tschüss. Ich fuhr zur Firma und von da aus ging's zum Discounter. Als ich alles hatte, düste ich heim und arbeitete im Haus und im Garten.

Am Mittwoch um acht kam die Tiefbau-Firma. Ich hatte vor das zu sehen. So fuhr ich gleich nach Chris los. Elfi freute sich, als sie mich sah. Ich stelle ihr den Einkauf in der Küche auf den Tisch und sagte: «Elfi! Ich geh jetzt raus ...»

«Ich komm mit, Nils!» Wir kamen an, als der große Bagger vom Lkw rollte, dann noch ein kleiner und ein Radlader. Alles passte perfekt durch die Pforte. Ich sah auf die Uhr und fuhr los.

Am Mittag war ich wieder da. Elfi kriegte das Essen und ich lief in den Garten. Da sah ich, das schon die Steine, für den Rand vom Ufer da lagen. «Ey, Chris! Wann kamen die denn?»

«Vor einer Stunde!»

«Cool. Es ist ja nicht zu fassen, was der Bagger schon an Boden aus dem Teich aushob.»

«Ja, es läuft prima.»

«Gut Chris! Ich komme gleich wieder, um dir zu helfen.»

«In Ordnung, Nils!» Der Bagger war stumm, denn der Fahrer hatte Pause. Als ich im Begriff war zu gehen, stellte er den Motor an und ein Getöse, drang an mein Ohr. Er hob die Schaufel hoch, fing an und ich lief ins Haus und nahm Abschied von Elfi ...

So kurz vor halb vier kam ich zurück, Elfi machte die Tür auf und legte gleich los: «Nils, ich habe Kuchen da! Sag bitte Chris, dass wir erst mal Kaffee trinken.» Ich lief los und erschrak, da sah es aus, als schlug eine Bombe ein.

Der Bagger war still und der Fahrer wollte grad weg. Er nahm Abschied von uns und wir liefen zu Elfi. Da stand eine Kanne und Torte mit Erdbeeren auf dem Tisch. Die Pause dauerte eine halbe Stunde, dann ging es weiter. Erst um 19 Uhr war Schluss. Wir liefen zu ihr und sie fragte: «Esst ihr noch bei mir?»

«Nein danke, Elfi! Das ist nett von dir. Meine Mutter macht für uns Essen mit. Das kann ich jetzt nicht mehr ändern.»

«Schade! Und morgen?»

«Mmh ... Das geht auf jeden Fall. Doch erst sehen wir uns ja in der Früh wieder.» Da sah sie mich an und meinte: «Und wir uns am Mittag! Eine gute Nacht wünsch ich euch!» Da bekam jeder noch ein Küsschen ab.

Kaum waren wir zu Haus, rief Eva von oben: «Chris! Nils! Ich hab das Essen fertig. Kommt bitte sofort hoch ... und zwar auf der Stelle!»

«Ja, Mutter! Wir kommen gleich!» Fix wuschen wir uns und gingen hoch zu ihr. Gerd machte die Tür auf und wir liefen in die Stube. Es gab Auflauf mit Brokkoli und Nudeln. Als das Essen vorbei war, machten wir uns aus dem Staub. Nach dem Abschied ging´s ab in unsere Bleibe. Kaum waren wir da, sagte Chris: «Ich lasse mir jetzt Wasser in die Wanne», und lief ins Bad. Er kam raus und fragte: «Und wie war dein Tag, Nils? Hast du wieder alte Leute glücklich gemacht?» Ich war von dem, was er meinte, empört und rief: «Ha, ha, ha ... ich habe doch nicht jeden Tag das Glück mit denen Sex zu haben. Jedoch ein nasser Slip schon ...»

«Geil! Wer?»

«Na, wer sollte das sein? Es gab mal wieder Zoff mit der Chefin. Die regte sich wegen dir auf. Ihr gefällt nicht das ich mit dir lebe und reitet darauf rum. Das ließ ich mir nicht gefallen und gab ihr passende Worte.»

«Warum hörst du denn nicht auf? Obwohl ich die Antwort schon kenne: Mir macht der Job Spaß.»

«Ja, genau, Chris! Und dir läuft gleich die Wanne über.»

«Ach du Scheiße! Die vergaß ich ja völlig.»

Er drehte sich um, rannte ins Bad und ich hörte: «Es lief nichts über ... aber die Wanne ist voll ... Ich zieh mich jetzt aus und leg mich rein ... Kannst du mir in ein paar Minuten mal den Rücken abseifen?»

«Ja, mach ich!»

Als ich ins Bad kam, kuckte nur den Kopf aus dem Schaum raus. «Ah ... gut das du da bist Nils!» Er richtete sich auf und beugte sich nach vorne. «So jetzt kannst du ...» Ich griff nach dem Schwamm und fing an, ihm den Rücken zu waschen. «Nils! Du darfst da fester reiben, denn da bin ich sehr verspannt.»

«Ja mach ich!» Nach kurzer Zeit. «So, es reicht ... und zum Dank darfst du rein kommen.» Das ließ ich mir nicht 2-mal sagen und Ruck zuck, lag die Kleidung auf dem Boden und ich stand drin. In der Wanne war der Hahn an der Seite, so hatte den keiner im Rücken. Ich kniete mich hin und rief: «Oh ... ist das heiß!»,

«Stell dich nicht so an!»

Ich nahm die Hände und spritzte mir das Wasser an den Körper. Dann setzte ich mich hin, legte die Beine rechts und links auf den Rand der Wanne und rutsche so weit rein, dass nur der Kopf aus dem Wasser ragte. Ich schloss die Augen und genoss die wohlige Wärme.

Auf ein Mal merkte ich, dass ich angefasst wurde. «N-a-a-a? Gefällt dir das?», hörte ich und meinte: «Mmh ... und ob.» Doch jedes vor und zurück ließ schnell die Spitze vom Leuchtturm aus dem Wasser kucken. Ich genoss das geile Gefühl ... Dann nahm er die Hand weg und sagte: «Lass es uns im Bett beenden ...»

«Mmh ... Na gut!»

«So, dann steig ich jetzt aus. Die Haut ist schon schrumpelig.» Chris stellte sich aufrecht hin, und ich meinte: «Äh ... nicht nur die Haut!» Er kuckte an sich runter. «Na ja! Falsch liegst du ja nicht. Doch wart´s nur ab ... Das wird sich schnell ändern, lieg ich mit dir im Bett.»

«Hoffentlich?»

«Na warte nur ...» Er stieg aus der Wanne, bückte sich, zog den Stöpsel und sofort floss das Wasser ab ... Da sagte er: «O-h-h-h ... Was seh ich denn da? Der Leuchtturm von Atlantis kommt ans Tageslicht.»

«Besser ein ...» Ich war nicht mehr in der Lage, den Satz zu beenden, da kniete er vor der Wanne und schon war der im Mund vom Ungeheuer der See. Das kaute am Turm rum, da der aus hartem Stahl war, gab er nicht nach. Doch es reizte ihn immer mehr. Da er auf einem Vulkan stand, brach der aus und die heiße Lava schoss der Bestie in den Rachen, die den Turm gleich aus dem Mund ließ.

Doch da fiel er um und Chris rief: «O-h-h-h ..., der liegt ja um. Ich denke, denn richten wir im Bett wieder auf.»

Er stand auf, lief zum Schrank und holte Tücher, mit denen wir uns trockneten. Wir gingen nackt zum Bett und es folgte ein sehr geiles Ende vom Tag.

Um sieben riss mich der Wecker jäh aus den Träumen und ich stellte ihn ab. Da war Ruhe, bis ich hörte: «Moin, mein Schatz! Wach auf, du alte Schlafmütze.»

«J-a-a-a ... ist ja g-u-t», brabbelte ich schläfrig. Nach dem Frühstück haute Chris gleich ab. Die Grube für den Teich sollte fertig werden. Als ich Elfi ihr Essen brachte, lief ich kurz in den Garten. Ich sah Chris auf dem kleinen Bagger an der Seite vom Teich. Er sah mich und stellte die Maschine aus. «Hi Chris! Das sieht ja schon sehr gut aus. Was machst du?»

«Ich forme grob die Quelle und den Lauf vom Bach. Dann errichte ich die Stufen für die Platten.»

«Wie ich sehe, nahm das Areal um den Teich schon Gestalt an. Ich stelle mir grad vor, wie es aussieht, wenn alles fertig ist. Na gut, Chris! Dann komme ich nachher und helfe dir.»

«Okay, Nils ... bis später!»

Um halb vier war ich zurück mit einem Kuchen. Ich rief Chris und dann aßen wir den auf. Nach einer halben Stunde ging es raus. Ich sah, dass der große Bagger still stand. «Ist der fertig Chris?»

«Ja! Den holt man gleich ab.» Dann kam der Lkw an und wir sahen zu. Der Fahrer nahm Abschied von uns, stieg ein und fuhr los. Wir machten die Stelle mit einem Zaun zu. «Sag mal Chris, was ist denn morgen dran?»

«Ähm ... Da legen wir die Folie in das Loch für den Teich. Die ist 18 x 23 Meter groß, einen Millimeter dick und wiegt etwa 900 kg. Da die so schwer ist, brauchen wir jede Menge Leute.»

«Ich bin dabei. Wann kommt die?»

«Um 10 Uhr soll der Lkw da sein. Fragst du Hans?»

«Ja, kein Problem! Ich rufe ihn gleich mal an!» Ich zückte das Handy aus der Tasche und wählte die Nummer. «Hallo Hans, hier ist Nils. Hast du morgen was vor? .... Sehr gut, dann jetzt! Ich sage dir gleich, um was es sich dreht. Die Plane auf der Baustelle bei der Frau Breusse wird in den Teich gelegt. Die ist aber sehr schwer und so brauchen wir jede Hilfe ... Geil Hans! Das freut mich. Passt dir 15 Uhr? ... Okay! Dann erst mal Danke. Und ich mach es mal wieder gut bei dir ... Ja, ja ... So ... bis morgen, Hans ... Tschüss!»

«Geil! Mit ihm wären wir schon mal vier! Möglich ist, dass uns die Elektriker helfen, die sind um drei da. Meine Mutter kommt auch ... und das reicht aus, denke ich.»

«Gut, Chris, alles klar ... Dann lass uns nach Hause fahren.»

«Das ist ein Wort, Nils. Ich räume nur schnell das Werkzeug weg.» Es sah schon gut aus um den Teich. Alle Stubben waren gerodet und die Steine lagen an Ort und Stelle. Wir liefen zum Haus und Elfi kam raus. Sie fragte: «Seid ihr fertig für heute?»

«Ja, das sind wir», gab ich ihr zur Antwort. «Ich weiß, dass ihr das nicht wollt, doch ich machte für uns Schnitten. Chris sagte mir, dass er, wenn ihr nach Hause kommt, noch kochen muss.»

«Ja, das stimmt. Mutter ist mit Gerd unterwegs. Die kommen erst sehr spät heim. Wie spät haben wir es?»

«Es ist gleich halb acht!»

«Was? So spät schon! Was meinst du Nils?»

«Na ja, bis wir jetzt zu Hause sind, und dann noch etwas kochen müssen ... Mmh ... Nee! Wir nehmen das Angebot an.»

«Okay Nils. Da machen wir das!»

«Ja, das macht auch Sinn Jungs! Es ist auch schon alles fertig und es tut mir gut, mal nicht allein zu essen.»

«Wir waschen uns nur schnell die Hände!»

«Ja, Nils ... Macht das!»

Ihre Freude war echt und sie war glücklich. Das sah man ihr an, denn Ihre Augen strahlten wie Sterne. Wir kamen zurück, setzten uns an den Tisch und sie meinte: «So Jungs! Dann lasst, es euch schmecken ... Ich freu mich so sehr, dass ihr das wahr gemacht habt. Körbe bekam ich ja schon oft genug. Es ist ein großer Unterschied, ob man allein vor sich her kaut, oder nette Leute um sich hat.»

«Ja, das stimmt Elfi», sagte ich.

Als alles verzehrt und wir satt waren, meinte Chris: «Danke Elfi, es schmeckte alles sehr gut. Leider muss ich jetzt los, ich hab noch viel zu tun.»

«Da hab ich doch volles Verständnis.» Wir standen vom Tisch auf und Elfi fragte mich: «Nils, bist du so nett und hilfst mir noch?»

«Ja! Mach das mal. Ich fahr schon vor!»

«Gut Chris! Dann bis später ...» Ich griff nach dem Tablett und stellte das Geschirr darauf. «Nils, das ist gut, dass du mir hilfst.»

«Das mach ich doch gern, Elfi.»

«Ja, das weiß ich. Stell alles auf die Spüle. Morgen kommt Anke, die wäscht das ab.»

Ich lief los ... Vor mir das volle Tablett und hinter mir die geile Elfi. In der Küche stellte ich das auf den Tisch. Da packte sie mich am Po an, knetete die Backen und hauchte: «O-h-h-h ... ich bin wieder so geil auf dich, Nils.»

«Das hab ich befürchtet», sagte ich leise vor mich hin. «Was hast du gesagt, Nils?»

«Äh! Es war nichts, was wichtig war Elfi ... An sich wollte ich dir nur sagen, ich freu mich darauf.»

«Na, das hoffe ich doch sehr ... So ... und jetzt dreh dich bitte um ... Ziehst du die Hose selbst aus, oder soll ich es tun?»

«Nein, nein Elfi! Ich mach das schon.» Ruck zuck war ich unten herum frei und sie lief zum Tisch und machte Platz. «So ... Jetzt bugsier mal dein nacktes Ärschen da hin.» Ich folgte ihrem Befehl. Als ich saß, machte ich die Beine breit. Sofort stellte sie sich vor mich hin. Dann kramte sie im Mund rum und nahm die Gebisse raus. «Hier Nils! Halt die bitte mal fest, dass die nicht vom Tisch fallen.» Ich nahm in jede Hand ein Teil. «Danke! Und jetzt leg dich zurück und entspann dich.» Ihr Blaskonzert war allererste Sahne ... Und die hatte sie schon bald im Mund. Die musste ihr sehr gut schmecken, denn kein Tropfen blieb übrig. «Danke Elfi, das war der Himmel auf Erden.»

«Das will ich doch hoffen? In die Hölle kommt man schneller, als einem lieb ist.» Ich erhob mich und sie sagte: «Und die darfst du mir geben. Sei froh, dass du so was noch nicht brauchst.» Die dritten Zähne von ihr hielt ich die ganze Zeit in den Händen. «Bitte schön, Elfi! Bin ich auch ...»

«Und jetzt, mach das du nach Hause kommst. Chris nimmt sonst an, dass du einen Unfall hast.»

«Danke, für die Gnade, Elfi!»

«Mach dich nicht über eine alte Frau lustig!»

«Das würde ich nie tun», machte einen Satz vom Tisch, zog mich an und sagte: «Tschüss bis morgen, Elfi.» Sie kam auf mich zu. «Lass dich noch mal drücken ... Und einen Kuss kriegst du auch noch ... Dann Tschüss, Nils.» Als ich nach Hause kam, fragte Chris: «Was war los? Du kommst ja so spät ...»

«Du kennst ja Elfi. Die schüttete sich wieder mal bei mir ihr Herz aus.»

«Ja, ja, ja .... das haben alte Leute so an sich. Die sind immer auf der Suche nach einem Opfer und dann reden die und man kommt nicht weg.»

«Warst du schon unter der Dusche?»

«Ja, ich bin fertig.»

«Na gut! Tu ich´s auch alleine.»

Ich kam zurück und er saß am Tisch in der Küche. Ich setzte mich zu ihm und wir redeten über das, was noch zu tun war. Dann wurde es Zeit, um ins Bett zu gehen ... Für Sex war Chris zu müde.

Am Morgen ging jeder seiner Wege. Ich brachte die Essen wie jeden Tag weg. Um kurz vor drei war ich bei Elfi. Vor mir kam grad Hans an und wir grüßten uns herzlich. Auch Elfi nahm ihn auf wie einen Freund, obwohl ich ihr nur ab und zu mal von ihm erzählt hatte. Ich war grad im Begriff die Tür zu schließen, da sah ich, das Eva durchs Tor brauste und vor dem Haus parkte. Ich wartete bis sie ausstieg. Dann kam sie zu uns. Wir liefen in den Garten. Da kamen auch die Elektriker an und Chris fragte sie, ob sie mal helfen. Da die Rolle vor dem Teich lag, war die Folie im Nu in der Teichgrube. Er dankte jedem und ich sah, dass er froh war, dass alles so glatt lief. Eva nahm Abschied von uns und fuhr nach Hause, da sie kochen wollte. Ich legte mit Hans große Steine an den Rand der Folie und Chris machte die innen frei von Falten. Als er fertig war, holte er vom Haus her einen Schlauch. Das Ende legte er in die Mitte vom Teich. Dann ließ er etwas Wasser in die ein Meter tiefe Zone laufen. Nach einer Stunde war es so weit und wir hörten auf.

Der Abschied von Elfi war sehr herzlich. Zu Hause wartete Eva längst mit dem Essen auf uns. Dann war es Zeit fürs Bett und da Chris müde war, schlief er gleich ein.

Am Samstag in der Früh war es schon sehr warm. Wir fuhren mit dem Pickup los. Im Backshop kaufte Chris für uns Kuchen, den er Elfi gab. Sie begrüßte uns so, als sah sie uns ein Jahr nicht.

Da es warm war, hatten wir nur eine kurze Hose und Schuhe an. Wir legten als Erstes, die Pflanzen um den Teich. Die Sonne brannte auf die nackte Haut und mir ran der Schweiß aus den allen Poren ... Als die restlos dort lagen, sagte Chris: «So Nils, jetzt ziehen wir die Schuhe aus. Ich geh in den Teich und setze die Pflanzen ein und du holst sie mir.»

«Okay mach ich!» Er stakte durchs Wasser, blieb stehen und rief: «Jetzt bring mir die Ersten!»

Nach etwa einer Stunde sagte er: «P-u-h! Ich brauch mal eine Pause und eine Abkühlung.»

Da der Schlauch am Rand vom Teich lag, meinte ich: «Das ist doch kein Problem! Ich dreh den Hahn auf, dann spritz ich dich ab ...»

Ich stakte durch das Wasser an Land und er folgte mir. Als ich wieder kam, stand er nackt am Rand vom Teich, hielt den Schlauch in der Hand und rief: «So, ich bin so weit!»

Er reichte mir den, ich drehte die Spitze auf und sagte: «Wasser kommt!» Dann spritzte ich ihn von oben bis unten ab. Kurz darauf rief er: «G-u-u-t, es reicht m-i-r!»

«Na gut! Jetzt spritz du mich auch mal ab.» Er kam zu mir und ich gab ihm den Schlauch. Ruck zuck zog ich die Hose aus und er machte mich mit dem kalten Wasser nass. Doch da wurde mein Kleiner kräftig und Chris rief: «Nils! Wie kann das sein, bei mir blieb er schrumpelig und klein?»

«Das kommt daher, dass dein Würmchen mich erregt ...»

«Na Warts nur ab, sind wir heute Abend im Bett, zeig ich dir, wie groß der Wurm wird.»

«Ha, ha ... größer als sonst wird der da auch nicht ... so und jetzt reichts ....»

Er stellte das Wasser ab und ich kuckte zum Haus. Da sah ich, dass Elfi uns observierte und alles sah. «Chris dreh dich mal um.» Da winkte sie uns zu und wir zurück.

«Gut, Nils! Ich glaub, sie sah genug nackte Haut. Sonst kommt sie noch auf die Idee mich auszusaugen. Es reicht ja, wenn sie das bei dir macht. Machen wir weiter ...»

«Ha, ha, ha! Das find ich gar nicht lustig.»

Wir gingen wieder in den Teich, nur nackt. Nach zwei Stunden rief Elfi: «N-i-l-s! C-h-r-i-s! Kommt zum E-s-s-e-n.»

«Das passt mir sehr gut, da ich auch mal aufs Klo muss», meinte Chris und ich schrie: «J-a-a-a wir kommen!» An Land sagte ich: «Ich denke, die Shorts ziehen wir lieber an.»

«Besser ist das, Nils. Es könnte sein, dass sie uns sonst gleich vernascht.» Dann liefen wir los ... «Oh, ich stell mir grad vor, wie sie zwei heiße Würstchen im Mund hat ...»

«Schämst du dich nicht, so von ihr zu denken, Nils!»

«Nein! Elfi ist so ... und es macht ihr Spaß.» Wir kamen an der Terrasse an und sie saß schon am Tisch. Auf dem sah ich drei Teller, Gläser, eine Flasche mit Limo und eine mit Wasser. Es gab belegtes Brot mit Käse und Wurst. «Kommt, setzt euch!» Als wir saßen, fragte sie: «Wie geht es voran, Chris?»

«Gut Elfi! Der Teich wird sehr schön werden und wir liegen sehr gut in der Zeit.» Nach einer halben Stunde Pause, sagte Chris: «Nils, geh du schon mal vor. Ich muss erstmal auf den Thron ...»

«Ich halte ihn dir gern, Chris?»

«Das glaub ich dir aufs Wort Elfi, doch schaff ich das noch allein.»

«Schade, aber einen Versuch war es wert.»

Elfi fing an das Geschirr auf das Tablett zu stellen. Da sagte er: «Das nehme ich gleich mit ...» Und ich: «Ich geh raus. Dann bis später ...» Es verging eine lange Zeit, bis er kam. Ich ging davon aus, dass er im Klo festsaß, und sah schon die Schlagzeile in der Presse: Mann klemmte in der WC-Brille. Doch auf einmal kam er an und lächelte. «Na Chris? Die Sitzung war ja tierisch lang, da wurde mir schon Angst und bang ...»

«Das verstehe ich. Doch das sag ich dir nachher.»

«Aha, Elfi hat auch dir ihr Herz ausgeschüttet.»

«In der Nacht gibts mehr. Jetzt gehts erstmal an die Arbeit!»

«Schade! Doch ahnte ich es schon ... Was liegt jetzt an?»

«Äh, wir legen die Platten auf die Folie. Dann kommt eine Zweite über die und wird verschweißt. Das Know-how kuckte ich mir bei einem Meister mal ab. So läuft das Wasser gut in die

Tiefe. Da kommen Steine und Kiesel drauf. Dann pflanzen wir die Dotterblumen und Sumpfvergissmeinnicht ein. Sind wir auch damit fertig, sind die Gräser und Stauden dran. Ist noch Zeit, legen wir auf den Rand der Folie Kiesel und Steine, so dass man sie nicht mehr sieht. Mutter plante alles bis ins Letzte ... wie du hier auf dem Plan siehst ...»

«Na ja, und dann ist der Tag zu Ende. Nur gut das wir so ein geiles Wetter haben.»

«Ja, stimmt, Nils! So, jetzt stelle ich das Wasser an und lasse den Rest vom Teich auffüllen.»

Dann fingen wir an ... Da schrie Chris urplötzlich: «Ach du Scheiße! Ich vergaß ja die Seerosen! So ein Mist aber auch ...», rannte los, zog den Schlauch aus dem Wasser und drehte die Spritzdüse zu. Ich fragte ihn, als er kam: «Äh ... Was für Rosen?»

«Na, die da drüben! Die kommen immer zuerst in die tiefste Zone .... Oh was bin ich für ein Idiot!» Ich sah rundum und meinte: «Ich seh keine!»

«Das kannst du auch nicht, Nils! Die sind da hinter dem Erdwall! Komm mit, wir holen sie ...»

Als wir da waren, sah ich, dass es eine Menge war. Ein paar in Kübeln und andere in einer Grube. «So Nils ... Jetzt pflanzen wir in den Kübel drei Rosen ein. Dann tragen wir den an den Rand vom Teich.»

«Okay! Du bist der Boss!»

«Ha, ha, ha ...»

Wir hievten das schwere Gefäß bis an den Rand. «Gut Nils ... Jetzt ziehen wir den Kübel langsam ins Wasser ... Dann weiter bis zur tiefsten Stelle.

Doch vorher zieh dir aber deine Schuhe aus ...»

«Mach ich! Und die Hose?»

«Die darfst du am Mann lassen. Sonst lenkt mich dein nackter Körper zu sehr ab.»

«Na gut!»

«Dann mal los ...»

Im Nu standen wir im Teich. Das Wasser ging mir bis unter die Knie. In kleinen Schritten kam der Oschi nach vorn zum Ziel. Da rief Chris: «Stopp! Hier bleibt er stehen.»

«Puh ... das war ja ein hartes Stück Arbeit», sagte ich und mir rann der Schweiß. «Und war erst der Anfang», meinte er.

Wir liefen zurück und als ich fast am Rand war, passierte es: Ich rutschte mit dem linken Fuß aus und fiel rücklings in den Teich. Ich versuchte, auf die Beine zu kommen, doch das war nicht möglich, da ich jedes Mal wegrutschte. Da drehte ich mich um und krabbelte los bis zum Ufer. Da das schlammig war, saute ich mich ein und sah aus wie ein Schwein. Chris lachte und mir war gar nicht danach zu Mute. Auf einmal hörte er auf und rief: «Einen Moment Nils, ich hole den Schlauch und spritz dich gleich ab.»

«Okay! Und ich zieh mir die Hose aus.»

Dann kuckte ich mich um und sah Elfi auf der Terrasse. Sie lachte und hielt sich die Arme vor den Bauch ... Doch mir war gar nicht da nach. Ich stand da, dreckig und wie die Schöpfung mich schuf. Da hörte ich: «Wasser marsch!»

Im Nu merkte ich den kalten Strahl auf der Haut. Ich drehte mich ein Mal im Kreis, hatte genug und rief: «Chris hör bitte auf, ich bin sauber!»

Das machte er und legte den Schlauch vor den Teich hin. Eine Minute später kam Elfi mit einem Tuch in der Hand und reichte es mir. «Danke Elfi, das ist lieb von dir!» Ich trocknete mich ab und sie lachte wieder. «Bitte verzeih mir ... ha, ha, ha ... Deine Kür war aufs Äußerste wert sie zu sehen und filmreif. Stimmt doch Chris?»

«Ja, Elfi! Hätte ich das gefilmt und ins Netz gestellt, gäbe es für den Clip mehr als eine Million Likes.»

«Ha, ha, ha ... macht euch nur lustig über mich!»

Elfi lachte erneut und ich musste das auch tun. Als ich trocken war, nahm sie das Handtuch an sich und meinte: «Ich mach dann Kaffee für euch ... so in zwei Stunden.»

«Ja, gut Elfi», sagte ich und sie ging fort. Ich zog die nasse Hose an und wir machten weiter. Nach langer Zeit schrie sie: «Jungs ... der Kaffee ist fertig!»

«Wir sind schon auf dem Weg», rief ich, machten Schluss und liefen zu ihr. Nach der Rast ging es weiter, bis es dunkel wurde. Dann marschierten wir zu ihr und ich sagte: «Wir sind für heute fertig! Doch denk dran, Elfi ...»

«Ja, das mache ich den ganzen Tag schon, Nils. Morgen um halb drei seid ihr hier bei mir!»

«Genau! Freust du dich Herrn Petersen zu sehen?»

«Na klar und er freut sich auch, das spüre ich im Urin!»

«Oh ... Ich wünschte, ich hätte auch so eine Blase ... So dann bis morgen, Elfi!»

«Ja, und kommt gut heim ihr zwei. Und nun lasst euch noch mal drücken ...»

Eine viertel Stunde später waren wir zu Hause. Chris wärmte den Rest von einem Auflauf auf. Als wir beim Essen waren, läutete das Telefon. «Wer stört uns zu so später Zeit? Das kann ja nur dein Heinz sein ... Dann geh gleich ran.»

Ich nahm den Hörer in die Hand und sagte: «Hallo, Nils Tamper ... Ach, Heinz, wie gehts dir? ... Ja, das mache ich. Was brauchst du denn? ... Gut! Wir sind im Moment beim Essen. Den Tag über waren wir bei Elfi und der Teich macht große Fortschritte ... Ja, genau! Das sage ich dir alles, wenn wir uns sehen ... Danke Heinz! Die richte ich aus ... Dann bis morgen ... Tschüss!»

Ich legte den Hörer auf und hörte: «Da hatte ich ja recht!»

«Du bist ja ein Hellseher! Er grüßt dich herzlich.»

«Danke!»

«Er braucht ein paar Sachen ...»

«Ach Nils! Du wolltest ja wissen, warum ich so lange auf dem Klo war?»

«Na ja, ich nehme an, dass du eine Sitzung hattest.» Er lächelte und meinte: «Das trifft fast zu! Ich war zwar auf dem

Klo, doch nur kurz. Als ich an der Küche war, rief Elfi, dass sie eine Schüssel nötig hat. Und ich sagte, dass ich sie noch holen kann, und lief zu ihr. Sie zeigte mir eine kleine Leiter, die vor der Anrichte stand. Über der ist ein Schrank und da lag sie drin. Ich stieg vorwärts drei Tritte hoch. Wie du weißt, hatte ich ja nur Short und Schuhe an ...

Als ich da stand, war mein Po in Höhe von ihrem Gesicht. Auf ein Mal fasste sie mir mit den Händen rechts und links an die Hüfte und sagte, dass sie mich hält, damit ich nicht falle. Dann zog sie mir im Nu die Hose runter. Ich erschrak und drehte mich um, da ich wissen wollte, was das soll, wenn es fertig ist. Doch da war er schon in ihrem Mund und sie blies ihn ... und ich ließ es zu ... Ich wusste ja von dir, dass sie trotz ihres Alters noch sehr geil ist. Ich genoss es, bis zum Schluss und sie saugte mich bis auf den letzten Tropfen aus ...

Dann sah sie zu mir auf, lächelte und ihre Augen strahlten. Da sagte sie, dass mein Samen sehr gut schmeckt und ich, dass ich jetzt zu dir raus muss, sonst denkst du, dass ich ins Klo fiel ... Ja, und dann kam mir in den Sinn, dass sie noch eine Schüssel wollte. So fragte ich sie, welche sie will. Sie meinte trocken: k-e-i-n-e! Stell dir das Mal vor, Nils! Sie nahm die als Vorwand. Dann sagte ich ihr, dass es sehr geil war. Und sie, dass es eine Freude für sie war, und das ich sofort in den Garten gehen soll. Nils und eine Menge Arbeit wartet auf mich.

Ich zog die Hose hoch und stieg von der Leiter. Hastig drückte sie mich an sich und gab mir einen Kuss. Dann lief ich zu dir.»

«Ja, ja ... Das ist Elfi! Immer gierig nach Sperma. Mir ging es ja schon öfters so. Na ja, nur kann ich ihr nicht bös sein. Im Gegenteil! Ich gönne ihr die Freude, die sie hat, denn sie hat ja sonst keinen Sex mehr.» Chris nickte. «Ich gönne es ihr ja auch, Nils. Ich freue mich für sie. Und das sie jetzt eine Zukunft ohne Sorgen vor sich hat ... Das sie s-o-o-o glücklich ist und die Augen von ihr strahlen wie der hellste Stern. Ich stelle mir vor, dass sie in dem Zustand in der sie jetzt ist, jeden Kerl leer saugt.»

Ich musste grienen. «Ja, ja, ja ... da bin ich deiner Meinung, Chris. So, dann lass uns ins Bett gehen. Ich freu mich schon auf Elfi, die aus dem Häuschen sein wird. Erst recht, wenn sie Heinz sieht, denn für den wird sie zart wie ein Lamm. Doch ich weiß, dass die zwei sich guttun ... Und Heinz? Der hätte den Himmel auf Erden ...»

«Und den Sack immer leer.»

«Schäm dich Chris! Lass sie das nicht hören, das würde sie auf die Palme bringen.»

«Nein! Lieber leckt sie am Stamm so lange rum, bis sie die Nüsse im Mund hat und die Milch dann trinkt.»

«Das würde ich auch mal machen, doch da haben wir heute keine Zeit für. So und jetzt gehts ab in die Heia, bald ist die Nacht rum.»

In der Früh wachte ich zuerst auf. Meine Blase drückte und ich lief ins Bad, um sie zu leeren. Als ich das tat, dachte ich, dass endlich mal alles glatt für mich läuft. Ich hatte ein Haus, Freunde, mit Chris einen Partner und einen Job, der mir Spaß machte. Wäre da nicht die Chefin. Zum Glück sah ich die ja nur selten am Tag. Da pochte es an der Tür und ich hörte: «Nils, bist du da drin?»

«Ja! Ich bin aber fertig!» Da ging die Tür auf und Chris lief zur Schüssel. Da zog er sich fix die Hose runter, setzte sich auf die Brille und ich hörte einen tiefen Seufzer der Erlösung ... «Gehst du noch mal ins Bett, Nils?»

«Ja! Eine halbe Stunde haben wir ja noch Zeit.»

«Gut, dann komme ich gleich, wenn ich fertig bin.»

Nach dem Frühstück machten wir den Plan für die Woche, die kam. Um zwölf gingen wir zu Eva, sie lud uns zum Essen ein ... Als es Zeit war, kam der Abschied von Eva und Gerd.

Wir fuhren zum Haus, wo Heinz wohnte. Da machte ich die Fenster auf, lüftete durch und Chris goss die Blumen. Dann suchte ich die Sachen aus dem Schrank und packte sie in eine Tasche. Als wir fertig waren, schloss ich ab und wir liefen zur

Garage. Ich fuhr das Auto von Heinz raus und dann düsten wir zu Elfi. Pünktlich um halb drei waren wir bei ihr. Sie stand schon in der Tür. Ich hielt an und sagte: «Kuck mal an, die sieht aber wieder chic aus.»

«Ja, Nils! Wow, da wird sich ihr Heinz aber freuen. ...»

Ich half ihr beim Einstieg und sie grüße Chris. Ich hatte vor das Hardtop zu öffnen, da tropfte es auf die Scheibe. «Schade! Wie ihr seht, regnet es. So wird das nichts mit offen fahren.»

«Ach Nils, das ist nicht schlimm. Es gibt auch wieder sonnige Tage.» Dann ließ ich den Motor an ...

Eine Stunde später kamen wir an der Klinik an. «Sind wir schon da, Nils?»

«Ja Elfi! Ich biege jetzt auf den Parkplatz ab.» Da rief sie: «Kuckt mal! Herr Petersen steht am Eingang.»

Er sah uns auch, winkte und ich konnte gleich parken. Zum Glück hörte der Regen auf. Wir stiegen aus und liefen auf Heinz zu, der schon nervös war. Er rief: «Ausgezeichnet sehen Sie aus, Frau Breusse! Fesch und sehr schnieke. Nu weis ick gar nicht, wat ick sagen soll. Ick kann mir gleich in Sie vergucken.» Prompt sagte sie: «Ach ich nahm an, Sie haben das längst getan? Jetzt bin ich enttäuscht. Wie auch immer: Alles Werben um mich ist zu nichts nutze. Sie sind viel zu jung für mich, das wissen Sie ja!» Als sie das sagte, lächelte sie Heinz an. Der meinte trocken: «Ja! Ick bin, wat dit anlangt schon kundig. Aber die Hoffnung stirbt zuletzt ...»

Dann grüßte er Chris und mich. «Prima, dit ihr mit dem Oldie gefahren seid, Nils?»

«Ja, der läuft sehr gut. Nur leider spielte das Wetter nicht mit und so war es nichts mit offen fahren.»

«Hast du meine Plünnen in der Tasche?»

«Ja, hab ich. In der Wohnung ist alles okay. Die Blumen leben noch und auch die Post habe ich da drin.» Er nahm die Tasche an sich. «Sehr gut! Bevor ihr wieder nach Hause fahrt, gehen wir kurz uff mein Zimmer. Da geb ich dir die nicht mehr saubere gleich mit und du schmeißt sie bei mir in die Wanne. Bin ick zurück, wasch ick alles.»

«Ok, Heinz! Das mach ich.»

«Jut! Wenn ihr nichts dagegen habt, gehen wir ins Café.» Keiner legte ein Veto ein und so liefen wir los. Am Ende vom Raum setzten wir uns hin. Heinz hörte alles, was wichtig war und er sagte uns, was er so erlebte. Die Zeit verging wie im Flug ... Da sah Heinz auf die Uhr und meinte: «So, ihr lieben! Die Zeit für Besuche ist gleich um. Nu trapsen wir noch uff´s Zimmer und im Anschluss könnt ihr losfahren.» Wir standen auf, ich nahm seine Tasche und sagte: «Gut so machen wir das Heinz. Die trage ich, denn du sollst ja nichts Schweres heben.»

«Wenn du das so willst, Nils.»

«Ja, das will ich!» Als wir im Zimmer waren, räumte Heinz die Tasche aus und die Schmutzige rein. Dann kam er zu mir und fragte: «Nils, komme ick hier raus, könntest du mir holen?»

«Na klar, Heinz, das mach ich auf jeden Fall. Weißt du schon, wann das sein wird?»

«Nach Stand von gestern am Freitag in zwei Wochen.» Da sagte Elfi: «Das passt ja sehr gut, denn an dem Sonnabend planen wir eine Feier. Der Garten wird in der Woche fertig. Es sind nur Leute da, die uns halfen. Sie lade ich auch ein, Herr Petersen.»

«Danke, Frau Breusse. Die Einladung nehme ick sehr jerne an! Obwohl ick ja nicht dit geringste getan hab.»

«Unwichtig! Kommt der Dorfschulze, und hält eine blöde Rede, machte der ja auch nichts, oder?»

«Na jut! Sehen sie dit so, fühle ick mir geehrt und sag zu!»

«Das freut mich sehr! Ein Nein hätte ich nicht akzeptiert!»

«So ihr zwei, dann habt ihr das ja geklärt. Jetzt lasst uns nach Hause fahren», sagte ich. Wir liefen auf den Flur und Heinz schloss die Tür. Kurz vorm Ausgang, meinte Elfi: «Ach, ich müsste schnell noch mal für kleine Mädchen.»

«Kein Problem, Frau Breusse. Da ist ein WC für Gäste ...»

«Prima! So Jungs, ich bin dann mal weg ...»

«Müsst ihr och noch einmal?»

«Da ich schon mal war, halte ich es aus. Und du, Chris?»

«Gut, ich bin dann auch mal weg ...»

Da stand ich mit Heinz allein und er flüstere mir ins Ohr: «Oh, Nils ... ick bin ja so geil auf dir. Ick werde dir verwöhnen, bin ick hier raus ...»

Da rief Elfi: «So, da bin ich w-i-e-d-e-r. Wo ist Chris?»

«Pinkeln!»

«So genau wollte ich das nicht wissen, Herr Petersen ...» Da sagte ich: «Da kommt er schon ... So, jetzt können wir fahren. Wie ich sehe, regnet es nicht. Kommst du noch mit, Heinz?»

«Na klar, Nils!» Dann liefen wir los ... «Ah, da steht er!»

«Was hab ich da gehört? Ihrer steht? Lassen Sie mal sehen ...»

«Frau Breusse! Wat haben sie schon wieder im Sinn. Hier hat keener einen stehen, nur mein Oldie steht da.»

«Schade!»

«Nu Frau Breusse steigen Sie bitte ein.» Heinz machte ihr die Tür auf und sie stieg ein. «Danke! Sie sind ein echter Kavalier. Ich wünsche Ihnen alles Gute und freue mich darauf Sie bei mir, in zwei Wochen, zu begrüßen. Aber wir sehen uns ja noch am Sonntag. Da bin ich wieder mit am Bord.»

«Danke Frau Breusse. Und bleiben Sie gesund bis da hin. Ick freue mir sehr druff, Sie aufs Neue zu sehen.»

Da nahm er Abschied von Chris und der stieg gleich in den Fond ein. Dann kam er zu mir, presste mich an sich und ich sah Tränen. Er drückte mit Kraft und ließ mich nicht mehr los. Da sagte ich: «Heinz, denk an die Leute. Was werden die meinen, wenn die uns so sehen?»

Er sah mir in die Augen, lächelte und meinte: «Dit wir schwul sind!»

Dann lachte er und ließ mich los. «Nils! Wat Leute sich über mir dichten, geht mir glatt am Arsch vorbei! Aber du hast recht und ick werde mir beherrschen. Bald bin ick ja zu Hause und dann sehen wir uns wieder jeden Tag.»

«Worauf ich mich zutiefst freue ... Tschüss, Heinz, und halt die Ohren steif.»

«Nicht nur die! Tschüss Nils und bis Sonntag.»

Ich setzte mich ins Auto, ließ den Motor an und fuhr vom Parkplatz auf die Straße. Im Spiegel sah ich, dass er winkte. Nach der ersten Kurve sah ich ihn nicht mehr.

Wir kamen bei Elfi an. Ich hielt ihr die Tür auf und half ihr beim Aussteigen. Von Chris hatte sie schon Abschied genommen. Mich nahm sie gleich in die Arme und zum Schluss gab es einen Kuss. «Bis morgen Nils!» Auch sie winkte uns nach. Ich stellte den Benz in die Garage, dann düsten wir mit dem Auto von mir nach Hause. Wir aßen und gingen noch zu Eva. Um 22 Uhr legten wir uns ins Bett.

Montag um 7:00 Uhr rappelte der Wecker. Chris hatte es eilig, denn um acht kamen die Schreiner. Die wollten den Steg und das Podest bauen. Gegen zwölf brachte ich Elfi ihr Essen. Ich rannte schnell in den Garten und suchte Chris. Als ich ihn fand, fragte ich: «Wie geht´s voran?»

«Sehr gut, Nils. Die Schreiner sind jetzt dabei die Pfähle für das Podest zu setzen, und dann wird der Rest gebaut. Wie du siehst, ist der Steg so weit fertig.»

«Ja, das sieht schon sehr gut aus. Schaffen die das heute?»

«Ja, Nils! Das wurde mir versichert.»

«Wow! Dann können wir heute Abend auf dem Teich sitzen.»

«Ja, wäre möglich. Wann kommst du wieder?»

«Ich denke so gegen halb vier!»

Ich nahm Abschied von ihm und lief zu Elfi, die fragte: «Nils, kannst du mich, wenn du kommst zum Einkaufen fahren?»

«Na klar!»

Das machten wir gleich, als ich kam. Elfi kaufte auch Gebäck. Zu Hause sagte sie: «Nils, rufst du Chris?»

«Okay! Ich lief los und suche ihn.» Als wir ankamen, stand schon alles auf dem Tisch. «So, Jungs! Der Kaffee ist fertig. Setzt euch bitte!» Wir fingen an. «Chris? Wie gehts voran?»

«Gut Elfi! Es läuft nach Plan. Alle waren fleißig. Der Steg und das Podest sind fast fertig. Jetzt wird noch der Tisch und die Bänke montiert. So gegen 18 Uhr wird das erledigt sein.»

«Geil! Dann testen wir gleich, wenn die weg sind.»

«Gut Nils, das machen wir. So ... und ich hau wieder ab. Ihr könnt ja um sechs zum Teich kommen.»

«Machen wir Chris. Ich trag erst mal das, was Elfi gekauft hat in die Küche. Bis wir fertig sind, wird es so weit sein.»

«Okay! Bis später ...»

Wir hatten alles verstaut und da noch Zeit war, setzte ich mich auf den Freisitz. Es war mollig warm und trocken. Elfi folgte mir, nahm neben mir Platz und ich sagte: «Elfi, siehst du das auch? Die packen grad ihre Sachen ein ...»

«Ja, und Chris nimmt schon Abschied. Dann laufen wir jetzt los.»

«Gut Elfi ...», und wir standen auf. Da sah ich, wie der Laster der Schreiner durch das Tor fuhr, und Chris machte es zu. Er kam zu uns, und dann trafen wir ihn auf der Hälfte der Strecke. «So, ihr zwei! Tatarata das Werk ist vollbracht ... Habt ihr jetzt Lust, mal da zu sitzen?»

«Na klar, Chris», sagte Elfi. «Am besten wir gehen über den Rasen. Die Wege sind noch voll Dreck», meinte er. Wir kamen am Steg an und da roch es nach Holz. Chris lief zuerst auf die Brücke und rief: «Jetzt du, Elfi. Am besten Du hältst dich am Geländer fest.» Sie lief los und ich folgte ihr. Nach wenigen Schritten waren wir da und sie sagte: «Oh Chris, das ist hier wie in einem Märchen.» Sie hatte recht und ich fragte sie: «Elfi, willst du dich setzen?»

«Ja, das würde ich gern.»

Sie setzte sich hin und wir rechts und links neben sie. «Und Elfi, wie gefällt dir der Teich?» Sie war den Tränen nah und meinte schluchzend: «Herausragend, Chris. Das ist ja so was Schickes. Am liebsten schlief ich heute Nacht hier auf der Bank.»

«Dann hole ich dir rasch dein Bettzeug!»

«Nein danke, Chris! Ich glaub, da frier ich mir den Hintern ab. Doch im nächsten Sommer da mach ich das!» Als keiner sprach, war es still. Nur das Zwitschern von Vögeln hörte man. So saßen wir da, ohne ein Wort zu sagen. Elfi störte die Ruhe: «Chris, wer kommt denn morgen?»

«Die Elektriker. Die bringen Spots und Steckdosen an und schließen sie gleich an. Das dauert mit Sicherheit drei Tage.»

«Gut! Dann weiß ich Bescheid.»

«So, Nils und wir müssen jetzt los. Ich will ja noch was für uns kochen, wenn wir nach Hause kommen.»

«Gut, dann los ... So Elfi, du hast es ja gehört. Sonst muss ich Hunger leiden.»

«Nein Nils, das musst du nicht. Ich hab zur Not noch ein Stück Brot und Käse für dich! Doch ich verstehe das. Dann lasst uns zurückgehen ...»

Am Haus nahmen wir Abschied von ihr und sie gab uns einen Kuss auf die Stirn. Wir liefen los, waren aber grad ein paar Meter weg. Da rief sie: «Ach, jetzt vergaß ich um ein Haar etwas ... Die Birne in der Schlafstube ging ja heute kaputt. Nils, wechselst du mir die noch schnell aus?»

«Na klar, Elfi! Hast du eine Neue?»

«Ja, die liegt bereit.»

«Okay, Nils! Dann fahr ich schon mal los.»

«Ja, tu das Chris ich komm gleich nach.» Ich lief mit ihr ins Haus und sie machte die Tür von einem Raum auf. Da sah ich das Bett, kuckte zur Decke, zeigte mit dem Finger dahin, sah sie an und fragte: «Elfi, ist es die von da oben?» Sie lächelte mich an, schüttelte den Kopf und meinte: «Dachtest du echt, dass du eine Birne wechseln musst?»

«Ja, das hab ich!» Sie lachte und sagte: «Ha, ha, ha ... Du Dummchen! Ich brauch wieder mal etwas von dir ... den Trank des Lebens.» Man, da gingst du ihr doch glatt auf den Leim, dachte ich im Stillen und schüttelte den Kopf. «Elfi! Du bist ja listig wie ein Fuchs, das hätte ich ...»

«Sei still und genieß, was gleich kommt!»

Sie zog mir Jeans und den Slip runter und stieß mich aufs Bett. Als ich da lag, zog sie mir die Schuhe, die Hose und den Slip aus. Dann spreizte sie mir die Beine und krabbelte zwischen die. Ich kuckte mir die Lampe an der Decke an und merkte, dass sie an ihrem Lieblingsspielzeug herum hantierte. Ich hörte: «Gefällt dir das, Nils?» Ich sah zu ihr und meinte: «Warum fragst du mich das immer. Du weißt doch, wie gerne ich das habe.»

«G-u-t! In dem Fall legen wir jetzt mal eine Schippe auf ...» Sie ließ den Dödel los, stütze sich rechts und links vom Körper mit den Händen ab, beugte sich runter ... und im Nu war er im Mund. Was sie da mit Zunge und Lippen tat, war mehr wie himmlisch ...

Ich schloss die Lider, ließ mich fallen ... und gab mich ihr hin ... Da machte ich kurz die Augen mal auf und kuckte ihr zu. Ich sah wie ihr Kopf sich hoch und runter bewegte und ihre Haare durch die Luft flogen. Als ich das sah, fand ich das sehr lustig und nur die Rockmusik fehlte. Ich legte mich zurück und merke, dass es bald so weit war. Mein Körper verkrampfte sich, der Puls raste, und ich rief: «Elfi ... es kommt ... mir gleich!» Doch wie immer machte sie weiter. «Na gut ... du ... wolltest ... es ... so ... A-h-h-h ...»

Es war vorbei, ich entspannte mich und rief außer Atem: «Was bist du bloß für eine geile Frau ...» Sie nahm davon keine Notiz, machte weiter und so genoss ich ihr Spiel noch eine Weile ... Auf einmal erhob sie sich, kuckte mich selig an und meinte: «Alles sauber, Nils! Jetzt zieh dich wieder an.»

Sie machte Platz und ich stellte mich vors Bett. Sie reichte mir die Hosen und ich zog sie an. Da sagte sie: «Nils, ... wie siehst du denn aus? Die Hosentür steht auf! Zieh dich mal richtig an ...»

«Ja, Mama!»

«Sei nicht so frech zu mir!»

«Nein, Mutter, ich werde mich hüten!» Wir beide fingen an zu lachen, ich nahm sie in die Arme und drückte sie an mein Herz.

«Elfi, du bist so eine liebe Person! Ich hoffe, dass wir noch viele geile Jahre erleben.»

«Danke, Nils! Die Hoffnung nähre ich auch. So, und jetzt Abmarsch! Chris wartet schon mit dem Essen auf dich.»

«Gut, Elfi! Dann bis Morgen ... Tschüss.»

«T-s-c-h-ü-ü-ü-s-s, Nils!»

Zu Hause angekommen ging ich in die Wohnung und machte die Tür zu. Da kuckte Chris aus der Tür von der Küche und rief energisch: «Nur eine Minute später, und ich fing ohne dich an!»

«Tut mir leid! Schneller ging es nicht. Es gab einen Verkehr, der es in sich hatte!»

Nach dem Essen wuschen wir ab. Dann setzten wir uns an den Tisch und sprachen über den Tag, der folgte. Chris war jeden Abend sehr müde. So fiel Sex oft auch aus wie an dem Tag. Nur für ein Küsschen reichte es, dann schlief er gleich ein. Ich sah das ein, denn die Wochen davor waren sehr hart für ihn.

Ich lag da und fand keinen Schlaf. Da fiel mir Elfis List mit der Birne ein. Hatte sie einen siebten Sinn? Oder sah sie mir an, dass ich es wieder mal nötig hatte? Ich ging aber da von aus, dass sie es auch braucht. Mit den Gedanken schlummerte ich ein ...

In der Früh ging Chris um halb acht aus dem Haus, denn er wollte vor den Elektrikern da sein. Das hintere Tor musste auf sein, wenn die kamen. Die hatten an dem Tag vor, eine Pumpe in den Teich zu bringen und den Bachlauf mit LED-Lampen zu verkabeln. Chris legte auf den Wegen die Steine und ich half ihm.

Am Freitag wurde die Elektrik fertig. Da die Zeit knapp wurde, half uns Hans zwei Tage.

Am Samstag kam er kurz nach acht an. Da machten wir beim verlegen der Steine weiter. Am Abend sprach ich mit Heinz. Er bat mich, um ein paar Sachen.

Der Sonntag war trüb. Ideal, um zu schuften. Chris fuhr zu Elfi und ich zur Wohnung von Heinz. Da suchte ich das, was er brauchte, und packte die Sachen in eine Tasche. Ich lüftete und goss die Blumen. Als ich fertig war, düste ich zu Elfi.

Da das Wetter nicht gut war, fuhr ich nicht mit dem Oldie. So konnte ich Chris und Hans noch helfen. Elfi machte um halb eins Schnitten für alle. Da sie verschnupft war, kam sie nicht mit und Chris auch nicht, da er noch jede Menge zu tun hatte.

Um eins düste ich ab. In Graal Müritz parkte ich das Auto. Auf dem Weg zum Gebäude sah ich, dass Heinz im Vorraum saß. Als ich bei ihm war, sah er mich bestürzt an und meinte: «Nils, was ist passiert? Bist du etwa alleine?» Ich nickte und sagte: «Ja! Du siehst richtig. Chris hat noch jede Menge zu tun, lässt dir aber viele Grüße ausrichten. Und Frau Breusse hat Schnupfen. Da sie dich nicht anstecken wollte, blieb sie zu Hause. Auch sie grüßt dich lieb. So musst du heute mal mit mir allein vorliebnehmen.» Er fing an, sinnlich zu lächeln, und meinte: «Dit ist doch och gut, Nils. Dann gehen wir gleich zu meiner Stube.»

Wir kamen an, er machte die Tür auf und als wir drin waren zu. Ich stellte die Tasche auf dem Tisch ab und sagte: «Hier sind deine Sachen ... Packst du die gleich aus?»

«Nee, dit kann noch warten. Nu pack ick erst mal wat geiles aus.» Er kam zu mir, umarmte und küsste mich. Dann hauchte er mir ins Ohr: «Oh Nils, ick bin so geil uff dir! Und da du heute ganz allein bist, ist dit wie ein sechser im Lotto.» Er küsste mich wieder, machte mir bei der Sache den Gürtel auf und die Hose fiel zu Boden. Auf einmal fasste er mir an den Slip und strich rauf und runter über den Stoff. Er hörte abrupt auf und sage: «Und nu Nils gehen wir unter die Brause. Im Anschluss kriegste die Befugnis, dein Rohr in mir zu verlegen. Oh, wat bin ick so heiß auf dir.» Er trat einen Schritt zurück und zog sich aus. Das machte ich auch und wir gingen ins Bad. Heinz betrat zuerst die Kabine, die bot Platz für zwei. Er drehte den Hahn auf und im Nu lief das Wasser über ihn. Dann stellte ich mich neben ihn und der warme Strahl prasselte auch mir auf den Leib. Er fragte: «Nils, ist dit angenehm für dir?»

«Ja, Heinz ist es. Ich bin ein Warmduscher.» Auf einmal kniete er sich hin, verwöhnte mich mit dem Mund, bis ich kurz vorm

Kommen war. Da hörte er abrupt auf, stellte sich hin und fragte: «Gefiel dir dit Intro, Nils?»

«Ja, und ob ...»

«Jut! Dann rubbeln wir uns ab und ohne Umwege gehts in die Koje.»

Da legte er sich auf den Rücken hin und ich auf ihn. Da klebte die nackte Haut von mir an der seinen. Wir küssten uns und ich ließ die Hüfte langsam kreisen. Ein geiles Gefühl war das, und was folgte, war klar ... Er hörte auf, mich zu küssen, und flüsterte: «Oh ... hat mir dit erregt ... Nu dreh dir mal schnell in die 69er um.» Ich stand auf und kniete mich über ihn. Kaum hatte ich das getan, war er schon am Saugen. Das tat ich dann auch bei ihm. Die orale Lust dauerte nur nicht sehr lang an. Da hörte ich von ihm: «Oh, Nils! Nu bin ick fickerig! In der Lade ist Schmiere.»

Ich stand auf und holte die Tube. Er kniete sich auf das Bett und ich rieb uns ein. Da bekam er das, worauf er aus war ...

Als er merkte, dass ich kam, rief er: «O-h-h-h Nils! Dit war ja echt knorke.» Ich zog ihn raus und sagte: «Das freut mich. Jetzt leg dich mal bitte auf den Rücken und mach die Augen zu.» Das machte er und ich cremte uns ein. Dann setzte ich mich auf ihn und hopste so lange auf ihm herum, bis er kam. Er wandt sich unter mir, stöhnte vor Lust und rief: «Oh ... Nils, dit war ja so etwas von oberaffengeil! Puh ... jetzt bin ich ... puh ... aber fix und fertig» Ich beugte mich nach vorn, gab ihm einen Kuss und er drückte mich fest an sich, bis er sagte: «N-i-l-s! Dit war eine dufte Ablenkung aus dem tristen Alltag hier. Ick danke dir!»

«Dank nicht mir! Mach das bei Chris und Elfi, denn wären die hier, geschah das nicht.»

«Dit ist wahr, Nils. Ein Hoch auf die zwei. So und nu brausen wir uns noch mal ab.»

Als wir fertig waren, zogen wir uns an. Dann packte er die Tasche aus ... und die Schmutzwäsche ein. «Und nu Nils, lad ick dir zu Kaffee und Kuchen ein.»

«Okay! Den brauch ich jetzt auch.»

«Na dann Abmarsch! Doch erst sagen wir hier Tschüss, da wir das vor der Tür nicht machen können.» Er kam zu mir, nahm mich in die Arme und küsste mich innig. Ich fand, dass er mich nicht mehr gehen lassen wollte. Mit Wehmut in der Stimme sagte er: «Oh Nils, du weist gar nicht, wie gern ick dir hab. So einen Spross wie dir hätt ick gern gehabt ...» Er fing an zu weinen und ich meinte: «Ach Heinz ... die Woche vergeht auch noch und dann sehen wir uns jeden Tag.»

Er hörte auf zu schluchzen. «Dit ist wahr, Nils! Und es ist gut, zu wissen, dit du immer da bist, wenn ick dir brauch!»

«Darauf kannst du einen lassen, Heinz!»

«Ha, ha, ha! So und nu ab, bevor ick dir noch mal vernasche.»

Wir kamen in der Cafeteria an und suchten uns den Kuchen aus. Dann setzten wir uns an den Tisch vom letzten Mal. Wir sprachen noch eine Weile, bis ich zu Heinz sagte: «Es tut mir leid, aber ich muss jetzt los.»

«Jut Nils! Ick komm noch mit raus.»

Als wir am Parkplatz waren, fragte er: «Äh ... Wo ist denn mein Oldie?»

«Der steht in der Garage. Ich war allein und das Wetter war schlecht. Da beschloss ich, ihn stehen zu lassen. Doch hole ich dich ab, ist er bei mir.»

«Ausgezeichnet, Nils! Nu komm gut nach Hause. Und liebe Grüße an Elfi und Chris.»

«Richte ich gerne aus Heinz ... dann Tschüss.»

«Tschüss, Nils.» Sofort stieg ich ein und fuhr los. Er winkte noch, bis ich ihn nicht mehr sah ...

Bis zum Donnerstag liefen die Tage immer gleich ab. Beim Frühstück fragte ich Chris: «Was machst du heute noch?»

«Ich warte auf die Fische, die um zwölf Uhr kommen sollen. Der Garten ist so weit fertig und ich räume nur noch auf. Morgen muss ja alles 1a sein.»

«Was sind denn das für welche?»

«Mutter kaufte Goldfische und Orfen. Gut Nils! Ich fahr jetzt los. Dann bis später.» Ich kam grad an, wie der Lieferdienst da war und sah, dass Chris die Sendung in Empfang nahm. Ich brachte Elfi ihr Essen, stellte es ab und sagte: «Ich lauf mal schnell in den Garten. Die Fische sind da.»

«Ja, mach das Nils. Ich esse in der Zeit.»

Ich lief los und da rief er schon: «Nils! Schön das du da bist. Ich will jetzt die Fische ins Wasser lassen. Hilfst du mir mal?»

«Ja, mach ich!» Wir fingen gleich an und ließen die in den Teich schwimmen. Als wir fertig waren, sagte Chris bedrückt: «So! ... Das war´s. Ich bin sehr glücklich, aber auch sehr traurig. In 24 Stunden beende ich das Projekt. Es war eine geile Zeit hier. Wer weiß, was jetzt kommt?»

«Ja das stimmt, Chris. Was machst du im Moment?»

«Ich räume immer noch auf. Es liegen ja noch jede Menge Äste rum, die durch den Häcksler müssen. Hast du Lust, kannst du mir helfen.»

«Was soll ich tun?»

«Du kannst die Späne unter die Sträucher verteilen.»

«Na klar mach ich ... Jetzt muss ich los. Dann bis später!»

«Okay, Nils!»

Ich ging zu Elfi, nahm Abschied von ihr und düste sofort los ...

Nach zwei Stunden war ich wieder da. Elfi rief mir zu: «Nils, sag bitte Chris, dass der Kaffee fertig ist. Dann kommt her ...»

«Ja, mach ich!»

«Hallo Chris! Ach, wo kommen denn die Bänke her?»

«Die kamen um zwei Uhr an. Es sind zehn Stück und die müssen wir auch noch an ihren Platz stellen.»

«Na schön! Dann gehen wir erstmal einen Kaffee trinken.»

Im Anschluss machten wir gleich weiter. Er häckselte und ich brachte die Späne weg.

Als das getan war, stellten wir die Bänke auf. Dann liefen wir zum Platz auf dem Teich. Da sah ich den Garten an und meinte: «Mein Gott! Wie hat sich der verwandelt. Denke ich zurück, wie der war, bevor wir ans Werk gingen. Elfi kann stolz auf dich sein Chris.»

«Nein Nils! An dem waren wir alle beteiligt. So wurde es ein Paradies auf Erden. Ich trag mich schon mal in die Liste ein. Bin ich mal Rentner, will ich hier leben. Dann verbringe ich hier den Rest der Zeit, die ich habe.»

«Gut Chris! Gleich, wenn die fertig ist, trag ich dich als Ersten ein ... in 40 Jahren. Es ist nur schade, dass die Tage nun kühler werden und es oft regnet. Sitzen kann man da nur noch selten.»

«Ja das stimmt leider, Nils! Dann lass uns jetzt fahren.» Wir liefen zu Elfi und nahmen Abschied von ihr. Sie war traurig, das merke ich. Sie schloss Chris auch in ihr Herz. Ihr war klar, dass er das letzte Mal bei ihr war. Sie drückte ihn an ihre Brust, ließ ihn nicht los und so flossen auch Tränen. Er sagte: «Elfi, du musst nicht weinen. Ich bin ja nicht aus der Welt. Wir sehen uns ja jedes Mal, wenn ich den Rasen mähe, oder mal die Hecke schneide, und bei der nächsten Tour im Benz, offen und mit Herrn Petersen.»

Sie ließ ihn los und schluchzend meinte sie: «Ja, das werden wir. Doch ich liebe nun mal keine Abschiede ... So, ihr zwei! Dann kommt gut heim. Morgen sehen wir uns alle wieder und am Sonnabend lassen wir die Sau raus!»

«Ja Elfi! Das machen wir. Tschüss!» Wir fuhren gleich los. Für Chris war es die vorletzte Fahrt von ihr. Er war auch sehr nervös, denn die Übergabe des Gartens stand an ...

Kapitel 13

Am Freitag fuhr Cris kurz nach acht los. Er wollte noch den letzten Schliff machen, denn am Mittag sollte alles fertig sein. Ich nahm mir vor, bei der Abnahme dabei zu sein ... Zum Glück spielte das Wetter mit. In der Nacht regnete es, doch in der Früh hörte es auf, blieb aber wolkig ... Dann war es so weit und ich kam zu Elfi. Sie fing an zu essen und ich ging in den Garten. Da rief Chris: «Hallo Nils! Isst Elfi?»

«Ja! Ist sie fertig, kommt sie zu uns.» Es dauerte nicht lange, da kam sie an und rief: «So Jungs! Wir können ...»

Wir liefen bis zum Rand vom Teich, blieben stehen und Chris sagte: «So Elfi, ab heute kehrt Ruhe bei dir ein. Der Dreck und Lärm ist zu Ende. Und wie du siehst, ist alles fertig bis auf den Rasen, den mähe ich gleich. So ... und nun die Frage: Wie gefällt dir dein ex Garten, der jetzt ein Park mit Teich ist?»

Sie sah ihn entzückt an und meinte freudig: «Chris, der wurde ja so hinreißend. Das hielt ich nie für möglich. Und der Teich setzt dem Ganzen die Krone auf. Ich bin sehr, sehr glücklich.»

«Das freut mich sehr Elfi! Dann lohnte sich ja die Arbeit. Jetzt hast du ein Haus mit Park und einen Teich, auf dem man sitzen kann ... So gehört sich das für eine Diva.»

«Ja, das ist wahr Chris. Ich bin auch sehr glücklich und dachte nie daran, dass ich das mal erlebe. Wenn mein Schicksal nicht so gütig wäre ... Mmh ... Dann säße ich jetzt im Heim und starrte weiße Wände an, statt so einen prächtigen Park. Ich danke dir sehr und kommst du nach Hause, dann grüß deine Mutter lieb von mir. Sie machte ja den Plan und suchte die Pflanzen aus. Das ist schon toll, wie sie das hier schuf. Abermals vielen Dank, Chris!»

«Ist schon in Ordnung, Elfi. Es war ja für mich eine bewegte und lehrreiche Zeit bei dir. Ich wirkte gerne für dich. Ja, und es gab sogar mal ein geiles Geschenk von dir.»

«Ja, stimmt genau! Und das hast du dir verdient, Chris.» Er lächelte sie an. «Danke Elfi! Du kannst dich bei Mutter selbst bedanken, denn sie kommt auch. Sie lässt fragen, ob es dir recht ist, dass sie ihren Gerd mit bringt?»

«Ja, aber sicher!»

«Na, da wird sie sich freuen. Wann fängt die Party an?»

«Um vierzehn Uhr.»

«Gut! Dann sind wir um zwölf hier. Ich fahre mit Nils. So sparen wir einen Parkplatz.»

«Geht klar! Doch vorher müssen wir Heinz holen.» Da rief Elfi: «Ja, den vergesst nur nicht! Wenn ihr wollt, könnt ihr auch bei mir bleiben. Für den Fall das ihr Alkohol trinkt. Platz ist ja genug da.»

«Na ja, warum nicht? Oder Chris?»

«Ja, das machen wir auch! So, jetzt ist es Zeit für mich. Ich hab um drei einen Termin für einem Schwimmteich. Dann eine gute Fahrt und grüßt Herrn Petersen von mir.»

«Danke, Chris! Die Grüße richte ich ihm aus.» Stante pede verschwand er. «So Elfi! Jetzt fahre ich die Tour zu Ende und dann komme ich. Wann sind die Leute vom Party-Service da?»

«Die wollten schon längst da sein. Die bringen die Getränke, und stellen die Tische und Stühle auf.»

«Okay ... bis später.» Ich ging aus dem Haus und setzte mich ins Auto. Als ich aus dem Tor war, fuhren die an mir vorbei.

Eine Stunde später kam ich an und sah keinen mehr. Ich fuhr bis zum Haus, parkte und stieg aus.

In dem Moment ging die Tür auf und Elfi kam raus. Sie hatte eine weiße Hose, einen blauen Blazer und eine beige Bluse an. Ich rief: «Elfi! Du siehst ja toll aus.»

Sie drehte sich ein Mal um. «Meinst du, ich kann mich so sehen lassen?» Ich lächelte sie an und sagte: «Na klar! Wir hätten jetzt auch keine Zeit mehr für einen Umzug!» Sie kam zu mir und es gab ein Küsschen. «Wenn du der Meinung bist, steig ich ein. Ach Nils! Hattest du nicht vor mit Herrn Petersens Auto zu fahren?»

«Ja, hatte ich auch. Es soll aber Regen geben und so ließ ich es.» Ich machte ihr die Tür auf. Dann ging es ab nach Graal Müritz. Etwa eine Stunde später kamen wir dort an. Ich fuhr auf den Parkplatz der Klinik. Elfi sah zum Eingang und sagte: «Nils, heute ist Herr Petersen nicht da.»

«Dann lassen die ihn heute nicht raus!»

«Wenn die das machen, beschwere ich mich beim Oberarzt!»

«Elfi! Um die Zeit ist der nicht mehr da.»

«Dann schmuggeln wir ihn eben raus. Der muss morgen bei der Party sein.» Ich fuhr auf den ersten Platz, der frei war und stellte den Motor ab. «So, Elfi! Jetzt lass uns mal kucken, wo er ist.» Wir liefen zum Empfang und eine junge Frau fragte: «Sie wünschen bitte?» Ich sagte: «Wir möchten Herrn Heinz Petersen abholen.» Da meinte sie: «Ich seh mal nach ... Wie ich sehe, wartet er noch auf die Papiere. Das kann nicht mehr lange dauern. Sie können dort drüben gern warten.»

«Danke, das machen wir.»

Es dauerte nicht lange, als er um die Ecke kam, auf Elfi zu lief und sagte: «Guten Tag, Frau Breusse ... Oh, sehen Sie schnieke aus! So stellen Sie heut jede Diva in den Schatten!» Die zwei reichten sich die Hände und Heinz gab ihr einen Handkuss.

«Ach, Sie sind ja ein Charmeur der alten Schule. Nur sind Sie mir immer noch viel zu jung.»

«Ja, ick wees! Dit macht mir nichts aus ... ick hab gelernt, mit Körben zu leben.» Dann kam er zu mir. Ich stand vom Stuhl auf, wir drückten uns die Hände und er umarmte mich. Dem Weinen nahe sprach er leise. «Hallo Nils! Dufte dir zu sehen.»

«Hallo Heinz! Ich freu mich auch, dass du gesund und munter bist. Hast du die Papiere, oder bleibst du noch hier?»

«Um Gottes willen, nichts wie ab! Ick hole nur noch schnell meine Tasche. Kommt ihr mit?»

«Na klar kommen wir mit! Sie könnten sich ja noch verlaufen. Aus dem Grund pass ich auf Sie auf!»

«Dit lass ick mir gern gefallen ... Frau Breusse. Dann haben Sie aber och die Pflicht, mir zu leiten!»

«Nichts leichter als das!»

Sie hackte sich mit dem linken Arm in den Rechten von ihm ein. So liefen die zwei wie ein Paar durch die Gänge der Klinik. «Wir sind da», rief Heinz Knall auf Fall. «Ja, das hatte ich auch vor zu sagen. Doch immer kommen Sie mir zuvor!»

«So? ... Dit ist halt mein Naturell. Ick bin eine vorlaute Göre.»

«Ja, ja ... das merkte ich schon! Aber sind wir erst mal getraut, dann treibe ich Ihnen das aus ...»

«Oh ... Meine Freude darüber ist mehr als potent.»

«Ich meinte a-u-s-t-r-e-i-b-e-n! Nicht ausreiben. Doch ich wüsste schon gern, wie potent Sie noch sind. Wenn Sie mal im Stande sind, sagen Sie es mir bitte.»

«Jetzt hier! Ick hatte ja schon ein paar Wochen keinen Abgang mehr, da hat sich wat angestaut. Dit ist so viel, dit mir der Sack an den Waden baumelt, zieh ick den Slip aus. Wollen Sie dit mal seh´n?»

«Ha, ha, ha! Nein, nein, nein, lieber nicht hier. Ich sage Ihnen, wann es so weit ist. So und jetzt schließen Sie endlich auf.»

«Ja, ist ja schon gut!» Er schloss die Tür auf und wir gingen rein. Ich schnappte mir die Tasche und eine Tüte mit Wäsche. «Hast du nichts vergessen, Heinz?»

«Nee, Nils! Ick hab alles gründlich durchgeforstet.» Da sagte ich: «Gut! Dann können wir ja abdüsen. Doch vorher gehe ich schnell ins Bad. Müsst ihr auch?»

«Ich muss auch mal. Geh du aber erst, Nils! Und Sie, Herr Petersen?»

«Ick och! Uff der Reise ist es ja schwierig.» Ich lief ins Bad, entleerte die Blase, wusch mir die Hände, verließ es. Elfi kam dran und ich war mit Heinz allein. Da drückte er mich fest an sich und ich bekam einen Kuss auf den Mund. Dann merkte ich Hände im Schritt und hörte seine Stimme. «Oh Nils! Ick hab große Lust, dir es wieder mal geil zu machen ...»

«Mmh ... Ich dir auch, Heinz!» In dem Moment kam Elfi aus dem Bad. «So, dann bin ja ick jetzt dran ...»

«Aber pinkeln Sie nicht auf die Klobrille, Herr Petersen!»

«Nee, Frau Breusse! Ick setz mir hin wie ´ne Dame!»

«Sehr löblich ...»

Heinz schloss die Tür und ich war mit Elfi allein. «Oh ... Nils! Ich hätte jetzt große Lust, dich hier schnell mal zu vernaschen», da sah sie mich sinnlich an und die Zunge von ihr kreiste obszön über die Lippen. «Das glaube ich dir gern! Nur haben wir jetzt keine Zeit. Im Übrigen kommt Heinz gleich wieder ... Er spült schon!»

Sekunden später ging die Tür auf. «So, meine Dame und der Herr, nu jehts los. Die Blasen sind restlos geleert. In der Hose steckt dit kleine Schwert. Doch leider ist es nichts mehr wert!» Elfi lachte und meinte: «Was sagt man dazu Herr Petersen, Sie sind ja ein echter Poet ... Doch ob das noch etwas wert ist, würde ich gerne mal testen ...»

«Danke Frau Breusse! Dit dürfen Sie gern! Sagen Sie mir nur, wenn´s Ihnen genehm ist. So und nu dürfen Sie vorgehen ...» Wir gingen aus dem Zimmer. Heinz war der Letzte und machte die Tür zu. Da sah er zu Elfi. «Nur gut, dit Sie nicht wissen, wat ick noch verberge in mir, Frau Breusse.»

«So, so! Das werde ich noch aus Ihnen rausholen!»

«Oh, Frau Breusse! Sie wollen, wat aus mir raus holen? Mmh, da freu ick mir aber druff!»

«Also ... Herr Petersen! Schämen Sie sich!»

«Mach ick! Da drüben ist eine Ecke. Da stell ick mir hin und reue es!»

«So ihr zwei! Jetzt ist aber Schluss! Ihr benehmt euch ja wie kleine Kinder!»

«Ja, Papa Nils! ... Musst mir mal die Windeln wechseln, ich hab grad Kaka in Hose macht ... Ha, ha, ha ...»

«Elfi, benimm dich! Was soll denn die Frau von dir denken.» Wir waren da grad in Höhe vom Empfang. «Tschüss», rief Heinz zu ihr ... Und die Frau grüßte zurück. Wir kehrten der Klinik den Rücken .... bis zum Parkplatz. «Heinz ... wie du siehst, nahm ich den Oldie nicht. Bei dem Wetter wollte ich das nicht tun.»

«Dit ist doch kein Beinbruch, Nils. Ick platziere mir in den Fond. Wir fahren ja nur ´ne Stunde und da überlebe ick dit schon.» Im Auto fing gleich ein Schwatz an. Es drehte sich um Leiden, die man im Alter so hat, die sie an sich hatten und die sie plagten. Dadurch verging die Zeit wie im Flug. Der Regen hörte vor Wismar auf und die Sonne schien wieder so, als ob nichts war. Ich brachte Heinz nach Hause, ließ ihn auf meiner Seite raus und lief zum Heck. Als ich dort war, hörte ich ihn sprechen. «Uff Wiedersehen, Frau Breusse ... und bis morgen.»

«Ja, Herr Petersen. Ich freue mich, dass sie kommen!»

«Ja, ick och ... T-s-c-h-ü-s-s!» Dann kam er zu mir, umarmte mich innig und klopfte mir auf die Schulter. «Danke Nils ... und es ist sehr schön, dit du geboren bist! Äh, wann kommt ihr mir holen?»

«Wir hatten vor, um zwölf bei Elfi zu sein. Ich würde sagen so viertel vor ... passt dir das?»

«Na klar!»

«Und iss bitte nicht so üppig in der Früh. Es gib duften Speis und Trank!»

«Ick werde es mir merken, Nils!»

«So, dann bis morgen.» Ich gab ihm die Taschen und stieg ein. Er winkte uns kurz hinterher und ich fuhr Elfi nach Hause. Dort angelangt sagte Sie: «Nils, ich muss dir noch was zeigen!»

«Na gut ... Aber es ist doch gleich dunkel.»

«Macht nichts ... komm mit!» Wir liefen durchs Haus und von dort aus in den Wintergarten. Da drückte sie auf einen Taster und rief: «So ... Jetzt gehen wir raus!» Sie fasste mich an der rechten Hand an und zog mich regelrecht ins Freie. Da sah ich, was sie meinte. «Ist das nicht das Paradies auf Erden, Nils?» Ich nickte ihr zu. «Ja, das ist es! Der Garten hat sich grandios verändert. Ich hoffe, du hast noch sehr lange Freude daran.» Sie nahm mich in die Arme. «Das müssen wir feiern. Ich versprach dir ja etwas ... Komm mit! Wir flanieren auf das Podest und da löse ich mein Wort ein.» In aller Ruhe liefen wir auf den Teich zu. «Äh, da bin ich aber mal gespannt.»

«Das darfst du auch sein!» Ich sah mich um ... «Elfi, ich komm aus dem Staunen nicht raus. Das ist echt ein Traum. Die vielen LEDs, die am Rand und zwischen den Steinen strahlen.

Das Wasser plätschert leise vor sich hin und die Fontäne ist ein Akt fürs Auge.»

«Ja, das stimmt Nils.» Kurze Zeit später kamen wir an und sie sagte: «Hier ist mein Platz. Von dem aus hab ich den tollsten Blick.» Elfi setzte sich auf die rechte Bank. «Komm mal her Nils, und stell dich mal vor mich hin!» Kaum stand ich vor ihr, lagen meine Hosen schon auf den Brettern ... «Was machst du denn da, Elfi?»

«Das wirst du gleich merken ...» Und ich genoss es ... Es war wieder erste Sahne ... In der Zeit, wo sie mir das himmlische Gefühl bescherte, dachte ich an Heinz und daran, was ihm blüht, lässt er sich mit Elfi ein. Da kriecht er in zwei Wochen auf dem Zahnfleisch ... Sie nahm sich alles, was ihr in den Mund rann, war sehr glücklich und ich auch. «Elfi! Du bist und bleibst die B-e-s-t-e ...»

«Ja, ja ... das sagen alle Kerle, wenn sie fertig sind!»

«So, so ... dann bin ich also ... A-l-l-e?»

«Nein, nein! Du bist da nicht dabei, Nils! Nur hab ich jedes Mal Skrupel bei dem, was ich mit dir mache .... Wegen Chris.»

«Ach! Mach dir keine Sorge, Elfi. Wenn es um Sex geht, leben wir zurzeit sehr karg. Er war nach der Arbeit immer sehr müde, ging früh ins Bett und schlief gleich ein. So blieb keine Zeit für Liebe machen. Sein Ziel war genau das, was du mir hier zeigst. Und es wurde ein Traum vom Park mit Teich. Ich hatte stets Verständnis dafür. Es ist ja seine Zukunft. So war mir dein Blas-Konzert jedes Mal recht. In der Tat auch mal für Chris. Er erzählte mir den - Hol mir mal die Schüssel - Sex. Dir fällt Mal für Mal etwas ein. Grad dann wenn du was haben willst. Das genoss ich schon oft. Aber warum auch nicht. Seit dem Unfall machte ich mir zur Devise: Lebe, Liebe den Tag, dass er Glück mir bringen mag! Und das ist passiert. Na ja, und Chris versteht das, was ich tue. Wir sind immer ehrlich. Also das trennt uns nicht. Wenn jemand fremd geht, macht er das meist nur, weil zu Hause was schief läuft. Da man das nicht bekommt, was man sich gerne wünscht. Eine andere Person macht das und schon ist es passiert. Ich denke, dass da auch viel nicht Weltliches eine Rolle spielt. Das männliche Tier steuert von Natur aus der Trieb. Es lebt de facto nur, die Art zu sichern. Erst wenn beim Mann im Alter die Potenz abnimmt, wird er treu. Eine Affäre wird da oft zum Fiasko, kriegt er keinen mehr hoch. Dann hört er mit Frauen auf und sucht sich oft einen Freund, der ihn versteht. Mit dem lebt er Sex so aus, wie ich ihn bei dir bekam. Das lehnen viele Frauen auch ab. Sex ist für Männer sehr wichtig und zwei Mal pro Woche muss es sein. Lebt er allein, sollte er es sich selbst machen. Hat er ein Ding, wie ein Pferd braucht er weder Partner noch Frau, nur wer hat das schon. Hat er eine Frau Breusse, bedachte ihn das Glück. Und das hat bald der Herr Petersen.»

«Ha, ha, ha, das ist ja zum Lachen, Nils. Ich danke dir für den Vortrag. Na ja, ich glaube, du hast Recht ... Doch jetzt fährst du erst mal nach Hause. Chris wartet gewiss schon mit dem Essen auf dich!»

«Ach du meine Güte, es ist ja gleich halb acht! So dann bis morgen Elfi! Wir werden gegen zwölf hier sein ... Tschüss.»

«Tschüss, Nils!»

Zum Glück war ich rechtzeitig da. Ich lief in die Küche und Chris fragte gleich: «Hallo Nils ... klappte denn alles?»

«Na klar! Wir brachten Heinz wieder heil nach Hause. Nur musste er erst lange auf die Papiere warten. Deshalb bin ich so spät dran.»

«Na ja, das macht doch nichts. Es war ja trotzdem ein perfektes Timing. Setz dich schon mal an den Tisch. Ich hole den Auflauf gleich aus dem Ofen.»

«Mach ich, Chris, doch zuvor wasch ich mir die Hände.» Als ich wieder da war, hatte er den schon auf dem Tisch stehen. Es gab einen mit Brokkoli. «Mmh ... der schmeckt sehr gut. Und Chris, wie war der Rest vom Tag? Bekamst du den Auftrag?»

«Nein! Bis jetzt noch nicht fix. Herr Zalowski, will erst eine Arbeit von mir sehen.»

«Du hast doch jetzt ein echt geiles Objekt. Zeig ihm bloß Elfis Garten. Wenn der den sieht, hast du den Auftrag.»

«Ja, das habe ich auch vor, und zwar morgen.»

«Was? Da ist doch die Feier!»

«Ja ich weiß. Doch hat er da nur frei. Nächste Woche ist er auf einer Dienstreise.»

«Wann kommt er?»

«Ich sagte ihm um zwölf. Da sind wir allein und so haben wir Zeit, bis die Gäste da sind. Um halb eins kommt ein Fotograf, der Fotos macht. Sind die fertig, laden wir die gleich auf die Homepage hoch.»

«Sehr gut! Dann fahren wir hier um halb los und sind um Viertel vor bei Elfi. So haben wir noch Zeit, bis er kommt. Ach! Jetzt vergaß ich um ein Haar Heinz, den wollten wir ja abholen. Ich rufe ihn gleich an, und bitte ihn schon um halb zwölf, bereit zu sein.»

«Gut, mach das, Nils!» Ich rief Heinz an, und dem war das egal. Wir räumten den Tisch ab und wuschen alles auf. Ich checkte noch schnell die E-Mails. In der Folge sah ich mir den Wetterbericht an. «Chris! Morgen gibt es einen schönen Tag.»

«Geil! So wurde das gewünscht. So und ich geh jetzt ins Bett!»

«Gut, ich komme auch gleich.»

Ich stellte den Wecker auf 7:30 Uhr. Als er rappelte, standen wir auf und jeder stylte sich für den Tag. Nach dem Frühstück lief Chris ins Büro. Ich nahm den Sauger und saugte die Wohnung, bis es Zeit wurde ... Heinz stand pünktlich an der Straße mit einer roten Rose in der Hand. So waren wir um Viertel vor zwölf bei Elfi. Ich klingelte, sie machte auf und sagte: «Nils! Chris! Schön das ihr kommt. Oh? Und ein Gast kam auch gleich mit ...»

«Juten Tag Frau Breusse. Ick danke Ihnen dit ick hier sein darf. ... Und dit ist für ...» Sie fiel ihm ins Wort. «Oh, vielen dank, Herr Petersen. Die ist ja apart», sagte sie und freute sich wie ein kleines Kind. «So, die Herren, dann kommt erst mal rein.» Heinz schritt voran. In dem Moment hörte ich, dass ein Auto kam, und meinte: «Chris, ich glaube, jetzt ist dein Kunde da.» Wir drehten uns um und es war so. Ein Luxus SUV fuhr vor und parkte vor dem Haus. «Das ist Herr Zalowski», sagte Chris und lief los. Ich ging in den Flur, machte die Tür zu und wandte mich um. Da hörte ich ... «Herr Petersen, könnten Sie mir bitte mal in der Küche helfen. Ich richte grad eine Wurst und Käseplatte her.»

«Na klar! Uff jeden Fall helfe ick Ihnen, Frau Breusse.» Die sah ihn erzürnt an und rief: «Hören Sie bitte mit der Frau Breusse auf! Alle sagen Elfi zu mir und es ist mein Wille, dass Sie ... äh, du mich auch so nennst.» Er erschrak sichtbar, wurde nervös und stammelte: «Äh, ja ... wenn dit Ihr Wunsch ist, Fr..., äh Elfi, äh, mach ick dit gern. Ick bin der Heinz!» Sie strahlte vor Freude und sah ihn bis über beide Ohren verliebt an. «Geht doch! Hiermit ist das geklärt und jetzt komm mit ...» Sie packte die rechte Hand von ihm und zog ihn hinter sich her. Ich stand im Flur und verkniff mir das Lachen. Auf ein Mal hörte ich die Stimme von Elfi. «N-i-l-s, geh schon mal vor. Sieh mal nach, ob genug Stühle und Tische da sind und ob die Getränke reichen.»

«Ja, Elfi, mach ich!» Es war der Fall und da das Wetter schön war, stellte ich ein paar Stühle und Tische nach draußen auf die Terrasse. Eva lud 25 Leute ein. Auf einmal klingelte es und ich lief zur Tür. Es war der Fotograf, ich ging mit ihm in den Garten und er fing mit der Arbeit an ... Um 13 Uhr kamen zwei Männer an und einer sagte: «Hallo, wir sind vom Party-Service. Wir liefern den Grill, das Fleisch, die Wurst und die Salate an.»

«Super! Das kommt gleich in den Garten. Laufen sie hier vorn ums Haus rum und ich empfang sie an der Terrasse.»

«Gut! Machen wir!»

Die zwei stellten den Grill auf den Freisitz. Einer heizte den Smoker an und der andere holte das Fleisch und die Salate. Ich kuckte ins Gelände, um zu sehen, wo Chris war. Da sah ich, dass die zwei zum Auto gingen. Als sie dort waren, reichten sie sich die Hände und der Mann stieg ein und fuhr gleich weg ... Chris kam auf mich zu und das Gesicht von ihm strahlte von Glück erfüllt ... Und dann stand er vor mir. Er ballte beide Hände zur Faust und rief außer sich: «Ja, ja, ja! Ich hab den Auftrag! Geil, geil, geil!»

«Na das ist ja noch ein Grund zum Feiern, Chris!» Er kam zu mir, drückte mich an sich und wir küssten uns. Dann hopsten wir eine Weile im Kreis herum. Er hörte abrupt auf und fragte: «Ist der Fotograf schon da?»

«Ja, der schwirrt hier im Garten rum. Ich gehe davon aus, dass der weiß, was er zu tun hat?»

«Ja! Mutter sagte ihm das. Äh, wo sind Elfi und Heinz?»

«Die richten Platten mit Canapés her ...»

«Was?»

«Kleine Stücke Brot mit Wurst und Käse. Elfi hat Angst, dass die Würstchen nicht reichen. Ich kuck mal, wie weit die sind.»

«Ja, mach das Mal, ich bleib so lange hier.» Kaum war ich im Flur, klingelte es ... «E-l-f-i, ich mach schon auf!» Es waren Eva und Gerd. «Kommt rein ihr zwei», sagte ich und Eva: «Danke! Wo sollen wir hin?»

«Immer grade aus auf die Terrasse. Da ist auch Chris.» Als ich zurück war, kam Heinz aus der Küche. Er erschrak und meinte: «Ach du bist es Nils! Die Platten mit den Canapés sind fertig. Hilfst du mir mal bitte.»

«Na klar!» Wir gingen in die Küche. «Wo ist Elfi?», wollte ich wissen. «Die ist für kleine Gören.»

Ich nahm mir eine, er die andere und dann schritten wir raus zum Tisch. Der war schon fast voll mit den Salaten. Da hörte ich Heinz sagen: «Und Nils? Gehen die noch da druff?»

«Ich denke, das geht! Ich stell meine hier hin und du zwischen die zwei ...»

Das haute grad so hin. «Nu hätt ick aber gern mal was getrunken.»

«Na dann komm mit ...»

Er trank ein Glas Bier und ich eine Cola. Ich fragte ihn: «Heinz, hast du Lust auf eine Tour durch den Park?»

«Na, aber klar ...»

«Na dann komm mit ... Chris, wir gehen mal in den Garten.»

«Ja macht das! Ich käme gern mit, doch grad klingelte es an der Tür.»

Wir liefen los und ich meinte: «Ich schlag vor, das wir erst mal außen laufen und am Ende gehen wir zur Brücke.»

«Gebongt!»

Da kamen wir an, ich schritt mit ihm bis zur Mitte vom Steg und blieb stehen. Nach einer Minute Stille fragte ich: «Na Heinz, wie gefällt es dir hier?»

«Äh, ick bin baff! Und ick muss zugeben ... dit ick total begeistert bin. Wat ick hier sehe, ist große Klasse. Wat Chris uff die Beine gestellt hat, dit hätt ick mir nie vorgestellt ...»

«Dann warte nur mal ab, bis es dunkel ist. Da geht dir das Licht auf! So und jetzt gehen wir zurück, denn ich nehme an, dass alle gleich da sind.»

Um 14 Uhr kam der letzte Gast und Elfi kam zu mir und sagte nervös: «Äh ... Was meinst du, Nils? Soll ich eine Rede halten?»

«Ja Elfi! Das wäre schon gut ...»

«Na gut, Nils! Dann mach ich das.» Sie nahm sich ein Glas, schlug es leicht mit dem Messer an und jeder kuckte zu ihr. Da sagte sie: «Meine Damen und Herren, ich grüße sie alle herzlich. Ich freue mich, dass sie kamen. Warum sie hier sind, wissen sie ja selbst. Der Garten ist jetzt fertig und ich bin hin und weg von dem, was ihr geleistet habt. Er wurde nur durch eure Arbeit so toll. Sehen sie ihn sich in aller in Ruhe nach dem Essen an. Ein extra Dank gibt es für Eva, Chris und Nils. Die planten den Garten, so wie er momentan ist. Dann bedanke ich mich bei euch allen, dass ihr hier euren Beitrag geleistet habt. Auch den zwei Männern am Grill, die für uns heute Wurst brutzeln. Vielen Dank! Jetzt dürfen sie sich stärken ...»

Doch erst gab's großen Beifall für Elfi. Im Anschluss schlugen sich alle den Bauch voll.

Jeder der fertig war, lief los, auch Heinz und Chris. Als keiner mehr da war, setzte ich mich neben Elfi auf eine Bank. Sie fragte: «Nils, bleibt ihr über Nacht?»

«Ja! Wir bleiben da ...»

«Das ist fein! Ich ließ ein Zimmer von Anke für euch zwei und für Heinz richten.»

«Danke, Elfi!»

«Und jetzt vertraue ich dir etwas an: Heinz wird bald bei mir wohnen. Ich überzeugte ihn in der Küche.»

«Mit Worten oder mit Taten?»

«Wie meinst du das, Nils?»

«Na ja, so wie ich dich kenne, machtest du ihm mit dem Mund eine Freude.» Erst entsetzt, dann grimmig sah sie mich an und zeterte: «N-i-l-s, das ist ja dreist von dir, was du von mir denkst. Das traute ich mir nicht. Nein, nein ... ich lud ihn nur ein. Er soll der Erste sein, der hier in der WG wohnt. Er war platt, als ich ihm das sagte.

Schon am Montag will er seine Wohnung kündigen. Ist das nicht toll ... mmh ... dann wäre ein Mann im Haus, und ich nicht mehr allein.» Ich drehte den Kopf hin und her und meinte: «Nicht zu fassen, das ist ja der Hammer! Du und Heinz unter einem Dach. Ich finde das irre! Er passt bestens zu uns und ich freue mich für dich.»

«Danke, Nils!»

«So! Und jetzt gehe ich schnell mal zu den beiden. Kommst du mit, Elfi?»

«Nein! Ich kann nicht, da ich zum WC muss.»

«Na gut! Dann sehen wir uns später.»

Wir standen auf, Elfi lief ins Haus und ich nahm Kurs in den Garten. Da sah ich, dass die zwei auf einer Bank über dem Teich saßen. Ich lief dort hin, Chris winkte und rief: «Hallo Nils! Komm, setz dich zu uns.»

«Ja, gerne!» Ich nahm Platz neben Heinz, lächelte ihn an und sagte: «Du Draufgänger ... Das finde ich ja echt geil!»

«Äh ... Wat?»

«Na, dass du der Erste bist!»

«Wie meinste dit?»

«Elfi sagte mir alles.»

«Äh ... Wat hat sie dir gesagt?»

«Na ja, dass du deine Wohnung kündigst und dann hier, bei ihr wohnst.»

«Diese quassel Liese! Ick sagte, es wäre denkbar.»

«Schade! Ich freute mich schon für Elfi und für dich auch.»

«Keine Bange, Nils! Ick werde Einzug halten. Ja, es ist ja wahr. Sie ist allein und ick bin's ... und wenn mir dit zugedacht ist, dann packe ich es an.»

Chris wurde deutlich nervös und meinte: «Äh, ich hau mal kurz ab! Ich muss mal für kleine Jungs.»

«Na, denn mal ... Spaß bei der Suche ...»

«Danke Heinz! Ich bin überzeugt, dass ich fündig werde.» Im Nu war er weg ...

Heinz kuckte mich an und wurde ernst, als er sagte: «So, Nils nu mal zu dir! Ick hab von Elfi gehört, dit deine Chefin dir drangsaliert, wo es nur geht. Pass mal uff, ick hab eine Idee ...»

«Ich höre ...»

«Wie du ja gehört hast, bin ick Koch. Bevor ick dir, Chris und Elfi kannte, war jeder Tag grau und jetzt ist er voll Farbe. Du wirst nicht tippen, wie ick mir uff den Tag heute gefreut hab. Ick brauch, uff die alten Tage von mir eine Aufgabe. Ick will nicht sterben, wie 'ne Primel die keine Sonne mehr abkriegt. So dachte ick mir, dit ick mit dir eine Firma uff mache. Ick bekiekte mir die Küche von Elfi und war platt. Es ist alles wat ick brauch da. Ick kann so och jede Menge Menüs kochen. Da kann deine Chefin dir mal am Arsch lecken. Und dann nehmen wir ihr noch die Kunden weg. So ärgern wir sie grün und blau. Wat hältst du hiervon, Nils?»

«Na ja. Ich hatte schon lange die Absicht, dich zu fragen. Nur traute ich mich nicht. Jetzt freue ich mich sehr, dass du das willst, und ich weiß, dass wir das schaffen. Mmh ... na ja, wenn du kochst, und ich fahre die Menüs weg, dann geht das ohne Risiko. Für das Ende der Woche hätte ich zur Not mit Hans einen Fahrer. Wenn wir so weit sind, spreche ich mit ihm.»

Ich stand von der Bank auf, stellte mich vor ihn hin und sagte: «Komm, lass dich mal drücken!»

Er erhob sich und ich nahm ihn in die Arme. Dann drückte ich ihn mit aller Kraft an mich und er flüsterte: «Ick hab dir sehr, sehr gern ...»

Da hörte ich Chris rufen: «N-a-a-a, ihr zwei Turteltauben? Sieht man euch so, denkt man, ihr seid ein schwules Paar ...»

Ich drehte mich zu ihm hin und sagte: «Stimmt! Heinz machte mir grad einen Antrag. Das bedeutet das ich mich von dir trenne.»

«Wann?»

«Nächste Woche um vier!»

«Okay! Dann habe ich ja noch Zeit. Jetzt mal Scherz bei Seite. Elfi bat mich, euch zu sagen, dass ihr vermisst werdet, und sie sehe euch gern mal wieder.»

«Jut! Dann leisten wir dem Wunsch von ihr Folge ...»

«Ja, denn Frauen haben es nicht gern, wenn ein Mann sie warten lässt, und wir sind sogar drei», meinte ich und gleich liefen wir los. Es dunkelte schon und die Sonne war nicht mehr zu sehen. Als Elfi uns sah, rief sie: «Ach ... Sieht man euch auch mal wieder.»

«E-l-f-i! Ick muss dir sagen, dit ist so knorke. Ick konnte mir vom Garten nicht trennen. Da gibt's ja, so viel zu seh'n und so verging die Zeit.»

«So, so Heinz! Das freut mich sehr von dir zu hören. Jetzt wollen ein paar nach Hause gehen. Denen will ich noch etwas zeigen.»

«Dann mach dit mal, Elfi!»

Sie schlug gleich an ein Glas und sagte: «Meine Damen und Herren, es gibt noch etwas, dass ich ihnen jetzt zeige ... Eine Sekunde bitte!»

Sie lief ins Haus und gleich ging das Licht im Garten an ... Dann hörte man ein Geraune der Menge. Doch als die Fontäne im Teich anfing, gab es Beifall ohne Ende. Es war das große Finale. Elfi kam aus dem Haus und auf der Stelle gratulierten ihr fast alle für den Garten, der aus der Reihe fiel. Jeder war voll Freude und staunte über das, was er sah. Ein paar Leute kamen auch zu Chris und Eva, nur keiner zu mir. Na ja, ich tat ja auch das wenigste.

In der Zeit, wo Elfi mit Hinz und Kunz sprach, saßen wir vier an einem Tisch. Da sah ich Hans, winkte ihm zu und rief: «Komm, setz dich zu uns.»

Dann machte ich ihn mit den anderen bekannt. Ich sah zu Elfi und sagte: «Seht mal, wie froh gelaunt sie ist ...»

«Da hat sie ja auch allen Grund dazu», meinte Eva. «Sie ist eine tolle Frau. Nie hätte sie es verdient, im Heim zu landen. Dank euch beiden und dem Mann von ihr schaffte sie das, was für sie allein nicht möglich war. So ... und jetzt hol ich mir ein Glas Wein. Möchtet ihr noch etwas trinken?» Wir sahen uns an riefen im Chor: «Bier!»

Nach und nach verließen uns die Gäste, bis der Letzte ging. Die zwei vom Party-Service packten den Grill ein. Dann die Stühle, Bänke und was sie sonst noch hatten. Eva sagte: «So, Elfi wir gehen jetzt auch. Der Tag war ja lang und strengte dich gewiss an.»

«Ja, das stimmt Eva. Danke das du und Gerd gekommen seid. Es freute mich sehr. Dann kommt gut heim.»

«Ich geh auch gleich mit», rief Hans. «Ich bringe euch bis zur Tür», sagte ich. Als ich zurückkam, sah ich, dass Chris den zwei beim Aufladen half. Als alles weg war, düsten sie ab. Da kehrte eine himmlische Ruhe ein und wir vier waren allein. Da meinte Elfi: «Ich mache uns jetzt mit den Resten der Platten ein Essen und ihr räumt in der Zeit auf.» Das machten wir ... Dann rief sie: «Ich bin so weit! Wir können essen.» Wir setzten uns und gleich fingen wir an. Als wir fertig waren, räumten wir den Tisch ab und klönten noch lange. Es ging um den Home-Gourmet-Service und um die WG. Es war 23:04 Uhr, als Elfi auf einmal sagte: «So Jungs! Ich bin reif für mein Bett und geh jetzt schlafen. Doch vorher zeig ich euch noch die Zimmer.»

Als sie das gemacht hatte, sagte sie: «Nun wünsche ich euch eine gute Nacht. Wann möchtet ihr Frühstück, Nils?»

«Äh, um 9 Uhr ... Was meint ihr? Heinz?»

«Ja, da bin ick ausgeschlafen, Nils!»

«Und du Chris?»

«Ja, das ist okay.»

«Prima, meine Lieben ... So und jetzt kriegt jeder noch ein Küsschen von mir ...» Dann wandte sie sich von uns ab. Wir standen im Flur, Heinz sah uns an und fragte: «Und wat ist mit euch? Wollt ihr och schon pennen?»

«Na ja, da der Tag lang genug war, denke ich, reicht es für heute. Was meinst du, Chris?»

«Ja, finde ich auch. Dann haben wir noch Zeit zum Kuscheln.»

«Oh ... dit ist ja knorke! Darf ich dabei sein?»

«Heinz? Das meinst du doch nicht im Ernst, oder?»

«Doch, doch, Nils! Ick hab den Wunsch, dit Wort von jestern wahr zu machen. Ick musste in der Reha, eine lange Zeit keusch leben. Nu bin ick sowas von geil.»

«Chris ... ich denke, Heinz meint es ernst ...»

«Na ja! Da du schon mit ihm intim warst, akzeptiert.»

«Danke Chris! Bei euch oder bei mir?»

«Bei uns! Da wir zwei Betten und ein Bad haben.»

«Na dann Jungs, legen wir los!» Wir gingen ins Zimmer. «Darf ick zuerst ins Bad? Ick muss ganz dringend.»

«Ja geh ... Wir ziehen uns schon mal aus», sagte ich und Heinz rannte los. Als er wieder kam, war er nackt und seine Sachen trug er auf dem rechten Arm. «So der Nächste bitte!»

Da Chris es auch eilig hatte, kam er dran und ich war der Letzte. Ich brauste mich schnell ab und als ich aus dem Bad kam, lagen die zwei auf dem Bett. Ich hörte, wie Heinz zu Chris sagte, was er in Graal Müritz erlebte. Ich legte mich links neben ihn hin und Chris lag rechts. Wir waren so, wie die Schöpfung uns schuf. Kurz darauf kam Chris an und stieg so über mich, dass wir in der 69er lagen.

Er nahm sofort meinen Kleinen in den Mund und ich seinen. Heinz drehte sich um und sah uns zu. Da merkte ich auf einmal etwas Hartes in der rechten Hand und rieb daran rum. Da flüsterte er: «N-i-l-s ... Elfi kiekt uns zu.» Das kann doch nicht wahr sein, dachte ich. Mit Karacho drehte ich den Kopf zur Seite und es war so ... Da stand sie in voller Größe im weißen Nachthemd mit Blumen. Ich rief: «Elfi, was treibt dich denn hier her? Warst du nicht müde?» Sie kam in den Raum, blieb vorm Bett stehen und sagte im rauen Ton: «Meine Herren! Ja, das war ich auch. Nur bei dem Gestöhne von euch ist ja kein Mensch in der Lage zu schlafen. So! Aber da ich schon mal da bin ... habe ich vor, zu bleiben. Warum sagte mit keiner, dass ihr eine Orgie veranstaltet? Ich sollte wohl nicht da bei sein ...»

«Nein, nein, nein, Elfi! Das planten wir erst, als du schon weg warst.»

«Na gut, Nils! Ist ja auch egal ... Bei wem darf ich anfangen?» Sie sah uns der Reihe nach an ... Dann kuckte sie Heinz in die Augen und fing an zu lächeln. «Bei dir! Ich will wissen, wie du schmeckst. Den Geschmack der zwei kenne ich ja schon. Und das du auch was fürs Auge hast, ziehe ich rasch das Nachthemd aus ... So, jetzt kommst du schneller auf Touren ... Und da das Gebiss im Glas liegt, brauchst du keine Angst zu haben. So beiße dir nichts ab ... Und ihr zwei! Ihr spielt ein bisschen weiter an euch herum. Nur nicht bis zum Schluss! Das erledige ich ... Kapiert!»

«Ja, ja, das tun wir», sagte ich. Heinz lag entspannt auf dem Rücken. «Jetzt spreiz mal die Beine, sodass ich zwischen die komme.» Ohne ein Wort zu sagen hörte er auf sie. Die Arme lagen am Körper an und sie krabbelte rasch aufs Bett. «Der ist ja schon hart. Oh, da kann ich ja gleich anfangen.» Wir trieben es in der 69er weiter. Nach einer Weile fing Heinz an zu stöhnen. Da kuckte ich kurz mal rüber ... Ich sah, dass Elfi ihn wie eine Wilde blies. Ihr Kopf flog auf und ab und ihre spärliche Haare auch. Heinz kuckte an die Decke. Der Mund offen die Augen zu. Er stöhnte vor sich hin und genoss das sichtbar. Als ich das sah, musste ich schmunzeln. Dann drehte ich mich um und machte weiter. Nur war ich da schon sehr nah am Finale. «Chris, mach nicht so schnell», flüsterte ich ihm zu und sie: «Wagt euch nur nicht ...»

«Nein, Elfi», rief ich und Chris machte langsam weiter. Als ich hörte, wie sie sagte: «Heinz winkel mal die Beine an ...», kuckte ich rüber. Ich sah, dass er das machte. Doch war er nicht mehr so beherrscht. Da steckte sie den rechten Mittelfinger zwischen die Lippen, zog ihn raus und lenkte ihn fix zum Po von ihm. Von dem hörte ich gleich ein Stöhnen. Elfi machte im Nu weiter mit dem Mund und hob den Kopf auf und ab. Die Reizung von vorn und hinten hielt er nicht lange durch. So war er ruckzuck am Ende. Sie saugte ihn aus ... kniete sich hin und rief: «So der Nächste bitte!» Chris stieg von mir runter und ich fragte ihn: «Willst du?»

«Ja, Nils.»

Ich stand auf, legte mich rechts neben Heinz. Ich fragte ihn, wie er sich fühlt, und er meinte froh: «Ausgezeichnet!»

«Ja, Elfi ist die Beste, was das betrifft!»

«Ja, ja, da hast du wahrlich recht, denn das ist sie.»

Bei Chris ging es schnell und dann kam sie zu mir. Ich machte die Schenkel breit und im Nu war ihr Kopf zwischen denen und sie fing gleich an ... Als auch ich leer war, sagte ich: «Elfi, das war ja wieder so was von geil ...»

«Ich bin eben die Beste und weiß jetzt wir ihr drei Kerle schmeckt.» Sie kniete sich hin und da lagen wir in Reihe fix und fertig vor ihr. Ich sah sie da zum ersten Mal nackt und sie uns auch. Die Brüste von ihr hingen schlapp an ihr runter, die Scham war leicht behaart und bei uns war alles saft- und kraftlos. Sie grinste uns von Glück erfüllt an. Ihr Wunsch nach Schlaf war wie weggeblasen.

Sie war im siebten Himmel und meinte: «So ... Jungs! Mmh ... Das war ein Tag, den ich nie vergesse ... Und das Feuerwerk am Ende stellte alles in den Schatten. In der Früh, als ich wach wurde, dachte ich nie, dass der Tag so göttlich endet. Das er schön wurde schon, doch das hier ... Ich bin stolz auf euch drei ... Und danke ... das ihr mir das erlaubt habt. Und wenn ihr jetzt denkt, dass ich alleine schlafe, dann irrt ihr euch und Heinz tut das auch nicht. Ich leg mich mit ihm hier in das Bett und ihr nehmt das andere. Ist das auch in deinem Sinn, Heinz?»

Perplex kuckte er sie an und meinte: «Ja, ja, ja ... Elfi! Doch bevor wir dit tun, hätt ick gern, dit du dir dit Negligé anlegst. Du könntest dir, sonst verkühlen. Dann wärst du am Ende morgen in der früh krank und dit muss ja nicht sein.» Sie seufzte und sagte: «O-h-h-h, ich hab ein Faible für einen Mann, der sein Gehirn zum Denken nutzt.» Heinz sah sie an und fragte: «Elfi! Darf ick vorher noch mal pinkeln?»

«Na klar! Ich muss ja auch noch mal.»

Nachdem die fertig waren, kam Chris dran und zum Schluss ich auch noch. Ich kam aus dem Bad und sah, das die zwei und Chris im Bett lagen. Ich machte das Licht aus und legte mich hin. Da rief Elfi: «J-u-n-g-s ... Ich wünsch euch eine gute N-a-c-h-t!» Wie ein Chor sangen wir: «Gute Nacht, Elfi!» Doch es gab noch keine Ruhe. Sie fragte: «Auf welcher Seite schläfst du denn?»

«Uff der rechten ...»

«Sehr gut! Dann machen wir ein Löffelchen.»

«Oh ... Wat ist dit denn schon wieder?»

«Bleib so, wie du bist liegen und ich zeig es dir. Jetzt kuschel ich mich an dich ... Oh, was haben wir den hier? Heinz, ich merke, dass du noch sehr potent bist.»

«Äh ... Ist dit gefährlich?»

«Im Gegenteil! Ach schade das ich nicht nackt bin wie du ...»

«Wieso?»

«Mmh ... Dann lägen wir jetzt Haut an Haut. Ich würde die Wärme von dir spüren und du die meine.»

«Lass mal, Elfi! Es ist schon gut, wie es ist. Willste den Piepel die ganze Nacht halten?» Sie stöhnte und meinte: «Ja ... So wünsche ich, mal zu schlafen. Ist dir das genehm?»

«Protest ist, wie ick denke vergeblich ...»

«Stimmt!»

«Dann ... gute Nacht, Elfi.»

«Schlaf gut, mein Schatz ...»

Ich wurde wach und sah, dass am Rand der Gardinen diffus Licht in den Raum schien. Es war so hell, dass ich sah, dass alle noch schliefen. Da die Blase drückte, schlich ich mich aus dem Bett.

Auf den Spitzen der Zehen ging's ins Bad ... Ich schüttelte grad die letzten Tropfen ab, da machte jemand die Tür auf. Es war Heinz, der rief: «Nils, biste fertig?»

«Ja!»

«Ick hab's sehr eilig ...»

«Okay! Du kannst ...»

Ich drehte mich um, er setzte sich auf die Klobrille und ich ging aus dem Bad. Da sah ich, dass Chris wach war. Da fragte ich ihn: «Äh ... Wo ist Elfi?»

«Heinz musste dringend und sie auch. Da lief sie auf ihr Klo. Ist sie fertig, macht sie das Frühstück. Es ist ja auch gleich neun.»

«Was? So spät schon, dann mach ich mal den Vorhang auf ...»

«Und? Wie ist das Wetter?»

«Gut! Die Sonne scheint ...»

Da ging die Tür vom Bad auf, hörte ich und drehte mich um. Da sah ich, dass Heinz barfuß bis zum Hals raus kam. Chris machte einen Satz aus dem Bett und rief: «Jetzt muss ich aber auch mal!» Ich kuckte wieder raus und freute mich, wie herrlich es hier war. Ich bekam einen Schreck, als Heinz von hinten sagte: «Dit ist, wie ick finde ein famoser Garten. Ick bin begeistert und stellte mir nie vor, dit er so wird.»

«Ja! Das stimmt Heinz», und gleich spürte ich die nackte Haut von ihm am Rücken. Er schlang die Arme um mich, legte sein Kinn auf die rechte Schulter und flüsterte mir ins Ohr: «Nils, ick kann dir nicht oft genug danken für die dufte Zeit. Dit ist nicht mehr zu schlagen, wat ick durch dir erlebt hab. Und Elfi ... oh ... die ist ja gierig nach Wichse.»

Ich merkte, dass sich bei ihm etwas tat. «Oh, oh Heinz! Wüsste Elfi, dass du ʼnen Ständer hast, wärst du fällig.»

«Dit ist ja och keine Frage, denn ick bin geil uff dir. Wären wir jetzt alleine, dann dürftest du ihn mir ins Loch stecken.»

«Danke, das machte ich auf der Stelle. Da der von dir bei mir schon zwischen den Backen ist, kannst du das eher ...»

«Nils, verzeih bitte! Ick hab da eine Idee ...»

«Ich höre!»

«Da dit Wetter heute so geil ist, holen wir den Benz und düsen mit dem ins Grüne. Gefällt dir dit?»

«Das ist ja genial!» Da ging die Tür vom Bad auf und Chris rief: «Oh, ich wollte euch nicht beim Verlustieren stören.»

Heinz ließ mich los, drehte sich um und sagte: «Nee, nee Chris dit sah nur so aus ... Ick war nicht drine. Äh, aber pass ma uff: Wat hältste davon, wenn wir heute eine Tour machen?»

«Mit dem Oldie von dir? Ich bin dabei!»

«Ick habs gewußt! So, nu brause ick mir ab, zieh mir an und helfe Elfi in der Küche. Sind wir fertig, hauen wir rein.» Er lief an Chris vorbei und der meinte: «Pass nur auf das Elfi dich nicht mit der Latte sieht. Du weißt ja, was dann abläuft.»

«Nee, dafür haben wir jetzt keine Zeit. Ick brause mir kalt ab.»

«Ja, mach das bitte, Heinz. Wenn du fertig bist, sind wir dran.»

«Gut Chris! Ick beeile mir.»

Als wir kamen, war der Tisch gedeckt, doch eine fehlte. Ich fragte: «Heinz, wo ist denn Elfi?»

«Die holt den Kaffee.» Dann kam sie frohgelaunt an, mit der Kanne in der rechten Hand und sang: «Der Wind hat mir ein Lied erzählt ...» Da sah sie uns und rief: «Guten Morgen, ihr zwei!» Und wir: «Guten Morgen, Elfi». Sie setzte sich zu uns an den Tisch und ich fragte sie: «Wie schliefst du denn neben Heinz?»

«Ganz toll, Nils! Ich schlummerte mal wieder, ohne Angst zu haben, bis in der Früh durch. Ihr stellt euch ja gar nicht vor, was jeder Laut in der Nacht bewirkt ... allein in dem Haus. In der Letzten hatte ich ja drei Beschützer bei mir und still war's auch. Es schnarchte keiner von euch ...»

«Äh ... Wenn du so fest schliefst, wie hörtest du das denn?»

«Nils! Das ist so, du Dummchen: Dann würde ich wach. So, und jetzt essen wir erst mal ... und hinterher fährst du Heinz nach Hause. Da holt ihr den Oldie von ihm. Mit dem würde ich gerne wieder mal offen fahren und Chris, der hilft mir hier. Dann sind wir fertig, wenn ihr kommt.»

«Mach ich doch glatt. Ich wusste, dass dir die Idee von Heinz gefiel.»

«An dem gefällt mir so viel ... Chris!»

«A-h-a-a-a ..., doch das nahmen wir schon an und die geile Nacht lieferte den Beweis. Stimmts, Nils?» Ich nickte. «Ja! Du hast recht und es geht in Ordnung.»

Die Mahlzeit war beendet und wir machten uns auf den Weg. Heinz holte den Schlüssel und von da aus ging es zur Garage. Da stellte ich mein Auto ab. Wir zwei setzten uns in den Benz. Ich gab Gas, düste los und parkte vor dem Haus. Wir gingen an die Tür und ich klingelte. Chris machte auf und sagte: «Ah, da seid ihr ja schon. Elfi ist noch nicht fertig.» Wir warteten einen Moment im Flur und dann kam sie an. Als Heinz sie sah, war er hin und weg und meinte: «Oh, Elfi! Du siehst ja so schnieke aus. Dit Kleid steht dir sündhaft gut.» Sie drehte sich ein Mal um die eigene Achse. «Und ... Gefalle ich dir, Heinz?»

«Nu weis ick ja nicht wat ick sagen soll! Doch so kann man mit dir ausgehen.»

Um elf fuhren wir offen ab. Elfi mit Hut und Brille für die Sonne. Ich wollte mal nach Boltenhagen. Das erste Ziel war der Yachthafen in der «Weißen Wiek». Ich fuhr auf den Parkplatz «Zum Hafen». Da hielt ich an und fragte, ob jemand Lust hat, sich die Füße zu vertreten. Alle wollten das und dann stiegen wir aus. Heinz machte das Verdeck zu. Ich holte einen Schein für eine Stunde Parken und wir liefen los.

Kurz danach kam ein Lokal, wo es nach Fisch roch. Von dort aus sah man rechts Hütten der Fischer und links die Boote im Hafen. «Habt ihr Lust, noch ein paar Schritte zu laufen? Dann schlage ich vor, dass wir bis zum Ende gehen. Von dort sieht man Poel. Wenn wir Glück haben, sehen wir den Leuchtturm.»

Alle wollten das und so liefen wir weiter. Elfi saß oft auf einer Bank und ruhte sich aus. Wir erreichten das Ende und ich rief: «Wir haben Glück. Man sieht ganz klar die Insel, den Turm und ein paar Häuser von Timmendorf.»

«Hier war ich ja noch nie im Leben, Nils.»

«Das glaub ich dir gerne, Elfi. Der Hafen hier wurde 2008 fertig. Wir beide wollten schon oft hier her, doch es klappte nie. So bin ich auch zum ersten Mal hier.»

«Da ick och nie hier war, is dit ja für uns alle eine Premiere. Wenn ihr Lust habt, fahren wir zum Kurpark. Und wer uff die Seebrücke loofen will, kann das gerne machen. Die fängt da an.»

«Ja, das machen wir, Heinz! Und wenn ihr wollt, essen wir ein Eis dort», meinte ich. Bis in den Ort waren es nur ein paar Minuten. Am Kurhaus parkte ich und von da aus liefen wir los. Sehr viele Menschen waren da. Na ja, war ja auch zu vermuten. Das Wetter war ja sehr schön. Am Pavillon setzten wir uns auf eine Bank. Von da aus sieht man gut den Park und Vis-à-vis hübsche alte Häuser. Ich fragte in die Runde: «Hat jemand Lust, bis ans Ende der Brücke zu laufen?»

«Ich komm mit», sagte Chris. Elfi und Heinz hatten keine Lust. Wir nahmen an, nicht ohne Grund, denn da waren sie für sich. So liefen wir zwei los. Doch da blies uns ein frischer Wind von Nord um die Nase. Die 20 Grad an Land waren da deutlich kühler. Im Kurpark selbst merkte man den nicht so sehr. Der war durch Bäume vor Wind geschützt.

Am Ende der Brücke war ein Podest. Da machte ich mit dem Handy schnell ein paar Fotos und ein Selfie. Dann liefen wir zurück ... Heinz sah uns und rief: «Ah, da seid ihr ja wieder. Na, habt euch wohl ´ne kalte Neese geholt? Wollt ihr trotzdem ein Eis?»

«Na klar Heinz! Für ein Eis ist es nie zu kalt», sagte ich und er: «Da drüben ist ein Café. Dort gibt´s och schnuddeliges Eis.»

Außen wurde ein Tisch in der Sonne frei und wir setzten uns hin. Als alles verzehrt war, zahlte Heinz die Zeche. Von da aus liefen wir zum Auto und ab ging die Reise nach Wismar. Da fragte Elfi: «Jungs! Wollen wir noch auf dem Ponton Kaffee trinken?» Keiner lehnte das ab und so düse ich da hin. Als wir da waren, sah es nicht gut für uns aus, denn die hatten schon geschlossen. Da sagte Elfi: «Schade, dann fahren wir jetzt zu mir und ich koche uns Kaffee. Kuchen habe ich auch da.»

Das machten wir und als wir fertig waren, fragte sie: «Habt ihr Lust auf einen Gang durch den Garten? Da es gleich dunkel wird, geht bald das Licht an.» Das hatten wir und schon liefen wir los. Erst außen herum und dann zur Brücke. Da setzten wir uns hin. Elfi neben Heinz und Chris saß neben mir. Es war so geil dort zu sitzen und ein Fest für die Sinne.

Da es rasch kalt wurde, fror sie und sie wollte zurück. Im Haus meinte Chris: «So, Elfi! Es war wieder ein netter Tag mit dir, aber wir müssen jetzt Abschied nehmen.» Ich sah ihr an, dass ihr das nicht gefiel. Gleich sagte sie: «Jungs! Ich schlage vor, dass ihr, bevor ihr nach Hause fahrt, noch etwas esst. Es ist von gestern viel übrig und so brauche ich das nicht zu entsorgen. Was meint ihr?» Wir drei kuckten uns an. Chris und Heinz nickten und ich sagte: «Gut! Da du ja keinen Einwand duldest, essen wir noch.» Und Chris: «Doch dann muss ich zurück, der Plan für morgen muss noch gemacht werden.»

«Ja, das verstehe ich ja ... Und du, Heinz? Bleibst du über Nacht?» Den jagte die Frage einen Schreck ein und er sagte verdattert: «Äh, ja, äh ... Ick kann och nicht. Wie du weißt, fahren wir ja gemeinsam. Und ick muss ja den Oldie noch in die Garage stellen. Ick könnte aber ab morgen bei dir leben. Wenn du dit gerne hast. Mach dir aber och klar, dit du mir dann jeden Tag bei dir hast.» Ihre Augen fingen an zu strahlen und sie antwortete entzückt: «Im Ernst? Das machst du für mich?»

«Na ja! Warum denn nicht, Elfi? Ick weis, dit wir uns beide mögen, uns och gut vertragen und dit wir die Tage, die wir noch haben, gut in eine Form bringen können. Und nicht nur dit, denn wir haben ja bald um uns rum nette alte Leute und mit Nils und Chris zwei jungsche. Die sind ja für uns wie eigene Gören. Mit Nils fange ick ab morgen an einen Plan zu machen. Ick koche Gerichte für die Menüs. Dann schreib ick uff wie lange dit dauert und was eins kostet. Stimmst´s, Nils?»

Ich war platt von dem, was ich hörte und sagte. «Äh ... ja ... Dit ist richtig, Papa Heinz!» Alle lachten, nur er sah mich grimmig an, lächelte dann aber auch. Und ich meinte: «So steht ja ein Tag der Kündigung vor der Tür: Heinz beim Hauswirt, die Menüs bei der Chefin und die von mir bei ihr zum 1. Januar.»

Nach dem Essen kam der Abschied von ihr. Sie machte die Tür auf und rief: «Oh Gott! Es regnet.» Da sagte Heinz: «Da war es ja jut, dit ick dit Verdeck geschlossen hab. Ach, da fällt mir grad ein Witz aus Berlin ein. Da sacht een Mann zu seiner Frau: ´Ach Erna jieß doch ma draußen dit Beet mit de Blumen. Aba Heinrich es regnet doch so dolle. Ejal, denn nimm ´nen Schirm mit´.» Wir lachten über den Witz und dann meinte Elfi: «Kein Problem Jungs! Ich habe hier drei.»

«Danke! Und bis morgen, Elfi», sagte ich. Da war sie zum letzten Mal allein im Haus.

Am anderen Tag holte ich Heinz ab und nahm ihn mit. Ich hatte das letzte Menü für Elfi bei mir. Er hatte ein paar Sachen in der Tasche. Ich fragte: «Und? Hast du die Wohnung gekündigt?»

«Ja! Dit klappte jut. Ick kann sogar schon früher raus. Es gibt schon einen, der die Bude haben will.»

«Na, das ist ja affengeil!»

«Nils, könnt ihr mir beim Umzug helfen?»

«Na klar! Das geht aber nur am Samstag und Sonntag. Da haben wir den Pickup von Chris und der packt auch mit an. Wenn du willst, packen wir jeden Tag schon Teile ein. Kartons hab ich da. Die fahren wir dann nur noch zu Elfi. Die Schränke bauen wir auch schon ab, so sind wir schneller fertig.»

«Dufte, Nils! Dit machen wir so!»

«Gut! Dann hol ich dich gegen halb vier ab.»

In dem Moment kamen wir bei Elfi an und sie grüßte uns gleich freudig: «Schön, dass ihr da seid ... Und für dich Heinz, machte Anke ein Zimmer fertig. Da schläfst du erst mal und dann suchst du dir eins aus ...»

«Und wir machen dir das so schön, wie du es gern hast.»

«Ausgezeichnet Nils! Da freu ick mir druff ...»

«Hier ist dein Essen Elfi! Dann bis später ...»

Als ich wieder da war, hatte sie den Kaffee fertig. So trank jeder erst mal eine Tasse und aß ein Stück Kuchen. Um vier fuhren wir los.

Ich hatte zehn Klappkartons bei mir. Heinz machte bei sich die Tür auf. Wir betraten den Flur und hastig machte er sie zu. Ich stellte die Pappe an die Wand, drehte mich um und da stand er vor mir. Er fasste mir wortlos in den Schritt und ehe ich mich versah, lag die Jeans auf dem Boden. Er drückte mich an sich und gab mir einen Kuss. Dabei griff er in den Slip, holte den harten Nuckel raus und meinte: «Oh, Nils ... Ick bin ja so geil auf dir. Ick will, dit du mir wieder mal anal nimmst. Ick nehme an, dit Elfi heut noch an mir rum saugt.»

«Das macht sie bestimmt.»

«Komm, wir gehen in die Stube!» Dort stellte er sich hinter einen Sessel, zog sich Hose und Slip runter und rief: «Nils, da drüben liegt de Schmiere und die Gummis!» Ich holte die Tube und als ich wieder bei ihm war, lag er mit der Brust auf der Lehne. Die Hände zogen die Backen von Loch weg. So bot er sich mir an. Ich nahm die Tube, cremte ihn ein, zog den Präser über und brachte den Akt über die Bühne. Als ich fertig war, rief er: «Oh ... Nils! Mmh ... Ah ... Dit war wieder echt knorke!» Ich zog mich aus ihm zurück. «Ja, für mich auch, Heinz.» Er drehte sich um, kniete sich hin und Ruck zuck zog er den Gummi ab. Dann steckte er gleich den nassen in den Mund und mit den Händen fasste er an meine Backen. Er war wie im Rausch und saugte so lange, bis es mir nochmal kam. Ich stand da, hatte weiche Knie und sah zu ihm runter. «Oh ... Heinz. Das war echt geil. Und ... du kannst das genau so gut wie Elfi!»

«So, so ... Ick fand, dit ick noch ´ne Schippe druff gelegt hab!» Da hatte er recht und ich sagte: «Okay! Ich geb´s zu: Anal und oral gab´s bei Elfi noch nie. Dann bis du der Beste, Heinz!» Er lächelte mich an und meinte: «Na also, jeht doch! So und nu gehts an die Arbeit.»

«Okay Heinz! Ich helf dir auf ...» Als er aufrecht stand, zogen wir uns die Hosen hoch und fingen an. So lief das jeden Tag bis zum Freitag ab. Da war das Kleinzeug in den Kartons. Das war eine geile Zeit für mich, denn ich hatte jeden Tag Sex mit ihm. Und er? Wie er es kommen sah, in der Nacht mit Elfi.

Am Sonnabend um acht waren wir bei ihr, sie machte die Tür auf und rief: «Gut, das ihr schon da seid! Ich habe den Tisch gedeckt.» An dem saß Heinz, als wir kamen und rief: «Moin ihr zwei. Habt ihr jut geschlafen?»

«Ja, das haben wir», meinte ich. «Und wie ich mir denken kann, du auch!» Er flüsterte: «Elfi macht mich jede Nacht fix und fertig. Ick glob ich nahm schon drei Kilo ab ...» Da kam Elfi rein und rief: «So jetzt kommt der Kaffee!» Dann aßen wir und um neun fuhren wir los.

In der Wohnung von Heinz sagte Chris: «Wow! Wie ich sehe, habt ihr sehr gute Arbeit geleistet. Ich schlage vor, wir fangen mit den Teilen von Schrank und Bett an ...»

So luden wir ein Teil nach dem anderen auf den Pickup. War er voll, fuhr ich mit Chris zu Elfi. Um zwei kam der neue Mieter. Ein Rentner, etwa Mitte siebzig. Er stellte sich mit Adam Reiher vor und kam mit dem Sohn, so um die fünfzig. Sie sahen sich die Räume an und nahmen Mass von allen.

Heinz musste die von Haus aus noch renovieren. Doch da hatte er Glück, denn der Sohn hatte vor, dass zu machen. Auch die Küche konnte er dort lassen. Bei Elfi brauchte er ja keine. Wir düsten an dem Tag immer hin und her. Um fünf war alles bei ihr und die Räume waren sauber. Dann gab es erstmal Kaffee und Kuchen. Chris fragte: «Heinz, wo stellst du jetzt den Oldie unter?»

«Der Reiher hat keen Auto. Dit war sehr jut für mir. So kann ick die Garage behalten. Nur ist die jetzt eine halbe Stunde zu Fuß von hier weg. Im Übrigen wird dit mal ein Kunde von uns. Ick fragte ihn, ob er selbst kocht, und da meinte er, dit er nur aus Dosen lebt. Die Frau von ihm starb vor einem Jahr. Sie haben ein Haus in Wendorf, dit wurde aber zu groß für ihn allein. Der Sohn wohnt in Hamburg mit Familie und will nicht mehr hier her. Und er will nicht dorthin. So steht das Haus jetzt zum Verkauf. Sind wir so weit, sollen wir ihm Bescheid geben. Er gab mir seine Nummer.»

«Na das ist ja super! Hast du schon ein Zimmer gewählt?»

«Ja Chris! Es ist das größte und ist neben dem von Elfi.»

«Na, wen wundert es ...»

«Wat soll dit nu wieder Nils?»

«Ach nichts von Belang. Nahmst du schon Maß, oder soll ich dir helfen?»

«Du meinst wegen der Tapete? Nee! Dit mach ick morgen. Aber ick schaff dit alleene.»

«Gut! Dann fahr ich mit dir am Montag zum Baumarkt.»

«Das wär prima, Nils! Da kauf ick Farbe und Tapete.»

Das machten wir und um sechs waren wir zurück. Jeden Tag der Woche half ich ihm.

Am Sonnabend war der Raum fertig und am Sonntag packte Chris mit an. Ich baute mit ihm die Schränke und das Bett auf. Der Hausrat war in ein paar Zimmern verteilt. Da Heinz nur wenige Sachen brauchte, trennte er sich vom Rest. Elfi war sehr froh, dass er bei ihr wohnte.

Der Winter war da und im Garten gab es nicht mehr viel zu tun. Heinz veränderte in der Küche noch einiges. Jeden Tag kochte er etwas anderes und schrieb die Details, wie Zeit und Kosten auf. Um halb eins war es so weit und er tischte uns die neuen Gerichte auf. Wir drei aßen gleich in der Küche. Die Zeit nahm ich mir. Jeden Tag fragte der Koch, wie das Essen schmeckte. Es war immer sehr lecker. Er war eben ein echter Mann vom Fach und hatte schon eine große Auswahl. 3-mal in der Woche fuhr ich mit ihm zum Supermarkt.

Bis Ende des Jahres musste ich noch im Job bleiben. Dass ich da Schluss mache, teilte ich den Kunden mit. Ich sagte ihnen, was ich vor hatte, und sie hätten ab da die Wahl: Weiter wie gehabt oder von mir. Viele fanden das toll, wollten es von mir und der Rest nicht. Die Leute musste ich auf meine Seite ziehen und so hatte ich eine Idee ...

Ich sprach mit Heinz und Elfi und die waren begeistert. Ab da lud ich jeden Sonntag acht zum Test ein. Die kein Auto hatten, holte ich ab. Heinz kochte, Elfi half ihm und wir deckten den Tisch. Kamen die Gäste an, ließ ich sie rein, da ich ja jeden und jede kannte. Um 12:30 Uhr gab es ein Gericht mit Suppe, Hauptgang und Dessert. Chris und ich holten alles aus der Küche und stellten es auf den Tisch. Der Koch setzte sich später auch dazu, jeder fragte ihn aus und so ging der Plan auf.

So hatten wir schon jede Menge Leute, die ihr Essen bei uns nahmen. Das freute mich, die «noch» Chefin eher nicht, nur ahnte sie das nicht. Jeder wollte still wie ein Grab sein. Das war die Basis für einen sehr guten Start. Auch die Herren-WG stellte ich jedem Mann vor. Das hatte zur Folge, dass für ein paar die WG in Frage kam.

Jeden Tag, wenn ich zum Essen kam, nahm Heinz mich in die Arme, drückte und küsste mich. Er dankte mir, dass er durch mich eine Aufgabe hat. Und das er beglückt ist und viel Freude am Leben hat. Auch von Elfi höre ich das jeden Tag. Und die zwei? Die waren ein Herz und eine Seele und liebten sich. Das freute mich am meisten.

Im Nu war der 24. Dezember da. Elfi und Heinz schmückten in der Früh einen Baum in der Stube. Wir kamen um 16 Uhr an. Da gab es Kaffee, Kuchen und Stollen, den Heinz selbst backte. Kaum waren wir fertig, sagte er: «So ihr drei! Ick mach jetzt einen Abgang in die Kabuse. Da will ick nicht gestört werden. Ihr könnt ja in der Zeit mal Luft schnappen. Jut, bis denne.» Er stand auf, lief los und wir schlenderten in den Garten. Heinz sah man nicht mehr, aber man hörte ihn.

Um 19 Uhr brachte er ein Menü auf den Tisch, das war so lecker und eine Freude für den Gaumen. Als wir mit dem Essen fertig waren, sagte er: «Pass mal uff Elfi! Da wir den Tag der Bescherung haben, kriegst du nu von uns ein Geschenk. Um dit zu holen, gehen wir kurz mal raus und sind im Nu wieder da.»

«Na, darauf bin ich aber mal sehr gespannt, Heinz!»

«Dit kannst du och ... So, ihr zwei! Dann kommt mit ...» Er lief gleich los und wir folgten ihm ohne Worte ...

Als ich mit ihm mal allein war, sagte er zu mir, dass wir nichts für sie kaufen sollen. Er hat das Tollste für sie, und das ist mit nichts auf der Welt zu toppen ...

Wir kamen an und er machte die Tür auf. Da sah ich, dass auf dem Bett eine Art Kalender lag, auf dem stand die Zahl 24 in der Mitte. Ich fragte: «Heinz? Was hast du denn mit uns vor?»

«Janz einfach! Wir machen uns nu nackig. Dann binden wir uns dit rote Band mit den Sternen - dit sind die hier - wie eine Schleife um die Piepel. Die Pappe hier kommt vor den Bauch. Wie ihr hier bekiekt, hab ick da eine Tür eingebaut mit 24 druff. Macht sie die uuf, sieht man dit Geschenk. Ihr müsst aber an den Seiten, die fest greifen sonst geht die Tür nich uff ... Die Pappe zieht ihr einfach über'n Kopp, so wie eine Schürze. Dit untere Band muss durch die Beene. Ich zeig's euch mal: Nils, machste mal einen Knoten an dit, wat am Genick ist? ... Jut! Und nu setz ick mir noch die Kappe uff'n Kopp. Ick denke, dit wird Elfi gefallen.»

Da meinte Chris: «Das ist amtlich, Heinz! Sie wird wie im Rausch sein ... Und die Geschenke schmelzen ihr im Mund wie Sahne ...»

«Ja, das denke ich auch, Chris! ... Heinz! Ich muss schon sagen, du bist eine Granate!»

«Nee, nee Nils! Ick hab die Idee von dir geklaut. Weist du noch, wie du uff Gran Canaria warst, und die Kellner sind so rum geloofen.»

«Ja, das weiß ich noch sehr genau ... Na dann viel Spaß, Elfi!»

«Passt ma uff, wie die kiekt, wenn wir so uff loofen.»

«Wenn wir in die Stube kommen oder im Mund von ihr?»

«Ick denke ma beides, Chris!» Und er: «Na, dann mal los! Raus aus den Klamotten ... und ab unter die Dusche.»

Als ich so weit war, schnürte ich mir das Band um den Piepel. Da ich der Letzte war, waren die zwei schon fertig. Ich schnappte mir die Pappe und hielt sie vor den Bauch. Chris stellte sich hinter mich und rief: «Steck mal die Schnur durch die Beine.»

Ich machte die breit und reichte sie ihm. Er griff aber erst was anders und das erregte mich so, dass die Pappe vom Körper abstand. Ich rief: «Chris, hör bitte auf, sonst mach ich die Tür schon auf, bindest du sie fest.» Als er fertig war, zog ich noch die Mütze auf den Kopf. Da sagte Heinz: «Ihr seht ja schnieke aus.»

«Du aber auch! Da es deine Idee war, geh mal vor ...»

«Aba klar doch, Nils. Mir holt sie, wie ick sie kenne, gleich dit Dessert raus ...»

«Ja, das glaube ich auch! Aber zuerst mach ich ein Selfie von uns», meinte Chris. Wir stellten uns in Pose. Dann liefen wir los und Heinz an der Spitze. Das sah sehr lustig aus, wie der nackte Arsch von ihm hin und her wackelte.

Wir kamen an die Tür und er machte sie leise auf. Da sah ich, dass Elfi im Sessel saß. Ihr Kopf gesenkt, die Augen zu und die Hände auf dem Bauch. Aus dem Radio hörte ich das Lied «Stille Nacht, Heilige Nacht». Sie sang leise mit und so merkte sie nicht, dass wir uns vor sie stellten. Als wir so weit waren, rief Heinz froh gelaunt: «E-l-f-i! Nu darfst du dit letzte Türchen uff machen!»

Sie erschrak, machte die Lider auf, sah uns an und rieb sich die Augen. Mir schien, dass sie dachte, in einem Traum zu sein. Das sagte sie: «Heinz, kneif mich mal!» Er ging zu ihr und kniff sie in den rechten Arm. «Aua! Oh ... was ist denn hier los? Ich sehe ja drei Mal den Weihnachtsmann. Ohne Bart, Sack, Rute und nur im Kalender-Schurz.» Heinz meinte trocken: «Na ja Elfi. Dit mit dem Bart stimmt. Nur mit dem Sack und der Rute, da bin ick mir nicht sicher ...»

«Habt ihr die noch draußen auf dem Schlitten?»

«Nee Elfi, dit ist alles schon hier im Raum.»

«Wäre Ostern, fing ich jetzt an zu suchen. ...»

«Dit musst du nicht, Elfi! Es ist doch Tag der Geschenke. Nur der mit dem weißen Bart kann nicht zu dir kommen. Der hat bei den Gören zu tun und hat eine Menge Arbeit. Nu hat er besiegelt, dit wir dit tun sollen ... So und nu mach die Tür 24 bei mir uff. Da hinter ist dit Geschenk von mir.» Er schritt auf sie zu und Elfi setzte sich gerade hin. Dann beugte sie sich nach vorn. «Muss ich hier an der kleinen Schnur ziehen?»

«Ja bitte!» Zeitgleich hielt er die Pappe mit den Händen fest. «Gut Heinz! Dann mach ich das. Oh ... ich bin schon ganz aufgeregt.» Sie fasste den Faden an und zog die Tür auf. «O-h-h-h, mmh ... Das ist ja ein Lolli mit Schleife? Der ist ja zum Anbeißen süß ... Mmh ... So ein Geschenk bekam ja noch nie ...»

«Dit gloob ick dir gern, Elfi. Aber nur nicht b-e-i-ß-e-n! Dit is eher wat zum Lutschen ...»

«Egal! Jetzt mach ich erst mal die Schleife auf ...» Sie griff nach den Enden der Schlaufe und zog sie auf. «Mmh ... das ist ja mal ein Geschenk mit Geschmack. Danke Heinz! Da werde ich gleich mal von kosten.» Im Nu war das Präsent im Mund und Elfi legte los. Das ging nur nicht lange, da war Heinz nah dran. Er atmete kurz und heftig und die Backen zuckten zusammen. Dann der Schrei der Erlösung. Doch Elfi machte noch eine Weile weiter. Erst als die Rute von ihm schlapp war, hörte sie auf. Und er: «Oh Elfi, du schafftest es wieder mal und sogar ohne Finger im Po.» Sie leckte sich mit der Zunge die Lippen ab und meinte: «Mmh ... war das gut! Da pack ich doch gleich das Nächste aus. Ähm ... Wie wär´s mit deinem, Chris?»

«Okay!» Heinz räumte den Platz, er trat vor und sie sagte: «Bevor ich das mache, hab ich eine Bitte: Kannst du dich auf die Lehnen knien, denn das Bücken bekommt dem Rücken nicht.»

«Na klar tu ich das, Elfi.» Sie legte sich zurück und er kletterte hoch. «So ist´s gut. Jetzt mach ich erst mal das Türchen auf.» Er hielt die Pappe fest und als sie fertig war, sagte sie forsch: «Chris! Mach das Dingsda weg, dann komm ich besser dran.»

«Okay, wie du willst!» Er riss die Pappe ab und da hingen nur noch die Bänder am Körper. «So, jetzt beug dich nach vorn und schieb ihn mal so tief wie du kannst rein. Aber langsam!»

Sie legte den Kopf an die Lehne und machte den Mund auf. Chris fing sachte an und sie nahm ihn ohne Würgen bis zum Ende auf. Mit der Zeit wurde er schneller. Da ich hinter ihm war, sah ich zu, wie der Sack von ihm hin und her flog. Da hörte ich Heinz: «Nils, ick komm gleich zurück ... Ick zieh mir nur was an, da ick friere.»

«Okay, mach das.»

Es dauerte nicht lang, da kam er an und setzte sich auf einen Sessel. Chris war so weit und Elfi saugte ihn aus. Da sagte sie: «Mmh ... Das Sperma von dir war köstlich ... So und jetzt fehlt noch Geschenk drei! Nils, komm her zu mir ...»

Chris stieg vom Sessel und ich löste ihn ab. Kaum war ich in Position, legte sie los. Erst als der letzte Tropfen raus war, hörte sie auf. Von Glück erfüllt sagte sie: «Danke Jungs! Das war ein

Tag der Extraklasse und der beste Heiligabend, den ich je erlebte. Zuerst das klasse Menü von Heinz und dann die süßen Drinks.»

Ich stieg vom Sessel und sie meinte: «So Jungs, jetzt zieht euch an. Im Anschluss trinken wir etwas Feines ...»

Wir kamen zurück und Heinz mixte eine Weihnacht-Bowle. Er gab jedem ein Glas. Elfi nahm einen Schluck und meinte: «Mmh ... Heinz, die schmeckt sehr gut. Was ist dadrin?»

«Nüscht geheimes Elfi! Nur Rotwein, Sekt, Schattenmorellen, Bananen, Äpfel, Mandarinen, Ananas, Amaretto und eine Prise Gewürz dit man für Lebkuchen nimmt.»

Die Bowle schmeckte so gut, dass die Schüssel leer wurde. Nach dem zweiten Glas war ich leicht bezecht, da ich ja nie Alkohol trank. Ich konnte das tun, da wir über Nacht blieben. Das Zimmer war ja noch frei und so schliefen wir dort alle vier. Sex gab es aber nicht mehr. Dafür war keiner in der Lage.

Am 25. Dezember nach dem Frühstück, sagte Heinz: «So, meine Dame und die Herrn. Ick gehe nu in die Kombüse und bereite dit Mahl für Mittag für uns.»

«Darf man fragen, was es gibt?»

«Ja, Nils. Es gibt gefüllte Gans, Rotkohl und Kartoffeln.»

«Das hört sich gut an. Dann räumen wir ab und du legst los.»

«Jut! So machen wir dit! Und um halb eins wird gegessen.»

Das Essen war vorbei und Elfi wollte mal zum Hafen. Wir zogen uns dick an und fuhren los. Nicht weit vom Marktplatz parkte ich. Die Sonne schien zwar, doch es war da eisig kalt. Ein rauer Wind wehte uns um die Nase. Wir liefen zum Markt und kuckten uns den Baum an. Auf ein Mal sagte Elfi: «So, Jungs ich friere. Es reicht für heute, lasst und den Rückweg antreten.»

Bei ihr zu Hause wärmte sie sich auf und da es an der Zeit war, meinte sie: «So, Jungs! Jetzt koche ich uns Kaffee. Dazu gibt es Torte und Weihnachtsgebäck.»

«Gut Elfi! Und wir decken schon mal den Tisch!»

«Ja, macht das Mal, Chris.» Dann lief sie in die Küche und ich knipste die Lichterkette vom Baum an .... Als wir fertig waren, räumte Chris mit Elfi den Tisch ab und ich sprach mit Heinz. Das alte Jahr war bald rum und der Januar stand vor der Tür. Da musste alles zum Start perfekt sein. Es dauerte nicht lange und Elfi und Chris kamen an. Sie setzten sich zu uns und er fragte: «Na Heinz, wie geht es jetzt weiter?»

«Ähm ... Vom 27. bis 30. kommen noch Gäste zum Essen. Dit sind alles Leute, die Nils lud. Ein paar von denen waren och schon mal da. Da sollen sie kosten, wat ick so koche. Schmeckt es dürfen sie mir dit gerne sagen. Wenn nicht, dürfen sie gerne die Gusche halten. Nils machte einen Wisch und da druff ist die Kost für den Januar. Da wählen sie, wat sie wann wollen, und Nils bringt es ihnen an die Tür.»

«Wow! Das ist ja eine sehr gute Idee, Heinz! Da wünsch ich euch viel Erfolg bei ... Und was ist mit dem Herrenclub, Nils?»

«Na ja, das geht ab Januar auch los. Ich hab schon ein paar Männer, die wollen mal für ein paar Tage zum Test hier leben. Die lad ich gleich ein, sind wir so weit.»

«Nils? Glaubst du im Ernst, du findest welche, die das tun?»

«Ja Chris! Ein Tischler und ein Elektriker fanden das klasse, als ich sie fragte. Die kommen auch zum Wohnen auf Probe. Heinz ist ja auch einer, der das macht und er ist froh, wie du ja siehst.

Geh doch mal in ein Heim und kuck dir an, wie da die Leute ihr Leben fristen. Der Grund: Sie haben null Pflichten mehr. Ihre Welt ist nur noch Essen und Schlaf ... Und hoffen auf den raschen Tod. Die Heime sind nur da, um Geld zu machen. Das wenige Personal hat keine Zeit und da sind Gespräche nicht drin. Das erlebte ich, als ich die Ausbildung zum Pfleger machte.

Übel sind die dran, die allein sind und selbst nicht mehr essen können. Der Teller kommt weg, ist die Zeit um und nicht einer fragt warum. Beschwert sich einer, stellt man den schnell ruhig. Ein Heim ist füttern, bis der Tod da ist, ohne Gefühl.

Die, die in ein Heim wollen brauchen eine Pflegestufe. Ohne die geht meist nichts, es sei denn, sie sind Pensionär oder reich.

Kommt man auf eine Liste, kann das schon mal zwei bis drei Jahre dauern, bis ein Platz frei wird. Der Rest stirb zu Hause. Hat ein Mensch im Alter keine Aufgabe mehr, geht das schneller. Nur wenn er die noch hat, hat er Glück.

Das soll er bei uns haben. Drinnen und draußen gibt es ja immer was zu tun. Will einer das nicht, muss er das auch nicht. Kann er nicht mehr, auch nicht. Alles ist freiwillig.»

«Okay! Das hab ich kapiert Nils! Da fallen nur jede Menge Kosten an. Wie willst du die decken?»

«Na ja! Die WG ist ja nicht auf Gewinn aus. Wir sind privat, also ein Haushalt. Und da gibt es auch viele Ausgaben. Stehen die fest, wissen wir, was zu zahlen ist.

Ich will das mit einem Anteil machen. Ich dachte, an 60 zu 40. Bei 1000 Euro sind das 600 Euro als Wohnkostgeld. So kann jeder bei uns leben, auch wenn er nur wenig Rente hat. Ist die höher, zahlt er mehr. Ist die niedriger weniger. Im Heim ist das anders. Da zahlst du, einen fix Betrag, der jedes Jahr steigt. Der liegt oft weit über der Rente. So geht das meist nur mit hoher Pflegestufe. Doch die erhält man nur, ist man schon halb tot. Oder du hast Kinder, die den Rest zahlen.

Ich kenne einen Mann, der war im Heim. Als das Ersparte alle war, musste er raus. Jetzt lebt er in einem Raum zur Miete. Noch! Ich lud ihn auch zum Essen ein. Er heißt Kurt Berge. Er ist 78 und lebt seit zwölf Jahren allein. Die Frau von ihm starb mit 64 Jahren an Krebs. Er sagte mir, dass sie mit zwanzig eine Total-OP hatte. Ein Tumor in der Gebärmutter wurde entfernt. Aus dem Grund hatten sie keine Kinder. Mit sechzig hatte sie erneut Krebs. Da war es ein Pankreastumor.

Ich fragte ihn, warum er nicht wieder heiratete. Er sagte, aus Angst. Er wollte das nicht nochmal erleben, was er erfuhr. Das war wohl grausam. Durch die Chemo fielen ihr die Haare aus. Ihr Körper wurde von Tag zu Tag schwächer. Die letzten drei Tage vor ihrem Tod lag sie nur im Bett, aß und trank nichts mehr. Die Schmerzen nahm man ihr durch Morphium. Zwei Stunden vor ihrem Tod wurde sie sehr unruhig. Wälzte sich hin und her. Er rief die palliative Hilfe an. Die Schwester kam und gab ihr eine stärkere Dosis. Als sich seine Frau beruhigt hatte, ging die fort. Er setzte sich an ihr Bett, hielt ihre Hand und streichelte sie.

Auf einmal wurde die Atmung träger. Er bekam Angst und rief den Hausarzt an. Darauf ging er wieder zurück an ihr Bett. In dem Moment hörte sie auf, zu atmen. Ihr Herz schlug nicht mehr. Kurze Zeit später traf der Arzt ein und stellte ihren Tod fest. Der tödliche Krebs hatte sie besiegt ...

Danach hatte er hin und wieder mal eine Bekannte. Wollte die ihn festnageln, machte er dem schnell ein Ende. Er sagte mir, dass er auf dem Bau gearbeitet hat. Er ist Maurer von Beruf also handwerklich sehr geschickt. Das passte! Da sagte ich ihm, was ich vor habe. Er war begeistert und wird auf jeden Fall zur Probe bei uns wohnen. Aber erst, wenn wir ein Zimmer fertig haben.

Wer in die WG will, muss die A-A-A-Regel erfüllen: Alt – allein - arm. Alt ist: jeder ab 68 Jahren. Allein ist: Kein Kind oder Verwandter der sich um ihn kümmert. Arm ist: eine Rente bis 1800 Euro.»

«Okay Nils, das könnte klappen. Da wünsche ich euch einen guten Start.» Elfi rief: «Danke Chris. Da bin ich die Prinzessin unter Prinzen. Das wird eine Freude sein ...»

«Und ick hoffe für dir, dit da kein Frosch bei ist, den du erst küssen musst, dit er ein Prinz wird.»

«Ha, ha, ha ... Mit dir Heinz, hab ich ja schon den Ersten. Dir durfte ich sogar dein Schwert küssen.»

«Stimmt! Und danach war es feucht. Aber ein Mal? Mmh ... Ick denke dit war öfters?»

«Eine Frau schweigt und genießt!»

«Apropos genießt ... Ick gehe nu in die Kombüse und mache uns wat zu essen. Ick hab Hunger. Ihr och?» Wir nickten und ich meinte: «Ja, das ist eine gute Idee Heinz. Bei mir knurrt auch schon der Magen.»

«Jut! Da gehe ick mal los.» Da sagte Elfi: «Ich helfe dir.»

«Na dann komm mit Prinzessin von der Erbse ...»

«Sei nicht immer so frech zu mir. Ich bin die Tochter eines Königs!»

«Ja genau! Dit war der König Räuber von Wichse und du bist die Prinzessin Elfi vom Wichse Räuber ...»

«Oh ist das gemein! Aber wart′s nur ab! Heut Nacht bist du dran und da wird dein Schwert glühen.»

«O-h-h-h ... da freu ick mir wieder druff!» Und beide gingen fort. Ich plauderte mit Chris so lange. Dann aßen wir. Nach dem Mahl setzten wir uns in die Sessel vor den Kamin. Das Feuer flackerte und es war wohlig warm im Raum. Chris brachte eine Flasche Sekt mit die in der Küche stand und Gläser. Er machte die auf, goss die voll und gab jedem eins. Er hob seins hoch und sagte: «So ... dann zum Wohlsein! ... Mmh ... Jetzt ist das Jahr fast zu Ende, es lief für mich sehr gut und euch ging es genauso. Ich weiß, dass keiner von uns vor einem Jahr ahnte, dass es mal so kommt, wie es kam und jetzt ist ... Oder?»

Jeder nickte und ich sagte: «Ja, Chris ... das stimmt! Wir zogen alle das große Los. Ist zu hoffen, dass es weiter so geht. Doch am meisten freue ich mich, das Elfi und Heinz ...»

«Stopp! Mein lieber Nils ... Wenn du nicht gewesen wärst, säße ick heute nicht hier. Ick wüsste nicht, wer Elfi ist, und wär jetzt alleine in der Stube und starrte an die Wände oder in die Glotze. Und sie säß in ′nem Heim in Berlin und verwelkte wie eine Blume in der Wüste, wenn die Dürre kommt. Nee, nee ... wenn wir einem danken müssen, dann d-i-r! Du gabst Chris einen Job, der ihm liegt. Dit Ergebnis sieht man vor der Tür ...

Und du gabst mir eine Auffgabe uff meine alten Tage. So kann ick dit tun, wat mir Spaß macht, und dit ist nu mal kochen. Und dann noch Elfi ... Die große Freude hat, uns Wichse aus dem Sack zu saugen ...» Da lachten wir, nur sie nicht. Sie holte tief Luft und keifte: «Ja, ja, Heinz, mach dich nur lustig über eine alte Frau. Du kommst auch noch in mein Alter. Dann wirst du froh sein, noch etwas zum Stehen zu bringen!»

«Na ja, wenn´s so weit ist, koof ick mir eben eine blaue Pille. Hab ick die geschluckt, wird mein Piepel hart wie Stahl. Da wär ick in der Lage, da druff die Laken vom Bett uff zu hängen.»

Elfi lachte laut auf. «Ha, ha, ha ... dann pass bloß auf, dass dir die Stange nicht abbricht!»

«Dit is doch kein Beinbruch! Käm´s da zu, würde ick dir rufen. Dann dürftest du sie fix mit dem Mund stützen ...» Sie nickte und meinte: «Ja, ja ... das hättest du gerne! So wie ich mich kenne, machte ich das auch. Ich würde der Stange Halt bieten, doch holte ich mir gleich den Lohn.»

«Dit wär mir klar! Und dit würd dir sogar gebühren!»

Im Anschluss tranken wir noch ein Glas Sekt. «Was macht ihr Morgen, Nils?», fragte Elfi. «Da sind wir bei Eva und Gerd. Da gibt es Mittagessen und Kaffee. So düsen wir gleich nach dem Frühstück heim.»

Dann wurde es Zeit fürs Bett ... Alle vier lagen wir wieder in dem von uns und es gab ein Mal mehr geilen Sex. Elfi saugte uns wie beim letzten Mal aus. Ich war so aufgedreht, dass ich nicht gleich schlief ... So sinnierte ich eine Weile vor mich hin und stellte fest: Das war das geilste Fest der Liebe in meinem Leben. Dank Elfi wird es auch mehr solche geben.

Da es in der Nacht schneite, musste Chris gleich los zum Schnee räumen bei seinen Kunden. Ich blieb solange bei Elfi und erledigte das bei ihr. Zum Glück hörte der Schneefall auf. Als Chris zurück war, fuhren wir zu uns ...

Mit Heinz machte ich, wenn ich vom Job kam ein Zimmer zurecht. Ab Januar kommt als erster Herr Barth für zwei Tage zum Wohnen auf Probe. Fünfzehn stehen bis jetzt auf der Liste.

Am 31. feierten wir mit Elfi und Heinz. So fing das Jahr mit Sex an. In der Nacht schlief ich nicht gleich ein. Ich dachte nach und mir wurde klar, dass unser Leben nicht mehr so sein wird, wie es war. Nur Sex war sicher. Für Elfi und Heinz wünschte ich Gesundheit. Für Chris und mich Erfolg und Geld. Und für die WG nette Männer zu finden und dann schlief ich ein ...